~ Dans l'ombre de la lune noire ~

DANS L'OMBRE DE LA LUNE NOIRE

Sandra RASTOLL

PREFACE

« Dieu est prudent de ne jamais se montrer, on cesserait d'y croire ». Et jean Cocteau d'enfoncer le clou : « les gens croient plutôt à l'invisible, à l'inexactitude, plutôt qu'à l'exactitude ».

En plongeant tête première dans l'eau noire de ce récit, tantôt glacée, tantôt bouillonnante, je me suis demandé comme beaucoup de lecteurs, jusqu'où Sandra Rastoll allait nous entraîner. Sa descente aux enfers, dès les premières pages de son histoire, ne surprendra guère les souffre-douleur silencieux, les locataires des secrets de famille et toutes celles, qui, le dos au mur, ne côtoient plus que la médiocrité, le mépris, l'insulte et les corvées domestiques…

Jade, héroïne de ce récit, n'a plus qu'une porte de sortie : protéger les enfants de ce couple qui n'en a plus que le nom, afin de sécher les larmes du plus petit et de calmer les colères de l'aînée. Mais que font-ils donc encore ensemble, Jade et Arthur ? Quelques retours de flammes aussitôt éteints de ce mari rongé par la haine et l'égoïsme, n'autorisent plus le moindre espoir.

Jade, telle la pierre délicate, évite le pire dans la dureté de ses réactions. Elle aussi raye le verre et le quartz, et trouve un refuge virtuel dans l'écran noir de ses nuits blanches. La voici, jeune femme moderne et combattante, ressourcée dans les blogs nocturnes et les réseaux sociaux de son ordinateur.

On lui répond, on lui parle, on l'écoute…Elle invente un nouveau langage : ses aminautes…ses copinautes…Jusqu'au soir où elle aura la révélation que ces messages apaisants portent la signature fantôme d'une intelligence qui n'a plus rien de terrestre.

On ne dévoile pas les coups de théâtre ! L'essentiel de ce livre, n'est-il pas le récit d'une douloureuse délivrance ?

Jade, à la recherche du sens de sa vie, voyage dans un ailleurs où la notion de temps ne compte pas. La voici, satellite d'une lune noire, qu'accompagne son corps astral dans la douce affection d'une grand-mère à jamais disparue mais…bavarde. Des Ombres veillent, ces mauvais anges qui, depuis des siècles, torturent et manipulent l'âme mauvaise d'Arthur.

Etrange tumulte où la magie de mort, les voix d'outre-tombe et la bave de crapaud entravent la marche de l'espoir vers une folle résurrection. Grimper dans son arbre généalogique avant de dégringoler dans le futur, exige un passeur d'âmes. Il existe ! Ce religieux, curé d'un monde meilleur, brandissant le catéchisme d'un savoir qui l'aurait envoyé au bûcher de Torquemada. Le bon père François qui n'en est pas à son coup d'essai, fait donc l'éducation de Jade. Le karma d'Arthur, le méchant, guide et malmène son esprit depuis la nuit des temps. Le chakra, cette énergie subtile, peut résister, lutter, jusqu'à la renaissance.

Jade/Sandra Rastoll est aussi habile que charmeuse. Elle aurait pu raconter cet envoûtant voyage avec la grandiloquence d'un opéra wagnérien…Le piège est évité. Son écriture, parfois un peu sèche, rappelle la rigueur de la journaliste qui s'attache aux faits plutôt qu'à la célébration d'une messe au langage d'initiés.

Elle ne manque ni de courage, ni d'humour, ni de talent, pour s'être lancée dans une telle aventure !

Et si tout cela était vrai ? Et si son imaginaire croisait, quelque part, les certitudes des hommes et des femmes de foi ? Je ne sais pourquoi surgit tout à coup la mémoire de ce dialogue enfoui dans les notes du journal de Jules Renard :

- « Que fait mon papa, à l'instant ?
- Il travaille…
- A quoi donc ?
- A son livre…
- Il faut si longtemps pour copier un livre ?
- Il ne copie pas…Il l'invente…
- Il l'invente ? Alors ce n'est donc pas vrai ce qu'on met dans les livres ? »

Bernard Spindler.

HOMMAGE

A mes enfants,

L'heure a sonné

Le glas, froidement, retentit au milieu des bruits de la vie, marquant sept coups longs, suivis de trente-cinq coups brefs. Instinctivement, Jade lève la tête vers le sommet pointu de l'église dont les contours se dessinent au bout de la rue. Elle active le pas, obligeant ainsi Arthur à accélérer aussi. Il la retient de justesse, alors qu'elle s'apprête, inconsciemment, à traverser au milieu du flot continu des voitures pressées en ce début de matinée.

- Du calme, nous sommes à l'heure. Plus que deux pâtés de maison, et nous serons devant l'église.

Jade, à fleur de peau, ne répond pas. Toutefois, elle lui jette un regard où l'exaspération pointe le bout de son nez. Ce n'est pas le jour d'engager la moindre joute verbale. Jade est déjà à terre. Elle ne résistera pas à un assaut supplémentaire. Pas aujourd'hui. Elle détourne donc son regard, sans un mot, décidée à supporter la présence de son compagnon sans autre remarque. Elle ne peut s'empêcher de murmurer pour elle-même :

- Mais pourquoi a-t-il tant tenu à m'accompagner ?...Ah oui, suis-je bête ! Il joue la grande scène du mari compatissant, sans doute !
- Tu as dit quelque chose ? s'enquit Arthur.
- C'est rouge ! Allons-y ! répond Jade sans même se tourner vers lui.

Elle reprend sa course vers le parvis, déjà envahi par une foule dense. A son arrivée à destination, le visage fermé, elle se fraye un chemin à travers ces inconnus, qui n'en sont pas vraiment. Cependant son esprit, obnubilé par ce jour sombre, n'est pas disposé à reconnaître qui que ce soit. Elle se poste discrètement le long des marches menant à la porte. Arthur la rejoint quelques secondes plus tard et prend sa main délicatement dans la sienne. Instinctivement, elle a un mouvement de recul. Elle n'aime pas qu'on la touche, surtout lorsqu'elle est en proie à des émotions violentes. Pourtant, Arthur, décidé, serre un peu plus fort ses doigts et elle n'a pas le choix. Un esclandre ferait désordre, Jade cède.

A l'intérieur de l'église, le prêtre pose la lourde bible sur son socle en bois. D'un coup d'œil circulaire, il vérifie que tout est à sa place pour la cérémonie. Il est fin prêt. Un brouhaha discret provient du parvis, lui indiquant que la défunte n'est pas encore arrivée. Il se retourne vers la bible et l'ouvre à la page marquée du premier post-it, premier texte par lequel débutera la cérémonie. Soudain, il lève la tête de l'ouvrage et affiche un sourire tout en fixant la lourde porte de l'église.

- Elle est enfin là ! lâche-t-il dans un soupir. Les trois « R » vont pouvoir s'accomplir…

Il s'engage dans l'allée d'un pas vif, tout en cherchant la clé de la porte principale dans la poche de sa soutane

Tandis que Jade a réussi à se dégager de l'étreinte forcée d'Arthur, un bruit de grincement provenant de l'église attire son attention. Le prêtre ouvre péniblement les deux battants. La maison de Dieu est prête à accueillir l'âme de Sylvie pour lui rendre un dernier hommage dans sa vie terrestre. Accablée par la peine, Jade regarde la scène sans réellement la voir. Une odeur de moisi, accompagnée d'un souffle de fraîcheur humide vient jusqu'à elle. Le curé se poste à côté de l'ouverture béante et parcourt l'assistance du regard. Il s'arrête sur le visage de Jade.

- Nous y voilà…murmure-t-il.

Le curé regarde avec insistance la jeune femme, toujours tournée vers l'entrée de l'église. Cependant, Jade ne s'aperçoit de rien. Un frisson lui parcourt l'échine, la sortant quelque peu de ses noires pensées. Pensées principalement tournées pour l'heure vers Sylvie, son amie disparue. La culpabilité tient le second rôle dans l'esprit de Jade, juste derrière la peine. La vie avait fait que depuis trois ans, Jade et Sylvie n'étaient plus aussi proches qu'auparavant. Avant… Elles travaillaient ensemble, c'est d'ailleurs ainsi qu'elles s'étaient rencontrées. Avant… Quand tous les matins, elles prenaient un café ensemble sur le cours Saleya, au comptoir de Gino. Avant… Quand elles emmenaient leurs filles, Johanna et Renée, ensemble, au parc ou au cinéma. Avant… Quand elles passaient des heures, tantôt chez l'une, tantôt chez l'autre, juste par besoin de papoter, de se raconter leurs envies du moment, leurs espoirs d'avenir mais aussi leurs galères passées et leurs déceptions personnelles. Avant, elles étaient liées d'une amitié inaltérable qui durait depuis cinq ans. Puis Arthur avait fait son entrée dans la vie de Jade. Et, petit à petit, sans qu'elle s'en aperçoive, il avait fait un grand ménage autour d'elle, jusqu'à ce qu'elle se retrouve seule, coupée du monde extérieur. Sylvie n'avait pas échappé à ce grand coup de balai. Arthur, associé dans un cabinet d'expertise comptable, n'était pas peu fier de son statut. Le mari de Sylvie était seulement fonctionnaire. Aussi, Arthur s'engouffra volontiers dans la brèche ouverte entre les emplois du public et du privé. Usant de stéréotypes éculés, abusant de l'éternel conflit sur les disparités existantes, il avait poussé le mari de Sylvie dans ses derniers retranchements, laissant supposer que l'homme n'était qu'un fainéant. Après cette dispute mémorable, Jade et Sylvie avaient espacé les contacts. Après…Jade, honteuse des propos d'Arthur, n'avait pas trouvé le courage de revenir sur ce sujet sensible. Après…Le charme de leur entente passée s'était rompu. Et Jade, de regretter amèrement de n'avoir pas pris du temps pour entretenir cette relation, d'avoir laissé Arthur les séparer. Aujourd'hui, c'est à l'enterrement de son amie d'hier qu'elle assiste, impuissante et effondrée. Si elle avait été aux côtés de Sylvie pour l'écouter, peut- être que ce sombre drame aurait été évité ? Peut-être que Sylvie se serait confiée sur ce mal de vivre qui la rongeait, jusqu'à ce que, semble-t-il, elle ne trouve plus comme issue que la mort. Les idées se bousculaient dans la tête de Jade et le film de son amitié passée avec Sylvie défilait devant ses yeux rougis des larmes versées.

Le prête appuie davantage son regard vers Jade. La jeune femme, absente mentalement, se trouve surprise de la divagation incontrôlable de ses pensées. Le film de son amitié passé s'est brutalement interrompu, et son esprit est envahi d'une brume de laquelle s'échappe une voix qui répète inlassablement :

- L'heure a sonné ! La réminiscence te donnera la clé…

Jade cligne plusieurs fois des yeux et secoue sa tête, comme pour chasser un insecte de ses cheveux. Le mot de la phrase lancinante et laconique, « réminiscence » s'affiche en lettres de feu devant ses yeux. Jade secoue davantage sa tête et murmure :

- Je deviens folle ou quoi ?

Arthur se penche vers elle et lui demande gentiment :

- Qu'est-ce que tu as ?

Perturbée, Jade ne répond pas. Arthur s'apprête à insister, puis se ravise. Il lui saisit de nouveau la main. Le silence se fait, total, pesant. Jade n'a pas la force de protester. Aussitôt, le corbillard tourne à l'angle et s'engage dans la rue silencieuse à présent. Seules quelques mouettes, voletant plus avant dans les terres, se permettent de rompre le lourd silence de leurs cris stridents. Le brouhaha du port, tout proche pourtant, semble même atténué. Le prêtre délaisse Jade de son regard et marmonne pour lui-même :

- Je n'en ai pas fini avec toi…

Il prend une figure compatissante et se dirige vers le cortège mortuaire. Le fourgon stoppe au pied de l'esplanade et, très rapidement, des hommes en costume noir descendent. L'un d'eux se poste à l'arrière du véhicule, attendant, les bras dans le dos, bien campé sur ses deux jambes, la famille de la défunte. Les autres, comme dans un ballet parfaitement synchronisé, s'activent à disposer les gerbes immaculées et les couronnes de lys blancs dans l'église. Cependant, elles sont si nombreuses, qu'ils sont obligés d'en laisser de part et d'autre de la lourde porte, jusqu'au début des escaliers. Après avoir terminé leur mission, ils viennent se poster à côté du premier, adoptant la même position, têtes légèrement baissées, bien alignés de part et d'autre de la malle arrière ouverte, ce qui permet d'entrevoir le socle du cercueil d'un blanc laqué.

Jade ne quitte pas de ses yeux embués de larmes l'arrière du véhicule béant. Arthur imprime un léger mouvement à sa main, pour lui rappeler son soutien. Jade se laisse faire, s'accommodant de ce contact forcé, qui ne lui procure aucun réconfort. Peine perdue…Jade s'enfonce plus profondément dans son chagrin. Son émotion atteint son paroxysme lorsque les portières de la première voiture s'ouvrent. Dignement, le père de Sylvie, accompagné de sa petite fille et de son gendre, sont les premiers à sortir de la longue file de véhicules stationnés à la suite du fourgon. Ensuite, comme à ce signal, chaque voiture laisse échapper son flot de passagers. Bien que le ciel soit bas, tous portent de grosses lunettes noires, essayant de masquer leurs yeux gonflés par les larmes qu'ils n'ont dû cesser de verser depuis la terrible annonce du décès. Outre le chagrin dû à la perte, les visages affichent, bien malgré eux, la torture des mille questions qu'ils doivent tourner et retourner dans leurs têtes. Les circonstances de la mort de Sylvie ne sont qu'une triste répétition de celle de sa mère et de sa grand-mère avant elle. Jade en est certaine à présent. Une terrible malédiction doit peser sur cette famille tant le sort semble s'acharner sur les femmes de la même lignée. Des gouttes de sueur perlent sur sa nuque et ses mains sont moites. Arthur la regarde sans qu'elle s'en aperçoive. Pour le simple passant ignorant le tumulte ravageant ce jeune couple, ce regard semble empli de compassion et de tendresse. Pourtant, si Jade avait prêté attention à son compagnon, elle n'y aurait trouvé que fourberie et hypocrisie… Un simple jeu d'acteur devant un public quelconque. Pourtant, elle ne le voit pas, toute son attention se focalisant sur son amie disparue.

Le prêtre bénit le cercueil et invite la famille à pénétrer dans l'église. Le père, les traits tirés, le visage marqué par la douleur, incline légèrement la tête et les croque-morts, avec mille précautions, chargent le cercueil sur leurs épaules solides et commencent à gravir lentement les marches menant à la porte béante du lieu saint. La fillette s'agrippe à son grand père. Ses jambes se dérobent sous elle. Son père la prend tendrement dans ses bras et la serre fort contre son cœur. Il ne lui reste qu'elle. Le petit corps de la fillette est secoué de sanglots. Elle enfouit son visage dans le cou de son papa. La foule se retient de murmurer ce que tous ont envie de crier. « Pauvre enfant, sa maman est partie ! Comment va-t-elle faire maintenant ? ». Jade ne peut s'empêcher de penser à Johanna, sa propre fille. Son cœur de maman se serre un peu plus. Jade lève les yeux vers Arthur, impassible, presque froid. Elle sait ce qu'il pense : « Et moi, comment ai-je fait quand papa m'a laissé ? Elle survivra, comme moi ».

Le cercueil d'un blanc éclatant contrastant avec les costumes sombres, passe devant eux. Jade reste stupéfaite de la maîtrise dont font preuve les parents de Sylvie. Ni cri, ni hurlement, ni sanglot bruyant, pas même un évanouissement. Les larmes coulent en silence sur leurs joues ternes. Ne perdure que ce silence lourd et pesant. Suit le cortège des proches, au ralenti, comme si ceux qui restent avaient peur de faire du bruit qui aurait pu gêner la défunte dans son dernier sommeil. Comme si la vie était passée trop vite et qu'il faille retenir encore un instant la dépouille inanimée. Comme si ces quelques minutes gagnées à prendre le temps, pour une fois, devaient permettre de la ramener, de la garder encore un peu parmi les vivants. La foule commence à s'avancer en un interminable défilé sur les marches sombres et grises du large escalier.

Arthur veut s'engager dans la foule mais Jade a un mouvement de recul. Voyant dans ses yeux tant de détresse mêlée à de l'incompréhension, Arthur a envie de la serrer contre lui. Cependant, ni le lieu, ni l'instant ne s'y prêtent.

- Tu ne veux pas assister à la messe d'adieu ?
- Si, bien sûr.

Jade tripote les pendentifs qui ne quittent jamais son cou, signe chez elle d'un grand stress. Arthur pose ses mains sur ses épaules et la regarde avec beaucoup de tendresse. Jade reste surprise tant la douceur et la bienveillance d'Arthur paraissent sincères. Voilà bien longtemps qu'elle n'avait plus vu un tel éclat dans le regard de son compagnon.

- Il y a quelque chose qui ne va pas ? Tu ne te sens pas bien ? Tu veux boire un peu d'eau ? demande-t-il.
- Non, non !
- Alors, quoi ? On ne va pas rester planter là ! Ça ne se fait pas ! reprend Arthur plus sèchement. Le fragile espoir de Jade s'envole en fumée en quelques secondes. Le tempérament agressif de son compagnon n'avait pas trop tardé à refaire surface. Il poursuit en y ajoutant de grands gestes.
- Je passe pour quoi ? Moi, j'ai le respect des gens ! Les gens le savent d'ailleurs. Toi, tu as l'air de rien, là ! Venir à l'enterrement de son amie pour ne pas rentrer dans l'église ! A cause de toi, je perds une matinée de travail, tu t'en rends compte au moins ! Je ne joue pas, moi ! Je travaille ! Pfiou ! Que du cinéma, cette femme !

Les personnes venues assister à l'enterrement commencent à se retourner et à dévisager le couple. Jade sent les regards se porter sur elle. La tête lui tourne entre les reproches d'Arthur et la douleur causée par la perte de son amie. Elle répond d'une voix presque inaudible :

- Je ne t'ai rien demandé !

Sans rien attendre d'autre de son compagnon, Jade tourne les talons sans un mot et franchit lentement la porte de l'église, plantant là l'homme véhément. Elle plonge sa main droite dans le bénitier et se signe. Elle prend place, debout derrière les bancs. La foule se serre pour tenir dans l'édifice. Jade aperçoit Arthur, coincé à côté de la porte. Elle se sent soulagée qu'il ne puisse la rejoindre. Elle va pouvoir se recueillir en paix, sans se soucier de savoir si son comportement va déclencher les foudres d'Arthur. C'est aussi pour cela que Jade n'avait pas trop lutté contre l'isolement qu'Arthur souhaitait instaurer. Au moins, elle ne se trouvait plus honteuse des imprévisibles sautes d'humeur volcaniques de son compagnon.

Jade se penche plusieurs fois et réussit enfin à apercevoir le cercueil posé sur des trépieds. Une énorme gerbe de roses rouges, en forme de cœur, le recouvre presque entièrement. La couleur préférée de Sylvie, pense-t-elle. Le curé accueille la famille et lui dispense quelques paroles de vain réconfort. Petit à petit, la porte se trouve obstruée et certains doivent rester dehors… L'église est pleine à craquer. L'odeur entêtante des lys, plantés çà et là dans plusieurs compositions florales, se répand dans toute la nef rendant l'atmosphère presque écœurante, couvrant celle de l'encens. Le curé traverse alors le chœur, et effectue le rite des lumières. Jade, dubitative, observe l'homme de foi allumant les cierges censés aider son amie à monter au paradis. Dans la pénombre et la froideur de l'édifice, le cercueil se retrouve cerné de ces petites lucioles qui font danser des ombres fantomatiques sur les parois glacées ornées de représentations et d'écritures saintes. Son regard s'arrête sur la statue de la Vierge Marie, celle qu'elle avait tant priée dans sa vie passée, sa vie d'avant Arthur. Jade réalise subitement que sa nouvelle vie n'est pas si ancienne. Trois ans seulement. Trois petites années pour que sa vie bascule du tout au tout. Trois ans s'étaient écoulés depuis sa rencontre avec Arthur. Tant d'événements se sont succédés dans ce laps de temps si court, que Jade en est étourdie. Elle se rappelle leur rencontre inopinée, fortuite, ne laissant absolument pas présager de la tournure qu'allaient prendre leurs vies.

La cérémonie débute sans que Jade y prête la moindre attention. Le prêtre, installé derrière son pupitre, ouvrant largement ses bras comme pour recueillir la peine diffuse, commence sa litanie. Pendant que les textes bibliques se succèdent dans sa bouche comme un long monologue appris par cœur et sans saveur, bien que récités avec ardeur et conviction, le curé cherche Jade du regard dans la foule agglutinée devant lui. Ses recherches restant vaines, il ferme les yeux, inspire profondément, profitant d'un moment de recueillement. Enfin, il a trouvé sa cible. Son regard perçant s'oriente instinctivement vers le fond de l'église, où se trouve Jade, debout, parmi les fidèles. Tout en continuant à débiter le nom des saints censés accueillir Sylvie au paradis, le prêtre se focalise sur Jade et reprend son travail là où il s'était interrompu quelques instants auparavant. Le son de la voix du prêtre ne parvient que de façon étouffée aux oreilles de Jade, trop absorbée, subitement, à revivre mentalement le film de sa propre vie. Elle ferme les yeux. Sa mémoire l'emmène loin de l'église froide et mystique.

Un doux soleil printanier réchauffe sa peau. Jade ouvre les yeux. Elle entrevoit les rayons de lumière dansant au travers du feuillage épais de l'orme au pied duquel elle s'est installée. Les notes du célèbre air de Tchaïkovski s'envolent vers le ciel azur, la berçant lentement. Elle glisse inexorablement vers une douce torpeur. Cependant, la sieste ne semble pas être prévue au programme de Johanna. La fillette s'appuie sur ses coudes et feuillette bruyamment son magazine. Jade se retourne et adopte la même position que sa fille.

- Tu t'ennuies ? s'enquiert la maman.

- Non, ment Jo maladroitement, avec la fraîcheur des enfants qui ne veulent pas décevoir leur parent. Si ça te fait plaisir d'être là, alors moi aussi, je suis contente !

Jade, absolument pas dupe du jeu de sa fille, sourit et engage la conversation sur un sujet qui va plaire à l'enfant bavarde.

- Alors, dis-moi, ma beauté ! Tu n'as pas terminé de me raconter ! C'était intéressant ta sortie au musée Matisse avec l'école ?

Jo, la pipelette, se lance dans de grandes explications, trop contente de papoter avec sa maman. Jade ponctue l'échange de rires aux plaisanteries de sa fille, ce qui encourage Jo à continuer. Bientôt, un flot ininterrompu de paroles se répand autour d'elles, débordant jusqu'aux plaids des spectateurs environnants. Ces derniers, venus pour écouter le concert en plein air, leur lancent des regards de réprobation leur intimant le silence. Cependant, la mère et l'enfant, bien à l'abri dans leur bulle fusionnelle d'intimité, ne prêtent aucune attention à tout ce qui ne sont pas elles. Jade se délecte de chaque rire, de chaque regard malicieux de Jo. Seule ombre au tableau qui ternit l'éclat de ce moment rare, les quelques résidus de tristesse qui perdurent constamment dans les grands yeux noisette de Jo. Jade sent son cœur se serrer à chaque fois qu'elle les aperçoit. La maman connait la blessure profonde qui meurtrit ainsi sa fille. Toutes deux ont été touchées en plein cœur et Jade sait que malgré tout l'amour qu'elle porte à sa fille, cette brèche ne peut être refermée que par l'enfant. Seule. Sans son aide. Le sujet de la conversation s'oriente inexorablement vers le nœud du problème. Jo l'aborde comme à chaque fois :

- Bon ! Maintenant, à moi de te poser des questions.
- Je t'écoute.
- Est-ce que tu t'es trouvé un fiancé ?

Jade laisse échapper un soupir de lassitude. Jo ne démord pas :

- Allez ! Il y en a bien un qui doit te plaire à ton travail !
- Non. Personne.
- Alors, peut-être quand tu vas boire ton café chez Gino ?

Jade secoue la tête, amusée de la détermination de sa fille. Jo se dresse et envoie d'un geste nonchalant ses longs cheveux blonds derrière son épaule. Elle poursuit, inébranlable :

- Bon ! Va falloir que tu fasses un petit effort, parce que toi, tu as besoin d'un fiancé et moi, j'ai envie de savoir ce que ça fait d'avoir un père !

- Oh, Jo ! Nous ne sommes pas bien, là, toutes les deux ! Nous n'avons besoin de personne d'autre ! Et puis, tu sais, l'amour, cela ne se trouve pas sur commande !

Johanna perd son sourire à cette réponse. L'éclat dans ses yeux disparaît. Jade essaie de la consoler :

- Ma beauté ! Je vais faire ce que je peux, d'accord ? Mais, je ne peux rien te promettre !

- Oui, c'est ça ! Et moi, je ne saurai jamais ce que c'est que d'avoir un père ! Moi, je n'étais pas suffisamment intéressante pour que mon père reste ! Il n'a même pas cherché à me connaître !

- Laisse tomber ! C'était un abruti ! Je te l'ai répété des centaines de fois ! Tu es une enfant très intéressante et qui mérite qu'on se donne la peine de faire un tas de choses pour toi ! Je t'aime de tout mon cœur, Johanna, mais je ne peux pas faire de miracles !

Jo se blottit dans les bras de sa mère, et reprend après quelques instants de silence.

- Je t'aime aussi ! Pour ton prochain fiancé, essaie de ne pas prendre un abruti !

Jade, surprise de la répartie de sa fille, se met à rire.

- Je voudrais juste avoir une vraie famille, comme les autres ! Un papa, une maman et pourquoi pas une petite sœur !

- Et bien, toi ! Tu as une maman, un papi et une mamie qui t'adorent ! C'est déjà pas mal ! Qui est ta maman adorée et préférée, unique au monde ?

- Tu es bête ! rétorque l'enfant en riant.

Le concert s'était achevé depuis une bonne heure lorsque Jade et Johanna s'apprêtèrent enfin à rejoindre leur deux-pièces. Elles n'étaient pas pressées de rentrer. Le brouhaha du cours Saleya en ce dimanche soir ne cesserait que tard dans la nuit et l'appartement ne se retrouverait dans le calme que vers les deux heures du matin, à la fermeture des restaurants et des bars. Ensuite, sur les coups de cinq heures, les bruits de la vie reprendraient avec l'arrivée des charretons de fleurs et des marchands ambulants.

- On fait un crochet par Sainte Rita avant de rentrer ? demande Jo.

- Oui ! Si tu veux ! Pourquoi ? Tu as quelque chose à demander ?

- En effet ! J'ai un truc à demander à ta copine la Sainte Vierge !

Jade sourit à cette dernière réplique, et s'exécute de bon cœur. S'engageant dans les ruelles étroites du vieux Nice, elle conduit sa fille jusqu'à l'église.

- Tu m'attends là… ordonne l'enfant à sa mère. C'est une demande personnelle que j'ai à faire.

Jo s'engouffre dans le lieu saint, ne laissant pas à Jade le temps de répondre. Elle achète un énorme cierge qu'elle paie en extirpant son argent de poche du porte-monnaie que sa mamie lui a offert récemment. Elle se met devant l'autel de la Vierge Marie. Elle se signe, l'allume et expose l'objet de sa requête :

- Alors voilà, Marie. Je sais que maman vient souvent te demander des trucs comme me protéger, que je sois en bonne santé, heureuse, etc… Mais, elle a oublié de te demander quelque chose d'essentiel ! Un fiancé pour elle ! Je me doute que depuis le temps qu'elle vient te voir, vous devez être copines maintenant ! Alors, s'il te plait, il faut que tu t'occupes un peu d'elle aussi ! Je compte sur toi pour lui trouver un gentil garçon qui voudra vivre avec elle ! Du coup, j'aurai un papa comme ça ! Et hop, tu ferais d'une pierre deux coups ! Bon, je ne te retiens pas plus longtemps, je sais que beaucoup de monde te demandent un tas de choses ! A bientôt !

Johanna, satisfaite, rejoint Jade.

- Et voilà ! Il n'y a plus qu'à attendre ! claironne-t-elle.

Le lendemain de cette merveilleuse journée, gravée à jamais dans son cœur de maman, Jade rencontrait Arthur.

Les murs froids et sombres se reforment devant les yeux de Jade. L'ambiance pesante de l'enterrement de Sylvie plombe de nouveau ses épaules. Le prêtre poursuit inlassablement ses rites d'adieu. Jade n'entend qu'un brouhaha confus et lointain, trop occupée à demander l'aide, une fois de plus, de la femme sainte pour conduire son amie Sylvie à travers les limbes obscurs afin qu'elle trouve la lumière et le repos que, visiblement, elle souhaitait tant obtenir. Jade se sent de nouveau assaillie par les émotions et les souvenirs liés à l'enterrement de son amie. Les mots, les souvenirs défilent devant ses yeux mêlant sa propre histoire et celle de Sylvie. Plusieurs instants, bons ou mauvais, lui reviennent à l'esprit, de façon anarchique. Elle pleure, sourit à d'autres moments, puis recommence à sangloter de plus belle, repart dans son monde, cette sorte de délire où tous ses sentiments semblent s'être donnés rendez-vous. Cependant, son corps n'a pas suffisamment d'espace pour contenir en même temps toutes ces émotions si intenses et contradictoires, qui se bousculent et se heurtent en elle-même. Jade a l'impression d'avoir bu. La tête lui tourne et ses tempes, où le sang afflue violemment, sont sur le point d'exploser. Elle prend une grande inspiration et essaie de se calmer. Les effluves d'encens que le prêtre brûle abondamment lui donnent la nausée. Elle cherche de l'air frais, commence à s'agiter, se tourne vers la porte, impossible à atteindre sans déranger la cérémonie.

Une chanson s'élève jusqu'à la fresque recouvrant l'immense plafond. Aussitôt, Jade en reconnaît les premiers accords. Des larmes silencieuses se mettent à couler le long de ses joues. Elle se laisse porter par les notes mélodieuses. Le morceau se termine et le prêtre reprend la parole. Sa voix résonne dans l'édifice et les murs se renvoient les mots en écho.

- La famille de la défunte, dont nous honorons la mémoire aujourd'hui, en cette messe d'adieu et de lumière, m'a prié de vous dire quelques mots sur sa vie qu'ils m'ont relatée, avec beaucoup d'émotion, au cours de nos entretiens.

Le curé ajuste le micro et prend une grande inspiration.

- Un beau matin de juillet, le vingt-huit pour être exact, naissait une jolie petite fille, que sa maman prénomma Sylvie. Quel drôle de prénom, me direz-vous, pour un bébé joufflu et en bonne santé ! s'exclame le curé, en y joignant un petit toussotement proche du ridicule.

Un murmure parcourt la foule. Jade se raidit et tente d'apercevoir le prêtre qui venait de prononcer ces mots curieux pour un adieu à une défunte. Le curé, content visiblement de son petit effet, ne se laisse pas perturber et reprend comme si de rien n'était :

- Sylvie se décompose comme suit « si-il-vit » ! N'est-ce pas une bizarrerie d'appeler son enfant ainsi ?

Jade, comme les autres personnes présentes, est médusée de l'aplomb et de l'impertinence du curé. Le premier rang s'agite, et l'on entend des murmures de réprobation de part et d'autres. Le prêtre rompt le silence brutalement, haussant le ton :

- Mais nous ne saurons jamais ce qui a traversé l'esprit de sa mère au moment où elle a choisi ce prénom. Pourtant, rien ne laissait penser que ce nouveau-né ne vivrait pas ! Peut-être savait-elle déjà au fond d'elle-même, qu'en naissant fille, son destin se confondrait avec le sien.

Jade, très étonnée des paroles de ce prêtre, se hisse sur la pointe des pieds pour essayer de discerner ses traits. Toutefois, comme un océan de tête lui bouche la vue, il ne lui apparaît que comme une marionnette, dans son habit de lumière, sur la scène d'un théâtre. Elle n'entend que les mots prononcés par le curé.

- Sylvie, malgré ce prénom chargé d'échardes transgénérationnelles, eut donc une enfance heureuse, choyée par les siens, jusqu'à ce jour tragique où sa maman décida de mettre fin à sa vie. L'enfant avait dix ans, et malgré les efforts de son papa pour entourer d'amour cette petite devenue orpheline de mère, elle garda cette épine plantée dans son cœur, tout au long de sa vie. Après des études réussies, elle obtint sans difficulté son diplôme de secrétaire et trouva un emploi. Plus tard, elle rencontra son mari, avec qui elle vécut en harmonie, et donna naissance à sa fille dans la joie. De longues années heureuses s'écoulèrent tranquillement dans notre quartier, là où elle résidait. Donnant d'elle-même sans compter, Sylvie se fit de nombreux amis.

Le prêtre s'interrompt un instant, puis reprend d'une voix forte :

- Et puis, sans raison apparente, sauf peut-être un mal de vivre incompréhensible de ses proches, Sylvie décide à son tour, comme le fit sa défunte mère, de mettre fin à sa vie en ce début de printemps, sans se soucier d'infliger la même peine que la sienne à sa propre fille. Souhaitons à cette enfant de surmonter plus vaillamment cette épreuve, et d'enrayer enfin ces tragiques destins féminins.

Le curé, à ce moment précis, se penche vers Renée, assise au premier rang, étourdie par la mort brutale de sa mère et reprend :

- Parce qu'il faut que tu saches, ma fille, quelle lourde tâche t'incombe. A présent, tu es celle qui a choisi d'arrêter le cycle infernal qui pèse sur ta lignée. A l'aube de tes quarante ans, les trois « R » entreront en scène ! La répétition aura œuvré, la réminiscence…insiste le prêtre d'une voix tonitruante en se redressant et en fixant Jade.

A ces mots, Jade sent la tête lui tourner. Le mot « réminiscence » réapparait devant ses yeux en lettres de feu. Le feu dévore, sous son regard stupéfait, l'assemblée, l'église, le curé, tandis que la même phrase laconique se répète inlassablement à ses oreilles.

- L'heure a sonné ! La réminiscence te donnera la clé…

Elle se trouve transportée dans ce café qu'Arthur et elle appréciaient de fréquenter, du temps où ils s'aimaient sans se l'être encore avoué. Les mots les plus banals coulaient comme du miel dans leur bouche lorsqu'ils se retrouvaient.

- Tu veux un café ? demandait Arthur.
- Volontiers, approuvait Jade.
- Si on emmenait Jo au cinéma ce soir ? poursuivait Arthur. Elle a eu d'excellentes notes, ce serait une façon de la récompenser.

Jade était folle de joie. Non pas pour une séance de cinéma, mais parce qu'elle avait trouvé un homme qui s'intéressait à sa fille.

- Oui, répondait-elle tout sourire. C'est une bonne idée ! On se retrouve pour déjeuner ?
- Pas de problème ! Je passe te chercher à midi tapant ! disait-il en réglant les cafés. Passe une bonne matinée, j'ai hâte de te retrouver avant même de t'avoir quittée !

Jade travaillait à deux pas de chez elle, et coup de chance, Arthur avait son bureau juste derrière le cours Saleya, sur le quai des Etats- Unis. De cette proximité, ils profitaient pour se retrouver à toute heure de la journée. Il arrivait même que les jours de repos de Jade, Arthur prolonge sa pause déjeuner jusqu'en soirée, voire jusqu'au lendemain matin. L'idylle naissait sous les meilleurs auspices. Puis, un soir où Jade avait laissé Jo dormir chez ses grands-parents, l'étau avait commencé à se former. Elle n'en était pas consciente à ce moment-là. Seulement le film de sa vie qui se diffusait devant ses yeux commençait à lui éclaircir les idées. Il l'avait invité à dîner. Ils étaient partis, main dans la main, s'attabler à Opéra plage. Les pieds dans le sable, le regard perdu dans l'immensité bleutée dans laquelle se reflétait la lune, un verre de champagne à la main, ils s'étaient susurrés qu'ils s'aimaient. Enivrés de bonheur, consumés de passion, ils formulaient des projets d'avenir communs. Jade sentait son cœur s'envoler. Ses rêves de bonheur allaient enfin se concrétiser. Et, chose primordiale, Jo allait avoir le père qui lui manquait tant. Jade ne touchait plus terre, elle planait dans les sphères du bonheur. Bien que le couple ne se soit formé que très récemment, elle savait au fond d'elle qu'elle ne se trompait pas. La vie de famille tant désirée lui tendait les bras et elle n'allait pas bouder son bonheur.

Jade reprit brutalement pied dans la réalité, tirée de ses souvenirs par les bruits d'une discussion véhémente. Le père de Sylvie s'entretenait avec le prêtre et ne mâchait pas ses mots quant à l'hommage rendu à sa fille disparue. Cependant, Jade ne prêta pas attention à ce désordre et se tourna, bien malgré elle, vers Arthur. Les images qui venaient de lui traverser l'esprit lui avaient rappelé des émotions qu'elle avait oubliées à l'égard de son compagnon. Des sentiments très forts, un bien-être sans pareil. Elle le regarda un instant puis détourna la tête en se parlant à elle-même :

- Qu'est ce qui a bien pu nous arriver pour que nous en soyons là aujourd'hui ? Nous étions heureux…tu m'avais promis une vie de famille…Tu m'as menti, et j'ai eu la bêtise de te croire…

Jade sent les larmes couler le long de ses joues. Elle se surprit à pleurer sur elle-même alors que ses pleurs devraient concerner Sylvie. Le prêtre reprend son discours, comme si rien ne s'était passé, et termine par l'énumération des qualités de la défunte. En y réfléchissant, il aurait été de mauvais goût de rappeler ses défauts. Cependant l'adieu de cet homme d'église est tellement particulier, que l'on peut s'attendre à tout. Néanmoins, il s'en tient aux formules d'usage :

- Sylvie était aimée de tous. Serviable, attentionnée, elle donnait beaucoup d'elle même aux autres. Preuve s'il en est besoin de votre présence en masse, ici, aujourd'hui, dans la Maison du Seigneur, pour l'accompagner dans son dernier voyage et manifester votre soutien à sa famille éplorée. Prions ensemble une dernière fois le Seigneur pour que Sylvie repose en paix. Ne t'inquiète pas Sylvie, nous savons que ta mère t'attend au Royaume des Cieux et nous espérons que tu pars en paix et pleine lumière, sereine à présent.

La messe se poursuit sans évènement notable et le prêtre bénit le cercueil. Il invite à faire de même tous ceux qui le souhaitent. Jade se faufile à travers la foule si rapidement qu'Arthur n'a pas le temps de la suivre. Il reste donc à sa place, peu désireux de bénir Sylvie. Non pas qu'il ait de la rancune envers elle, mais il est athée et ne veut pas suivre un rite auquel il ne prête aucune crédibilité. Sa présence ici et aujourd'hui n'a d'autre but que d'accompagner Jade, sachant, évidemment, combien cette cérémonie est éprouvante pour elle. La file avance lentement. Enfin, le tour de Jade arrive. Elle prend le goupillon et procède à l'aspersion. Au moment d'accomplir son geste, son bras reste suspendu un instant, son regard croise celui du curé revenu à son pupitre. Elle a une sensation étrange de chaleur et d'apaisement, et termine son geste suspendu. Elle part reprendre sa place sans se retourner. Pourtant, elle sent le regard de ce drôle de curé, posé sur elle. Le prêtre poursuit la cérémonie et agite une petite clochette. A peine Jade a-t-elle repris sa place au fond de l'église que les vertiges la reprennent. Le tintement s'intensifie à ses oreilles, l'obligeant à se tenir la tête entre ses mains. Elle ferme les yeux et se projette, cette fois, au premier jour d'installation, dans leur nouvelle maison.

- Voilà, c'est le dernier carton ! déclare Arthur en soufflant bruyamment. Je ne m'attendais pas à ce que tu aies autant d'affaires ! Comment réussissais-tu à tout faire tenir dans ton deux-pièces ?

- Ah, ah ! Mystère ! Mais, vois-tu, Arthur, tu t'es acoquiné avec une femme qui a une petite fille ! Et, en tant que représentantes de la gente féminine, nous avons besoin, Jo et moi, de beaucoup, beaucoup d'affaires pour nous faire belles !

Arthur sourit et enlaça Jade.

- Mais tu n'as pas besoin de tout cela ! Tu es déjà très belle !

Il l'entraîna sur le canapé. Jade le taquina :

- Toi, je vois où tu veux en venir ! Non, non, monsieur ! Nous avons des cartons à vider, des vêtements à ranger et des meubles à installer avant le retour de Jo de l'école ! Pas question de batifoler !

Arthur laissait courir ses mains sur le corps de la jeune femme, ignorant ses propos. Il lui mordilla l'oreille et dans un souffle, prononça les mots qui allait sceller le destin de Jade :

- Et si on faisait un bébé ?

Jade se redressa d'un bond. Elle qui avait toujours voulu une grande famille, avec un tas d'enfant, jouant et riant dans tous les coins d'une belle maison, agrémentée d'un petit jardin, et vaillamment gardée par un gentil chien. Toutefois, elle hésitait :

- Nous venons à peine de nous installer ensemble, et, cela fait seulement cinq mois que nous nous connaissons, et…

- Et alors ? rétorqua Arthur. Tu m'aimes, je t'aime. Pourquoi attendre ? Tu es la femme de ma vie, je considère Jo comme ma propre fille ! J'ai bientôt quarante-quatre ans, tu en as trente-sept ! J'ai vécu dix ans avec une femme et je n'avais pas la moindre envie d'avoir un bébé avec elle ! Toi, c'est différent ! Je n'ai jamais aimé une autre femme comme je t'aime, toi !

Arthur accompagna ses derniers mots d'un geste tendre. Il caressa le visage de Jade et ramena ses longs cheveux bruns sur son épaule. Jade sentit son cœur palpiter au point de sortir de sa poitrine. Tout ce bonheur, d'un coup, sans crier gare. C'était presque trop. Arthur reprit pour finir de la convaincre :

- Je sais que tu as souffert de ne pas pouvoir rester avec Jo dans les premières années de sa vie. Tu devais bosser, tu étais seule, heureusement, ce sont tes parents qui gardaient Jo quand tu travaillais… c'était dur pour toi et pour elle…

Jade eut un pincement au cœur en entendant Arthur parler de ce moment douloureux pour elle. Il poursuivit :

- Là, nous sommes deux. Tu pourrais te mettre en congé parental. Comme cela, tu profiterais du bébé et tu t'occuperais de Jo. Elle ne va pas tarder à entrer dans l'adolescence, c'est un moment délicat. Après, quand le bébé aura grandi, tu reprendras ton travail. Je gagne suffisamment d'argent pour nous tous…et, je t'aime.

Elle avait envie d'un bébé. Elle savait que Jo souhaitait une petite sœur. Finalement, pourquoi refuser toute cette joie ? Les derniers remparts de sa résistance tombaient les uns après les autres. Qu'importait le temps passé ensemble. Le bonheur ne se refuse pas lorsqu'il frappe à votre porte. Elle souriait à Arthur. Il comprit le message. Leurs corps s'unirent sur ce canapé, au milieu des cartons pour créer la vie. L'étreinte était passionnelle, fusionnelle, intense. Le temps avait suspendu sa course pour ce moment privilégié.

Lorsque Jade s'installa au volant de sa voiture pour aller chercher Jo, elle irradiait de bonheur. Elle démarra et partit gaiement vers l'école. Elle ne savait pas si l'alchimie avait déjà commencé dans son corps, pourtant elle était certaine que son cœur débordait d'amour et de joie. Dans l'habitacle, la radio hurlait ses tubes et Jade hurlait encore plus fort :

- Oui ! Ca y est ! Après tout ce qu'on a traversé, on va être heureuses ! HEUREUSES ! Jo, mon petit cœur, c'est fini, les années de galères ! On va enfin être une FAMILLE ! Une famille comme on en a toujours rêvé!

Jade se sent tirée par la main. Les images de sa vie s'estompent et elle voit Arthur l'entraîner hors de l'église. La cérémonie était terminée et le convoi partait pour le cimetière.

Jade regarde les voitures s'éloigner rapidement vers le cimetière de Caucade. Elle se tourne vers l'église, réalise qu'elle a oublié de signer le livre de condoléances. Arthur s'impatiente à ses côtés. Elle lui dit simplement :

- Vas-y ! Je rentrerai en tram !

Il ne cherche pas à comprendre et part rapidement rejoindre sa voiture.

Jade se glisse dans la file et après quelques minutes d'attente, saisit la plume noire. Tout en écrivant quelques mots de condoléances, elle murmure pour elle-même :

- Au revoir Sylvie. Ta vie s'est arrêtée il y a quelques jours. Je ne sais pourquoi cela s'est produit aujourd'hui alors que mes pensées auraient dû être tournées vers toi, mais, je viens de comprendre où ma propre vie s'est arrêtée…

Elle dépose le stylo et s'éloigne pour rejoindre l'arrêt de tram le plus proche. Sur le registre des condoléances, on peut y lire :

« Mes pensées vous accompagnent, plus particulièrement pour Renée. Je partage votre peine et votre douleur, qui se confondent avec les miennes.

Amitiés, Jade Sanchez. »

Indices enfantins

Dans les jours qui suivirent l'enterrement de Sylvie, Clotilde, la marraine de Jade, passa la voir plusieurs fois par jour pour s'enquérir de son état. Elle était d'autant plus présente depuis que Claire et Léon, les parents de Jade, étaient partis vivre à Honolulu. Comme ils étaient rassurés quant au sort de Jade et Johanna qu'ils croyaient dans les bonnes mains d'Arthur, ils avaient décidé de réaliser ce projet qui leur tenait à cœur depuis longtemps, au moment où Jade tomba enceinte. Bien sûr, la séparation fût difficile. Heureusement, internet permettait de discuter de visu et il était déjà prévu que Jade et ses enfants passent les grandes vacances à Honolulu. L'éloignement aidant, Jade, ne voulant pas donner du souci à ses parents, masquait depuis deux ans la réalité de la déchéance de son couple. Seulement, il était plus difficile de duper Marraine. Et cette dernière se faisait beaucoup de souci pour sa filleule. Jade tournait en rond dans la maison, seule avec Gabriel, son petit bonhomme qui avait tout juste dix-huit mois.

La sonnette retentit et Jade eut à peine le temps d'ouvrir la porte que l'extravagante femme déboula dans son salon :

- Ah ma chérie, je ne te raconte pas la matinée de folle que je viens de passer !
- Bonjour Marraine ! répliqua Jade en souriant.
- Ma chérie ! D'abord, ce matin en me levant, je me suis cogné l'orteil contre l'armoire. Ensuite, j'ai renversé mon mazagran de thé sur mon joli chemisier, tu sais celui que j'aime tant ! Enfin, ma voiture qui ne voulait pas démarrer… Bref, une journée qui s'annonçait riche en rebondissements ! Donc, j'ai foncé chez toi ! Alors, comment vas-tu ma chérie ?

Jade, étourdie par le flot de paroles ininterrompu, resta surprise :

- Pourquoi mon état aurait-il un rapport avec tes mésaventures matinales ?

Clotilde, penchée sur Gabriel confortablement installé sur le tapis du salon, jouant avec ses petites voitures, caressait le visage de l'enfant tout en s'adressant à lui à voix basse :

- Oui, mon petit roi ! Toi, tu as compris ! Oui, mon tout petit ! Je vais expliquer à ta maman ce qu'elle refuse toujours de comprendre ! Et pourtant, Dieu sait que ce n'est pas faute de le lui avoir répété pendant des années ! La clé tient dans l'Histoire…

Clotilde se redressa et fit face à Jade :

- Dis-moi, au fait, petit roi va sur ses deux ans… donc si je compte bien, dit-elle, en comptant sur ses doigts, il y a de fortes chances pour que je sois sa maîtresse avant … que je ne parte à la retraite ?

Marraine ne laissa pas à Jade le loisir de répondre, et toujours calculant mentalement, reprit :

- Oui ! C'est bien cela ! Je devrais l'avoir pour ma dernière année d'enseignement ! Dans ma carrière d'institutrice, j'aurai appris à lire à toi, puis à ta fille, et enfin à ton fils! C'est vraiment une chance, non ? Quoique, à la réflexion, le petit semble avoir plutôt ton tempérament…je me demande si le mot chance est réellement approprié ?

- Une chance, oui ! confirma Jade, en s'esclaffant.

- Hum ! Espérons qu'il ne sera pas aussi impertinent et arrogant que toi. Par contre, s'il a ton intelligence…nous sommes sauvés !

- Allons ! Tu te serais ennuyée dans ta classe si tu ne m'avais pas eue comme élève !

- J'avais oublié…, prétentieuse en plus ! rajoute Clotilde en riant. Souviens-toi quand même que tes défauts de jeunesse, dirons-nous, t'ont joué de mauvais tours, et…

- ...si tu n'avais pas eu des relations, en particulier ton cher ami intime le commissaire Clément, qui lui-même connaissait quelqu'un de bien placé au rectorat, blablabla. Je sais tout ça, Marraine. En même temps, ma théorie tenait la route...

Clotilde, jeune enseignante à l'époque, s'était liée d'amitié avec Claire, la maman de Jade. Claire n'avait pas hésité une seule seconde à proposer à Clotilde de devenir la marraine de Jade, tant la jeune femme d'alors l'impressionnait par son érudition. Clotilde venait d'un milieu aisé et sa culture dépassait largement le cadre de son enseignement. Elle avait accepté avec joie. Jade se révéla être une enfant extrêmement curieuse de toutes choses, doublée d'une intelligence vive et d'une extraordinaire mémoire. Toutefois, l'enfant possédait une sensibilité à fleur de peau, qui la conduisait souvent à des dérapages de langage et d'attitude, dictés par son impulsivité et son aplomb. Pourtant, Clotilde savourait chaque moment passé avec l'enfant, puis avec l'adolescente et maintenant avec la jeune femme qu'était devenue Jade. Marraine ne s'était jamais mariée et n'avait donc pas d'enfant. Toutefois, la jeune et pétillante Mademoiselle Marcellin avait gardé sa fraîcheur et son peps en vieillissant. Elle était loin, très loin du stéréotype de la vieille fille. D'ailleurs, Jade la soupçonnait d'avoir eu quelques aventures, en particulier avec le fameux commissaire Clément, bien que Marraine soit toujours restée discrète et évasive sur sa vie privée. Elle veillait depuis toujours sur Jade. Et heureusement que l'institutrice avait pris son rôle de protecteur très au sérieux puisque le tempérament enflammé de Jade la mettait souvent dans des positions inconfortables. Ainsi, un jour, le rectorat proposa comme sujet national au baccalauréat blanc : « l'Histoire ». Jade plancha, comme les autres, sur ce sujet et noircit plusieurs feuilles présentant une thèse, une antithèse et une synthèse. Au bout de quatre heures, elle rendit son devoir, confiante quant aux résultats escomptés. Les feuilles, sous anonymat, partirent à l'autre bout de la France pour être soumises à une double correction, le principe de l'équité étant appliqué comme pour le véritable examen. La semaine suivante, lorsque les copies furent rendues aux élèves, Clotilde, déjà au fait, rencontra Jade. Cette dernière laissa exploser sa fureur et son incompréhension d'avoir obtenu une note aussi basse pour un devoir aussi bien construit et argumenté. Clotilde écouta attentivement la jeune fille et lui expliqua que malgré ses prédispositions évidentes pour le rédactionnel, il avait été du plus mauvais goût de démontrer à des professeurs que l'Histoire ne servait à rien, puisque les Hommes répétaient sans cesse les mêmes erreurs sans tirer aucune leçon du passé. Sans oublier de conclure en assénant le coup de grâce : affirmer que si cette matière était enseignée avec plus d'enthousiasme, peut-être que les élèves s'intéresseraient davantage à cet héritage. Jade réalisa d'un coup l'impertinence dont elle avait fait preuve, et, depuis ce jour, cette anecdote était devenue une référence de taquinerie entre Jade et Clotilde.

Jade reprit :

- Pour en revenir à ta question initiale, je vais très bien ! Merci de t'en inquiéter ! Mais je ne vois toujours pas le rapport avec tes péripéties. Depuis le temps que je te connais, je sais que tu es la championne incontestée des petites phrases laconiques ! Mais là, je ne vois vraiment pas le rapport…

Clotilde prit tendrement Gabriel dans ses bras, le câlina et fit face à sa filleule.

- Eh bien, c'est le jour, voyons !

Dubitative, Jade signala son incompréhension par une moue. Clotilde poursuivit :

- Le jour où tu vas enfiler une de tes jolies robes, te pomponner et sortir enfin de ta grotte ! Allez ! Ouste ! Tu as suffisamment ruminé dans ton coin, il est temps de sortir de ta tête ! Ta période « plante verte », végétative si tu préfères, est terminée !

- Je ne rumine pas, je réfléchis ! C'est différent ! protesta Jade. D'autre part, je ne suis pas une plante verte, comme tu viens de me le faire remarquer si gentiment ! J'ai choisi de suspendre mon travail pour élever Gabriel jusqu'à ce qu'il rentre à l'école. Et, cela me permet d'avoir un œil sur Jo, qui rentre dans la délicate période de la pré-adolescence. Quand petit roi ira à l'école, je reprendrai mon boulot d'agent immobilier.

- Ce n'est pas moi qui te traite de « plante verte » ! Je ne fais que reprendre ce que tu as toi-même écrit dans ton blog pour te décrire, ma chérie.

- Marraine ! Tu lis mon blog ? Mais ? Comment tu savais… ? Je ne l'ai dit à personne !

- L'instinct, ma belle ! L'instinct…

A la naissance de Gabriel, Jade avait abandonné ses piles de dossier, son tailleur et ses talons aiguilles pour se mettre en congé parental. Malheureusement, ce qu'elle ignorait au moment de ce choix crucial, c'est qu'elle allait perdre l'estime de son compagnon, qui, la sachant à la maison, ne lui prêtait plus d'attention. Elle avait été reléguée, malgré ses efforts, au rôle de plante verte. Bien que l'option d'arrêter son travail ait été prise en commun, cela ne semblait plus d'actualité et Arthur ne se gênait pas pour lui faire remarquer qu'il l'entretenait. Jade supportait mal ses réflexions d'autant qu'elle était de nature très indépendante. Aussi, le couple sombrant rapidement dans des disputes violentes et régulières, elle décida de retrouver une valorisation sociale par le biais de son blog, puisqu'Arthur ne lui accordait plus le respect qui lui était dû. Elle n'envisageait pas de séparation, pas pour le moment, pas maintenant que son bébé venait d'arriver dans cette vie chaotique. Il fallait donc trouver une alternative pour sauver son couple, arrêter les cris, tout en cherchant ailleurs ce que chez elle, on ne lui donnait plus. Son blog lui procurait sa bouffée d'oxygène quotidienne et elle pouvait de nouveau respirer. Le net faisait partie de ces petits riens qui l'aidaient à alléger la réalité de sa vie. Son message d'accueil ne laissait aucune équivoque sur ce que Jade vivait au quotidien :

Bonjour et bienvenue sur mon blog. Je m'appelle Jade. Telle la pierre ornementale dont je porte le nom, je me retrouve aujourd'hui comme une magnifique bague exposée dans une vitrine devant laquelle le propriétaire passe et repasse sans plus prêter la moindre attention à son éclat.

Ma vie sociale s'est arrêtée du jour où le cordon de mon fils a été coupé. Je ne regrette pas mon choix, mais je déplore d'être ainsi déconsidérée en devenant une femme au foyer. Dure et tenace comme la jadéite, j'ai bien l'intention de retrouver mon lien avec la société et ma condition perdue sans pour autant me priver de la joie des merveilleux moments que je vis avec mes enfants.

C'est donc vous, lecteurs et visiteurs, qui allez déterminer ma destinée. Me laisserez-vous me ternir dans ma vitrine, seule, sans commentaire, ni visite ? Ou raviverez-vous mon éclat en adhérant à mes petites fantaisies et en suivant avec délice mes péripéties de maman débordée ?

Chaque soir, lorsque la maisonnée s'endormait, Jade écrivait sur son blog, se libérant des frustrations accumulées dans la journée. Ainsi la veille au soir, perturbée d'avoir revécu dans son imaginaire sa relation avec Arthur, Jade avait publié un article reflétant ses états d'âme, intitulé *La fée piégée.*

Elle est belle et candide,
Elle l'a cru et s'est fait piéger!
Maintenant, elle observe le monde,
Les bouquets de roses rouges brisés,
Éparpillés devant l'entrée désormais fermée,
De sa belle cage argentée.
Mais aussi confortable et agréable soit-elle,
Cette véranda qui l'enferme,
La prive de liberté à jamais!

Elle n'offre plus qu'un visage triste et fermé,
Désolée d'avoir été aussi naïve
Pour se précipiter dans ce qu'elle croyait
Etre son rêve mais qui n'est plus qu'une triste réalité!
Bientôt sa beauté se sera étiolée,
Et sa jeunesse l'aura quittée,
Elle n'aura plus qu'à se résigner,
Pour un jour avoir cru
L'homme qui disait l'aimer !

- L'instinct ? Tu m'en diras tant ! soupira Jade.

Marraine la houspilla, ne lui laissant plus le temps de rétorquer :

- Maintenant, il suffit ! Assez discuté ! Tu n'as plus le temps ! L'heure a sonné…

Jade sursauta à ces derniers mots. Elle qui n'avait parlé à personne des étranges visions et sensations ressenties lors de l'enterrement de Sylvie, s'était effectivement enfermée dans sa petite tour d'ivoire privée afin de ressasser tout à loisir l'histoire de sa vie.

- Qu'est-ce-que tu dis ?
- Taratata ! File te faire belle et sans discuter ! ordonne Marraine. Bien que ta maison soit très agréable avec ses larges baies vitrées qui offrent une vue magnifique et imprenable sur la Méditerranée, si tu continues à t'enfermer ainsi, tu vas devenir aussi pâle que tes murs. Et ne me dis pas que tes aminautes virtuels te tiennent compagnie !

Marraine la connaissait trop bien. Jade exécuta les ordres et partit se préparer sans protester. Clotilde, restée seule dans le salon avec Gabriel, s'adressa au petit bonhomme, affichant un petit sourire de satisfaction :

- Et voilà, petit roi. La seule toute petite chose que j'ai volontairement omis de dire à ta maman, c'est que sa sortie ne va pas être de tout repos ! Seulement, c'est comme cela ! Dès qu'on essaie d'avancer ici-bas, là-haut, dit-elle en montrant le ciel de son doigt, certains font tout pour nous en empêcher. Tu comprends, cela les ennuie que l'on déterre de vieux secrets ! Chut !...Voilà maman.

Le petit bonhomme refit le geste de Marraine et plaqua un doigt sur sa bouche en riant.

- Vous vous amusez bien tous les deux ! s'exclama Jade. Je suis prête ! En route !

- Où va-t-on ? questionna Marraine.

Jade réfléchit quelques secondes, hésita puis se lança :

- Tu vas me trouver complétement tarée, mais je ne sais pas pourquoi, quelque chose me dit d'aller…

- …Au cimetière, sur la tombe de Sylvie ! termina Clotilde. J'en étais certaine ! Il ne faut pas contrarier l'instinct. C'est parti, direction le cimetière de Caucade!

Jade en resta pantoise et bredouilla :

- Mais ?...Comment… ?

- Je t'expliquerai un jour, peut-être, si tu es bien sage ! se moqua Marraine.

Clotilde, joignant le geste à la parole, sortit de la maison, Jade sur ses talons. La maman s'inquiéta :

- Ce n'est pas un endroit pour un bébé, non ?

- Mais si, voyons ! N'est-ce pas Gabriel ? demanda Clotilde à l'enfant en le serrant davantage contre elle. Des tombes, des fantômes, tu vas t'amuser comme un petit fou !

Jade s'agenouilla et déposa le volumineux chrysanthème mauve sur la tombe de Sylvie. Clotilde, restée en retrait dans l'allée, berçait Gabriel dans sa poussette. L'enfant ne tarda pas à s'envoler pour le royaume des rêves. Marraine mit la poussette à l'ombre d'un pin parasol tout proche et rejoignit Jade devant la tombe.

- Je n'aurais peut-être pas dû amener encore des fleurs. Sa tombe est déjà envahie par toutes les gerbes de la cérémonie. s'inquiéta Jade.

- Et alors, quoi ? Tu voulais venir avec un petit verre de cherry, plutôt ? ironisa Marraine.

- Tu es bête !

- Eh, en y réfléchissant, ce n'est pas une mauvaise idée ! Souviens-t-en, s'il te plait. Quand je serai morte et que tu viendras me voir sur ma tombe, apporte une bonne bouteille avec toi ! On trinquera ensemble et on se moquera des voisins!

- N'importe quoi ! Arrête un peu tes bêtises, tu veux ? s'emporta Jade.

Marraine reprit de plus belle :

- Regarde Jade, la tombe d'à côté, sur l'épitaphe, il est écrit « A mon cher mari ». S'il faut, c'était un vieux saligaud qui n'a pas arrêté de tromper sa femme. Quand je serai morte, je pourrai lui demander si c'est vrai. C'est drôle d'ailleurs maintenant que j'y pense…

- Quoi encore ? soupira Jade en levant les yeux au ciel.

- Eh bien, regarde toutes ces plaques de marbre. Il n'y a que des inscriptions gentilles gravées dessus. Je n'en ai vu aucune qui comporte la gravure « Enfin ! vieille salope » ou encore « Bon débarras, vieux salopard ». Pourtant, je suis certaine que le cimetière n'est pas rempli que de personnes honnêtes et sincères. Et toi ?

Jade regarda Marraine et éclata de rire. Un rire sonore, franc, spontané, incontrôlable. Un rire profond qui lui faisait du bien, comme elle n'en avait plus eu depuis longtemps. Trop longtemps. Jade et Marraine furent brusquement interrompues par une voix d'homme derrière elles :

- Bonjour Mesdames.

Elles se retournèrent ensemble, stoppant net leur fou rire. Jade se redressa la première et tendit la main à l'homme.

- Bonjour Paul. Marraine, je te présente le père de Sylvie.

Clotilde échangea quelques formules de politesse avec l'homme et s'éloigna prestement promener Gabriel dans les allées ombragées. Pleine de compassion, Jade s'enquit du moral du vieil homme et prit des nouvelles de sa petite fille. La conversation tourna court rapidement. Ne sachant que dire, Jade tenta de réconforter le père éploré et changea de sujet en le félicitant pour la somptueuse cérémonie d'adieux à Sylvie. Paul durcit subitement son visage et se mit à déblatérer sur le prêtre :

- Une belle cérémonie. Cet individu démoniaque, ce prêtre défroqué a tout fichu par terre ! Avez-vous entendu son éloge à ma fille ? Une honte ! Un blasphème ! « Si-il-vit » ! Quel toupet ! J'aurais dû m'en douter, ne serait-ce que lorsqu'il m'a posé un tas de questions sur la grossesse de ma femme, l'accouchement…un tas de questions sans rapport avec la vie et la triste fin de ma fille !

Jade écouta soudain très attentivement son interlocuteur. Une étrange sensation au creux de l'estomac lui indiqua de porter toute son attention à ce qui allait suivre. L'instinct, sans doute, lui aurait soufflé Marraine.

- Des questions hors de propos ? l'encouragea Jade.

Paul, visiblement désireux de déverser sa colère, ne se fit pas prier et entama son récit :

- Complètement hors sujet ! Au début de l'entretien, j'ai cru effectivement qu'il s'intéressait à ma pauvre fille. Il m'a demandé de lui relater son enfance, ou plutôt, ses deux premières années de vie. Si elle avait bon appétit, si elle avait parlé rapidement, si elle tombait souvent et les conséquences de ses chutes...J'ai tout de même trouvé curieux qu'il ne pose pas de questions sur l'adulte qu'était devenue Sylvie.

- C'est étrange en effet ! constata Jade. Il ne vous a rien dit d'autre ? interrogea la jeune femme, sur un ton volontairement désinvolte, comme si la conversation ne l'intéressait que par politesse, alors qu'au fond d'elle-même, les flammes de la curiosité la dévoraient.

- C'est à ce moment que les choses se sont gâtées! Cet ignoble personnage a eu l'audace de me soupçonner d'être à l'origine du mal qui a rongé ma fille!
Pire, de n'avoir pas su déceler les signes avant-coureur de sa mort! Il m'a questionné sur mon attitude à l'égard de mon épouse durant sa grossesse, émettant à chacune de mes réponses, un lien, plus qu'hasardeux, avec mes réponses précédentes, espérant démontrer, peut-être, que le suicide de ma fille était largement prévisible! Comme si ma peine n'était pas suffisamment lourde!

- C'est honteux, en effet ! confirma Jade.

Elle n'eut pas besoin de relancer le vieil homme qui continua de s'épancher.

- C'est vrai ! Ma femme a passé une bonne partie de sa grossesse, seule. J'avais des obligations et elle le comprenait. Le prêtre a fait le rapprochement avec le manque d'appétit de Sylvie. Soi-disant que ma femme n'aurait pas digéré les frustrations liées à sa solitude.

- Effectivement, il paraît que les bébés ressentent toutes les émotions de la maman lorsqu'ils sont dans le ventre…

Paul ne laissa pas Jade terminer sa phrase, et reprit, consterné :

- A l'époque, chère enfant, nous ne savions pas tout cela ! Si je l'avais su, peut-être que j'aurais été plus attentionné avec ma chère femme…

Jade posa une main réconfortante sur l'épaule du vieil homme. Il poursuivit :

- C'est comme pour le retard de langage de Sylvie, le prêtre l'a relié à l'accouchement de ma femme ou plus précisément, aux dix minutes avant et après la mise au monde de Sylvie. C'était horrible, d'ailleurs. J'ai bien cru que Sylvie ne survivrait pas, emportant avec elle ma pauvre femme. Il voulait que je relate exactement les gestes et paroles de chacun. Je n'ai pu lui dire que ce que ma femme m'avait raconté alors ! En ce temps-là, les hommes n'étaient pas conviés à assister à la naissance de leur enfant. Mon épouse avait eu un accouchement difficile. Les échographies n'existaient pas ou peu et n'étaient pas aussi précises que maintenant, et le gynécologue s'attendait à un petit bébé alors que Sylvie pesait plus de quatre kilos à la naissance. Mon épouse avait beaucoup souffert et toute l'équipe médicale avait eu très peur de ne pas réussir à sauver les deux : ma femme et ma fille. J'entendais l'agitation et les hurlements de ma femme du salon où l'infirmière m'avait prié de patienter. Elle criait de sauver le bébé. L'infirmière est venue me voir et m'a demandé qui je souhaitais voir vivre. Les cris de ma femme résonnaient avec une telle intensité dans ma tête que ma bouche ordonna de sauver mon épouse. Et, finalement, grâce à Dieu, Sylvie fit son entrée dans le monde terrestre, de façon chaotique mais elle survécut, ainsi que ma femme.

Jade ne put se retenir de l'interrompre :

- Bien sûr ! « Si-il-vit » ! C'est une évidence ! Si le bébé survit !

- Oui, une évidence que je n'ai pas vue à ce moment-là. Nous avions choisi un tout autre prénom pour l'enfant que nous attendions. De retour dans la chambre d'hôpital, ma femme m'a demandé d'appeler le bébé, Sylvie. Elle avait tellement souffert et avait l'air tellement d'y tenir, que je lui ai fait plaisir. Si j'avais su…

- Par contre, je ne vois toujours pas le rapport avec le retard de langage de Sylvie ? s'étonna Jade, tout en retournant s'occuper des fleurs ornant la tombe.

- Nous désespérions même qu'elle prononce un jour un mot, alors que nous voyions très clairement qu'elle comprenait tout ce que nous lui demandions. Encore une fois, c'est à cause de moi. Lors de l'accouchement terrible de ma femme, comme je vous l'ai raconté, celle-ci hurlait de sauver le bébé. Il se trouve que, ni moi, ni l'équipe médicale, ne l'avons écoutée, ou plus justement, entendue. Le prêtre m'a expliqué que la raison du retard dans l'entrée dans la parole de Sylvie en était la cause. Bébé, au moment de sa naissance, elle a entendu sa mère, mais les autres, non. Alors, à quoi bon parler, si ceux qui sont autour de vous ne vous entendent pas ? Cela ne sert à rien et c'est certainement cela qui a aussi causé sa perte. Le sentiment de ne pas être entendue a perduré au fond d'elle-même jusqu'à l'âge adulte, doublée des frustrations transmises par mon épouse à cause de mes absences répétées, l'empêchant d'appeler au secours jusqu'à son geste fatal, conclut Paul, abattu.

Jade se retourna un peu trop vivement pour faire face à Paul et s'égratigna l'index avec les épines des roses rouges de l'une des gerbes. Elle suça son doigt, instinctivement. La blessure n'avait rien de profond, pourtant Jade sentit la tête lui tourner un peu. Un brouillard épais commença à envahir sa vue. Elle tendit le bras vers Paul. Seulement, celui-ci, absorbé dans ses pensées, ne remarqua pas la subite pâleur de la jeune femme et poursuivit sa complainte, accablé de culpabilité.

- Je ne veux pas me sentir responsable de la mort de ma fille…je préfère penser que son heure a sonné…

Encore la même phrase, qui acheva de plonger Jade dans cet état second dans lequel elle revoyait les instants qui avaient marqué sa propre vie, l'obligeant à revivre les situations qui l'avaient conduite dans le chaos de ses sentiments. Elle repassait dans son esprit les moments clés où chaque griffure dans son cœur s'était transformée en coup de poignard, violent et sanglant, laminant sans vergogne l'amour qu'elle portait à Arthur. De déceptions profondes en frustrations abyssales, elle perdait toute illusion et regardait tristement son rêve de fonder une famille s'éloigner à tire-d'ailes. Le brouillard se dissipa.

Jade était dans sa chambre, alitée. Son ventre rond se dessinait nettement sous les couvertures. Elle transpirait à grosses gouttes et la fièvre ne cessait de grimper. La grippe s'était emparée de son corps et la malmenait rudement. A tel point que cette nuit elle avait senti son bébé se retourner. Il s'était mis en position de départ, prêt à évacuer ce ventre instable où il ne se sentait plus en sécurité. Jade avait peur, terriblement peur. Elle était tout juste à sept mois de grossesse. Elle savait que bébé n'était pas prêt, qu'il lui fallait encore peaufiner son enveloppe afin d'affronter le monde terrestre. Arthur rentra dans la chambre. Il enfila son costume. Jade se redressa sur les coudes.

- Qu'est-ce que tu fais ? demanda-t-elle, devinant la réponse.

- Je m'habille, tu le vois bien ! Je ne vais pas aller au bureau en caleçon ! répondit Arthur, pressé.

- Comment ça, tu vas au bureau ? Tu ne restes pas avec moi ?

- Non.

- Mais je ne peux pas rester seule ! J'ai quarante de fièvre, je ne tiens même pas debout et…

Arthur détourna son regard, et continua à se préparer. Sans réponse, sans même la regarder. Jade se mit à pleurer, terrorisée à l'idée de rester seule dans cet état. Et s'il lui arrivait quelque chose ? Et si elle perdait le bébé ? :

- Tu avais promis ! Hier, quand Clotilde est venue chercher Jo pour la prendre chez elle le temps que je me remette, tu lui as promis de t'occuper de moi, de nous ! lança-t-elle en posant la main sur son ventre.

- Ecoute Jade ! J'ai du travail par-dessus la tête. Il y a de quoi manger dans le frigo et si ça ne va pas, tu appelles le docteur ! De toutes les façons, tu vas rester couchée toute la journée, alors, à quoi cela sert que je reste à tes côtés ?

Jade se mit à hurler son désespoir et sa détresse, désemparée devant l'indifférence de celui qui disait l'aimer :

- Tu avais promis ! Promis de t'occuper de nous ! Tu n'es qu'un menteur ! D'ailleurs, tu m'as menti depuis le début ! Tu ne m'as jamais aimé ! Tu n'es venu à aucune échographie ! Tu ne restes même plus avec nous le week-end, plus de vacances non plus ! Je suis tout le temps seule ! Je suis encore plus seule qu'avant que je ne te rencontre ! Mais pourquoi tu es venu me chercher dans ma petite vie avec Johanna ! Pourquoi ? On ne s'en sortait pas si mal ! Tu nous as fait espérer, rêver…Et maintenant ? Maintenant, je suis enceinte, et tu t'en fous de nous ! Je n'en peux plus de ton indifférence !

Arthur, fin prêt, se mit à hurler comme à son habitude :

- Tu crois que je n'ai que ça à faire de rester là à te regarder ronfler ? Je dois travailler moi ! Toi, tu ne sais pas ce que c'est le travail, grosse feignasse ! Si je n'étais pas là, tu serais dans le ruisseau !

Il partit en claquant la porte, laissant Jade, seule, abandonnée, terrorisée. Elle pleura à chaudes larmes. Cependant, une envie pressante l'obligea à se ressaisir. Les cabinets n'étaient qu'à deux portes de sa chambre, au bout du couloir. Elle rassembla ses maigres forces, bascula sur le côté, laissa pendre ses jambes au bord du lit et se redressa avec beaucoup d'efforts. La tête lui tournait. Elle ferma les yeux, prit deux grandes inspirations et se leva, en se tenant fermement au mur. Elle avança péniblement et lentement, en soufflant bruyamment. La fièvre avait retiré toutes forces de son corps fragile, et sa colère avait terminé d'épuiser ses maigres ressources. Ses jambes flagellèrent plusieurs fois, cependant sa vessie lui ordonna de continuer d'avancer, faisant davantage pression sur son bas ventre. Jade n'en pouvait plus, et, honteuse, sentit l'urine chaude couler le long de ses jambes et former une flaque sur le sol froid. Elle pleura de nouveau, sur elle-même, sur son bébé, sur sa fille. Elle s'affaissa sur le carrelage, déprimée, épuisée, abattue. Tout à sa souffrance, les pensées emmêlées par la forte fièvre, elle n'entendit pas la porte d'entrée s'ouvrir. Des pas se rapprochèrent de son corps portant la vie, affalé à même le sol. Des mains l'attrapèrent avec mille précautions et la soulevèrent de terre pour l'allonger sur son lit. Jade avait perdu conscience.

A son réveil, Marraine, confortablement installée dans un fauteuil tout proche de son lit, lui souriait.

- Tu te sens mieux ma chérie ?

- Qu'est-ce qui s'est passé ? demanda Jade, la bouche pâteuse.

- Tu t'es évanouie dans le couloir. Maintenant tout va bien. Tu es propre, dans ton lit et ton ventre rond est toujours là. Tu as déliré à cause de la fièvre.

- Mais ? Comment ?...

- Je me doutais qu'Arthur filerait à son cher bureau. Alors je suis passée te voir avec mon ami Clément, vers l'heure à laquelle je pensais que ton cher et tendre s'en irait. Malheureusement, nous avons eu dix ou quinze minutes de retard, et nous t'avons trouvée, divaguant, par terre dans le couloir.

Jade détourna les yeux et regardait, absente, par la fenêtre, le vent qui faisait frissonner les feuillages des arbres environnants. Marraine reprit d'une voix douce.

- Cela fait quarante ans qu'il ne vit que pour lui. Arthur n'a pas l'habitude de s'occuper de quelqu'un d'autre que de lui-même. Tu verras, Jade, les choses s'arrangeront quand le bébé sera là !

Jade n'avait pas répondu. Seules des larmes coulaient silencieusement sur ses joues. Elle avait beau se répéter que Marraine avait certainement raison, cependant pour le moment, elle se trouvait en chute libre dans le gouffre de la tristesse et de la frustration. Même si Arthur redevenait celui qu'elle aimait, lorsque Gabriel naîtrait, elle n'oublierait pas les blessures profondes qu'il lui avait infligées. Jade était un être humain, et en tant que tel, elle avait droit, comme tout un chacun au respect, au secours, à la compassion, d'autant plus de la part de son compagnon. La première des trois épines empoisonnées qui allaient flétrir le cœur de Jade venait d'être plantée. Elle en était certaine, à présent. Arthur ne l'aimait pas pour elle-même. Elle ne lui servait que de dame de compagnie, de bonne à tout faire et de mère porteuse. Elle n'était pas prête de digérer cet épisode.

- Jade ! Jade ! réveille-toi ! hurla une voix à ses oreilles.

Jade ouvrit péniblement les yeux et vit Marraine penchée sur elle. Elle regarda autour d'elle. Le cimetière, Paul, l'allée se dessinèrent devant ses yeux brouillés. Jade murmura :

- Marraine, je sais pourquoi Gabriel mange mal ! Je sais ce que je n'ai pas digéré !

Clotilde sourit, et prononça la phrase fatidique :

- Ton chemin n'est pas terminé ! L'heure a sonné…

Jade repartit dans l'inconscience. Marraine se retourna et dit à Paul.

- Il faut qu'elle se repose. Je vais la laisser dormir là, un instant. Cela ira mieux ensuite.

Elle suréleva les jambes de Jade avec son polo roulé en boule, glissa sa veste sous sa tête, et attendit son réveil, tout en surveillant Gabriel. Paul la regarda faire, bouche bée.

Jade, prise dans les vertiges du passé, atterrit sur la table de travail, dix minutes avant la venue au monde de son bébé. Elle est seule, la pièce est calme. Seul bruit perceptible, les battements de cœur du bébé. Le ventre de Jade est bardé d'électrodes. Il se soulève régulièrement en un spasme incontrôlable, sans procurer aucune douleur à la maman, grâce à la péridurale. Jade se repose avant le début du travail. Soudain, le rythme de l'enfant s'accélère. Jade pose les mains sur son ventre. Elle appelle les infirmières :

- C'est le moment ! crie-t-elle.

Personne ne répond. Une sage femme et un gynécologue sont en train de gérer treize accouchements simultanément. Les appels de Jade restent lettre morte. Jade saisit son portable et malgré le panneau d'interdiction affiché juste en face d'elle, elle n'hésite pas une seule seconde à l'allumer et appelle Arthur :

- Où es-tu ? Je sens que le bébé veut sortir et personne ne m'entend. Il n'y a pas de gynécologue, personne ! Viens !

Arthur, sorti de l'hôpital pour travailler sur son ordinateur portable, se rue vers l'étage des salles d'accouchement. Il frappe à la porte. Personne ne vient lui ouvrir. Il cogne avec ses poings contre la porte close, hurle dans l'interphone. Les minutes s'écoulent, semblant durer des heures.

Jade, seule, se prépare. Elle sent le bébé s'engager vers la sortie. Elle suit sa lente progression, l'aidant en poussant à chaque contraction. Il n'est plus très loin. Elle n'a plus de souffle pour appeler. Elle n'a pas le choix, elle va accoucher, seule. Elle parle à son tout petit, l'encourageant du mieux qu'elle peut :

- Allez ! Tu y es presque ! On peut y arriver, ensemble !

Alors que Jade sent le haut du crâne de son fils sortir d'entre ses jambes, Arthur entre en trombe dans la salle, suivi de la sage-femme. Jade s'exclame :

- Il a les cheveux dehors !

La sage-femme repart sans un mot. Jade s'affole. Les battements du cœur du bébé se font plus espacés.

- Il s'étouffe ! Arthur ! Mets-toi devant moi ! Il faut qu'il sorte maintenant !

Arthur reste sur place, pétrifié. Jade vocifère :

- Aide-moi, bon sang !

Arthur ne bouge pas d'un pouce, son regard allant des yeux de Jade à son entrejambe. Jade tente de se redresser un peu, écarte davantage ses jambes endormies et se penche du mieux qu'elle peut vers l'avant, tendant ses mains vers le crâne de son fils. Elle effleure à peine du bout de ses doigts les cheveux hirsutes de son bébé. Elle pousse encore, et encore. Tout son corps est tendu vers la vie. A la troisième poussée, le gynécologue arrive enfin. Il reprend les choses en main et délivre Gabriel de sa prison de chair.

En fin d'après-midi, la maman et le nouveau-né regagnent, sains et saufs, leur chambre. Jade admire Gabriel endormi. Il ressemble à un petit boxeur avec son nez un peu écrasé. Sa peau mate contraste avec la blancheur de celle de Jade, et ses cheveux bruns restent résolument dressés sur sa tête. Jade constate, heureuse :

- Il te ressemble, Arthur ! C'est ton portrait craché ! Il a pris le type méditerranéen, sans aucun doute ! Du sang espagnol coule dans ses veines ! Ton sang, Arthur !

- Ouais, ouais ! Je ne suis pas espagnol, j'ai juste des ascendants d'origine hispanique ! Ce n'est pas pareil ! marmonne Arthur, en pianotant sur son ordinateur.

- Viens le voir ! C'est stupéfiant ! insiste Jade.

- Pourquoi faire ? rétorque Arthur, sans lever les yeux de son écran. Je l'ai déjà vu tout à l'heure !

Jade perd son sourire.

- C'est ton fils qui est là ! Ton sang ! Lâche un peu ton ordi, et viens voir comme il est ...parfait ! reprend-t-elle.

Arthur se met en colère :

- Et voilà ! Je te le répète Jade, je travaille sur mon ordi ! Je ne m'amuse pas ! Tu vas le comprendre ça ! Gabriel ne va pas s'envoler, j'ai tout le temps de le voir ! Je suis son père, je vais donc vivre avec lui !

- Justement ! Tu viens d'être père, toi qui désirais tant un enfant soi-disant ! Alors, intéresse-toi un peu à lui, maintenant qu'il est là !

Arthur n'a pas le temps de répondre que son portable sonne. Il décroche, lâche une injure, et raccroche rageusement.

- A cause de lui, j'ai raté le contrôle fiscal de ma meilleure cliente ! Et bien sûr, le contrôle s'est mal passé et la responsabilité du cabinet est engagée ! Quelle idée il a eu ce gosse de naître avec douze jours d'avance !

Jade, désemparée, prend Gabriel délicatement contre elle, et se tourne de manière à le protéger d'Arthur. Comme si son corps pouvait offrir un rempart à son bébé contre les mots méprisables que venait de prononcer son père. La seconde épine empoisonnée commençait son œuvre dans le cœur de Jade.

- Ah, elle se réveille enfin ! s'exclama Marraine. Regarde Gabriel, Maman a terminé sa sieste !

Gabriel s'approcha maladroitement de sa maman, toujours étendue à même le sol, à proximité de la tombe de Sylvie. Jade enlaça son petit bonhomme et l'attirant sur elle, le couvrit de baiser. Clotilde demanda simplement:

- Alors ? Comment te sens-tu ?

- Mal ! Il y a longtemps que je suis comme cela ?

- Une bonne heure mais, petit roi et moi avons veillé sur ton sommeil ! Paul a préféré partir, comme tu semblais ne pas vouloir te réveiller.

Jade hésita une seconde puis décida de parler à Marraine de ses étranges visions.

- Tu sais, il m'arrive des choses étranges en ce moment. En fait, depuis l'enterrement de Sylvie, à certains moments, je pars dans une sorte de délire où je revis certaines scènes de ma vie, et…

Marraine sourit et tendit la main pour aider Jade à se relever :

- Et on te montre les moments clés où tout a basculé, n'est-ce-pas ? Seulement, tu le vois comme un spectateur assistant à un film. C'est exact ?

- Oui ! Exactement cela ! Comment… ?

- Peu importe comment je le sais ! Ce qui importe, c'est ce que toi tu en retires !

Jade, debout à présent, secoua ses vêtements. Gabriel, à ses côtés, tenant lui aussi un bout du tissu, riait à chaque fois que Jade le secouait.

- Eh bien, je sais maintenant pourquoi Gabriel ne semble pas pressé de nous parler, puisque personne ne m'a entendue quand j'ai accouché. Je sais aussi quand l'espoir a commencé à me quitter quant à l'attitude d'Arthur. Ce que je ne sais pas, c'est pourquoi ? Pourquoi veut-on m'amener encore à réfléchir sur le sujet de ma relation à Arthur ? La situation est très claire dans mon esprit. Il y a longtemps que j'ai perdu mes illusions.

- C'est certain. Pourtant, tu rentres toujours dans des colères noires à chaque geste d'indifférence…

- Forcément. Que moi, il m'ignore, passe encore ! Mais, son propre fils…Là, je ne l'accepte pas !

- Les cris ne sont pas une solution, Jade !

- Qu'est-ce-que j'ai loupé ? J'ai tout essayé : discuter ne sert à rien, il est hermétiquement fermé, comme une huître ! Je devrais peut-être prendre rendez-vous avec ce curé…Paul m'a dit qu'il décelait des indices dans l'enfance…C'est une piste qui éclairerait ma propre vie, peut-être. Je suis tellement fatiguée d'être prise au piège de ce marasme émotionnel.

Marraine se détourna et sourit. Elle murmura pour elle-même :

- En voilà une bonne idée ! Seulement, ma chérie, tu risques de tomber sur lui plus vite que ce que tu ne crois…

Collision épiscopale

Depuis peu, la communauté virtuelle dont faisait partie le blog de Jade comptait un nouveau venu dans ses rangs. Il était écrit à quatre mains par un couple, Espérance et Günter, qui ne manquait pas d'humour. Jade est intriguée par leur tag, soit ésotérisme, spiritualité et philosophie. Elle décide donc d'aller faire un tour sur leur blog afin de leur souhaiter la bienvenue. Elle tombe sur leur premier article et le lit d'une traite.

Une orange

Voilà à quoi nous ressemblons : une moitié d'orange. L'origine de cette drôle de comparaison remonte à bien longtemps. Il semble que Platon ainsi qu'Aristophane y soient mêlés. Zeus, le premier, a dit que chaque humain était coupé en deux. L'amour consiste à retrouver son autre moitié pour reconstituer l'unité entière!

Ainsi l'on passerait notre vie à rechercher cette moitié, imparfaite comme nous, pourtant parfaitement complémentaire de nos bosses et de nos plaies. Alors, dans un élan fusionnel, comme si nous ne nous étions jamais quittés, nos moitiés s'imbriqueraient parfaitement, et ne formeraient plus qu'UN. Ainsi, l'on retrouve dans l'Autre cette complicité si particulière, cette étrange sensation que l'Autre devine nos pensées à l'avance...En effet, lorsque les corps subtils s'unissent, les vibrations des âmes enfin réunies sont si intenses, qu'un fluide traverse les enveloppes charnelles scellant la réunification universelle d'où s'extrait la quintessence de la vie.

Parfois, la recherche inconsciente de notre moitié, nous pousse à nous précipiter ! Et l'on se retrouve en présence de moitiés qui n'ont que quelques points de jonction en commun avec l'Autre, ou qui ignorent le sens réel du grand projet uni-

versel. De là à penser qu'ils recherchent leur moitié pour ainsi se reformer, je ne sais si cela convient à notre époque, où le MOI prime sur les autres ! Dommage que beaucoup n'aient pas compris que le MOI évolue en fonction de la vie et ne reste pas figé à un âge bien précis.

Alors, l'on a beau se couper en quatre, se booster à la vitamine C, rien ne fonctionne, et l'on se retrouve pressé, vidé de toute notre bonne volonté. Ainsi, sur le bord du chemin, l'on découvre des moitiés esseulées, desséchées, qui ont perdu leur pulpe de vie, devenues aigries et rabougries, ayant abandonné leur rêve d'unité. Peut-être devraient-elles penser, avant de se laisser dévitaliser, que si elles se sont essayées avec la mauvaise moitié, c'est que celle-ci devait avoir un rôle à jouer pour régler des blessures du passé qui les empêchent de progresser vers le grand projet de l'unité !

Pour ma part, comme vous le savez, ma moitié se prénomme Espérance. Il m'est donc permis d'espérer, sans trop m'avancer, que nous finirons tous par retrouver notre forme initiale, ronde et bosselée ! Imparfaite sans doute mais gorgée du jus de la vie sans aucun doute !

Jade reste songeuse. Les évènements de ces derniers jours tournent dans son esprit, et l'article qu'elle vient de lire, ajoute davantage de questions sans réponses. Elle sait qu'une clé existe, toutefois pour le moment, elle n'arrive pas à assembler les pièces du puzzle de sa vie. La nuit porte conseil. Minuit sonne ses douze coups. Elle lève la tête instinctivement vers la large baie vitrée. La lune blonde éclaire la ville endormie et se reflète dans la mer calme qui vient doucement s'échouer sur les plages de galets. Apaisée, Jade pousse le battant, traverse le jardin et s'étend sur un bain de soleil. Elle ferme les yeux et essaie de se détendre. L'air frais bat son visage. Elle serre un peu plus son gilet contre elle, une douce torpeur l'envahit. Elle sombre rapidement dans un sommeil de plomb.

Au petit matin, Jade a le réveil difficile. Sa courte nuit a été peuplée des indices accumulés ces derniers jours. Pourtant, elle n'a pas le temps de s'appesantir sur les questions qui la taraudent. La folle course contre le temps du matin vient de commencer. En ce vendredi matin, Clothilde débarque au milieu du brouhaha. La scène qu'elle découvre, bien qu'elle la connaisse par cœur, se rapproche de l'apocalypse.

Gabriel hurle et se débat vivement, refusant de se laisser enfiler le tee-shirt que Jade veut lui faire porter. Johanna sort à peine de sa douche, et s'affole devant son armoire, ne sachant quoi se mettre, et appelant désespérément sa maman pour qu'elle vienne l'aider à choisir. Jade s'égosille à proposer des tenues à Jo dont aucune ne lui convient, tout en tentant de couvrir les cris du bébé. Le désordre règne en maître absolu dans toutes les pièces. Bref, une matinée qui débute, comme tant d'autres, sur les chapeaux de roue. Arthur est déjà parti à son travail depuis une bonne heure, obligeant Jade à se débrouiller, seule, avec les deux enfants, en ayant cependant pris soin de laisser traîner son linge sale de la veille, ses papiers et bien entendu, sa tasse de café du matin. Après tout, cela fait partie des joies de la vie de femme au foyer !

Clo, calmement, prend le bébé dans ses bras, libérant ainsi Jade qui part aussitôt s'occuper de sa grande. Ayant enfin choisi et enfilé les vêtements, et brossé ses longs cheveux blonds, Johanna retrouve un peu de sérénité. Elle prend tranquillement son sac et attend, dans le salon, les autres membres de la famille. Jade prépare rapidement le biberon de Gabriel, vérifie une dernière fois l'ensemble du vanity, et donne le signal du départ. La petite famille, accompagnée de Clotilde, s'installe à bord du « pot de yaourt », surnom donné à la voiture de Jade, qui démarre promptement. Sur le chemin menant à l'école, Jade en profite pour dire à Johanna ce qu'elle pense :

- Jo, combien de fois, t'ai-je dit de préparer tes vêtements le soir ???? Tu traînes tellement, alors forcément, on se retrouve dans l'urgence tous les matins !

- Oui, ça va ! Tu me l'as déjà dit !

- Et ?...

- Et quoi ?

- Et, tu ne le fais toujours pas ! Pourquoi ?

- Parce que je n'ai pas envie, le soir, de faire ça ! Avant le dîner, je fais les devoirs et après, je regarde mes séries ! Je n'ai pas le temps !

- Tu n'as qu'à le faire pendant que tu regardes tes feuilletons !

- Non.

- Comment ça, non ?

- Non, pendant que je regarde la télé, je textote avec mes copines ! Tu vois que je ne peux pas préparer mes affaires le soir ! C'est impossible !

Jade se gare devant l'entrée du collège. Elle souhaite une bonne journée à sa fille et rajoute :

- Nous reparlerons de tout cela ce soir, calmement.

- Ouh, super ! Quelle bonne soirée en perspective !

Jade embrasse tendrement sa fille, qui lui fait un signe discret de la main juste avant de franchir la grille. Rapidement, sa silhouette disparaît dans l'établissement et Jade repart vers leur deuxième destination. Clothilde engage la conversation :

- Sacré tempérament cette petite ! Je me demande à qui elle ressemble ? glisse-t-elle avec un sourire en coin.

- Ah, ah, ah ! Très drôle ! Elle n'est pas facile à gérer mais je préfère une préadolescente qui me parle, même mal, qu'une empotée qui reste dans son coin ! En même temps, lorsque j'y repense, son changement de caractère a été radical depuis qu'elle est entrée dans la préadolescence. Mais où est donc passée ma petite fille douce, obéissante et calme ?

- Tu la retrouveras lorsque sa période rebelle sera terminée ! Enfin, je te le souhaite…la taquine Marraine.

Jade dépose Marraine devant les portes de l'école primaire où l'attendent sagement rangés par deux, ses petits CP. Clotilde, un petit sourire ironique sur les lèvres, salue Jade sans oublier de la taquiner.

- Je te souhaite une bonne journée et passe bien le bonjour de ma part à Louise et à Line !

- Je n'y manquerai pas, Marraine ! Une journée entière avec ma belle-mère et ma belle-sœur, un réel plaisir ! J'en suis tout excitée d'avance !

- Allons, allons ! Elles ne sont pas si désagréables que cela ! se moque Marraine.

- Non ! Penses-tu ! se plaint jade. Line va se confondre en excuses toute la journée pour les remarques continuelles et désagréables de Louise ! Cela s'annonce passionnant !

- Oh, j'allais oublier de te donner quelque chose qui va te redonner le sourire ! s'empresse de rajouter Marraine en fouillant dans son sac à main.

Elle en retire une orange et la tend à Jade, en souriant et conclut joyeusement :

- Bonne journée, ma chérie !

Surprise, Jade prend l'agrume et bredouille :

- Mais ? Comment… ? Ah oui, l'instinct !

Jade démarre en trombe, l'empêchant d'entendre la dernière réplique de Marraine :

- Je sens que ta journée va plutôt être extraordinaire, ma chérie !

Jade arrive tranquillement au point de rendez-vous, dans le jardin Albert 1er, Gabriel trottinant à ses côtés. Elle aperçoit de loin les deux femmes et devine à la posture de Louise qu'elle est déjà en train de râler. Fière de sa personne et à la recherche d'un énième mari, fortuné de préférence, puisqu'elle en avait déjà enterré trois, la femme d'âge mûr dissimulait ses rides sous d'épaisses couches de fard, ce qui lui a valu d'être surnommée par Jade : la veuve noire. Raide comme un piquet, engoncée dans un tailleur de qualité qui aurait mérité une taille minimum au-dessus, perchée sur des escarpins à talon aiguille et à bouts pointus, Louise agite son doigt devant le nez de cette pauvre Line. Cette dernière, affichant son éternel air de chien battu, paraît plus vieille que sa mère. Ses épaules voutées et ses tenues dignes de Grand-mère, accentuent l'aspect vieille fille névrosée, qui attire irrémédiablement les moqueries de Johanna. Jade, tout en s'approchant, murmure à Gabriel :

- Heureusement que ta sœur n'est pas là ! Line s'est affublée de sa superbe jupe longue à carreaux et de ses baskets turquoise ! Ta sœur se serait fait un régal de la taquiner !

Elle reprend sur un ton plus haut en essayant de paraître aimable :

- Bonjour ! Allons Gabriel, dis bonjour à mamie et à tantine.

- Vous êtes en retard ! constate sèchement Louise, la bouche pincée. Comme d'habitude, d'ailleurs ! Comment fais-tu ma petite Jade pour arriver systématiquement en retard ?

- Il m'a fallu des années d'entraînement ! rétorque Jade. Moi aussi, je suis contente de vous voir, Louise.

- Maman, ne commence pas s'il te plaît, plaide Louise en tendant la main au petit garçon. Il y a de la circulation et Gabriel ne marche pas encore très bien.

- Et pas très rapidement ! souligne Louise, exaspérée.

Indifférente aux piques de sa belle-mère, Jade entraîne Gabriel et Line vers l'entrée de la vieille ville. Louise les suit quelques pas en retrait. Le petit bonhomme, fermement tenu par Line, s'engage à la suite de sa mère poussant la poussette vide, dans les ruelles étroites et pittoresques du vieux Nice. Les pavés inégaux ne facilitent pas sa progression et il manque de chuter à plusieurs reprises. Son regard est attiré par les couleurs vives et chatoyantes des vitrines du prêt-à-porter. Une multitude de magasins où se côtoient poissons, nappes au mètre, chaussures, fleurs multicolores, souvenirs ornés des fameuses olives noires du pays, défilent devant les yeux de l'enfant. Ses narines sont autant sollicitées que son regard. Des senteurs d'épices, de socca cuisant dans les fours à bois, de tissus au mètre, de cuirs neufs se mêlent pour donner cette odeur si particulière à ce dédale de ruelles. Jade adore venir dans cet endroit. Du linge pend aux fenêtres, les commerçants discutent sur le pas de leur porte, les anciens sont attablés et jouent à la belote, le poissonnier harangue la foule à chaque arrivage de poisson frais. Le caractère authentique de la vieille ville envoûte ceux qui y déambulent. Puis, Jade aime bien ce lieu parce qu'on y trouve de tout. Et justement, elle se dirige vers un petit box, coincé entre un restaurant et un maroquinier, certaine d'y trouver le cadeau d'anniversaire de Johanna. Elle en ressort quelques instants plus tard, victorieuse, un précieux paquet sous le bras. Le coup de canon annonce midi. Jade propose de déjeuner d'une socca et d'un verre de rosé. Louise rétorque sèchement :

- Pouah ! Déjeuner dans un endroit aussi crasseux, hors de question ! En plus, je vais finir par me tordre une cheville à cause de ces pavés mal fichus ! pleurniche la vieille femme.

- Alors, allons déjeuner chez Gino. Nous sommes à quelques pas du cours Saleya ! suggère Jade.

- Oui, mais…commence Louise.

Exaspérée par les jérémiades de sa belle-mère, Jade se détourne en maugréant. La foule se fait plus dense dans les ruelles et la maman préfère installer son petit bonhomme bien à l'abri dans sa poussette. Elle part d'un pas décidé vers le cours Saleya, sans se retourner. Sa belle-mère s'engage à sa suite, suivant difficilement l'allure imposée par sa belle-fille. Rapidement, Jade disparait dans les venelles labyrinthiques, envahies de passants, laissant Louise et Line largement derrière elle. Elle tourne enfin l'angle de la rue du presbytère donnant sur l'immense place. Plus que quelques mètres, et la vue se dégagera sur l'immense esplanade du cours Saleya. Jade, tout en continuant d'avancer, jette un regard derrière elle, pensant apercevoir Line et Louise. Personne en vue. Elle continue à se dévisser la tête pour les voir. Soudain, la poussette heurte quelque chose. Immédiatement, Jade se retourne et vérifie que Gabriel va bien. Il s'est endormi profondément, épuisé par la balade dans le vieux Nice. Une voix d'homme se fait entendre :

- Ne vous excusez pas surtout ! Mon tibia me fait atrocement souffrir, mais ça ne vous fait rien.

Jade se redresse et fait face à l'homme. Elle s'apprête à le remettre à sa place lorsqu'elle réalise, médusée, de qui il s'agit.

- Vous ? s'exclame-t-elle.

- Vous ? reprend l'homme sur le même ton en dévisageant la jeune femme.

Jade se ressaisit et reprend :

- Excusez-moi, mon père ! Je ne regardais pas où j'allais ! J'espère que je ne vous ai pas fait trop mal ?

- Laissons cela, je soignerai mon pauvre tibia douloureux plus tard. Pour le moment, l'heure a …

- STOP !!! hurle Jade. Je ne veux plus repartir dans mon passé sans comprendre pourquoi ! Pourquoi vous amusez-vous à me renvoyer à des scènes que je n'ai pas envie de revivre ? demande fermement la jeune femme en plantant ses poings sur ses hanches.

Le prêtre la fixe un instant dans les yeux et murmure pour lui-même :

- Elle comprend vite ! C'est parfait !

Il reprend plus haut, s'adressant de nouveau à Jade sur un ton sarcastique :

- Eh bien, ma chère enfant, je vous l'expliquerais volontiers mais pour l'heure, retournez-vous et dites-moi si la grosse dinde qui approche avec la Madone des Sept douleurs à ses côtés vous connaissent ?

Jade s'exécute, se retient de sourire et répond :

- La grosse dinde, c'est ma belle-mère et la Madone des Sept douleurs, c'est ma belle-sœur !

- J'en étais sûr ! soupire le curé. Bon Dieu, mais vous n'avez donc pas d'yeux, ma pauvre enfant ! Aller vous fourvoyer dans une famille comme cela ! Votre maman ne vous a pas dit de regarder la belle famille avant de vous mettre en couple ? la sermonne le prêtre.

Jade baisse les yeux. Elle sait qu'elle s'est précipitée, trop pressée d'être heureuse, en oubliant d'observer plus en détail celui qui se disait son Roméo. Elle essaie de se rattraper en disant :

- Non, mais les autres membres de ma belle-famille sont mieux ! Là, ce sont les deux pires spécimens !

- J'en doute ! Il doit bien y avoir un vieux pourri dans l'arbre généalogique, un égoïste patenté, celui-là, je pense que vous savez qui c'est, et une, voire deux salopes ! reprend le curé.

- Mon père ! s'écrit Jade. Quel langage !

- L'église s'est modernisée, ma fille, constate le prêtre en joignant ses mains. Notre verbiage aussi ! Tiens, d'ailleurs il faudra que vous pensiez à me fournir l'arbre généalogique de vos aïeux et ceux de votre mari rapidement ! Disons sur six ou sept générations !

- Quoi ? s'exclame Jade.

Elle n'a pas le temps de s'étendre sur le sujet que Line et Louise arrivent à leur hauteur. La grosse femme souffle bruyamment et s'en prend à Jade entre deux halètements :

- Tu nous as fait courir, Jade ! Tu aurais pu nous attendre, tout de même !

Jade n'a pas le temps de répondre que le prêtre prend la parole :

- Courir me semble tout simplement impossible pour vous, ma fille ! Perchée comme vous l'êtes, associé à votre surcharge pondérale évidente, vous ne pouvez-vous autoriser le pas de course ! constate le curé calmement. Il poursuit en agitant son index devant les yeux effarés de Louise. Tut, tut, tut ! Le mensonge et l'exagération sont de vilains défauts, ma fille ! Vous me réciterez trois Paters et deux Ave ! Allez en paix ! conclut le curé en faisant le signe de croix sous le nez de Louise.

La veuve noire reste coite. Jade ne peut réprimer un sourire. Le prêtre se tourne vers elle et reprend sans se soucier de la présence des deux femmes :

- Jade, puisque c'est ainsi que vous vous nommez, il serait bon de nous rencontrer afin de convenir d'une date et de voir les modalités d'organisation.

Jade le regarde sans comprendre. Il lui fait un clin d'œil, désigne Gabriel de son doigt et reprend :

- Pour le baptême ! de Jean !
- Qui est Jean ? demande Jade dubitative.

Le curé désigne de nouveau l'enfant endormi et s'obstine :

- Jean ! Votre bébé !

Jade regarde alternativement Gabriel et le prêtre. Soudain, un cri déchirant s'élève derrière eux. Jade et le prêtre se retournent rapidement. Line est effondrée par terre et pleure à chaudes larmes. La grosse dinde s'est éloignée de quelques pas et fait comme si elle ne la connaissait pas. La foule se retourne et commence à s'agglutiner autour d'eux pour voir ce qui se passe. Jade tente de relever Line du sol en lui demandant ce qu'elle a. Seulement, la belle-sœur résiste et reste au sol, en pleurant et en hurlant de plus belle. Le prêtre écarte la jeune femme et se penche vers la loque humaine à ses pieds, tandis que Jade fait signe à la foule de se disperser. Il lui chuchote quelques paroles à l'oreille et aussitôt Line se redresse et s'essuie le visage avec le mouchoir qu'il lui tend. Jade s'approche de Line, pose sa main sur son épaule et demande, compatissante :

- Qu'est ce qui te met dans cet état ?

- Jean ! hoquette la vieille fille. C'était le prénom de mon pauvre père !

Jade lance un regard noir au prêtre. Celui-ci sort une loupe de la poche de sa soutane et réplique :

- Bien ! Nous allons régler cela tout de suite !

Il se penche vers l'enfant toujours endormi malgré le raffut causé par sa tantine. Il colle son œil contre la loupe et observe le visage du bébé. Il émet de petites onomatopées de temps à autre. Jade, curieuse, s'approche à son tour et se penche à côté du curé.

- Vous voyez quelque chose ? s'enquit-elle, doucement.

Le prêtre la dévisage et lui tend sa loupe.

- Bien sûr ! Regardez ! C'est évident !

Jade observe quelques minutes le visage de son fils à travers la lentille grossissante et se redresse.

- Alors ? questionne le prêtre.

- A part mon fils grossi dix ou vingt fois, je n'ai rien constaté d'autre !

- Regardez mieux ! insiste le prêtre.

Jade s'exécute à nouveau. Elle se penche vers Gabriel et l'observe à travers la loupe. C'est alors que le prêtre pose sa main sur l'épaule de la jeune femme. A ce contact, Jade sent une douce chaleur se diffuser dans son corps. Elle n'en croit pas ses yeux. Le visage de l'enfant commence doucement à s'effacer dans un voile vaporeux et se redessine lentement. Le voile se dissipe légèrement. Jade reconnaît, sous ses yeux ébahis, les traits de Jean, le père d'Arthur, qu'elle avait vu sur une vieille photo jaunie.

Jade se met à trembler, sans pouvoir contrôler ses mouvements. Elle ôte la lunette de ses yeux, le visage de Gabriel est là, intact, exactement identique à celui qu'elle connaît depuis sa naissance. Elle se laisse tomber par terre à côté de la poussette et balbutie :

- Mais ? Comment… ?

- Vous êtes convaincue à présent ? demande doucement le prêtre. L'heure n'est pas aux questions pour le moment ! Des oreilles indiscrètes n'ont pas besoin d'entendre ce que j'ai à vous révéler ! glisse le curé à l'oreille de Jade en désignant Line et Louise.

Il aide Jade à se relever. Elle a un peu la tête qui tourne encore sous le choc de la vision. Gabriel choisit ce moment précis pour se réveiller et réclamer son biberon. Louise, la bouche pincée, demande sèchement :

- Bien, si la démonstration de spiritisme est terminée, est ce que nous pouvons aller déjeuner, maintenant ? Je meurs de faim !

- Maman ! Un peu de respect, s'il te plait ! gronde Line.

Le prêtre se tourne, ouvre la bouche pour faire une remarque désobligeante à la grosse dinde, puis se ravise. Il refait face à Jade et dit simplement :

- Oui, c'est cela ! Allez donc déjeuner, Mesdames !

Il s'adresse ensuite à Jade :

- Venez ma fille. Nous serons mieux dans l'église afin que votre enfant se restaure.

Louise ne se le fait pas dire deux fois et, avant que Line ait eu le temps de protester, elle part d'un pas vif vers le cours Saleya. Line lui emboîte le pas, sans broncher. Le prêtre les regarde s'éloigner et lorsqu'elles tournent l'angle de la rue, il invite Jade et Gabriel à entrer dans l'église Sainte Rita. L'intérieur est sombre et froid. Il n'y a que quelques personnes, ici et là, devant les autels des Saints, occupées à brûler un cierge pour que leur prière s'exauce. Le curé conduit la mère et l'enfant jusqu'à la crypte, et reprend :

- Ma chère enfant, ne soyez pas perturbée. Gabriel va bien et conservera le visage que vous lui connaissez.

- Alors… ? Pourquoi… ? demande Jade, incapable de construire une phrase entière et cohérente tant ses pensées sont emmêlées.

- Je vous ai fait voir son âme, ou plus exactement son corps astral. J'ai volontairement modifié ses traits afin que vous compreniez !

- Comprendre ! Encore ! Cela fait une bonne semaine maintenant, depuis l'enterrement de Sylvie, que j'ai bien senti qu'il fallait comprendre quelque chose ! Toutes ces choses étranges qui repassent dans ma tête ! Seulement, je ne sais pas quoi ? La question est là ? Que dois-je comprendre et pourquoi ? s'emporte la jeune femme, révoltée.

Le prêtre sourit, ce qui met Jade encore plus mal à l'aise. Il poursuit d'une voix douce :

- Savez-vous, chère enfant, ce qu'est le samsara ?

Jade lui fait signe que non. Le curé explique calmement :

- C'est le cycle éternel des réincarnations. Le samsara se poursuit tant que les karmas ne sont pas résolus, et ce dans le but d'atteindre la pureté de l'âme.

- Les karmas ? C'est quoi encore ce bidule ? marmonne Jade.

- Je vois ! murmure le curé pour lui-même. J'ai réellement affaire à une néophyte. Il n'était pas prévu que je doive aussi l'initier. Il faudra que j'en parle avec Espérance et Günter.

- Pardon ? demande Jade en faisant signe qu'elle n'entend pas les paroles de l'homme.

Tout en préparant le biberon de Gabriel, Jade écoute attentivement l'explication du prêtre :

- Donc, le karma ! Tout au long de nos différentes vies, puisque vous, moi, Gabriel, tout le monde se réincarne à chaque mort successive, nous accumulons une sorte de passif moral. Nous engrangeons dans notre cœur des blessures plus ou moins importantes faites par des personnes à qui nous accordons plus ou moins d'importance. La plupart de ces blessures guérissent sans problème au cours de notre vie actuelle. Sauf, certaines, les plus profondes, les plus marquantes, les plus graves. Celles-ci alors sont pernicieuses. Elles s'installent confortablement en nous, se font oublier un certain temps, puis réapparaissent brutalement dès que l'on remet le doigt dessus. Si l'on n'a pas réussi à les guérir dans la vie présente, elles reviennent dans les vies qui suivent jusqu'à ce qu'on y mette un point final. Alors bien sûr, le processus est long et douloureux. La lame qui les a faites doit certainement venir de la boîte de Pandore et Pandora elle-même l'aura certainement enduite de poison. Le venin alors implanté dans notre cœur, fait son chemin jusqu'au plus profond de nous et l'âme cristallise la meurtrissure, l'emportant avec elle à chaque mort et la ramenant à chaque naissance.

- Des bleus à l'âme…répète Jade, perplexe.

- Comme par exemple le comportement d'un compagnon que l'on n'arrive pas à digérer et dont les symptômes se répercutent sur votre bébé, souligne le curé en désignant Gabriel en train de boire goulûment son biberon.

Jade regarde son enfant distraitement, l'esprit encombré par ses réflexions. Effectivement, Gabriel refuse toute nourriture solide.

- Par exemple ! Ou bien des paroles qui restent suspendues dans l'air et auxquelles personne ne prête attention, hasarde Jade.

- Aussi ! confirme le prêtre.

- Une rupture de la communication en somme ! synthétise la jeune femme. C'est ça ! Arthur et moi avons rompu toute communication ! Nous ne parlons jamais sur le même plan. J'aborde le sujet sur un plan émotionnel et il me répond sur un plan financier. Parfois, j'ai même le sentiment que ses réponses et ses insultes ne me sont pas adressées. Comme s'il discutait avec une autre femme…Désolée, je ne sais pas pourquoi je vous parle de mon couple ! s'excuse Jade, confuse.

Un silence dans la conversation se fait. Puis, Jade reprend :

- Gabriel serait la réincarnation du père d'Arthur d'après ce que vous dites. Pourquoi ? Quel est le lien avec les visions sur la déchéance de mon couple ?

- Je ne sais pas…pas encore. Certainement, un tour de la lune noire ! Il faudrait que je discute avec votre corps causal. Je sais seulement que vous avez besoin de mon aide. Nous en rediscuterons plus tard. Il n'est pas possible de tenir ce genre de conversation ainsi exposés aux attaques des Ombres, dit-il en regardant étrangement autour de lui. Puis, nous devons nous revoir pour les préparatifs du baptême de Jean, conclut le père.

- Corps causal ? Astral ? Lune noire ? Je suis perdue.

Le prêtre sort son agenda et le feuillète rapidement.

- Disons, mardi en huit. Oui, ce sera parfait. Je vous attendrai à 15h00 au presbytère.

Jade n'a pas le temps d'ouvrir la bouche que les appels de Gabriel signalant qu'il veut sortir de la poussette se font entendre. Elle se penche vers lui, caresse sa joue, puis, tout en le détachant, s'apprête à confirmer le rendez-vous au prêtre. Elle se tourne, le cherche du regard. Il a disparu. Jade plisse les yeux et scrute les moindres recoins de l'endroit. Il n'y a plus personne. Elle prend Gabriel par la main, et repart de l'église. Elle arrive devant l'établissement de Gino retrouver la grosse dinde et la Madone des Sept douleurs. Elle cherche les deux femmes certainement attablées en terrasse ; toutefois, seul Gino s'avance vers elle en ouvrant largement ses bras. Il la salue chaleureusement :

- Ma, Jade ! Comme jé souis content de té voir ! Ta bellemère et ta belle-sœur m'ont chargé de te dire qu'elles préféraient rentrer chez elles ! Tou connais Louise, non ? Elle n'arrêtait pas de râler sur la chaleur, le monde, et patati et patata...

Jade embrasse le grand bonhomme bedonnant, un large sourire dessiné sur ses lèvres. Elle aimait bien Gino. Au fil du temps, il était devenu un peu son confident. Durant les années où Jade et Jo avaient habité seules, le restaurant de Gino faisait partie des petits plaisirs de leur vie. A deux pas de leur deux-pièces, particulièrement les jours où le marché aux fleurs envahissait l'esplanade du cours Saleya, elles aimaient à venir déjeuner dans le restaurant de Gino. Le rituel était toujours le même. D'habitude, Jade prenait son café en regardant la mer venir s'échouer sur les plages bordées de palmiers de la Promenade des Anglais, sauf les jours où le marché s'installait. Ces jours-là, elle se mettait à la fenêtre qui donnait sur le cours Saleya. Dès cinq heures du matin, lorsque les charretons emplis de fleurs aux couleurs vives faisaient entendre leur roulement chaotique sur les pavés, Jade ouvrait ses volets et buvait son café en regardant le bal des marchands ambulants installer leur marchandise. Aussitôt, les arômes variés et entêtants des plantes montaient dans l'atmosphère et se mêlaient aux embruns de la Méditerranée toute proche. Jade se préparait tandis que Johanna se réveillait. A ce moment-là, les stands étaient prêts et les marchands petit-déjeunaient avant que la foule ne commence à arriver. Vers dix heures, Jade et Johanna sortaient se promener au milieu de cette mini forêt improvisée. Elles déambulaient à travers les stands, s'extasiant devant telle rose délicieusement parfumée ou tel hibiscus bleu radicalement exotique.

Lorsque les parfums des plantes se trouvaient presque couverts par les odeurs alléchantes des plats qui cuisaient dans les fourneaux des restaurants, alignés de part et d'autre du cours, Jade et Johanna se dirigeaient vers l'établissement de Gino qui se trouvait tout au bout, presque sous les arcades. D'origine italienne, Gino accueillait chaque client avec un sourire et un mot gentil. Sa convivialité était presque aussi réputée que la qualité des plats qu'il proposait. Elles déjeunaient là, en terrasse, profitant du soleil et de l'animation qui régnaient les jours de marché. Gino, comme tout bon cafetier, savait écouter. Cela faisait partie du métier. A la longue, il avait pris Jade sous son aile, et une amitié s'était nouée.

Bavard comme tous les Méditerranéens, Gino poursuit :

- Ma, jé parle, jé parle et tou doit mourir dé faim ! Tiens, assieds-toi là avec ton petit ! Je reviens de suite !

Son accent italien faisait toujours sourire Jade. Il s'éclipse rapidement et revient quelques minutes plus tard un plat de tagliatelles al salmon dans les mains. Il dépose l'assiette fumante devant Jade, lui souhaite un bon appétit et s'installe à côté d'elle, prenant Gabriel sur ses genoux.

- Merci Gino ! J'en avais bien besoin ! J'ai eu une matinée longue et ...éprouvante, si tu vois ce que je veux dire !

- Jé n'en doute pas ! Ta belle-mère n'est pas du genre...aimable ! Ma pourquoi tu n'en parles pas avec Arthur ? Tou devrais lui dire les mesquineries dé cette femme ! Elle est vraiment odieuse avec toi !

Jade faillit recracher les pâtes qu'elle avait dans la bouche.

- Pas qu'avec moi ! Elle est infecte avec tout le monde! Quant à en parler à Arthur...Il s'en fout! Du moment que c'est moi qui me la coltine, il ne s'en mêlera pas! Il a une relation très particulière avec elle que j'ai du mal à saisir d'ailleurs! Il l'adore soi-disant, seulement moins il la voit, mieux il se porte!

Gino écoute Jade, comme à son habitude, se contentant d'hocher la tête de temps à autre. Il amuse Gabriel qui est occupé à triturer le bouton de son col de chemise. Jade continue son monologue sur les relations particulières entre Arthur et Louise :

- Alors, je comprends que la situation n'a pas dû être trop facile pour Louise. Elle s'est retrouvée veuve du père d'Arthur et de Line à quarante ans. Elle n'avait jamais travaillé de sa vie. Elle a dû gérer la situation seule avec deux enfants, l'un de quelques mois, l'autre de dix ans. Bon, cela a duré quoi ? une dizaine d'années avant qu'elle n'épouse son second mari. Là, encore, pas de bol pour elle, il meurt quelques mois après leur mariage. Elle est à nouveau seule avec Arthur, parce que Line avait vingt ans à ce moment-là, donc elle faisait sa vie. Enfin, si je puis dire. Finalement, Louise a confié Arthur à Line, pour pouvoir continuer à sortir et surtout à pêcher son troisième mari, qui lui aussi n'a pas survécu à cette veuve noire. Il est certain que cette pauvre Line aurait préféré également sortir et s'amuser que de s'occuper de son petit frère. Surtout, c'est à cet âge-là qu'elle aurait pu rencontrer un homme et se marier. Elle a préféré se sacrifier pour Arthur. Du coup, maintenant c'est une vieille fille aigrie qui vit avec sa maman. Louise est tyrannique avec elle. Je me demande vraiment comment elle peut la supporter. Tout ça pour dire qu'Arthur aurait dû être proche de sa mère et de sa sœur. Et pas du tout…

- Effectivement, c'est à n'y rien comprendre !

- Oui ! Jo et moi, nous avons vécu seules toutes les deux pendant presque dix ans et, même si elle est en pleine rébellion en ce moment, je n'imagine pas qu'un jour nous puissions avoir des rapports aussi froids ! Même avec Gabriel ! C'est impensable, même si lui, il a ses deux parents ! Enfin, là encore, si je peux dire ça comme ça ! Parce qu'Arthur, à part son travail, je me demande s'il s'intéresse vraiment à son fils ! Il part le matin tôt, rentre le soir tard, pas de week-end, plus de vacances ! Le boulot et c'est tout !

- Ah bon ! s'exclame Gino. Pourtant, je le vois souvent ! Il vient déjeuner sur le cours avec son oncle !

- Jean-Louis ! Oui, je m'en doute ! Il passe plus de temps avec lui qu'avec nous !

- Pourtant, ils sont associés, non ? demande Gino.

- Oui. Jean-Louis a hérité du cabinet d'expertise comptable à la mort de Jean. Les deux frères avaient une vingtaine d'années d'écart. Jean est mort à quarante ans. Il avait construit l'empire que tu connais aujourd'hui en partant de rien. Jean-Louis, jeune diplômé à l'époque, s'est retrouvé à la tête du plus important cabinet de la Côte d'Azur du jour au lendemain. Il s'est marié, a eu un fils, Anthony, qui est, entre parenthèses, adorable. C'est lui que je préfère dans cette famille. Donc, tout naturellement, quand Arthur a terminé ses études, il l'a pris dans le cabinet. Puis Anthony est rentré à son tour. Au début, comme salarié, puis petit à petit, il leur a cédé des parts. Mais le vieux est malin, il est resté associé majoritaire ainsi il conserve les rênes du cabinet. Seulement, la politique est très claire : le travail, le travail encore et toujours. Je me demande d'ailleurs si Jean-Louis n'aurait pas pris exemple sur le modèle bolchevique !

- Tu es bête ! sourit Gino.

- Sans doute ! répond Jade en repoussant son assiette vide. En tous les cas, je te remercie pour ton attention ! Cela me fait du bien de parler à quelqu'un qui s'intéresse à moi !

- Pas dé souci, ma belle ! Repasse me voir quand tou veux ! tu sais où me trouver ! dit Gino en aidant Jade à remettre Gabriel dans sa poussette. Et pouis, on sé voit samedi pour l'anniversaire de Jo !

Jade embrasse son ami et part rapidement récupérer Johanna à la sortie du collège. Ils rentrent tous les trois dans leur belle maison surplombant la ville.

La maisonnée endormie, Jade s'installe devant son écran. Elle remarque un message laconique posté par Espérance et Günter sur son article de la veille.

Ce soir, lune noire et corps astral vont échanger des maux. Il est temps...l'heure a sonné !

- Mais ? Qu'est-ce-que... ? chuchote Jade à voix basse.

Intriguée, elle se rend directement sur leur site. L'intitulé de leur opus du jour la laisse sans voix.

Epine empoisonnée

Un mystérieux voyage.

Assise sur le rebord du monde, j'observais cette Terre qui grouille d'hommes affairés à remplir inconsciemment leur mission. Je *me retournai un instant, jetant un œil dans mon sac à dos que la lune noir m'avait glissé lorsque j'étais "remontée" du monde d'en bas. Accoudée sur la rambarde de l'Astral, je scrutais la Terre à la recherche de mes futurs parents. J'observais attentivement chaque aura, à l'affût du moindre signe, correspondant à mes attentes.*

Et tandis que la génétique commençait le long travail de réalisation de mon corps physique, me faisant passer de multiples étapes, du liquide au végétal, puis à l'animal, je me confortais dans l'idée que je ne me trompais pas dans mon choix.

Pour me rassurer, j'ouvris le sac à dos que m'avait confié ma lune noire, et je vérifiai plaie après plaie, don après don, que mes futurs parents disposaient des mêmes bosses que moi, karmas des vies passées non résolus à ce jour.

Entamant sur Gaïa, mon passage à l'état de roi, je continuai mon enquête auprès de Pierre, le passeur d'âme. Il m'attendait au bar de l'Astral. Il me vit arriver de loin, et me commanda un café à peine étais-je arrivée. Je sortis mon précieux sac et commençai à y fouiller dedans. Je l'interrogeai sur mes futurs parents. Ainsi il m'apprit, en consultant ses registres, qu'ils correspondaient effectivement à ce que je recherchais dans le cycle éternel du samsara.

Comme l'heure du choix approchait, mon enveloppe ayant passé avec succès les phases de pauvre, de fourmi et de géant, il me mit tout de même en garde.

- *Es-tu sûre de toi? La mission qui t'attend ne semble pas aisée! Elle est pleine de souffrance, et il te faudra surmonter des épreuves bien plus difficiles que tu ne peux l'imaginer!*

Pour tes trente-huit ans, ta lune noire réactivera tes karmas passés. Il te faudra te connecter à ton corps causal pour qu'il t'aide à révéler les secrets enfouis et bien gardés !

Je souris et regardai Pierre, plantant mon regard dans le sien! Il tressaillit, surpris d'y trouver tant de détermination, de tristesse et de force à la fois.

- Oui, j'en suis sûre! Regarde mon sac à dos! Il contient tant d'échardes à retirer de mon arbre transgénérationnel que ma vie terrestre, je te l'accorde, ne sera pas facile! Mais, vois également, tous les dons qu'il y a et qui m'aideront à accomplir ma mission ! Je n'ai pas peur, je suis prête!

- Bien, dans ces conditions, il est temps pour toi, d'abandonner ta mémoire et de rejoindre ton enveloppe terrestre. Je serai là à ton retour.

Pierre n'insista pas devant ma détermination. Il but son café et m'ordonna de terminer rapidement le mien. Il alla s'asseoir derrière son bureau et me désigna un spider arrimé au port des âmes.

- Il est l'heure petite âme! Bonne chance dans ta mission!

A peine née, je hurlai, n'étant pas prête à ressentir aussi violemment, dans chaque cellule de mon corps, tous les maux des Hommes! J'eus un instant d'hésitation, puis regardant une dernière fois ma propre boite de Pandore, je n'hésitai plus et, au premier sommeil, je chaussai l'écran qui me permettrait de supporter cette atmosphère négative.

Au fil du temps, ces lunettes disparaîtront, me laissant le champ libre, pour résoudre mes blessures karmiques.

Aujourd'hui, en me retournant sur ma vie, je constate le travail accompli.

Mon sac à dos s'est allégé de quelques plaies. Mais, je ne me fais pas d'illusions, il doit bien en rester quelques une cachées au fond. Trente-huit ans ont sonné et les trois « R » se sont enclenchés. La Répétition a commencé, le cycle infernal doit être brisé, les réminiscences du passé sont là pour m'y aider.

Alors, en regardant dans mon sac à dos que j'ai précieusement conservé tout au long de ces années, on ne se sépare pas comme cela d'un cadeau de la lune noire! je fouille mieux, scrute le fond, dans les recoins cachés. Ma mission serait-elle terminée? Non, le voilà celui que je cherchais! Le Don des vies passées! Je le prends précautionneusement au creux de mes mains, l'observe, le tourne et le retourne. Oui, il est temps! Il est temps de le sortir de ce vieux sac, de le dépoussiérer! Il est temps de l'utiliser! Car en somme il semble que ce ne soit que le début...

- Le début…répète Jade. J'aurais préféré que ce soit la fin de mes ennuis et qu'enfin l'horizon s'éclaircisse pour moi, pour ma grande rebelle et pour mon petit roi.

Elle s'endort sur ses sombres pensées.

***

De l'autre côté de l'écran, Espérance piaffe d'impatience. Elle espérait que Jade posterait un message sur l'article du « mystérieux voyage ». Rien. Seulement des commentaires laissés par des inconnus de passage sur la blogosphère.

- Pfiou ! C'est râlant tout de même ! s'exclame-t-elle.
- Du calme. Je suis certain qu'elle a compris le message ! répond Günter en posant la main sur son bras. Allez ! Viens te coucher maintenant !

Espérance se détend un peu. Günter l'embrasse tendrement dans le cou. Il insiste en la câlinant :

- Viens ! La journée s'annonce encore longue demain !
- Mouvementée, tu veux dire ! J'ai peur qu'elle ne baisse les bras ! Tu la connais comme moi ! A des moments, elle déborde d'énergie et se bat sans relâche jusqu'à obtenir ce qu'elle veut et à d'autres, elle se laisse happer par les lames de

fonds et sombre dans les affres de la déprime ! Non, je m'inquiète réellement pour notre petite Jade !

Günter arrête ses caresses et s'assied face à Espérance.

- François sait ce qu'il fait ! Il va la sortir de ce mauvais karma ! Il t'a donné le sujet qu'il veut que nous traitions pour demain ?

- Non, pas encore ! Je suppose qu'il attend de voir comment Jade va réagir devant les évènements…

***

Dès le matin, l'effervescence règne dans la maison. Jo a onze ans aujourd'hui.

Dans peu de temps, le salon et le jardin seront envahis par une horde de jeunes, venus célébrer l'anniversaire de leur amie. Jade et Jo s'activent à la décoration dans la joie et la bonne humeur, gonflant les ballons blancs et fuchsia, suspendant les banderoles portant l'inscription « joyeux anniversaire ! », installant la table destinée à recevoir les sucreries et autres friandises, disposant les bouteilles de jus de fruit et de soda. Même Gabriel participe, en portant les verres et les assiettes en carton. La musique hurle déjà dans les haut-parleurs.

- Bon ! Je crois que tout est prêt ! constate Jade, satisfaite du travail accompli. Il ne manque plus que tes petits copains !

- Et le gâteau ? On a oublié d'aller chercher le gâteau ! s'affole Jo.

- Rassure-toi ! C'est Arthur qui passe le récupérer avant de rentrer !

- Arthur ! Tu plaisantes ! Il ne travaille pas aujourd'hui ? raille Johanna.

- Non ! Il m'a promis de rentrer avant quatorze heures ! Il tient à être là pour ton anniversaire ! dit Jade, fermement convaincue.

Jo semble perplexe, ou plutôt désabusée, ce qui surprend sa maman. A croire que la jeune fille a fait son deuil depuis longtemps sur ses illusions alors que la mère espère toujours que la situation s'améliorera et qu'Arthur redeviendra comme avant. Jade appuie son propos, persuadée de convaincre sa fille :

- Je t'assure ! Il sera là et avec le gâteau ! A l'heure prévue !
- Si tu le dis…marmonne Jo. On verra bien ! Il nous reste une demi-heure à attendre…

La préadolescente n'a pas le temps de poursuivre que la sonnette de la porte se fait entendre.

- Tu vois ! dit Jade en allant ouvrir.

Derrière la porte d'entrée, se trouve un livreur portant un énorme paquet dans ses bras.

- Johanna Sanchez ? demande-t-il.
- Oui ! C'est moi ! répond Jo en s'approchant, un large sourire illuminant son visage juvénile.

Elle prend le paquet et file s'installer sur le canapé pour le déballer tranquillement. Jade vient à peine de refermer la porte quand la sonnerie de skype se fait entendre. Jo ouvre l'écran de l'ordinateur. Jade et Gabriel viennent à ses côtés. Les visages souriants de Claire et Léon s'affichent sur l'écran.

- Joyeux anniversaire, ma petite chérie ! s'exclament les grands-parents en chœur. Tu as reçu notre paquet ?
- Je suis en train de l'ouvrir !

Jo déchire impatiemment le papier cadeau et pose le carton devant elle. Jade découpe le scotch et Jo ouvre rapidement le carton. Elle ne cache pas sa surprise :

- Du papier journal ?
- Fouille au fond ! réplique Claire.

Jo tâtonne dans le carton, jetant par terre de temps à autre une boule de papier journal. Enfin, ses mains détectent la présence d'un paquet plus petit. Elle le sort et l'ouvre frénétiquement. Elle pose l'objet devant elle, perplexe.

- Une toile d'araignée décorative? dit-elle un peu déçue.

- Tu ne sais pas ce que c'est, n'est-ce pas ? demande Léon, amusé.

- Pas du tout !

- C'est un attrape rêve ! Tout le monde en possède un à Honolulu. Tu le pends à la tête de ton lit et comme cela, plus de mauvais rêves !

Jade ne peut retenir ses mots, tellement le sommeil est devenu une torture pour elle :

- Tu me le prêteras ?

Claire réagit instantanément :

- Pourquoi ? Tu dors mal ? Il y a quelque chose qui te tracasse ?

- Non ! Non ! Tout va bien. Ce sont peut-être les premières chaleurs qui font que mes nuits sont courtes !

- Je préfère cela ! Toutefois, si cela persiste, je t'emmènerai voir une de mes nouvelles amies lorsque vous viendrez à Honolulu, les enfants et toi ! C'est une kahuna, une prêtresse si tu préfères ! Ellc fait des merveilles pour mon mal de dos et…

Léon coupe la parole à Claire et s'adresse à sa petite fille à la mine dépitée :

- Johanna, regarde encore dans le carton ! Je crois qu'il reste encore un paquet pour toi !

Jo repart à la recherche du second cadeau. Elle extirpe une boite, l'ouvre et cette fois, son visage devient radieux.

- Oh, merci ! Il est trop beau ! s'exclame-t-elle en glissant le pendentif dans sa chaine.

- C'est un tiki, explique Claire. Celui-ci porte bonheur. Ici, tous ces talismans sont très répandus. Je me ferai un plaisir de vous emmener faire un tour au grand marché ! Il y en a chaque semaine. C'est immense et on y trouve de tout, y compris ces articles de magie. D'ailleurs, la magie fait partie intégrante du mode vie des gens ici …

- Tu es trop bavarde ! se moque Léon, puis s'adressant à sa fille et à ses petits-enfants, il rajoute : Bon, on vous laisse mes petits chéris ! Les invités de Jo ne vont plus tarder maintenant ! On vous rappellera demain ! Et encore un très joyeux anniversaire, Jo !

Jo baisse l'écran du portable et jette un œil à la pendule murale qui indique 14h05.

- Il t'avait promis d'être là avant quatorze heures ? s'énerve Jo. Voilà ! Il n'est pas là et mon gâteau non plus. C'est mon anniversaire et je n'ai pas de gâteau à cause de ton Roméo qui, comme d'habitude, t'a raconté n'importe quoi !

Jade attrape le téléphone, tout en demandant à sa fille de se calmer. Les sonneries se font entendre, cependant personne ne décroche. Jade arpente le salon de long en large. Jo se met à pleurer et hurle :

- C'est chaque fois la même chose ! Tu ne l'as pas encore compris qu'il s'en fout de nous ? Même de Gabriel, il s'en tape comme de sa dernière paire de chaussettes ! C'est un menteur ! Je le déteste et je voudrais qu'il ne soit jamais rentré dans nos vies !

- Calme-toi, ma beauté ! Arrête de pleurer, je vais tout arranger ! Tes petits copains vont arriver et tu vas avoir les yeux gonflés et rouges ! Arrête, s'il te plait.

La dernière épine empoisonnée commence à se planter dans le cœur de la maman. Jade s'efforce de consoler sa fille alors qu'elle n'a qu'une envie : mettre un bon coup de poêle à frire dans la tête d'Arthur. La violence qui l'envahit lui fait même peur. La déception est immense et la haine qui en résulte est incommensurable. Elle tapote le numéro frénétiquement sur le clavier du téléphone. Encore et encore. Toujours la messagerie. Jade respire amplement et avant qu'elle n'ait ouvert la bouche, Jo la devance :

- Tu sais, je ne t'en veux pas de t'être trompée ! Mais, franchement, il serait temps que tu ouvres les yeux quand tu rencontres un homme. On était mieux avant, sans Arthur ! Parce que tu vois, moi, je n'ai pas connu mon père et quand on était toutes les deux, je m'imaginais que d'avoir un papa, c'était quelque chose de formidable ! On fait plein de choses avec son papa, il nous apprend un tas de trucs, il s'occupe de nous ! J'entendais mes copines parler de leur père à l'école, c'était vraiment un chouette truc ! Et là, toi, il te traite comme une vieille pantoufle, moi, il s'en fout royalement et le pire, c'est que je vois qu'il ne s'intéresse même pas à Gabriel ! Son propre fils ! Ton Arthur n'est qu'un boulet ! Il ne sert à rien ! Franchement, pour trouver un abruti pareil, je préfère passer ma vie toute seule !

Johanna se remit à pleurer de plus belle. Jade sentit son cœur se serrer davantage. Gabriel caressait les cheveux de sa sœur en prenant un air triste. Les ravages affectifs causés par l'indifférence et l'égoïsme d'Arthur détruisaient à petit feu la maman et ses enfants. Malgré les efforts de Jade pour préserver ses petits, elle se rendait bien compte que les blessures les avaient touchés eux aussi. Arthur réussissait à gâcher tous leurs petits plaisirs. Chaque instant de bonheur ou de gaité se trouvait teinté d'amertume, et, à un moment ou un autre, des larmes étaient versées.

Clotilde arriva sur ces entrefaites, découvrant la scène de désolation alors que c'était un jour de fête. Elle para au plus pressé en emmenant Jo dans la salle de bain se passer un peu d'eau sur le visage. Experte en diplomatie, Marraine trouva les mots justes pour remonter le moral de la jeune fille. Un coup de fil à Gino régla le problème du gâteau ce qui termina de redonner le sourire à Johanna. Marraine laissa là les enfants, et entraîna Jade dans la chambre. Elle lui laissa cinq minutes pour se reprendre et faire bonne figure. Seule à présent, Jade n'eut pas le temps de s'appesantir sur son ressenti que son téléphone sonna. Elle vit le nom d'Arthur s'afficher sur l'écran. Elle décrocha et hurla dans l'appareil :

- Mais où es-tu, bordel de merde ?

D'une voix neutre, Arthur répondit :

- Au bureau ! Où veux-tu que je sois ?
- Et le gâteau ? et l'anniversaire de Johanna ? Tu as oublié ! beugla Jade.
- Je n'ai pas le temps pour ces bêtises ! J'ai du travail ! Tu comprends, ça ! Au lieu de rien foutre toute la journée, t'avais qu'à lever ton cul et aller le chercher ton gâteau ! rétorqua sèchement Arthur.

A cet instant, Jade vit rouge. Le poison de la lame de Pandora se distilla dans toutes ses veines à grande vitesse. Il répandit dans toute l'âme de Jade, haine destructrice et mortelle. Elle eut des envies de meurtre. Jade n'écoutait plus, n'entendait plus. Arthur continuait à vociférer dans le téléphone le panel d'insanités qu'il avait l'habitude de déblatérer à son encontre. Il la traitait alternativement de feignasse, voleuse, bonne à rien et pétasse. Jade laissa tomber le téléphone sur le sol qui s'éclata contre le carrelage froid. Elle était dans un état second et avait la sensation que ce n'était pas elle qui regardait à travers ses yeux. Pourtant, la pièce était identique à celle d'il y a quelques minutes. Jade la voyait différente. Elle entendait de façon très lointaine l'eau couler dans la salle de bain. Ses gestes semblaient ralentis. Elle eut la désagréable sensation que tous ses sentiments, toutes ses émotions avaient quitté son corps instantanément. Elle avait l'impression d'être froide comme la mort. Arthur venait de tuer le peu d'espoir qui l'animait encore au fond d'elle-même.

Clotilde revint dans la chambre, alertée par les hurlements de Jade. Elle eut un mouvement de recul lorsqu'elle vit Jade dont les traits du visage étaient tendus et dénués de toute expression. Pourtant, ce qui lui fit le plus peur, c'était le regard de Jade. Il était vide, terriblement vide.

- Mon dieu, Jade ! Que t'arrive-t-il ?

Jade restait là, sans répondre. Marraine n'hésita pas une seule seconde. Elle l'a gifla et l'attrapant par les épaules, la secoua vigoureusement :

- Jade ! criait-elle. Jade ! Que se passe-t-il ?

Marraine pianota nerveusement sur son portable. Dès qu'elle entendit le cliquetis indiquant que le combiné avait été décroché, elle décrivit rapidement l'état second où se trouvait sa filleule. A l'autre bout du fil, le père François tira immédiatement les rideaux de la pièce où il se trouvait et ordonna qu'on lui passe la jeune femme. Marraine mit le portable tout contre l'oreille de Jade et s'éclipsa. Le père, de son côté, inspira longuement, ses pupilles prirent la couleur du feu, et, instantanément une aura éclairant la pièce se dégagea de lui. Jade sentit l'esprit du prêtre pénétrer en elle. Elle ne se défendit pas, vidée, pétrifiée. Le père fit un état rapide des lieux. Le diagnostic n'était pas fameux : le corps émotionnel avait été laminé, le corps éthérique semblait fonctionner au ralenti, le corps causal avait perdu tout équilibre entre le bien et le mal et le corps astral était en piteux état. Le dernier coup de lame porté par Arthur semblait avoir été fatal. Le père réfléchit à toute vitesse. Jade ne pouvait rester ainsi. Une âme morte parmi les vivants. Il tenta un coup de poker. L'aura qui l'entourait prit une teinte encore plus lumineuse. Inconsciente, Jade s'effondra sur le sol. La jeune femme ouvrit les yeux. Encore un saut dans le passé. Jade attendit de découvrir quelle scène de sa vie, il avait été décidé de lui faire revivre. Seulement, ce qu'elle allait voir ne faisait pas partie de son passé cette fois, mais bien de son avenir. Elle était allongée sur son lit. Son corps pesait une tonne et tout mouvement semblait proscrit. La fenêtre ouverte laissait entrer un peu d'air frais. Une légère brise agitait le feuillage du chêne tout proche. La lumière vive l'obligea à cligner des yeux. Des larmes perlaient sur ses joues. Elle ne ressentait plus rien, son cœur ne battait plus. Le visage de Johanna apparut dans son champ de vision. La jeune fille souriait. Elle était paisible et détendue. Il émanait d'elle une douceur et une chaleur apaisante. Elle avait l'air d'être heureuse, libre. Ses traits délicats étaient sublimés, sa peau satinée et ses grands yeux bruns étaient teintés de cet éclat si particulier que Jade aimait voir briller. Ses longs cheveux blonds flottaient légèrement sur ses épaules. Jade ressentit dans sa poitrine son cœur palpiter. Un battement, un seul. Jade regarda à côté d'elle et le visage de Gabriel apparut. Il souriait, sa tétine entre les lèvres. Il colla sa tête contre l'épaule de sa sœur. Elle l'enlaça. L'image était belle, rare. Jade sentit un nouveau battement de cœur. Puis un autre. Et encore. Elle respirait de nouveau. Arthur ne l'avait pas tué. Elle s'était trouvée à terre mais l'amour qu'elle portait à ses enfants l'avait réanimée. Ses enfants dégageaient tant d'amour, de plénitude, rayonnant de bonheur que Jade prit conscience que tout espoir n'était pas perdu. Elle comprit que pour Arthur, il n'y avait plus rien à faire. Par contre, pour ses enfants et pour elle, tout était encore possible. Il leur suffisait de construire leur bonheur, tous les trois, profitant de chaque instant, ensemble, sans plus rien attendre de celui qui les méprisait. Ainsi, ils ne seraient plus déçus. Elle prit conscience qu'une seule personne avait réussi à pourrir la vie de trois autres. Il était temps d'inverser la vapeur. La victimisation n'était pas une solution. Et le bonheur était peut-être là, au sortir de la relation bourreau-victime. Jade n'agirait plus en espérant une réaction d'Arthur, elle ne crierait plus non plus pour le contraindre à assumer ses rôles de mari et de père. Elle décida seulement d'agir désormais pour elle-même et de faire ce qui la rendait heureuse. L'image de ce moment béni resta gravée dans la mémoire de Jade. Elle s'en resservirait à l'occasion afin d'apaiser les tensions.

De son côté, le père François, rassuré quant à l'état mental et moral de Jade, raccrocha et s'allongea un instant pour récupérer de cette séance éprouvante.

Jade reprit ses esprits. A nouveau, ses bleus à l'âme la firent souffrir. Elle sut qu'elle n'était pas morte, seulement à vif, écorchée vive. Elle pansa ses plaies tant bien que mal, et se força à se redresser. Son état d'esprit étant subitement différent, elle fut surprise de constater dans son miroir que son aspect physique ne présentait plus les stigmates de la détresse. Ses cernes avaient disparu, son teint était clair et ses yeux pétillaient. La sonnette retentit. Marraine attrapa Gabriel dans ses bras et cria à Jo :

- Va ouvrir ! Nous revenons très vite !

Marraine entra en trombe dans la chambre et s'apprêtait à sermonner Jade lorsqu'elle fut stoppée net dans son élan en trouvant une jeune femme emplie de gaieté et d'entrain. Jade lui prit Gabriel des bras et, tout sourire, dit :

- On y va ? Les invités de Jo sont arrivés ! On va faire une fête du tonnerre !

Stupéfaite, Marraine ne put s'empêcher de la questionner :

- Tu te sens bien ? Il y a quelques minutes encore tu étais …tu me faisais peur !

- Ah oui ! Non, cet état de délabrement où les attaques d'Arthur me mettaient, est terminé.

- Terminé ?

- Il m'a suffisamment gâché la vie comme ça ! A partir de maintenant, c'est terminé !

Ce n'est pas tant les paroles mais le ton sur lequel Jade prononça ces derniers mots qui glacèrent le sang de Clotilde. Un frisson parcourut son échine. Elle sut qu'Arthur avait dépassé les limites. Il avait fait le pas de trop vers l'inacceptable.

Jade joua le jeu tout l'après-midi et se surprit même à apprécier la journée. Jo avait retrouvé son entrain et sa gaieté.

Le gâteau arriva à point nommé, porté par ce brave Gino. L'ambiance était festive et les invités ne s'aperçurent de rien. Jo sauta au cou de Jade lorsqu'elle découvrit le maillot de bain, acheté la veille dans le vieux Nice et Jade en profita pour serrer tout contre elle, sa fille et son fils, dans un grand élan de tendresse.

Le soir venu, lorsque la maison retrouva son calme, et persuadée qu'Arthur rentrerait très tard, comme à son habitude, la jeune femme prit tout son temps pour donner le bain à son bébé et, Johanna, pour une fois, resta avec eux dans la salle de bain. Elles distrayaient Gabriel qui riait aux éclats et rapidement la salle de bain prit des allures de pataugeoire. Ils s'amusaient tellement tous les trois qu'ils restèrent surpris lorsqu'Arthur poussa la porte de la pièce.

- Tu es déjà là ? demanda Jade qui pourtant l'avait en évidence sous son nez.
- Oui ! Joyeux anniversaire, Johanna !

La jeune fille se referma instantanément, marmonna un « merci pour le cadeau » et sortit de la pièce. Jade s'affaira à sortir son bébé de l'eau. Arthur, peu coutumier de la scène, s'éclipsa à son tour, ne sachant que faire. Une fois que Jade eut enfilé son pyjama à Gabriel, ils rejoignirent tous deux Johanna dans sa chambre et recommencèrent à jouer. Des rires sortaient de la pièce. Au bout d'un moment, Arthur entra dans la chambre et demanda :

- Tu restes là avec les petits ?
- Oui ! Pourquoi ?
- Pour une fois que je suis rentré tôt, je pensais que l'on aurait pu aller faire un tour !

Jade toussota, et ironisa :

- Tôt ? 18h30 ? Non, je n'ai plus envie !
- Mais, pourquoi ? C'est samedi et …
- J'ai dit non, répondit fermement Jade en appuyant son regard.

Mal à l'aise, Arthur tenta une approche sollicitant la compassion de sa compagne. Jade surnommait cet état, assez récurrent chez Arthur, la période « Caliméro ».

- J'ai un mal de crâne terrible! se plaignit-il.

Cependant, Jade, empoisonnée jusque dans les moindres recoins de son corps par le venin de l'indifférence, n'en a cure. Aucun mot, ni aucun geste de cet homme ne semblent désormais l'affecter. Elle recommença à jouer avec ses enfants, et ignora complètement la présence de l'intrus. Arthur se trouvant désarçonné par l'attitude de sa compagne, ne savait plus quoi dire ni quoi faire. Il n'était pas habitué à être ignoré. Radoucissant son ton, il demanda :

- Tu veux que je mette la table ?
- Pourquoi pas ! Si cela te fait plaisir ! répondit-elle avec désinvolture.

Arthur referma la porte et l'on entendit ses pas s'éloigner dans le couloir. Johanna, étonnée, elle aussi, du calme de sa mère, la questionna :

- Tu ne t'énerves pas ?
- Non ! Cela ne sert à rien ! Ah ! Voilà une occasion de t'apprendre quelque chose : S'emporter, crier, râler ne servent à rien ! Rappelle-t'en, lorsque tu seras en couple. La communication, elle, est un pilier du couple. Sauf, comme c'est le cas avec Arthur, lorsque celui qui est en face n'a pas envie de comprendre ! Alors, au lieu de céder à la colère, il faut réfléchir, faire le point et assumer son choix !

Johanna la regarda sans comprendre. Jade lui éclaircit ses propos :

- Je ne m'énerverai plus parce que je n'attends plus rien de lui. Je ne le quitterai pas, non plus, car Gabriel a besoin de son père.
- Toi ! Toi, tu ne crieras plus ?

Jade secoua la tête de gauche à droite pour signifier son refus. Johanna se pencha vers la fenêtre et regarda le ciel :

- Il va neiger demain, c'est sûr et certain !

- Tu es bête ! dit Jade en riant de l'ironie de sa fille. Allez, maintenant à table les petits !

Le repas se passa de la même façon que les jeux dans la chambre. Jade et Jo discutèrent ensemble, riant des évènements de la journée tout en s'occupant de Gabriel dans sa chaise haute, entre sa mère et sa sœur. Arthur resta seul, dans son coin, étranger à la conversation, observant le manège avec curiosité. Le dîner avalé, Jade coucha les enfants. Une caresse sur la joue suffit pour endormir Gabriel alors qu'il fallut jouer la carte de la négociation et l'octroi d'un quart d'heure de télé supplémentaire avec Jo.

Arthur l'attendait sur le canapé, très absorbé par la lecture d'un compte rendu. Sans même lui jeter un regard, elle se cala contre les coussins et alluma son ordinateur. Même si elle ne le montrait pas, la présence d'Arthur la dérangeait. Elle inspira profondément, et rédigea d'une traite son article du jour. Jade s'autorisa à pousser son dernier cri, sans bruit, juste avec la force des mots :

Egoïste.

Il est des fois où il est difficile de garder son calme, pour moi encore plus que pour d'autres car je suis très impulsive même si je me soigne! Comment accepter de passer après un travail aussi prenant soit-il?

Je ne le sais et ne trouve aucune réponse satisfaisante, quel que soit le sens où je tourne la question! Je peux comprendre un investissement régulier, deux heures en soirée une fois par semaine et quelques réunions de temps en temps le week-end!

Mais ma "tolérance" s'arrête lorsque l'emploi en question "bouffe" un, voire les deux jours du week-end chaque semaine durant douze mois et pas question de congés payés.

Je ne comprends pas, qu'en ayant un bébé, ce temps jusqu'à présent consacré sans problème à la réussite profes-

sionnelle, ne lui soit pas désormais réattribué! D'autant que, depuis le temps, l'entreprise tourne d'elle-même et sa réputation est bien assise. Aujourd'hui, c'est ma fille qui a fait les frais de cette quasi-totale absence de notre vie de famille. Mais, demain, et cela est déjà arrivé, cela se produira-t-il avec son propre fils ?

Ne se rend-il pas compte que le temps passe rapidement et qu'il n'y aura qu'un anniversaire de ses deux ans, qu'un spectacle de fin d'année pour sa première année d'école primaire, qu'un minimum de temps où il voudra passer son temps et ses vacances avec ses parents plutôt qu'avec ses copains et plus tard sa fiancée? Alors que dans une dizaine d'années, il y aura toujours des clients...

Ce qui me désole le plus, c'est que nous ne sommes pas un cas isolé ! Partout où je me tourne et où se pose mon regard d'adulte, je ne vois que des parents, homme ou femme, seuls, sans leur conjoint, trop occupés à conserver leur identité et accéder à la réussite sociale tant convoitée!

Je me pose une question : quels types de couples vont bien pouvoir devenir ces enfants négligés et délaissés par leurs parents trop occupés à revendiquer leur individualité ??? Je ne vois qu'un mot pour qualifier ces assoiffés du conservatisme de leur personnalité, ces rigides narcissiques : EGOISTE !!!

Se rendent-ils compte de la souffrance qu'ils infligent à leurs proches, et surtout à leur propre sang ? Il n'était nul besoin de faire un enfant pour le faire passer au deuxième plan!

Je m'expose ainsi certainement à des commentaires pas très sympathiques, car malheureusement les égoïstes sont légions! Mais tant pis, écrire ma déception devant ce constat peu glorifiant me fait du bien et j'assume complètement!

A la relecture de l'opus publié, Jade s'étonna de se sentir aussi bien. Vidée de ses émotions négatives, et surtout de son espoir, elle respirait mieux, se trouva même détendue, comme si le fait d'avoir écrit sa haine et sa révolte l'avait apaisée. Cette blessure, désormais sur papier, ne la ferait plus souffrir. Elle est sortie d'elle, définitivement, et Jade est décidée à ne plus la laisser y entrer.

Arthur, à ses côtés, se gratte le crâne et, comme à son habitude, termine en se triturant le lobe de l'oreille gauche. Jade le sent mal à l'aise. Elle sait ce qu'il va dire pour la énième fois et n'a plus envie de l'entendre.

- Bonne nuit ! lance-t-elle sans se retourner.
- Non ! Attends ! je voulais m'excuser pour …
- Ce n'est plus la peine ! Je m'en fous !
- Non ! Je te promets que…
- Tes paroles ne me suffisent plus, tes excuses ne sont plus acceptées. Je ne constate désormais que tes actes et uniquement tes actes. Pour le moment, ils sont vraiment…à vomir ! La seule raison pour laquelle je ne te quitte pas sur le champ, c'est Gabriel ! Parce que j'estime qu'un enfant a besoin de son père et de sa mère. S'il n'était pas là, tu aurais dégagé depuis longtemps de ma vie ! Je ne crierai plus, mais je ne te crois plus non plus…

Jade tourne les talons et part dans la chambre. Arthur la suit et insiste encore :

- Mais, attends ! Il faut qu'on discute ! Je t'aime et …

Jade se met à rire, d'un rire froid et méprisant, un rire à glacer le sang.

- Tu n'en a pas marre de me prendre pour une conne ? Parce que moi, ça me fatigue énormément ! Alors, lâche-moi maintenant !

Etonnamment, elle ne criait pas, ne semblait même pas énervée. Seuls ses yeux luisaient d'une étrange lueur : celle de la haine. Arthur recula d'un pas. Jade répéta :

- Lâche-moi ! Je voudrais dormir maintenant !

Elle ferma la porte au nez d'Arthur. Il resta quelques secondes dans le couloir puis elle entendit ses pas s'éloigner.

Arthur, seul dans le salon, réfléchit un court instant. Il avait été tellement loin et Jade l'avait pardonné à chaque dépassement de limite, qu'il était certain qu'elle le pardonnerait à nouveau. Demain, tout serait rentré dans l'ordre. Il se replongea dans la lecture de son bilan, sans se poser plus de questions que cela. Il ignorait que le changement radical de Jade allait lui causer des surprises.

Prémices d'une tempête

Tout avait débuté de travers, laissant présager que la journée allait encore être des plus agitée. C'était aujourd'hui, à quinze heures tapantes que Jade devait se rendre au presbytère, et visiblement les évènements semblaient se précipiter pour la clouer chez elle. Ce n'est pas qu'elle ressentait l'urgence d'honorer ce rendez-vous, quoiqu'un petit picotement derrière sa nuque lui conseillait de s'y rendre, mais étrangement, elle se sentait bien en présence de cet homme, et elle était toute fière de lui annoncer sa grande décision vis-à-vis d'Arthur. Elle lui montrerait à quel point elle avait enfin retrouvé sa sérénité, et, ainsi, offrir la garantie d'un foyer heureux à ses enfants. Plus de cris, plus de pleurs. Uniquement des rires et de la joie à volonté. Toutefois, elle ignorait, étant profane dans le sujet, que lorsque le rendez-vous était fixé, les Ombres se déchaînaient afin d'empêcher la révélation de leurs précieux secrets. Jade allait goûter à l'éternelle rivalité entre le bien et le mal.

Ainsi, Gabriel débuta sa journée vers 3h00 du matin. Il ne se rendormit qu'au petit matin alors que l'aube se dessinait. Trop tard pour Jade pour aller se recoucher.

- Ce n'est pas grave ! se dit Jade. Je dormirai mieux ce soir !

Johanna se réveilla péniblement après trois intrusions répétées de sa mère dans sa chambre. Jade vit tout de suite que sa fille était fiévreuse. Le thermomètre confirma la suspicion de la mère attentive. Jo ne présentant aucun autre symptôme, Jade, se contraignant à rester de bonne humeur, se dit :

- Ce n'est pas grave ! Une poussée de croissance, sans doute !

Elle lui fit avaler un cachet d'aspirine, mit un gant froid sur son front et la laissa se reposer.

Jade s'autorisa un énième café, tout en admirant la vue depuis son jardinet. L'air doux du matin caressait son visage, et elle se félicitait d'avoir planté des rosiers dont le parfum embaumait l'atmosphère. Elle inspira longuement, bien décidée à tenir sa promesse. Désormais, son jardin secret ressemblerait à son jardinet. L'herbe verdoyante était bien coupée, les roses donnaient une touche de couleur égayant l'ensemble, aucune mauvaise herbe ne se dressait, et au loin, la Méditerranée ondulait paisiblement, sous un radieux soleil printanier. Finis, terminés, les champs de bataille, parsemés de trous des mines de l'ennemi, des paysages ravagés par les tranchées creusées pour se protéger des tirs incessants adverses, de l'horizon gris entaché de nuages noirs, prêts à laisser tomber la foudre et à zébrer le ciel d'éclairs de violence, prémices d'un ouragan destructeur. Jade avait choisi de vivre en paix.

Arthur, quant à lui, n'avait rien choisi du tout, persuadé que rien n'avait changé. Il arriva donc avec ses grosses bottes boueuses dans le jardin harmonieux de Jade et passa la tête par la porte de la baie vitrée, afin de donner, sans même se soucier de l'état de fatigue de sa compagne, ses directives pour la journée, comme s'il s'adressait à sa bonne à tout faire :

- Je n'ai plus de shampoing, tu sais celui à la pivoine, mon costume gris doit être prêt pour 17h00, j'ai un rendez-vous important et je ne serai certainement pas là pour dîner. Ah oui, j'allais oublier, ma mère vient voir le petit cet après-midi, je pense qu'elle va passer entre 13h00 et 17h00. Elle m'a demandé si tu pouvais lui préparer des gâteaux secs, une grosse boite, elle voudrait en offrir à ses amies du club de bridge. Oh, puis, j'ai un mal de crâne, encore aujourd'hui ! Tu arriverais à me donner deux cachets ?

Jade sentit la colère l'envahir. Le ciel bleu azur commença dangereusement à s'assombrir. Les nuages menaçants arrivaient de toute part. Les belles couleurs chatoyantes du gazon et des roses perdirent de leur éclat et se ternirent. Elle serra davantage sa tasse de café dans ses mains, ses lèvres se pincèrent jusqu'à en devenir blanches afin qu'aucun mot n'en sorte. Elle se força à ne pas faire face à Arthur, afin qu'il ne voie pas l'éclat de haine qui jaillissait dans ses yeux. Elle respira profondément, calmement. Elle revit l'image de ses enfants, heureux, paisibles. La tempête s'éloigna et le soleil resplendit à nouveau. Elle répondit sur un ton qu'elle essaya de conserver neutre :

- Ça ne va pas être possible aujourd'hui.

D'humeur belliqueuse et contrarié que Jade n'obéisse plus, il s'emporta et déversa son lot d'insanités :

- Pas possible ? N'oublie pas que je te nourris ! Sans moi, tu serais dans le ruisseau ! Tu restes à la maison toute la journée sans rien foutre, et tu ne peux pas aujourd'hui, recevoir ma mère ?

Très concentrée sur l'équilibre de son moi intérieur, Jade fut surprise de constater que les attaques d'Arthur n'avaient plus d'effet sur elle. Elle n'avait pas mal, ne se sentait pas obligée de surenchérir pour rappeler à son cher compagnon qu'elle restait à la maison, par choix conjoint, afin de s'occuper de Gabriel ; que par la passé, elle n'avait pas eu besoin de lui pour se nourrir et se loger, qu'elle gagnait sa vie très honorablement. Non ! Elle ne ressentit pas le besoin de le lui faire remarquer, parce qu'en fait, elle s'en moquait. Les insultes glissaient sur elle comme de l'huile bouillante sur un revêtement antiadhésif, sans l'émailler, sans pénétrer par les pores de sa peau afin d'atteindre son cœur. Elle constata, bien malgré elle, que cela l'amusait même de voir Arthur gaspiller tant d'énergie pour la blesser. Elle se contenta de répondre, avec un sourire :

- Non, pas possible !

Elle le regarda. Son visage, déjà pourpre, s'enflamma instantanément. Elle le compara à un volcan sur le point de déverser sa lave brûlante ravageant tout sur son passage, jusqu'à ne plus laisser qu'un paysage désertique derrière elle. L'éruption ne se fit pas attendre, violente, dévastatrice. Jade l'observait toujours, souriante, hermétique. Il accentua ses propos virulents par de grands gestes et cracha les mots comme une mitraillette, sans relâche, tous plus assassins les uns que les autres. Jade, bien à l'abri dans son jardin secret, gardait son rôle de spectateur, constatant le mal que ce genre de scène avait pu faire sur ses enfants. C'était immonde, indescriptible, innommable. Elle ne voulait pas replonger dans cet enfer. Puis, d'un seul coup, elle réalisa ce qui avait changé. Elle ne passerait plus la journée avec cette grosse boule au ventre qui l'empêchait d'apprécier les moments de joie simple, elle ne se torturerait plus pour savoir comment aborder son compagnon lorsqu'il rentrerait, elle ne se tordrait plus les boyaux pour ravaler péniblement sa haine et sa souffrance. En refusant la frustration, elle refusait également le jeu de la violence. Chacun était libre de ses choix. Jade avait choisi d'être heureuse. Arthur semblait décidé à rester dans les méandres de la colère et de la haine. C'est lui qui allait passer sa journée à réfléchir et à se torturer.

Jade posa sa tasse dans l'évier et partit dans la salle de bain. Sans un mot, sans le moindre geste d'énervement, sifflotant légèrement entre ses dents. Arthur l'insulta encore jusqu'à ce qu'elle disparaisse de sa vue. Il resta là, planté comme un idiot, seul avec son envie de faire mal. Il était dégoulinant de sueur. Il partit changer de chemise, puis, rentra dans la salle de bain, penaud :

- Non, mais, excuse-moi, je ne pensais pas ce que je t'ai dit ! Mais je m'énerve facilement en ce moment, cela ne se passe pas bien au bureau et…

Jade, habituée aux variations d'humeur de son compagnon, passant de la guerre sans merci aux plates excuses, avec une facilité déconcertante, coupa net :

- Je m'en fous !

Surpris, Arthur ne sut plus quoi dire. Il porta sa main à son crâne et se plaignit à nouveau :

- Où sont les cachets ?
- A la même place depuis trois ans que nous habitons ensemble !

Elle s'enroula dans son peignoir et le planta encore une fois sur place, s'éclipsant de la salle de bain. Elle l'entendit maugréer, puis s'éloigner vers le salon. Elle devina sans trop de difficulté, tant Arthur était prévisible, qu'il enfilait sa veste, prenait son précieux attaché-case et allait partir rejoindre la troupe de fantassins de son cher oncle. Elle poussa l'ironie jusqu'à lui souhaiter une agréable journée. Elle n'eut comme réponse qu'un claquement de porte.

Après s'être habillée et avoir vérifié que ses deux enfants dormaient paisiblement, elle s'installa devant son ordinateur. Le rituel de la veille au soir n'avait pas pu se dérouler, d'une part à cause du surplus de devoirs de Jo, et d'autre part, de l'agitation incompréhensible de Gabriel. Jade était donc curieuse de voir ce qu'elle avait manqué sur la toile. A peine commença-t-elle à surfer sur le net, que la sonnette retentit. Le facteur lança gaiement :

- Bonjour Madame ! Une petite signature et voici votre colis !

La porte refermée, Jade déballa le paquet, oubliant momentanément ses copinautes. Cela faisait quinze jours qu'elle attendait ce colis et était pressée de tenir l'objet entre ses mains. Elle glissa le bout de ses doigts dans le carton, lorsqu'un insecte non identifié, pourtant terrifiant, l'agressa. Jade était entomophobe. A grand renfort de cris, et surtout, grâce à son rouleau à pâtisserie dont elle se servit comme d'une massue, elle vint rapidement à bout de l'ennemi. La dépouille du scorpion gisait au milieu du carton déchiqueté. Elle ôta le livre, objet du colis, et jeta le reste aux ordures, lieu de sépulture consacré de tout insecte urticant, piquant, voire inoffensif, ayant eu l'audace de s'aventurer dans ce lieu. Elle constata, rassurée, que l'ouvrage n'avait pas trop souffert, et le posa, bien en vue, sur le buffet. Jade adorait les livres. Elle se complaisait à dire en riant que la lecture était son sport favori. Elle plongeait avec délice dans les aventures de tel avocat peu scrupuleux, se découvrant une conscience au fil des pages, ou de telle héroïne en quête d'amour absolu, incapable de voir que son Roméo habitait la porte d'à côté. Là, il s'agissait d'autre chose. Elle s'était offert un livre sur « Hawaï et ses alentours ». Jade voulait avoir un aperçu de ce qu'ils allaient découvrir lorsque ses enfants et elle iraient en vacance à Honolulu chez Claire et Léon. Cependant, elle appliqua le même rituel qu'à l'accoutumée. Elle laissait le livre traîner en évidence dans la maison. A chaque fois qu'elle passait devant, elle caressait la couverture, humait l'encre fraîche, le feuilletait, en lisait quelques phrases puis le refermait. Cela durait quelques jours, puis elle le lisait, entièrement, d'une traite, dans un laps de temps court, très court. Parfois, une nuit suffisait, d'autres fois, deux ou trois nuits étaient nécessaires.

Jade n'eut pas le temps de se remettre devant son écran, que la sonnette retentit de nouveau. Les peintres débarquèrent avec tout leur matériel, seaux de peinture, pinceaux et autres produits malodorants. Surprise, Jade consulta son agenda et leur fit remarquer que le rendez-vous était fixé au lendemain.

- Aujourd'hui, il est impossible que vous puissiez travailler dans la maison ! Mes enfants sont malades et il est hors de question que des odeurs de peinture nauséabondes se répandent dans les pièces.

L'artisan qui semblait diriger les autres peintres s'approcha de Jade, l'air sûr de lui :

- Ma petite dame, on ne peut pas se permettre de perdre un jour de travail ! Alors, voilà ce que je vous propose : nous commençons par la cave et demain, nous attaquerons le rez-de-chaussée.

- Oui, mais…
- Pas de souci. Les odeurs n'envahiront pas cet étage. Je vous le promets !

Jade obtempéra bon gré, mal gré. Elle décida de lui faire confiance. Après tout, c'était un professionnel ! Visiblement, un professionnel raté ! Une petite heure plus tard, l'air était devenu irrespirable, empli d'une forte odeur irritante. Jade et ses enfants étaient pris de violents maux de tête et de nausées. Jade avait ouvert toutes les fenêtres. Malgré le courant d'air, l'ambiance restait toxique. Jade n'hésita pas. Elle habilla ses petits, les mit dans la voiture et fila vers le quai des Etats-Unis. Elle déboula dans le bureau d'Arthur, sans autre forme de politesse.

- La maison empeste les solvants. Je te laisse les petits, j'ai un rendez-vous que je ne peux pas manquer. Jo a de la fièvre et Gabriel est très énervé. Bon courage !

Jade referma la porte du bureau et partit rapidement. Elle croisa Jean-Louis dans le couloir, qui venait voir ce qui se passait. Elle le salua sans s'attarder. Jean-Louis rentra dans le bureau d'Arthur, et resta tellement surpris qu'aucun mot ne sorti de sa bouche.

Gêné vis-à-vis de son oncle, et sidéré par sa compagne qui ne s'était jamais permis une telle attitude, Arthur ne savait plus quoi dire.

Au bout de quelques secondes, Jean-Louis se ressaisit.

- Ça ne va pas être possible ! dit-il en désignant Gabriel et Johanna comme de vulgaires paquets.

Blessé par le dédain évident de son oncle vis-à-vis de son fils, et, déstabilisé par la nonchalance de Jade, Arthur répondit du tac au tac :

- Une ou deux heures exceptionnellement à garder les enfants ne vont pas mettre en péril mon travail. Sinon, dans ces conditions, je préfère démissionner tout de suite.

Jean-Louis, peu habitué à ce genre de menace, fit marche arrière. Il quitta le bureau sans mot dire. Arthur laissa son confortable fauteuil en cuir à Jo, l'installa devant les jeux de son ordinateur, et sortit les jouets que Jade avait pris soin de lui laisser pour occuper Gabriel. Il jeta un œil par la fenêtre et vit Jade pester devant sa petite voiture.

- Saleté de serrure ! Tu vas t'ouvrir, oui ? tempêtait Jade devant la portière fermée.

Elle actionnait le boitier, appuyant sans relâche. Aucun cliquetis ne se faisait entendre. Elle donna un coup de pied dans le pare- chocs, à bout de nerf, et partit au pas de course vers son rendez-vous. Elle décida de couper par le Cours Saleya, puis le vieux Nice, persuadée que le presbytère se trouvait dans le quartier du Port. Elle traversa les arcades du Cours, tourna dans la rue où se trouvait l'église Sainte Rita. Elle allait entamer les ruelles du Vieux Nice, lorsqu'elle stoppa net devant l'église. Elle venait de passer devant le père François qui l'interpella d'une voix forte :

- Bonjour ma fille ! Je vois que vous êtes à l'heure. J'espère que les Ombres ne vous auront pas trop causé d'ennuis ?

- Les Ombres ?

- Les forces des ténèbres, voyons ! Celles qui ne veulent pas révéler leur secret !

Essoufflée, Jade respirait bruyamment.

- Les forces des ténèbres ?

- Bien, laissons cela pour le moment ! J'apprécie la ponctualité, une qualité qui se perd de nos jours !

- Oui, mais si vous saviez à quel prix ! Les empêchements se sont enchaînés depuis ce matin et j'ai bien failli…

Il l'interrompt tout en décrochant les grosses clefs pendues au tableau près de la porte.

- Ah, que voulez-vous, c'est le jour du rendez-vous !

Jade fronce les sourcils, ayant déjà entendu cette phrase. Le prêtre, tout en pénétrant dans l'édifice sombre et glacial, ajoute:

- Eh oui, mon enfant ! Vous ne croyez tout de même pas qu'elles vont nous faciliter la tâche !

Jade n'a pas le temps de rétorquer, qu'il enchaîne :

- Allons, pressons-nous ! Nous serons mieux dans l'église pour…humm...discuter ! Là, elles ne pourront pas nous atteindre, enfin, pendant un moment seulement.

La jeune femme obéit tout en regardant tout autour d'elle comme si elle avait peur de se faire agresser. La fraîcheur de la bâtisse la saisit, et elle regrette de n'avoir pas pris un gilet plus épais. Peu désireuse de s'éterniser dans ce lieu peu convivial, elle décide d'expliquer au curé que tout est réglé.

- Je ne veux plus être une victime. Ce que vous m'avez montré m'a fait réaliser qu'en fait, j'ai passé mon temps à solliciter Arthur alors que lui n'est pas intéressé par la vie de famille. J'ai décidé de construire mon propre bonheur, avec mes enfants. Vous voyez mon père, tout est réglé. Je ne vais donc pas vous faire perdre davantage votre temps, et je vais prendre congé.

Jade tendit sa main au prêtre, qui semblait tout à coup très en colère.

- Tout est réglé ?
- Oui, je vous assure !
- C'est une blague ! s'insurge-t-il.

Et levant la tête vers le plafond, il rajoute d'une voix forte:

- Enfin, ne lui avez-vous donc rien expliqué avant de me l'envoyer ! Les trois « R » ne font que commencer ! Pauvre sotte ! Seule la Répétition s'est accomplie ! La Réminiscence et la Révélation n'arriveront qu'au bout d'un long chemin semé d'embûches ! Les attaques des Ombres aujourd'hui ne vous ont donc pas frappée ? Jo subitement malade…Gabriel, infernal, c'est le cas de le dire…un scorpion dans un paquet qui vous était destiné...des peintres peu scrupuleux ...une portière qui refuse de s'ouvrir !

- Mais ? Comment ... ?

Le prêtre élude la question et continue à pester :

- Tout a été fait dans le seul et unique dessin de vous faire rater notre rendez-vous ! Et, si vous acceptez votre mission, ce n'est qu'un début ! Les Ombres malveillantes vont se déchaîner prenant tour à tour les traits d'un visage familier, utilisant des objets d'apparence inoffensive comme arme de guerre, usant et abusant de retard ou de contrariété de toutes sortes...Que sais-je encore !

Il souffle bruyamment et tout en s'avançant dans la pénombre vers le chœur, il s'adresse de nouveau à Jade restée sur place :

- Ma fille, ce que je vous ai montré ces derniers jours n'avait pour seul but que de vous faire réaliser que votre vie n'était que Répétition. Le premier des trois R. Une fois la prise de conscience effective qu'un problème majeur persiste dans votre vie actuelle et revient de façon récurrente, nous nous intéresserons au suivant, la Réminiscence. C'est-à-dire, la certitude que ce problème est déjà apparu dans vos vies antérieures sans être à ce jour résolu, et donc, qu'un karma s'est bien cristallisé dans votre âme, afin d'aboutir enfin au dernier, la Révélation, qui consiste à retrouver le karma originel afin de s'en libérer définitivement !

Sa voix résonne jusqu'aux voûtes qui soutiennent le plafond. Jade ne distingue plus qu'une silhouette, marchant rapidement devant elle, connaissant visiblement les lieux par cœur, vu l'assurance de la démarche.

- Répétition ?

- Voyons ma fille ! Un peu de jugeote ! Qu'a été votre vie sentimentale jusqu'à aujourd'hui ?

- Un échec ! hasarde Jade, avançant prudemment à travers l'église.

Elle scrute les parois glacées sur lesquelles les représentations des hommes saints prennent des allures fantomatiques. L'odeur de l'encens est prégnante et s'accentue au fil des pas. Elle est prête à faire demi-tour et à s'enfuir à toutes jambes. Cependant, quelque chose au fond d'elle, lui intime l'ordre de rester. Elle s'arrête au milieu de l'église, le cœur battant et demande d'une voix presque inaudible :

- Ne peut-on mettre un peu de lumière, mon père ?... Mon père ?... Vous êtes là ?

Dans la pénombre, Jade ne voit qu'une vague silhouette lever les bras au ciel, dans un grand geste magistral. Alors, l'incroyable se produit, obligeant Jade à plisser ses paupières pour distinguer la scène. L'homme reste là une poignée de secondes, les bras tendus vers le ciel. Puis, lorsqu'il ouvre ses mains, une multitude de petites étincelles s'envolent de ses paumes et se dirigent vers les lampes qui s'allument une à une. Voyant Jade interdite, le prêtre l'interpelle :

- Eh bien, avancez, mon enfant ! Nous n'avons pas toute la journée devant nous ! C'est un petit don que j'ai hérité de mon prédécesseur ! Le don du feu ! Cela aide d'être l'aumônier des pompiers ! Pour en revenir à votre histoire…Un échec ou plutôt des échecs ! Que s'est-il exactement passé avec le père de Johanna ?

Jade marmonne des paroles inaudibles. Le père traduit d'une voix forte :

- Voilà ! Il a foutu le camp à peine avez-vous été enceinte. Bien. Que se passe-t-il avec Arthur ?

- Pareil ! A part que lui est resté mais il s'échappe de la maison pour son travail refusant d'assumer son rôle de père !

- Et de mari ! Les deux hommes qui ont compté dans votre vie s'envolent ou changent subitement du tout au tout dès que vous attendez un enfant de leur part ! résume le curé.

Jade réalise qu'effectivement l'histoire se répète. Les similitudes lui sautent alors aux yeux. Elle réalise en un éclair les points communs entre les attitudes, les réponses, et même les situations, comme si la même scène s'était rejouée avec des acteurs masculins différents. Le curé n'a nul besoin de renvoyer Jade dans son passé, les dialogues, alternativement du père de Jo et d'Arthur, reviennent à son esprit. Chaque saison de l'année avait apporté son lot de frustrations par les deux hommes de sa vie. Subitement, l'air célèbre des « Quatre Saisons » de Vivaldi s'élève, magistralement interprété par un orchestre symphonique. Les notes emplissent la nef jusqu'à soulever la voûte de la toiture. Jade s'évade du lieu sombre pour retrouver la clarté éblouissante d'un chaud soleil. Elle reconnaît sans difficulté le premier morceau qui se joue à guichet fermé dans sa tête : l'Été.

Les conversations les plus anodines prenaient des allures de combat de catch, laissant Jade à terre.

Ainsi, lorsqu'elle aborda le sujet des vacances d'été, persuadée de l'évidence de n'avoir à discuter que de la concordance des dates et de la destination à choisir, le débat se porta sur bien autre chose :

- Je pense poser mes congés du 15 au 31 Juillet. J'aime bien le mois de Juillet ! Tu crois que c'est possible pour toi ? demandait Jade au père de Jo en consultant le calendrier posé devant elle. Puis, elle rajoutait en caressant son ventre qui commençait tout juste à s'arrondir : par contre, je ne voudrais pas partir trop loin, l'avion me fait un peu peur, et…

L'homme la regardait d'un air méprisant, un rictus au coin des lèvres. Jade ne lui connaissait pas ce regard, comme s'il observait un enfant se débattre dans une grande piscine, sachant pertinemment que celui-ci allait couler à pic, sans esquisser le moindre geste de secours. Ce regard la transperçait, lui glaçant le sang. La réponse de cet homme, soudain devenu un étranger, la projeta dans la tourmente de l'incompréhension et de la détresse :

- Tu crois que j'ai envie de passer mes vacances avec toi ? Tu as rêvé !

- Mais… ? On vit ensemble, on va avoir un bébé ! Pourquoi ?

L'homme tourna les talons et partit, la laissant seule avec ses questions en suspens et une flèche plantée en plein cœur.

La scène se rejoua avec Arthur. Elle se revit après la naissance de Gabriel. Il devait avoir un an tout juste. Elle feuilletait une revue sur les destinations à la mode cette année-là, confortablement installée sur son canapé. Arthur franchit le seuil à une heure tardive, comme d'habitude. Jade lui sourit et tout en lui montrant la photo d'un hôtel en bord de mer, lui demanda :

- Quelles sont les dates de tes congés, cette année ? J'aimerais bien aller là, et il faut réserver maintenant ! Une petite semaine nous ferait du bien à tous, tu ne crois pas ?

Arthur, tout en défaisant son nœud de cravate, prit un air exaspéré, et répondit sèchement :

- Des vacances ? Pourquoi faire ? Pour garder le marmot ? Non merci !

Il sortit de la pièce, la laissant sans voix, une profonde blessure dans son cœur de maman.

Jade décompta les points mentalement. Deux hommes, une situation, le même mépris subit. Le ciel s'obscurcit, et le chaud soleil d'été s'effaça devant une nuée de flocons de neige recouvrant le paysage de son grand manteau blanc. Une autre scène lui revint en tête. L'orchestre attaqua un second morceau. Les notes grondaient aux oreilles de Jade. Il s'agissait de l'Hiver, sans conteste. Jade se retrouva à la période de Noël plus précisément. Des rires s'élevaient de la maisonnée. Une grande table avait été dressée. Le sapin, joliment décoré, scintillait. A son pied, s'étalaient la crèche et les jouets fraîchement déballés. Gabriel et Johanna s'amusaient avec leur nouveau cadeau, bien installés sur le canapé. Jade posa au centre de la table la dinde rôtie à point encerclée de marrons. Les convives accueillirent le plat par des compliments. L'ambiance était gaie et festive. Même Arthur semblait détendu, et Jade était soulagée qu'aucune fausse note ne vienne gâcher le repas. Elle servit la dinde et proposa un peu plus de sauce, à qui en voulait. Arthur, en pleine conversation avec Léon, se tourna vers Jade :

- Moi, j'en veux bien, Isa !

Jade perdit son sourire dans la seconde. Isabelle était le prénom de la première compagne d'Arthur. Il ne se rendit même pas compte de sa méprise et continua sa conversation comme si de rien n'était. Personne ne semblait avoir entendu son erreur, à part Jade. Elle chercha à reprendre une contenance et partit dans la salle de bain verser les larmes qui lui montaient aux yeux.

La même scène se rejoua avec le père de Johanna. Cette fois, il n'y avait pas d'invité, pas d'enfant jouant avec leur paquet. Seulement Jade, enceinte de Jo, et l'homme qui ne resterait qu'un géniteur à jamais. Le lapsus se produisit donc en privé, épargnant cette fois la mortification de l'humiliation en public à Jade. Elle n'eut pas besoin de se cacher pour montrer la peine que cette erreur lui causait. Il se contenta de lui faire comprendre qu'elle n'avait été qu'un second choix. Elle était celle qui remplaçait l'élue, celle qui ne resterait qu'un vulgaire substitut. L'indifférence de l'homme dont elle portait l'enfant la blessa encore davantage, et Jade partit dans sa chambre, seule avec son ventre rond pour seule consolation.

Le feuillage des arbres qu'elle voyait par la fenêtre de sa chambre se teinta de rouge orangé. L'automne s'annonçait. L'orchestre symphonique entama une mélodie plus mélancolique. Jade se revit devant son miroir, en tenue légère. De dos, elle n'avait pas changé. De face, son gros ventre ne pouvait être ignoré. Elle ne prenait que du ventre, à tel point que celui-ci devenait rapidement énorme, même au bout de quelques mois de grossesse. Son visage rayonnait. Elle était belle, comme toutes celles qui portent la vie en elles. Arthur déboula dans la chambre :

- Tu n'es pas prête ? Nous avons rendez-vous dans à peine une heure ! C'est l'un de mes clients les plus importants ! Bouge !

- C'est que…je n'ai rien à me mettre ! Je ne rentre dans aucune de mes robes et, tu ne m'avais pas dit que c'était une soirée habillée !

- Fais-moi voir !

Jade enfila péniblement la robe la plus extensible qu'elle trouva dans son armoire. Il n'était pas facile de passer une robe taille 36 lorsqu'on avait un tour de taille qui dépassait le 44 ! Elle se tourna vers Arthur, prête à pleurer.

- C'est la catastrophe ! Je suis affreuse ! pleurnicha-t-elle.

- T'as raison ! Une baleine porterait mieux cette robe que toi !

Il prit son veston, et s'apprêta à partir. Jade l'interpella :

- Arthur, je ne peux pas sortir comme cela. Je vais mettre un pantalon de grossesse, ton client comprendra !

- Ce n'est pas la peine ! J'y vais seul, je dirai que tu es malade ! Tu me fais trop honte ! Et dire qu'il y en a qui disent que les femmes enceintes sont les plus belles ! Une grosse vache, oui ! Regarde-toi ! Tu es …grosse.

La porte se referma sur lui, laissant Jade, seule. Effondrée. La chambre s'effaça dans un tourbillon et Jade se retrouva dans le salon avec le père de Jo. Jade souriait :

- Nous allons avoir un bébé ! Un tout petit bébé rien qu'à nous !

- Mouais !

Jade enlaça l'homme assis à côté d'elle. Elle se fit plus câline, plus tendre. L'homme se dégagea de ses bras.

- Arrête ! Je n'ai pas envie !

- C'est bien la première fois ! Qu'est ce qui se passe ? Je ne te plais plus ?

L'homme détourna la tête, se leva et se mit à arpenter la pièce. Jade insista. Il finit par la regarder avec dégoût.

- Je n'ai plus envie de toi ! Tu es à peine à trois mois de grossesse, et tu es déjà…repoussante ! Ton corps est déformé par ce ventre, ce truc que tu portes en toi ! Je…

Il ne termina jamais sa phrase, prit ses valises et partit pour ne plus jamais revenir. Jade pleura à chaudes larmes.

Vivaldi entama des notes plus gaies, et Jade reconnut la belle saison du Printemps. Une saison qu'elle affectionnait tout particulièrement, puisque c'est à ce moment que vinrent au monde ses deux enfants. Ainsi l'adage qu'au printemps, tout renaît, se confirmait. Jo naquit au mois de mai, au même moment où éclôt la rose de Mai. Gabriel vint au monde au mois d'avril, lorsque les arbres bourgeonnent sous le soleil printanier. Jade se retrouva au saut du lit, les draps tachés de son sang. Elle se précipita dans les toilettes se changer. Le sang coulait abondamment de son entrejambe. Jade s'affolait, le retour de couches était terminé depuis une bonne semaine. Elle se sentait faible. Elle appela Arthur à l'aide.

- Mais qu'est ce qui se passe encore !
- Chut ! Ne parle pas fort ! Tu vas réveiller Gabriel !

Je …me vide de mon sang ! Je crois que je fais une hémorragie ! Appelle les urgences !

- Pfiout ! Tu n'en as pas marre de tout dramatiser ! Je n'ai pas le temps ce matin ! Ecoute ! Appelle ma sœur, elle t'emmènera chez le docteur ! Moi, je suis pressé ! Je n'ai pas le temps pour ces…conneries.

Il prit son café comme si de rien n'était, se prépara et partit sans un mot pour sa compagne terrorisée. Le décor se modifia et elle se revit avec le père de Jo.

Jade secoua la tête. La luminosité du soleil printanier disparut et la voûte de l'église reprit sa place. L'orchestre symphonique acheva sa mélodie et le silence reprit ses droits. La semi obscurité du lieu réapparut devant ses yeux. Elle en avait assez vu. Il était inutile de revivre la dernière scène. L'amertume la gagne. Finalement, elle a fait deux enfants avec des pères absents. Le prêtre sourit, certain d'avoir vu l'étincelle de la compréhension spontanée dans le regard de Jade.

- Nous allons pouvoir passer au second R, ce pourquoi j'ai été mis sur votre chemin ! Approchez-vous, mon enfant !

- C'est inutile mon père ! Je me rends compte que mes choix étaient identiques alors que je les pensais différents ! Il n'y a plus rien à faire pour moi ! Juste à constater que ma vie sentimentale est un échec. Ce n'est pas dans cette vie que j'arriverai à vivre heureuse avec un homme ! Il faut que je l'accepte.

- Taratata. Que vois-je ? Vous vous apitoyez sur vous-même ? Je vous croyais plus combative que cela ! Quoi qu'il en soit, vous n'avez pas le temps de pleurer sur vos erreurs ! La lune noire a été réactivée et l'heure du nœud karmique approche à grands pas ! Il faut que je vous interroge.

Oscillant entre la désolation et la curiosité, Jade s'avance lentement :

- Allez-y, dit Jade avec assurance, je n'ai rien à cacher !

Le curé a oublié de lui préciser que c'est avec une part d'elle-même qu'il veut entamer le dialogue. Il s'approche de Jade et plonge son regard dans le sien. De nouveau, elle sent cette chaleur inhabituelle l'envahir. Il la surplombe, la dépassant d'une bonne tête, et plus il se courbe vers son visage, plus Jade se sent apaisée. Elle se laisse tomber sur le banc derrière elle. Les yeux du curé fouillent son âme. L'étrange regard s'anime de nouveau et elle croit y percevoir quelque chose qui ressemble à de minuscules flammes dorées. Elle ne peut se détourner et ne sent, à part ce regard hypnotisant, qu'une immense plénitude. Une vive clarté se dégage soudainement autour d'eux, comme si le prêtre irradiait de tout son corps. Il pose une main sur la tête de la jeune femme, elle a la sensation qu'il ouvre son esprit. Une conversation s'engage, mais elle ne se retrouve que simple spectatrice. Le prêtre demande :

- Qui es-tu ?
- Je suis celle qui doit rétablir l'équilibre.

Jade, désappointée, entend les mots résonner dans sa tête, mais ses lèvres ne bougent pas. Pourtant, l'homme courbé au-dessus d'elle converse bien avec elle, car des questions arrivent jusqu'à son subconscient et des mots formés dans son esprit, répondent, sans contrôle, sans subterfuge, sans préjugé. Elle fait le lien mentalement : Le prêtre s'adresse à son corps causal, le cinquième corps. En l'hypnotisant, il neutralise ses corps émotionnel et mental, écartant les filtres empêchant d'accéder à l'invisible. Le prêtre continue sa conversation, négligeant les pensées de Jade, susceptibles de troubler l'entretien avec le corps causal.

- Quel âge as-tu ?
- Six cent cinquante ans, affirme l'âme renfermant les mémoires karmiques.
- Quelle est ta mission ?
- Elle est multiple. L'homme et l'enfant sont concernés. Mais seule moi peux intervenir.
- Pourquoi ? interroge le prêtre.
- Parce que j'ai choisi, bien avant de rejoindre mon enveloppe terrestre, de rester un être éclairé. Je possède donc la capacité de changer le cours des choses. Je suis le maître de la clef mais je l'ignore encore, continue l'âme de Jade.
- Seulement toi ?
- Oui ! L'homme est trop fermé et l'enfant, trop petit, doit être guidé.
- Quand ?

- Maintenant. L'âge est venu de dénouer le nœud karmique. Les destins de chacun vont se jouer dans les six prochains mois. Il est temps. L'heure a sonné !
- Que veux-tu de moi ? demande le curé.
- De l'aide. La colère et la frustration ressenties pendant la grossesse et durant ces premières années de vie du bébé, m'empêchent d'accéder à ma conscience présente. Je ne peux réunir, dans ces conditions, mon inconscient qui contient les clefs pour déjouer les plans laissés en héritage par le passé et mon esprit actuel suffoquant dans les limbes de la négativité.
- Comment puis-je t'aider ? se propose le père François.
- L'apaisement et la lumière devraient suffire à m'ouvrir le chemin. Une fois le passé et le présent réunis, les similitudes soulignées, je pourrai intervenir. Mais attention, les blessures dans cette vie sont profondes, la déception immense et la solitude écrasante. Les Ombres ont été dévastatrices car l'âme qui m'habite aujourd'hui, bien qu'elle l'ignore encore, possède un carré d'énergies inaltérables. Elles se sont donc acharnées sur moi, touchant toutes les sphères de ma vie présente, afin de me détruire. Ta tâche ne sera pas aisée ! prévient l'âme de Jade.

La conversation s'interrompt un instant puis l'âme reprend :

- Pandora t'a ouvert la voie. En plantant trois épines empoisonnées dans mon cœur présent de maman, elle m'a orientée vers l'indifférence alors qu'elle pensait attiser ma colère. En laissant de côté les sentiments passionnels tels que l'amour et la haine qui entravent la vue, je serai bientôt capable de me réunir et ainsi, faisant abstraction des filtres déformants, de l'émotionnel et du mental, je pourrai accomplir ma mission et retirer l'écharde transgénérationnelle, responsable des troubles dans ma vie actuelle. Mes lunettes commencent à se fissurer. Avec ton aide, mon père, je serai bientôt capable de voir de nouveau l'invisible et ainsi de modifier les destinées. Sache que tu n'es pas seul à aider mais je suppose que tu l'avais déjà deviné.

- Je suis là pour cela. Toutefois, je ne sais si l'indifférence est la meilleure des solutions ?

- Effectivement, tu as vu juste. Il y a un risque. Il est possible que mon enveloppe actuelle se désintéresse de celui qui la fait souffrir, le laissant à son triste sort ! Tu risques de rencontrer certaines résistances de ma part, derniers soubresauts de haine et de rancœur vis-à-vis de celui qui a réactivé mes propres blessures. Toutefois, j'espère finir par trouver la voie vers l'acceptation, puisque la Révélation du karma d'Arthur aboutira à la Révélation de mon propre Karma. Les deux sont liés, inexorablement, depuis la nuit des temps. En cas de refus catégorique, une autre solution existe pour m'inciter à accomplir ma mission. Je te le dirai le moment venu.

Le curé se redresse lentement. Il réfléchit activement, marmonnant même à certains moments, marchant de long en large les bras croisés dans le dos. Jade se réveille doucement. La clarté a disparu et la froideur de l'édifice a repris ses droits. Elle ne se souvient que de bribes de la conversation. Sa tête est lourde et elle a envie d'un bon café, comme au réveil d'une nuit agitée.

- Que s'est-il passé ?

- Rien ! Disons que j'ai été cherché mes réponses ! répond brièvement le curé.

- En interrogeant mon corps causal ! C'est bien cela ?

L'homme de foi stoppe sa marche et la regarde avec une joie non dissimulée.

- Enfin une bonne nouvelle ! Je craignais que votre éducation soit entièrement à refaire !

- Disons que je m'intéresse à ces théories depuis que ma curiosité a été piquée à mon insu !

Cependant, le curé détourne, une fois de plus, la conversation, en demandant quelque chose à laquelle Jade ne s'attend pas :

- Bien, donc pour la prochaine séance, je vous demanderai de m'apporter l'arbre généalogique de Gabriel, disons sur cinq générations si possible.

- Un arbre généalogique ? Mais pour quoi faire ?

- La Réminiscence va bientôt débuter ! Nous devons être prêts ! Arthur est en danger, et vous devez intervenir ! déballe le prêtre de but en blanc.

- Arthur? Il n'a qu'à se débrouiller tout seul ! En danger ? De quoi ? De se blesser avec la mine de son stylo ? s'emporte Jade, déçue.

La jeune femme s'attendait à une révélation fracassante qui lui permettrait de vivre heureuse jusqu'à la fin de ses jours. Elle n'avait pas envisagé qu'il allait lui être demandé de s'occuper de celui qui les faisait souffrir, elle et ses enfants. Non ! Hors de questions de retomber dans le marasme émotionnel d'où elle venait de s'extirper ! Le prêtre se renfrogne :

- Et têtue avec ça ! Ma fille, j'ai besoin de l'arbre généalogique urgemment et Gabriel doit être baptisé très rapidement. Sans baptême, pas de protection astrale ! Donc, vous allez organiser le baptême, disons dans un mois maximum et vous allez faire l'arbre dans ce laps de temps aussi !

Jade boude dans son coin, marmonnant, maugréant.

- C'est un ordre, jeune fille ! Le temps nous est désormais compté ! Le sac à dos que vous a confié la lune noire n'est pas des plus légers, je vous l'accorde ! Que pensiez-vous en venant sur Terre ? Qu'il s'agissait d'une promenade de santé ? Allons, ma fille ! Vous êtes au purgatoire ici ! La lune noire ne vous fera pas de cadeau ! Réagissez !

Jade ronchonne davantage. Le prêtre ne se laisse pas démonter et poursuit :

- Je vous attends donc pour notre prochaine entrevue, disons, dans une petite quinzaine, avec une esquisse de l'arbre généalogique, et n'oubliez pas sur cinq générations au moins, et avec votre charmant compagnon, bien sûr, afin de préparer le baptême!

- Arthur doit venir, aussi ! Alors, là, cela relève de l'impossible !

Le curé lui fait signe que l'entretien est terminé et l'invite à sortir. Une fois dans la rue, elle n'a pas le temps de le saluer, que la lourde porte de l'église se referme dans un claquement sec. Jade passe récupérer ses enfants. Jo va beaucoup mieux et Gabriel s'est calmé.

- Je devrais te les laisser plus souvent ! ironise-t-elle à l'encontre d'Arthur qui se contente d'un haussement d'épaule.

Comme par magie, la voiture s'ouvre sans le moindre souci, et Jade conduit ses petits jusqu'à leur villa surplombant la ville. Lorsqu'ils pénètrent dans le salon, Jade est soulagée de constater que toutes les odeurs nauséabondes ont disparu. La journée s'achève sans incident majeur.

La nuit tombée, ses petits endormis, Jade s'installe enfin devant son ordinateur. Elle se cale devant son écran et lit avec avidité l'article d'Espérance et Günter :

Mémoires.

Sur le plan cosmique, actuellement, Saturne titille nos mémoires karmiques. Que vous soyez taureau ou poisson, quel que soit votre signe astrologique, vous êtes soumis aux influx de cette lourde planète, imposante en poids, mais également en émotions!

Son autre nom, Kronos, devrait éclairer les plus profanes en la matière. En remontant le temps, elle fait ressurgir les secrets les plus cachés et les mieux gardés par notre inconscient! Il n'est pas facile de digérer certains accidents de parcours, Saturne les remet au goût du jour!

Deux attitudes sont alors possibles. Certains vont préférer détourner la tête et se voiler les yeux et l'âme en attendant que cela passe. D'autres vont se décider à affronter les fantômes du passé. Ces derniers, à force de volonté, vont enfin révéler ce qui les empêche d'avancer.

Mais la tâche est loin d'être aisée et ils s'attirent ainsi les foudres du passé, bien décidées à les empêcher de se réaliser. Armé de courage et de détermination, il faudra atteindre l'objectif fixé : révéler pour enfin accepter!

Ouvrons nos âmes, il est temps de nous libérer de nos blessures karmiques et ainsi faire peau neuve pour atteindre une spiritualité proche de la pureté!

L'histoire du passé, regardée sans jugement, m'apprend à gérer le présent.

- L'histoire ! Encore l'histoire ! marmonne Jade. Merci Kronos !

***

De l'autre côté de l'écran, Espérance et Günter attendent, comme chaque soir, une réaction de Jade.

- Pas de nouvelle depuis hier, franchement, cela devient inquiétant ! Peut-être qu'elle ne nous lit pas finalement ! s'interroge Espérance.
- Mais si, voyons ! Et puis aujourd'hui, elle a vu François ! Je suis sûr que tout se déroule comme prévu ! répond Günter en versant deux coupes de champagne.

Espérance trempe ses lèvres dans le liquide pétillant et tournant l'étiquette de la bouteille vers elle, constate :

- Tu ne t'es pas moqué de moi !

Günter sourit et l'enlace tendrement. Espérance se laisse déboutonner son chemisier, et se moque :

- Günter ! Quel pseudo ridicule ! Tu aurais pu trouver mieux quand même !

L'homme, plus intéressé par la poitrine d'Espérance que par ses mots, se contente de faire :

- Oui, oui !
- Tu ne crois pas que l'on devrait penser à dormir de temps à autre ?
- Tu n'as plus envie de moi ? s'inquiète l'homme en s'interrompant aussitôt.

Espérance pose sa coupe de champagne, l'embrasse langoureusement, et tout en se dirigeant vers la chambre, le rassure :

- Allez viens ! Gros bêta !

Déchaînements cauchemardesques

Depuis l'entretien avec le père François, les nuits de Jade se succèdent, toujours plus angoissantes, plus étouffantes, plus terrifiantes, amenant la jeune femme à décider fermement d'agir pour sauver Arthur…Et, les jours défilent, toujours plus blessants, plus frustrants, plus vexants, orientant Jade vers le refus d'aider celui qui la fait souffrir. Le cycle infernal de l'indécision malmène Jade qui s'en trouve épuisée à force de retourner les questions dans sa tête.

Chaque nuit, Jade s'allongeait dans la pénombre de sa chambre. Le confortable matelas épousait la forme de son corps svelte…le coussin moelleux accueillait sa tête…elle se laissait envahir par un brouillard cotonneux…son esprit cessait de la harceler et partait vagabonder vers des contrées douces et apaisantes. Elle glissait lentement vers un sommeil profond…du moins elle l'espérait. Tout commençait de façon merveilleuse. Elle se retrouvait dans la rue longeant les quais du port de Nice. La vue était magnifique. Elle avait l'impression d'être projetée au cœur d'une peinture de maître, déambulant au milieu d'un tableau de Matisse dans sa période pointilliste. Les douces vagues brillent de mille feux, illuminées par les rayons d'un soleil radieux. L'horizon d'un bleu azur se confond avec l'étendue de mer d'un bleu parfait. Jade arrive tranquillement au niveau de l'eau, laissant derrière elle les hautes bâtisses aux tons brique et miel sagement alignées de part et d'autre de l'église, surplombant le port. L'air marin vient battre son visage. La luminosité l'oblige à plisser les yeux. Elle s'engage le long des bateaux solidement amarrés, dressant fièrement leurs mâts nus vers le ciel. La mer est d'huile, le clapotis des vagues se fait entendre contre les pontons, les pointus aux coques blanches ornées d'un épais liseré rouge oscillent doucement au gré de l'eau. Elle se sent bien, détendue, sereine. Les embruns marins viennent chatouiller ses narines. Elle respire à pleins poumons, libre, heureuse. Un peu plus loin, les terrasses des restaurants au même niveau que le quai, commencent à se remplir. Jade entend des rires et les conversations vont bon train, teintées de l'accent du midi. Sous le soleil méridional, la vie sourit. Soudain, le ressac s'accentue. Les coques heurtent violemment les pontons et tanguent dangereusement. La mer prend une teinte grisâtre et l'horizon s'obscurcit brusquement. Bientôt, le ciel est encombré par un embouteillage monstre de nuages plus noirs les uns que les autres. Les nuages s'impatientent de ne pouvoir continuer leur course au gré du vent violent qui vient de se lever. Ils grondent de plus en plus fort, et des éclairs commencent à poindre, éclairant par endroit les nébulosités sombres. L'étendue calme d'il y a quelques secondes se déchaîne et les vagues s'emparent du quai obligeant les passants à fuir vers la rue plus élevée. Jade se réfugie sur le trottoir en face de l'église du port, celle où elle a dit un dernier au revoir à Sylvie. De son promontoire, elle assiste à la furie des éléments emportant tout sur son passage. Les bateaux se retournent laissant voir leur coque éventrée. Çà et là, des chaises, des tables et même la guitoune du garde de l'entrée ont été emportées et flottent dans les vagues déchaînées. Une pluie battante se met à tomber. Les grondements discrets ont fait place à des tonnerres fracassants. La fin du monde est arrivée. Le tableau idyllique a fait place à une scène apocalyptique. Le peintre torturé semble avoir jeté à la volée, les couleurs les plus sombres de sa palette sur les couleurs chatoyantes d'il y a quelques secondes, afin que tout prenne une teinte grisâtre. Même les Hommes semblent avoir perdu leurs couleurs. Une branche d'un des platanes plantés sur le bord de la voie, arrachée par le vent, passe tout à côté de Jade qui cherche désespérément un endroit pour s'abriter. Elle n'a pas le temps de se sauver, qu'une seconde branche la renverse, heurtant violemment ses jambes. Jade, à terre, se tord de douleurs. Elle se traîne dans un coin où elle se croit en sûreté, luttant contre les éléments déchaînés. Elle porte la main à son genou. Ses doigts se tâchent de son sang. Une bouche d'égout saute juste à côté d'elle. L'eau envahit la voie de circulation. Jade a peur, elle est terrifiée. Elle est clouée là, sur place, incapable de se déplacer. Sa dernière heure est arrivée. Son cœur s'affole dans sa poitrine. Des gens courent dans tous les sens en hurlant, à la recherche d'un refuge contre les éléments. Personne ne la voit, personne ne l'entend. Le froid la traverse, ses légers vêtements printaniers sont trempés. La pluie violente et glacée s'abat sur elle sans discontinuer. Elle ne peut lutter, elle ne peut qu'attendre et espérer. Au milieu du vacarme de la tempête, Jade croit discerner un cri provenant d'une voix familière. Elle cherche du regard tant bien que mal, les intempéries et l'obscurité diminuant sa vue. Soudain, elle lève la tête vers le sommet de l'église. Un homme s'y trouve, s'agrippant tant bien que mal au rebord et aux tuiles. Il est malmené par les éléments et son corps ressemble à un pantin désarticulé. Sa progression est lente, difficile. La pluie a rendu les tuiles glissantes comme des lames de glace. Il essaie de rejoindre une trappe à quelques mètres de lui. Jade plisse les yeux, force sur sa vue et crie :

- Arthur !

A ce moment-là, une bourrasque dans le dos de l'homme, semble le soulever de terre et le jette au bas du parvis. Tout se joue en une fraction de seconde. Jade tend ses bras vers lui en hurlant. Malgré le vacarme de la tempête, Jade entend tomber son corps sur le sol froid. Lourdement, sans espoir de se relever. Arthur est mort.

Elle se réveille alors en sursaut, se redressant dans son lit, le cœur battant. Elle regarde autour d'elle, ayant besoin de quelques secondes pour réaliser qu'elle se trouve de nouveau dans sa chambre tant son cauchemar est saisissant de réalité. Arthur dort tranquillement à ses côtés. Jade se lève, repoussant les draps chiffonnés, témoins de l'agitation de sa nuit, et attend le petit matin, sur son canapé. Les mises en garde du prêtre se mêlent aux images troublantes et persistantes de son cauchemar.

Ainsi chaque nuit, elle assiste, impuissante à la chute mortelle de son compagnon. Ce qui a de quoi la perturber. En son âme et conscience, il lui est difficile d'envisager qu'Arthur mérite la peine capitale pour ses méfaits envers ses petits et elle. Après tout, ce n'était pas un tueur ou un violeur. Simplement un égoïste orgueilleux. Ce défaut, bien qu'extrêmement meurtrier et dévastateur pour son entourage, n'en faisait pas pour autant un assassin passible d'un châtiment radical. Tout cela tourne dans la tête de Jade l'amenant à se décider à intervenir, et à renoncer à l'équilibre éphémère qu'elle avait trouvé en se fichant du comportement de son compagnon.

Et, chaque jour, Arthur, poursuivant sans détour le chemin de l'égoïsme, blessait tour à tour son fils, sa belle fille et sa compagne. Dans ces moments-là, Jade n'avait plus de pitié pour lui. Elle pesait mentalement le pour et le contre. C'était le père de son fils. Elle s'interrogeait sur la réaction de l'enfant si son père disparaissait et ne pouvait le supporter. Gabriel en souffrirait, elle en était certaine. Pourtant, lorsque le bébé réclamait l'attention de son papa, et que celui-ci, trop préoccupé à répondre sans tarder à son dictateur d'oncle, n'entendait même pas les hurlements de son enfant rentré dans une colère noire d'être ainsi ignoré, Jade avait envie de le tuer de ses propres mains. La scène était terrifiante. Gabriel se roulait aux pieds d'Arthur qui ne lui jetait même pas un regard. L'enfant devenait rouge, accentuait de plus en plus ses cris. Arthur se contentait de l'enjamber afin de poursuivre sa conversation téléphonique un peu plus loin. Le bébé hoquetait, coupait sa respiration et repartait dans des plaintes sans fin, tapant des pieds. Jade le prenait alors dans ses bras et le consolait de cette indifférence paternelle révoltante. Lorsqu'elle le serrait contre elle, elle ressentait jusqu'au tréfonds de ses entrailles, la frustration et la colère de son bébé. Alors, ses interrogations trouvaient une réponse. Une réponse écœurante, basse tellement elle était empreinte d'une réalité crue : Arthur ne servait à rien ! Mieux valait une frustration globale et unique avec sa disparition, que ces multiples récidives journalières qui faisaient tant souffrir son enfant. Elle décidait dans ces moments de ne pas accepter sa mission et de laisser le destin se jouer.

Puis, la nuit retombait, et les cauchemars recommençaient. Là, au beau milieu de la nuit, ses doutes et ses certitudes de la journée disparaissaient. Elle se trouvait dure avec celui qui n'avait en définitive pas commis de crime capital. Alors, finalement, elle allait le sauver. Et ce cycle n'en finissait pas. A tel point que Jade se sentait tellement lasse, terriblement fatiguée, vidée de toute énergie qu'elle repoussait donc les travaux que lui avait demandés le curé.

Ce raisonnement itératif et sans fin aurait pu durer une éternité si les Ombres ne s'en étaient mêlées. Pandora, misant sur l'exténuation de Jade qui n'arrivait plus à récupérer de ses nuits écourtées, et jouant de sa fâcheuse manie de gamberger et de ressasser qui la vidait, mit Jade dans une situation où irrémédiablement, elle se ferait définitivement écrasée. C'est sûr, elle serait obligée de plier, cernée par les opposants à son bonheur, ainsi les trois « R » ne seraient pas révélés et la destinée resterait inchangée préservant le karma cristallisé depuis des siècles.

Pour accentuer ses nuits agitées, elle se trouva obligée de loger chez sa belle-mère pour une durée indéterminée. Une brillante idée d'Arthur qui venait de commettre sa dernière erreur. Elle allait s'avérer de taille et la réaction de Jade n'allait pas se faire attendre.

Cela faisait maintenant trois jours, trois longues journées que Jade et ses enfants s'étaient trouvés à la porte de chez eux pour raison d'inondation. Inexplicablement, les conduites du sous-sol avaient cédé. Le plombier avait assuré que d'ici quelques jours, tout serait réparé et que l'eau coulerait de nouveau des robinets. Pour l'heure, il fallait patienter. Arthur n'avait évidemment pas voulu prendre une chambre d'hôtel. Cela coûte. Non ! Il fallait se coltiner la grosse dinde et la Madone des Sept douleurs à longueur de journée ! C'était moins cher. Jade regrettait son cher petit jardinet. Elle aimerait retrouver aussi son jardin secret, parfaitement entretenu, clair et ensoleillé.

Le premier jour, Jade se raisonna. Elle se contentait de répondre d'un sourire ou d'un hochement de tête aux réflexions systématiques de la grosse dinde. Elle se consolait en espérant que le lendemain, sa maison serait réparée. Il faisait beau. Jade et son petit roi en profitèrent pour faire une longue promenade qui leur permit de reprendre leur souffle avant de revenir dans l'atmosphère polluée de la maison Soleris. En allant chercher Jo à la sortie du collège, ils croisèrent Marraine qui leur donna une bouffée d'oxygène supplémentaire par sa bonne humeur légendaire. Jade profita de cette rencontre inopinée pour lui relater les cauchemars qui hantaient ses nuits. Marraine, toujours perspicace, décoda sans tarder le rêve :

- Ma chérie, le message est pourtant clair !
- Oui, Arthur est en danger ! Ça, je l'avais compris ! bougonna Jade.
- Non ! Tu n'as rien compris ! C'est toi qui es visée !
- Moi ?
- Bien sûr ! Qui se trouve dans un paysage apaisant soudain dévasté par une tornade ? Toi ! Qui se trouve clouée au sol ? Encore toi !
- Oui, mais… ?

- Les Ombres veulent te déstabiliser pour t'empêcher d'avancer ! Cette branche qui te coupe les jambes…

Jade comprit immédiatement la symbolique et aborda son problème sous un nouvel angle. Dès que Jade et ses enfants eurent tourné l'angle de la rue, Marraine sortit son téléphone portable et passa un coup de fil.

- Elle piétine ! Il faut accélérer le processus ! La Réminiscence a commencé !

La première nuit, le père François parvint à pénétrer les cauchemars de la jeune femme. Il se dressa devant Jade, lorsque celle-ci se retrouva à terre, fauchée par la branche de platane. Il ne lui vint pas en en aide mais l'incita à regarder vers le toit de l'église. La pluie battante et la pénombre ne laissaient discerner que le corps d'Arthur tombant du toit. Jade chercha le prêtre du regard, il avait disparu, happé par l'obscurité grandissante. Lorsqu'elle se réveilla, elle n'était plus aussi agitée que les nuits précédentes. Son esprit chercha le détail qui lui échappait encore et que le prêtre avait voulu lui montrer. Rien. Rien d'autre qu'Arthur mort.

Le second jour, Jade commence à s'impatienter. Etant moins bien disposée à entendre des réprimandes constantes, elle et sa belle-mère se sont accrochées plus d'une fois dans la journée. En plus, il pleut. Pas question de pouvoir s'aérer. Enervée de perdre son temps, les nerfs à vif à cause de Louise dont la seule présence l'irrite au plus haut point, Jade a une idée. Une idée qu'elle aurait mieux fait de s'abstenir de proposer. Seulement, il fallait bien le reconnaître, le prêtre avait titillé sa curiosité et l'article d'Espérance et de Günter qu'elle venait de consulter avait ouvert une brèche dans son indécision prolongée.

Comme de l'or.

J'aurais aimé garder mon âme d'enfant, faite d'insouciance, de rire et d'émerveillement! Mais par-dessus tout, j'au-

rais aimé "rester comme de l'or", tel que le dépeint un magnifique poème de Robert Frost.

J'y repense quand je me laisse tomber sur la balançoire plantée dans mon jardin. Je saisis les cordes des deux mains et je pousse sur mes jambes pour me donner de l'élan. L'air frais bat mon visage. Le paysage commence à basculer et le ciel m'appelle. Plus haut, plus fort, pour atteindre les nuages et toucher l'azur du bout de mes pieds!

Mais la pureté perdue ne se retrouve pas aussi facilement! Et l'instant magique s'évapore lorsque la poussée s'arrête et que mes pieds retrouvent le sol recouvert de gazon verdoyant. Il faut bien reconnaître, que, même animé des meilleurs sentiments, il est difficile de conserver longtemps la sensation de se retrouver comme un enfant, de ne pas poser son regard d'adulte sur l'Autre, de réserver son jugement.

L'insouciance a disparu depuis longtemps, les rires se font plus rares et les moments d'émerveillement ne concernent que les sourires de nos propres enfants. La pureté dérange tellement ceux dont l'âme s'est laissé noircir par les plus bas et les plus vils sentiments, qu'ils agressent constamment ceux dont l'âme a su conserver l'innocence originelle.

Pourtant, il arrive parfois que la magie opère de nouveau. Ainsi, sans s'y attendre, mon esprit s'apaise et, je peux encore goûter aux délices de regarder ceux qui m'entourent avec mes yeux d'enfant. Je me rends compte alors qu'ils étaient pétris de candeur mais en découvrant leur passé, je comprends ce qui a altéré leur âme d'enfant.

L'or n'est en rien éternel...

Que pouvait bien renfermer comme mystère l'arbre généalogique des Soleris ? Quels secrets avaient bien pu transformer de charmants enfants en adultes répugnants ? Après tout, Jade était coincée dans cet appartement avec sa belle-mère, sans avoir rien d'autre à faire. Autant utiliser ce temps forcé pour avancer et accessoirement satisfaire sa curiosité. Elle trouva donc un prétexte quelconque pour lancer la conversation, étant bien décidée à les amener sur le sujet qui l'intéressait. Louise, orgueilleuse comme son fils, ne se fit pas prier pour vanter la qualité de sa lignée. Elle fut déçue de constater que Jade semblait s'en désintéresser et orientait le dialogue sur les aïeux de Jean, son défunt mari. Line, par contre, était ravie de parler de son père. Elle sortit un tas de photos à Jade, s'appliquant à détailler l'ensemble des personnes présentes sur les clichés jaunis. Louise se contentait de bougonner dans son coin. Cependant, lorsque Line s'évertua à expliquer les liens de parenté unissant tel groupe sur tel cliché à tel autre groupe posant devant leur demeure, Louise jeta un pavé dans la marre :

- Ils étaient tous méchants ! Sauf mon pauvre mari ! Lui, il était gentil.

Jade fut interpellée par la simplicité des qualificatifs employés par Louise. Bien qu'elle ait des défauts haïssables, Louise possédait un vocabulaire bien plus riche que cela, et sa langue de vipère savait l'utiliser sciemment pour être bien plus tranchante.

- Méchants ? souleva jade. Pourtant ils ont l'air d'avoir de bonnes têtes, remarque-t-elle en prenant une photo d'un couple entre ses mains pour mieux la regarder.

Louise arrache la photo des mains de Jade, en affirmant :

- Ceux-là ne sont pas de la famille de Jean !
- C'est un couple d'amis de mon arrière-grand-père, précisa Line. Ils n'avaient pas d'enfant et mon grand- père leur a été confié lorsque mon arrière-grand-mère est morte.

Jade reformule la phrase afin de bien comprendre.

- Le père de Jean a perdu sa mère lorsqu'il était enfant et a été confié à ces gens. Mais pourquoi n'est-il pas resté avec son propre père ?

Line ouvrit la bouche pour répondre, cependant Louise la devança :

- Oh ! Tu sais ce que c'est ! A l'époque…un homme seul…il ne savait pas comment l'élever…il a préféré le confier à ce couple d'amis…

Le regard surpris de Line vis-à-vis de sa mère n'échappa pas à Jade. A l'époque, il était courant qu'un oncle ou une tante prennent le relais lorsque les enfants perdaient leurs parents. La médecine en était à ses balbutiements et le travail était rude et épuisant. Les épidémies faisaient souvent des ravages et les orphelins étaient légions. Pourtant, dans le fil du récit, l'apparition de ce couple ne collait pas avec le décor. Louise voulut clore le sujet :

- Tu sais, ma petite Jade, il n'y a pas d'histoire chez nous ! Aucune ! Nous descendons de gens normaux sans problème !

- Ah si, apparemment, il y a quand même un problème dans la lignée de Jean ! souligne Jade ne voulant pas en rester là.

Jade faisait partie de ces personnes qui ont besoin de comprendre l'ensemble des mécanismes d'un fait, le déroulement exact, assorti d'arguments convaincants, le tout devant être d'une parfaite cohérence. Son esprit vif s'arrêtait systématiquement sur les points du raisonnement qui lui paraissaient flous ou peu réalistes. D'où son gros problème de communication avec Arthur qui ne répondait jamais sur le problème posé mais partait dans des digressions interminables, n'ayant aucun trait avec leur sujet de discorde, préférant attaquer l'intégrité et la moralité de l'adversaire afin de le rabaisser pour qu'il ne s'aventure plus à le remettre en question, lui : L'homme parfait. Jade insiste malgré l'évident désagrément qu'elle inflige à sa belle-mère :

- Une récurrence sur trois générations au moins me saute aux yeux. Arthur a perdu son père jeune, comme Jean et le père de Jean a perdu sa maman, jeune aussi. Donc, Arthur, son père et son grand-père ont tous les trois été orphelins d'un de leur parent durant leur petite enfance! Il y en a eu d'autres comme eux ?

Louise souffle bruyamment et commence à s'agiter sur son fauteuil, visiblement contrariée des questions de Jade. Elle se lève et sort de la pièce, en prétextant une grosse fatigue subite. Elle s'attendait à ce que Line la suive. Pourtant, celle-ci, désireuse de s'épancher, confia ses craintes à Jade :

- Ecoute, Jade. Ne le prends pas pour toi, mais nous n'aimons pas parler de mon père. En fait, nous n'en avons même jamais parlé à Arthur. Nous avons toujours évité soigneusement le sujet. Sa mort a été si brutale…nous avions tellement de peine…Arthur savait que son père était mort, point final. Quant à maman, elle s'est durcie lorsque cette épreuve lui est tombée dessus. Elle a reporté tout son amour sur Arthur, le dernier homme de la maison. J'aurais même pu être jalouse car je ne comptais plus à ses yeux…D'ailleurs, je ne compte toujours pas…Mais ce n'est pas grave, il y a bien longtemps que j'ai accepté mon sort…Maman ne supporte pas la solitude, et Arthur a été son salut. D'ailleurs, je m'inquiète beaucoup pour mon frère, en ce moment. Il se trouve qu'il a fait un enfant avec toi au même âge que mon père l'a conçu, lui. Lorsque Gabriel va fêter ses deux ans, Arthur aura l'âge exact de mon père lorsqu'il est mort. J'ai peur que l'histoire ne se répète…

De sa chambre, Louise appelle Line sur un ton sec. Line sèche ses larmes naissantes d'un revers de manche, et part remplir son rôle de bonne à tout faire, laissant Jade à ses réflexions.

La seconde nuit, Jade fut inaccessible au père François. Les mauvaises vibrations du lieu s'intensifiaient. Il devinait que quelque chose se tramait ; pourtant il se savait impuissant. Les Ombres, contrariées dans leur plan, étaient terriblement ennuyées de la tournure des évènements. Au lieu de se retrouver cernée comme elles l'avaient espéré, Jade profitait de ce temps pour avancer dans ses recherches. Il en était hors de questions. Les secrets ne devaient pas être révélés. Elles décidèrent donc d'accentuer la pression sur la jeune femme pour l'obliger à céder. Tout reposait sur Jade et sa faculté à se contrôler. Elle ne ferma pas l'œil de la nuit, tournant et retournant dans sa tête les indices recueillis dans la journée. Il n'était plus question pour elle de peser le pour ou le contre quant à sa décision de s'impliquer. Le problème était tout autre. Les confidences de Line corroboraient parfaitement les mises en garde du curé. L'échéance même semblait confirmée. Jade devait agir. Arthur se trouvait bien en danger.

Le troisième jour…Eh bien, le troisième jour, la cocotte-minute a explosé. Jade, sous pression à force de se contenir, avait expulsé sa colère en un long jet de hurlements, brûlant tout sur son passage, y compris les bonnes résolutions prises dans la nuit. Les vibrations les plus basses étaient atteintes. Son jardin secret était dévasté, la terre était retournée, les rosiers piétinés, la boue avait remplacé le gazon bien tondu, la foudre, en tombant violemment, creusait des trous sans fond d'où s'échappaient des gerbes de terre noire et mouillée, la pluie diluvienne ne cessait de tomber et les éclairs formaient la seule source de lumière. Les Ombres avaient œuvré et Jade prenait la direction de ce qu'elles souhaitaient. Il fallait réagir en jouant sur les points sensibles de la jeune femme. Mise à genoux, elle ne penserait plus à venir en aide à celui qui ne l'avait pas défendue, une fois de plus.

Tout avait commencé de façon anodine. Louise, toujours égale à elle-même, donnait des ordres à ses sous - fifres :

- Line, arrange mon coussin ! Va me chercher un rafraîchissement, il fait une chaleur étouffante ! Oh, et passe prendre mon nouveau tailleur. Les retouches doivent être terminées maintenant !

Line s'exécutait, sans broncher. Elle sortit donc chercher le tailleur de Madame. Jade feuilletait un magazine, assise sur le canapé, Jo jouait à sa console à ses côtés, et Gabriel s'amusait avec ses petites voitures sur le tapis. Louise, ayant perdu sa bonne pour quelques instants, s'adresse à Jo :

- Johanna, apporte-moi un éventail. Je l'ai oublié dans ma chambre.

Jo jette un regard à sa mère qui lui fit signe d'obéir. Jo se lève en marmonnant :

- Et toi, tu ne peux pas aller te le chercher ton éventail, grosse dinde !

La vieille femme n'en reste pas là :

- Jade, il serait temps de coucher Gabriel, tu ne crois pas ?
- Non. Gabriel ne dort jamais dans la matinée. Regardez-le, il est tranquille, là, à jouer avec ses petites voitures.
- Il fait du bruit ! constate sèchement la grosse dinde.
- C'est un enfant ! rétorque Jade sur le même ton.
- Johanna, remplis mon verre ! J'ai soif !
- Johanna, viens t'assoir ! réplique Jade.

Jo, sentant la tempête arriver, balbutie :

- Non ! ça ne me dérange pas de lui servir à boire.
- Johanna ! Assise ! ordonne Jade.
- Cela ne la dérange pas ! Et puis, les enfants sont faits pour cela !
- Pour servir les adultes ? s'insurge Jade.
- Pour s'adapter aux adultes, rectifie Louise. D'ailleurs, puisque tu abordes le sujet, tes enfants sont très mal élevés. Tu leur passes tous leurs caprices, ils n'attendent même pas Arthur pour dîner, et Gabriel…
- Et quoi ? hurla Jade en se levant d'un bond. Et quoi ?
- C'est l'enfant qui doit s'adapter au mode de vie des parents et non l'inverse. Tu passes des heures à t'amuser avec lui ! Il n'a qu'à jouer tout seul ! Quant à Jo, elle ferait mieux d'aider au ménage plutôt que de passer des heures sur sa stupide console.

- Je n'ai pas du tout la même conception que vous! Je trouve tout à fait normal de jouer avec mon bébé. Il est tout petit encore et si je ne joue pas avec lui, qui le fera ? Qui lui apprendra à empiler les cubes ou tout simplement, qui le fera rire aux éclats en faisant le pitre devant lui, si ce n'est moi ? Mon adolescente rebelle me convient parfaitement comme elle est. Jo a bien le temps de participer aux corvées ménagères. Toute sa vie d'adulte, elle va le faire. Autant qu'elle gagne encore un peu de temps ! Quant à attendre Arthur pour dîner, il rentre bien souvent après 22h00 ! Un bébé a besoin de dormir et Jo doit aller à l'école. Ils ne peuvent pas se coucher à une heure aussi tardive !

Louise se leva et prit Gabriel dans ses bras.

- Qu'est-ce que vous faites ?

- Je vais le coucher !

- Hors de question ! dit Jade en reprenant son petit. C'est mon fils ! C'est moi qui décide quand il doit dormir !

- Tu te plieras aux exigences de la famille comme tout le monde ! hurla la grosse dinde. Il serait temps que tu rentres dans le moule !

- Jamais ! rétorqua Jade, hors d'elle. Marre de la dictature de la famille Soleris. Pas de vie de famille, du travail, tout le temps, pas de temps pour nous ! Et en plus, vous vous permettez de me dire comment je dois éduquer mes enfants ! Je décide de la façon de les élever et vous n'avez rien à dire !

- Cette discussion n'aurait pas eu lieu si Gabriel m'avait été confié comme cela était prévu. Mais, il a fallu que tu te mettes en congé parental…

Jade suffoqua à ces dernières paroles. Le poignard à la lame ciselée se planta en plein cœur. Jade eut l'impression que sa poitrine s'ouvrait en deux. Etait-elle à ce point insignifiante pour que les membres de sa belle-famille se permettent de lui manquer de respect à ce point ? Louise venait de lui avouer qu'elle était persuadée de récupérer Gabriel après sa naissance. Jade n'était donc qu'une mère porteuse à ses yeux.

- Pourquoi Gabriel aurait dû vous être confié ? Pour combler votre solitude entre deux maris, comme l'a fait Arthur quand Jean est décédé ? demanda Jade d'une voix blanche.

Louise baissa les yeux. Jade donna Gabriel à Johanna et partit chercher les valises dans la chambre. Elle réunit rapidement les affaires éparpillées dans les autres pièces, fit signe à Johanna de venir, et ils s'en allèrent en silence.

Il le fallait et elle l'a fait ! Les vacances scolaires tombaient à point nommées. En sortant de chez Louise, Jade ne se sentait pas de repartir au combat avec Arthur qui aurait sans doute pris la défense de sa maman chérie. Elle en eut confirmation rapidement puisqu'un message des plus virulents lui parvint sur son portable de la part de son cher et tendre.

« Va t'excuser tout de suite! Tu n'as pas honte ? Faire pleurer ma mère ! »

Jade ne répondit même pas. Les dernières paroles de Louise l'avaient mortifiée et elle avait besoin de temps pour digérer cet épisode. Aussi, elle entra dans la première agence de voyage et prit trois billets pour la Corse, sans se poser plus de question. Un taxi les déposa à l'aéroport où leur vol ne décollerait que dans deux heures. L'attente était longue, aussi Jade en profita pour soulager sa peine en la posant sur le papier, comme elle avait pris l'habitude de le faire. Elle pianota donc son post sur la petite merveille de technologie qui lui servait accessoirement de téléphone portable :

Il est temps, pour moi, de faire un point dans ma vie! Me regarder, bien en face, et savoir ce que j'attends de mon avenir!

Oui, mais voilà, tout mon dilemme est là! Il ne s'agit pas que de ma vie à moi ! Il est surtout question d'un petit roi, qui n'a rien demandé à personne, surtout pas de venir dans une famille où l'on se déchire !

Il va falloir faire un point sérieux, sur moi, sur lui et sur l'avenir que je veux lui offrir ! Vivre au milieu des tensions et des cris ne saurait être sain pour lui ! Et je ne parle même pas de l'effet dévastateur que cette ambiance toxique a sur ma petite rebelle !

D'un autre côté, lorsque je trouve la force de me ficher du comportement qui me détruit, et essayer de profiter de la vie, ma patience vis à vis des petits coups de canif donnés chaque jour s'étiole rapidement.

Il m'a été dit qu'en cette année 2013, il ne fallait pas céder à la colère, à la frustration. Il fallait faire peau neuve et être optimiste et confiante dans le futur ! Je me le répète sans cesse mais mes yeux ne cessent de voir les ratés !

Alors quoi faire ? Je vais peut-être prendre un peu de recul, prendre l'air quelque temps, histoire de remettre de l'ordre dans ma tête et dans mon cœur ! J'ai besoin d'air, d'aérer ma vie.

Blog en pause à durée indéterminée…

La tourmente émotionnelle dans laquelle Jade se retrouvait plongée, avait définitivement éteint toutes étincelles de bonne volonté quant à l'éventualité de s'impliquer pour aider Arthur. Le choix ne se posait plus. Jade avait choisi de se sauver avec ses enfants. La fuite n'était pas la solution qu'elle affectionnait le plus…Pourtant, elle n'hésita pas.

***

Dans l'immense bureau situé sur le quai des Etats- Unis, offrant une vue imprenable sur la Méditerranée, Jean-Louis, assis derrière sa magnifique table de travail en bois finement sculpté, seulement éclairée par la lampe posée à côté de l'écran de son ordinateur, allume un cigare. Il se relaxe dans le confortable fauteuil de cuir noir, privilège du patron, les employés ne disposant que de chaises. Attendant son rendez-vous de vingt-deux heures trente, il feuillette distraitement un compte prévisionnel étalé devant lui. Une femme entre sans frapper et s'assied face à lui.

- Tu es en retard ! dit-il en jetant un œil à sa montre.

- J'ai été retardée par Arthur. Je l'ai trouvé assis au comptoir d'un bar du cours Saleya, envoyant des messages à sa femme. Il sirotait un verre de whisky, et n'avait visiblement pas l'air en très grande forme !

- Personne ne t'a vue entrer ?

- Non ! J'ai l'habitude de me faire discrète, maintenant ! Notre association ne date pas d'hier ! répond la femme, arborant un méchant sourire.

L'homme aspire une longue bouffée, et reprend son interrogatoire :

- Que contenaient les sms ?

- Je ne sais pas ! Il ne m'a pas vue et je ne me suis pas approchée. Le manège a bien duré une bonne demi-heure !

- Alors, comment sais-tu qu'il parlait avec Jade ?

- Parce qu'à chaque sms, son regard se faisait plus triste. Je suis certaine qu'il conversait avec elle ! Instinct féminin, si tu préfères !

Jean-Louis se lève, son cigare coincé entre ses lèvres épaisses et charnues, et se dirige vers la fenêtre. Il réfléchit. La femme, habituée à ce rituel, respecte le temps de silence de l'homme. Après avoir craché de grosses volutes de fumée, Jean-Louis, sans tourner la tête, regardant par la fenêtre, marmonne de façon inaudible :

- Elle va gâcher notre plan, celle-là ! Il est déjà difficile de tenir Arthur depuis qu'elle est dans sa vie ! Je n'ai pas passé des années à patienter pour que tout s'effondre à cause d'une femelle ! Si elle gagne, Arthur ne se contentera plus des miettes que je lui donne ! De fil en aiguille, il risque de découvrir mon secret ! Je ne peux prendre ce risque ! Il commence à se rebeller ! Il m'a même menacé de démissionner, il y a à peine quelques jours ! C'est intolérable !

La femme, toujours assise, croise ses jambes et arrange les plis de sa jupe. L'homme, tirant activement sur son cigare, toujours tournant le dos à son interlocutrice, donne ses ordres :

- Ne peux-tu essayer de la raisonner ? Qu'elle prenne enfin la place que nous voulons qu'elle tienne ! Une épouse soumise et surtout qui ne pose pas de questions ! Elle doit se plier à notre rythme de vie ! Nous avons déjà été suffisamment surpris par la naissance inopinée de son…bâtard !

- Je peux essayer, en effet. Toutefois, Jade a un caractère et une résistance beaucoup plus solides que ce à quoi je m'attendais. Elle est loin d'être malléable. Il est difficile de la manipuler. Malgré les maux que j'ai tenté de répandre dans son foyer, elle tient bon ! J'en arrive presqu'à penser qu'elle est sincèrement amoureuse d'Arthur ! Une telle hargne pour arriver à sauver son couple et à instaurer une vie de famille unie ne se rencontre pas tous les jours et force mon respect. Elle s'avère une adversaire de taille ! De plus, malgré l'éloignement de ses parents, elle reste entourée et soutenue. Il aurait été plus facile qu'elle se retrouve seule, prise dans l'étau que nous resserrons sur elle, chaque jour, un peu plus !

- Bien ! Tente quand même une dernière approche psychologique. Je ne veux pas perdre Arthur ! Il est bien trop rentable ! Bien plus que mon propre fils, Anthony, je dois bien le reconnaître !

- Si j'échoue ? Je doute de réussir vu l'esclandre qu'elle a encore faite aujourd'hui chez Louise !

- A ce moment-là, nous essaierons de la corrompre pour qu'elle disparaisse, elle et ses mioches, de la vie d'Arthur ! Il ne sera pas difficile ensuite de pousser Arthur à renier son fils ! Il boit mes paroles comme du petit lait ! Ainsi, je continuerai à régner sur l'empire Soleris en maître absolu !

- Ton plan est machiavélique ! J'admire le stratège que tu es et tu me dégoûtes en même temps ! Ton cœur est si froid, j'en arrive à penser quelque fois, que tu as vendu ton âme au diable !

Jean-Louis se détourne de la fenêtre à ces paroles, et vient poser ses mains sur les épaules de son interlocutrice. Il se penche sur elle, dans son dos, l'entourant d'un épais nuage de fumée. Elle sent son souffle dans son cou. D'une voix rauque mais déterminée, il lui répond :

- Tu n'as qu'à lui demander ! Après tout, c'est toi qui converses avec les Ombres ! Ce sont elles qui t'ont poussée à venir me trouver et à t'unir avec moi pour conserver nos secrets ! Le pacte était sans équivoque ! Les Ombres préservaient le karma, et je continuais à m'enrichir ! Tout cela aux dépends d'Arthur ! C'est drôle, non ? Ton âme est aussi noire que la mienne, ma belle ! Tu as toujours fait ce que je t'ai demandé jusqu'à maintenant, et pas toujours de jolies choses. Tu n'as en tête que la récompense que je t'ai promise, celle qui te revient de droit pour toutes ces années de sacrifice. Ainsi, ta revanche sera prise sur des années de souffrance silencieuse !

Les mots sifflent aux oreilles de la femme, comme s'ils avaient été prononcés par un serpent. Il reprend :

- L'heure approche ! Ne me déçois pas ! Tu sais que je n'aime pas être déçu, je pourrais devenir extrêmement méchant !

A ce mot précis, il enserre le cou de la femme avec ses mains et exerce une pression soutenue. Elle porte ses mains à sa gorge, essayant de se libérer et articule péniblement :

- Tu peux compter sur moi ! Je ne te décevrai pas !

L'homme relâche son étreinte, se redresse et tire une longue bouffée de son cigare, en marmonnant :

- Bien ! Très bien ! Fais rentrer Jade dans le rang rapidement ! Par un moyen ou un autre !

- Et Arthur ?

- En ce qui le concerne, voyons comment il réagit à cette pseudo-séparation !

- Sa mine déconfite, au bar, ce soir, ne laisse rien présager de bon ! Il a l'air d'y tenir à cette garce !

- J'espère pour lui que cela est temporaire ! Sinon, j'envisagerai une solution,...disons plus radicale pour éliminer ce problème !

La femme se lève et s'éclipse aussi vite qu'elle le peut. Jean-Louis, seul à nouveau dans l'immense bureau, s'assoit dans son fauteuil et reprend la lecture du compte prévisionnel, comme si aucune entrevue ne venait de se dérouler. La suffisance et l'orgueil étant ses principales qualités, il ne se trouve nullement affecté par ce qu'il pense être un négligeable grain de sable, tombé par inadvertance dans les rouages de son plan diabolique.

***

Ce soir-là, en rentrant chez elle, Clotilde se dépêche de faire ses valises.

Sur les ailes de Phœnix

Deux jours ! Cela fait deux jours entiers que Jade et les enfants sont partis ! Et surtout que Jade ne répond plus aux appels d'Arthur qui pianote nerveusement sur son portable, arpentant de long en large les neuf mètres carrés de son bureau exigu. Il n'était qu'associé minoritaire et à ce titre, ne possédait pas un bureau plus grand que celui des simples salariés du cabinet. Seul Jean-Louis, le maître absolu, possédait un immense bureau, très agréablement agencé, avec de grandes fenêtres offrant une vue sur la mer. Il considérait que tout aménagement superflu distrayait les employés et qu'il fallait mieux s'en tenir au strict minimum, soit une chaise, une table, une armoire et un ordinateur. L'ensemble devait être fonctionnel, sans plus. La rentabilité était le mot d'ordre et aucun objet n'ayant pas trait avec le boulot n'était toléré. Personne, ni Arthur, ni Anthony, encore moins les salariés, n'avait protesté et tous se contentaient de ce minimum. Seul avantage accordé aux deux associés, leurs chaises avaient été remplacées par des fauteuils en cuir.

- Allez décroche, bon sang ! peste Arthur en jetant un coup d'œil par la minuscule fenêtre qui donne dans la rue.

La messagerie se déclenche. Arthur laisse un énième message sur le répondeur :

- Ecoute, Jade…Je me suis emporté, excuse-moi pour ce que j'ai pu te dire sur mes autres messages. Je sais que ma mère n'est pas facile parfois, mais elle est âgée et...bref. Tu me manques, et les enfants aussi me manquent beaucoup. Rentre à la maison s'il te plait. Demain, les travaux seront terminés et …nous serons de nouveau chez nous, comme avant. Je t'aime Jade.

La porte du bureau s'ouvre brusquement et Anthony passe la tête par l'entrebâillement :

- Cousin, il est vingt-trois heures ! Nous avons suffisamment gagné d'argent pour notre bourreau de patron aujourd'hui ! Rentre chez toi ! Les galériens aussi ont le droit de se reposer !

Arthur affiche une triste mine. Anthony attrape le pardessus de son cousin et tout en le lui enfilant, poursuit :

- Je pense que tu as plus besoin d'un bon verre que d'un bon lit !

Arthur se laisse faire et cinq minutes plus tard, il est accoudé avec Anthony au comptoir de Gino. Ce dernier n'a pas le temps de leur faire la conversation. Sa terrasse est bondée de monde, et, dans la salle, il n'y a que la valse des serveurs qui entrent avec leur plateau vide, dictent les commandes et ressortent avec les plateaux pleins. Gino dirige tout son petit monde de derrière sa caisse, attentif au moindre détail. Pourtant, cela ne l'empêche pas de laisser traîner une oreille dans la conversation d'Arthur et de son cousin. De leurs tabourets, Arthur et Anthony entendent le brouhaha des conversations à l'extérieur. Anthony attend patiemment que son cousin épanche son cœur. Cependant, Arthur ne dit mot. Il sirote son whisky, perdu dans ses pensées. Aussi, Anthony engage la conversation :

- Elle ne te répond toujours pas ?

Arthur secoue la tête en signe de négation.

- Tu lui as dit que tu l'aimais au moins ?

Arthur détourne son regard.

- S'il faut elle a rencontré un homme ! Cette salope ! C'est pour ça qu'elle ne me répond pas !

- Arthur ! Enfin ! Jade…Infidèle ! Tu réfléchis un peu avant de parler ou quoi ? Comment veux-tu qu'elle te revienne si tu ne lui as pas dit que tu l'aimais ! J'espère au moins que tu ne l'as pas accablée de reproches ! Tu connais ta mère quand même ! Elle n'est pas facile à vivre ! Et là, reconnais que Jade avait raison ! Louise n'avait pas à la traiter de la sorte ! Jade est une excellente mère et elle s'occupe très bien de ses enfants !

Arthur marmonne des paroles inaudibles. Anthony lui fait signe qu'il n'a absolument rien compris.

- Je lui ai dit que je l'aimais mais avant cela, j'ai bien dû lui laisser une bonne dizaine de messages où je me suis emporté.
- Là, forcément ! Elle n'est pas prête de rentrer !
- Tu comprends, je suis toujours tendu avec ce boulot et ton père n'arrête pas de me dire que je ne rapporte plus suffisamment d'argent, que je ne travaille pas assez depuis que Gabriel est né. Et à la maison, Jade se plaint constamment de mes absences, de mon manque d'attention et tout ça ! Et là, maintenant, elle se dispute avec ma mère ! Je suis fatigué de me battre constamment au bureau, à la maison. J'en ai marre ! Elle me fait beaucoup de peine, tu sais. En plus, là, elle s'est mise en tête de baptiser le petit. Seulement, c'est pareil, ça va nous coûter les yeux de la tête et avec la maison à payer et tout le reste…Je n'en peux plus ! Je me rappelle, avant, Jade était toujours souriante, elle était pleine de bons mots et j'étais heureux. Maintenant, elle ne fait que se plaindre…
- Et TU n'arrêtes pas de te plaindre ! Là, ce n'est pas de toi qu'il s'agit ! Tu t'en rends compte ? Il s'agit de Jade et de ta mère qui lui a très mal parlé. Tu ne l'as même pas défendue !

Arthur reste surpris de la réaction de son cousin. Anthony se lève, vide son verre d'un trait et rajoute, avant de partir :

- Je ne te pensais pas comme ça, Arthur ! Je suis déçu de ton comportement. J'espérais que depuis le temps, tu avais ouvert les yeux sur ta mère, comme moi, je me suis rendu compte que mon père n'est qu'un gros con, uniquement intéressé par son sale fric et la notoriété que lui apporte la réputation du cabinet. Je ne pensais pas non plus, que maintenant que tu avais créé ton propre foyer, tu allais le laisser détruire sans réagir, par les Soléris. Ta mère est comme mon père, des dictateurs ! Ils sont égoïstes et orgueilleux. Ne les laisse pas vous pourrir la vie. Jade les dérange parce qu'elle ne se plie pas à leurs règles du jeu. Elle te réclame, elle veut ta présence, elle a besoin de partager des choses avec toi ! Et tu t'en plains ! Tu ne crois pas qu'il y a un problème dans ton raisonnement ? En y réfléchissant, je crois que les cons, c'est nous, parce que pour ne pas faire de vagues, nous avons toujours laissé ta mère et mon père diriger nos vies. Il est peut-être temps que leurs règnes cessent.

Blessé dans sa fierté, Arthur attrape Anthony par le bras et rétorque :

- Ah oui ? Et toi, tu me donnes des leçons ? Mais que fais-tu pour te sortir de leur emprise ?

Anthony dégage son bras calmement et reprend :

- Tu te trompes d'ennemi, cousin. Quant à moi, tu ne devrais pas tarder à savoir quelle orientation j'ai choisi de donner à ma vie. Tu ne seras pas le seul surpris, crois-moi ! Mais ma décision est prise ! A toi, de prendre la tienne !

Anthony ne laissa pas le temps à Arthur de rétorquer et s'éloigna rapidement. Il frôla une table en sortant précipitamment. La femme attablée retint de justesse son verre qui tanguait dangereusement. Arthur le regarda s'éloigner. Il commanda un second verre, qu'il avala d'un trait. Puis il quitta le bar après avoir payé la note. Gino, qui, l'air de rien, n'avait pas perdu une miette de la conversation, se précipita sur son téléphone dès qu'Arthur eut disparu de son champ de vision.

Arthur se faufila à travers les badauds qui déambulaient encore à cette heure tardive dans le vieux Nice pour rejoindre l'appartement de sa mère. Il n'avait absolument pas envie de rentrer. Il avait envie de continuer à respirer. Il marcha donc un moment sans se préoccuper de sa destination. Ce bol d'oxygène dura jusqu'au petit matin. Il rédigea un long sms à Jade avant de revenir dans l'appartement où sa mère l'avait attendu toute la nuit. A peine eut-il poussé la porte, que Louise surgit de la pénombre, comme un diable sortant de sa boite, et s'écria sèchement :

- C'est maintenant que tu rentres ?
- Oui. Et alors ? Je ne suis plus un enfant !
- Tu as une sale tête ! C'est à cause d'elle ! Encore ! Cette femme…
- Stop ! C'est à cause de toi, et uniquement de toi ! Depuis quand tu te permets de parler de ma femme comme tu le fais ? Depuis quand tu es autorisée à la juger sur l'éducation qu'elle donne à nos enfants ? Depuis quand tu as décidé de gâcher ma vie ? Que les choses soient bien claires ! Je ne reviendrai pas vivre avec toi, même si Jade me quitte ! Jamais ! Je l'aime et je ferai tout pour la récupérer et vivre heureux avec elle ! C'est à cause de toi si elle est partie et je ne te le pardonnerai pas ! Est-ce bien clair pour toi ?

Arthur disparut dans la salle de bain, plantant là sa mère, sidérée.

***

En Corse, la tempête faisait rage dans l'inconscient de Jade. Sa colère et sa frustration n'étaient pas retombées. Même l'arrivée surprise de Clotilde n'avait pas apaisé ses tourments. Jade s'était refermée et se complaisait dans cette situation. Finalement, la fuite avait du bon. Elle était consciente que cet état n'était que temporaire. Pourtant, elle refusait de se poser la moindre question. Elle effaçait même les messages d'Arthur sans seulement les avoir écoutés ou lus. Cela ne l'intéressait plus. De son côté, déterminée à mener sa mission à son terme, Marraine ne démordait pas.

Ce matin-là, Clotilde confia Gabriel et Johanna au club enfant du village vacance où ils séjournaient. Jade n'eut pas le temps de protester, qu'elle se retrouva dépouillée de ses petits, trop heureux de se faire de nouveaux copains. La journée s'annonçait longue sans ses deux rayons de soleil. Elle suivit Marraine à contrecœur jusqu'au bord de la piscine. Un serveur leur apporta deux cappuccinos.

- À la santé de Gino ! s'écria Marraine en prenant sa tasse fumante.

Jade sourit tristement. Le cappuccino du matin, accoudée au zinc de Gino. C'était le bon temps ! L'époque où Jade était heureuse avec Jo, dans leur deux- pièces du Cours Saleya. Marraine ne lui laissa pas le temps de sombrer dans la mélancolie.

- Quelle belle journée ! Tu ne trouves pas ?
- Mouais ! Un peu trop calme à mon goût, mais bon…c'est comme ça !
- Comment ? Une belle jeune femme comme toi qui chipote parce qu'elle se sent inutile sans ses deux garnements ? Aujourd'hui tu n'es qu'une femme et non plus une maman, pour la journée seulement. Profites-en ! Alors, verdict ?

Jade cacha ses yeux sous de grosses lunettes de soleil.

- Je te vois venir avec tes gros sabots !

Marraine fit mine de ne pas avoir entendu.

- Verdict ? Tu t'ennuies parce que tu ne sais plus ce que c'est que d'être une femme et seulement une femme ! Alors, vas-y ! Défoule-toi ! Sors tes blessures de FEMME ! Et tu n'as pas le droit de te cacher derrière tes enfants parce qu'ils ne sont pas là ! Tu n'as que le droit de n'être que toi !
- Ton jeu ne rime à rien ! Ce que je ressens n'a plus la moindre importance. JE n'ai plus la moindre importance. Tu comprends, à cause de mes mauvais choix, je suis responsable des blessures de mes enfants. Eux sont importants parce qu'ils n'ont rien demandé à personne, surtout pas de venir dans une famille comme la nôtre. Johanna est malheureuse, Gabriel est frustré. Et qui les a fait venir ? Qui ? Moi ! Je les ai portés, je

leur ai donné la vie. Je leur dois bien de faire que leurs vies soient agréables et non pas un désastre ! Alors, moi…

- Je ne suis pas d'accord ! Je ne dis pas que tes enfants doivent être négligés. Je dis que tu as aussi le droit d'exprimer tes souffrances, tes désirs parce que tu es un être humain toi aussi ! Alors, vas-y ! C'est le jour ! Je suis là pour toi, et uniquement pour toi ! Pour t'écouter, t'entendre. Arthur est un mauvais père, j'ai compris ! Je ne parle même pas du père de Johanna ! Mais en tant qu'homme ? En tant qu'amant, ami, confident ?

Jade hoqueta. Elle ouvrit la bouche sans qu'aucun son n'en sorte. Ses lèvres se mirent à trembler. Ses joues ruisselèrent de toutes les larmes qu'elle avait refoulées depuis tant d'années. Elle avait dû être forte, forte lorsque le père de Johanna l'avait quittée, forte pour procurer à sa fille tout l'amour qu'elle pouvait, forte pour protéger Gabriel de l'indifférence de son père, forte pour les préserver des atteintes paternelles alors qu'ils n'étaient que des bébés emplis de pureté. Elle était l'adulte, et à ce titre, se devait d'être le pilier inébranlable, capable de tout supporter. Si forte, qu'elle en avait oublié de faire le deuil de ses blessures de femme. Toutes ces atteintes à sa personne, ces petits coups de canif répétés qui avaient fini par l'écorcher vive.

Marraine posa sa main sur le bras de Jade, en signe de réconfort. La jeune femme épancha alors son cœur blessé et décrivit, avec pudeur, tous ces petits gestes, toutes ces paroles, toutes ces attitudes qui l'avaient mortifiée au plus profond d'elle-même.

Au début, elle n'avait ressenti qu'un léger picotement, comme une égratignure vite oubliée. Elle ne se sentait pas menacée dans son intégrité. Elle se souvient d'un soir, où Arthur et elle étaient attablés à la terrasse d'un restaurant. Les verres de champagne tintaient, l'air était doux, la conversation agréable. Un client d'Arthur vint s'installer à quelques tables de la leur avec un autre homme. De ce moment-là, Arthur ne prêta plus la moindre attention à Jade. Il regardait fixement son client, tendant l'oreille pour saisir quelques bribes de paroles. Jade essaya de regagner son attention. Arthur ne l'entendait même pas. Il ne lui parlait pas, ne la regardait pas, oubliant totalement sa présence. Elle dîna face à un fantôme, comme ces couples que l'on voit quelque fois, qui n'ont plus rien à se dire, plus rien en commun sauf l'habitude de la présence de l'autre, attablés face à face, évitant soigneusement le regard de l'autre. La soirée lui parut interminable, et elle se demanda plusieurs fois ce qu'elle faisait là, avec cet homme qui l'ignorait complètement. Lorsqu'il la raccompagna, elle exprima sa déception quant à son attitude. Il se contenta de baisser les yeux, et partit après lui avoir déposé un tendre baiser. Elle crut qu'il regrettait. Cependant, croire ne signifie pas savoir.

Puis, les égratignures devinrent des éraflures. Elles étaient plus longues à guérir et la douleur se réactivait à chaque frôlement. Jade commençait à ressentir plus vivement les entailles faites dans son égo. Elle se trouvait au bord du gouffre de la dévalorisation et Arthur retirait minutieusement la terre qui la retenait d'y tomber. Ainsi, Jade se retrouva au milieu de convives d'un mariage d'une cousine éloignée d'Arthur. Il ne prit pas la peine de la présenter et la laissa seule, trop occupé à discuter avec Jean-Louis. Jade ne connaissait personne. Des yeux la dévisageaient, la mettant encore plus mal à l'aise. Elle n'osait aller à la rencontre de qui que ce soit, tétanisée. Cependant, Jade, pimpante et jolie à souhait, ne manqua pas d'attirer la curiosité, particulièrement des mâles de la famille. Les cavaliers, du plus jeune au plus âgé, se succédèrent à son bras. Seul Roméo semblait l'ignorer alors que c'est avec lui et lui seul qu'elle aurait préféré passer sa journée. Sur le chemin du retour, Jade demanda des explications.

- Ce n'était pas la peine de m'emmener avec toi ! Je me suis sentie comme un chien perdu sans collier au milieu de tous ces étrangers !

Arthur répliqua sèchement :

- Je t'aurais plutôt comparée à une chatte en chaleur aujourd'hui, vu tous les hommes que tu avais autour de toi !

- Pardon ? Tu sous-entends quoi exactement ? Parce que si c'est ce que je crois, autant stopper notre relation tout de suite !

Arthur arrêta net la voiture et fit descendre Jade. Il repartit en trombe, la laissant sur le bord de la route. Jade rentra à pied et pleura à chaudes larmes jusqu'au petit matin. Sur les coups de 8h00, Arthur se présenta chez elle, un bouquet de roses rouges à la main. Ses excuses furent acceptées, et les propos déplacés mis sur le compte d'un abus de champagne. L'alcool a souvent bon dos. Cependant, il a la qualité de faire ressortir la véritable nature des gens. Jade l'ignorait sûrement.

Et, les éraflures se transformèrent en brûlures, s'étalant largement sur son corps fragile. La cicatrisation semblait largement compromise. Jade avait beau colmater et bander ses blessures, celles-ci la faisaient terriblement souffrir. La terre qui l'empêchait de tomber dans le gouffre de la dévalorisation de son moi intérieur s'était effondrée, et la chute était longue et douloureuse. Son ego était piétiné, et toutes les situations s'inversaient en sa défaveur. Elle était coupable, irrémédiablement coupable aux yeux d'Arthur qui le lui faisait savoir de façon de plus en plus violente et assassine. C'est comme cela qu'un jour où Jade et Arthur se trouvaient en compagnie d'un autre couple, à l'époque où ils fréquentaient encore quelques rares connaissances, Arthur atteint les sphères les plus basses de la mesquinerie et de la goujaterie. Lorsque le couple d'amis s'éclipsa, Arthur, dont les regards d'envie avaient été sans équivoque tout au long de l'après-midi, poussa le vice à commenter l'allure de la femme.

- Elle est vraiment belle ! Si j'avais su…

Jade, enceinte de quelques semaines, se sentit piégée. Arthur n'aurait dû avoir d'yeux que pour elle, et pourtant…Pourtant, il en désirait d'autres et ne s'en cachait pas. Comme si Jade n'existait pas, comme si sa personne n'avait pas d'importance, comme si maintenant qu'elle était indéniablement attachée à lui, elle avait perdu tout attrait, toute condition humaine, tout respect aux yeux de son compagnon. Elle n'était plus rien qu'un vulgaire objet, dénué d'émotions ou de sentiments, auquel personne n'accordait la moindre attention.

Très en colère, Jade rétorqua :

- Tu n'avais qu'à sortir avec elle si elle te plaisait tant !

Arthur, le regard perdu dans le vague, répondit par un soupir :

- Maintenant, c'est trop tard ! Elle est avec un autre homme !

Vexée, Jade le gifla :

- Et moi ? Je compte pour pain et beurre ? Ta réponse aurait dû être : « Je ne peux pas, je suis fou amoureux de toi » !

Contre toute attente, Arthur lui donna un coup de pied dans le ventre en hurlant :

- Ne me touche pas !

Jade en eut le souffle coupé. Arthur partit aussitôt. Jade se redressa tant bien que mal. Choquée, elle entourait son ventre douloureux de ses bras, comme pour le protéger. Il était trop tard. Ce qu'elle redoutait se produisit. Du sang s'échappa de son bas ventre. Elle appela au secours Marraine qui la conduisit chez son gynécologue. Le diagnostic tomba comme une chape de plomb sur la tête de Jade. Elle venait de perdre l'un des jumeaux qu'elle attendait. Arthur avait tué dans un excès de colère son propre bébé. Dans les jours qui suivirent, Arthur se repentit sincèrement de son geste. Il pleura beaucoup, supplia. Puis il emmena Jade chez un autre médecin qui émit l'hypothèse qu'à si peu de semaines de grossesse, il était possible que le fœtus perdu ne soit en fait qu'un bout de placenta qui se soit détaché. Il était probable que des pertes abondantes arrivent alors dans ce cas-là. En tous les cas, il était formel sur le fait qu'il était peu envisageable d'affirmer que le coup porté par Arthur soit à l'origine de ce qui s'était produit. La concomitance du coup et de la perte de sang n'étaient que pure coïncidence, et le médecin affirma que le problème venait plutôt de l'âge de Jade. A 38 ans, cela se produisait souvent. Ainsi, le doute fut semé dans l'esprit de Jade, qui pardonna. Elle ne voulait surtout pas revivre ce qu'elle avait vécu avec Johanna. Et, Arthur fut aux petits soins pour elle pendant plusieurs semaines.

Cette période faste ne dura pas. Les brûlures se propagèrent alors à son corps entier. Elle n'était plus qu'un lambeau de chair à vif. Elle tomba lourdement à l'issue d'une interminable chute libre dans le fond du gouffre de la frustration et de la dévalorisation. Cela se produisit un soir, alors qu'elle venait de coucher les enfants. Arthur déboula dans le salon, une liasse de billets entre les mains.

- Tu as pris de l'argent ! affirma-t-il en secouant les billets sous le nez de Jade.

- Non. Je n'ai pas eu besoin d'espèces ces jours-ci.

- Tu mens ! J'ai recompté trois fois ! Il manque 20 euros ! Tu les as pris !

- Non, je te jure ! Et puis, si tu ne me crois pas, tout est noté dans le cahier des comptes ! Tu n'as qu'à le consulter ! D'ailleurs c'est bien pour cela que nous avons un cahier !

- Menteuse ! Voleuse ! vociféra Arthur.

Il avait les yeux exorbités, il écumait de rage. Il fit mine d'aller sur elle. Jade recula dans la cuisine. Elle eut peur, prit un couteau et le brandit devant elle.

- N'approche pas ! Tu ne me frapperas plus ! Recule !

Arthur s'immobilisa et continua à vociférer :

- Tu n'es qu'une merde, une voleuse de merde ! Les comptes ! En deux ans, tu as bouffé tout mon argent !

- C'est faux. Nous avons un compte joint et chaque mois, je vire la même somme de ton compte et du mien ! Je ne me sers que de cela pour notre foyer ! Regarde tes relevés bancaires ! Pour un comptable, ne pas être foutu de tenir ses propres comptes ! Tu devrais avoir honte !

- Je n'avais pas besoin de les tenir avant que tu ne sois dans ma vie ! Mais, je vais vérifier, tout, et tu me rendras tout, jusqu'au dernier centime ! Tu vas payer toute ta vie ! Tu finiras sous les ponts ! Voleuse ! Je comprends pourquoi le père de Johanna a pris ses jambes à son cou ! Il a senti que tu allais le plumer ! Mais, j'ai été bête, j'aurais dû écouter ma famille ! Ils me l'avaient dit que tu n'étais là que pour le fric ! Espèce de traînée !

Jade sentit toutes ses émotions quitter son corps. Elle ne sentait même plus les brûlures sur sa peau délicate. Elle eut la sensation d'être morte. Vidée, humiliée et écrasée. Son ego gisait là quelque part sur le sol froid, malmené, portant les stigmates des tortures que venait de lui infliger Arthur.

- Va-t'en, souffla Jade. Dégage ! hurla-t-elle.

Marraine écoutait sans mot dire Jade déverser tout son lot d'amertume et de désillusions.

- Ma petite chérie…Comment as-tu pu supporter tout cela ? Je te savais forte, je me doutais de tes souffrances, mais pas à ce point-là !

Jade réajusta ses lunettes noires sur son nez.

- J'ai beaucoup réfléchi, analysé la situation. Mon blog, quoi que tu en penses, m'a permis de m'évader. Je suis restée avec Arthur…

- Oui, je sais ! Parce que tu estimes qu'un enfant a besoin de son père et de sa mère ! Des couples se séparent tous les jours et maintenant, avec la garde alternée…

Jade esquissa un sourire.

- Je suis restée avec Arthur parce que j'ai réalisé que si je partais, je perdrais Gabriel. Sa famille est puissante, ils ont beaucoup de relations. C'est moi qui aurais vu Gabriel un week-end sur deux ! Arthur en aurait la garde exclusive, j'en suis certaine ! Et si lui n'en avait pas l'idée, sa mère s'en chargerait pour lui !

Un silence s'ensuivit. Jade le rompit à nouveau.

- Alors, tu comprends que moi…Ma vie n'a plus trop d'importance ! On va dire que je me suis aménagé un petit espace vital où je me contente d'être heureuse de vivre avec mes deux enfants ! Le reste n'a plus d'importance ! D'autant que depuis la dernière « gentillesse » d'Arthur, j'ai enfin compris à qui s'adressent les insultes dont il m'inonde.

- Et à qui s'adressent- elles ?

- Je suis tombé par hasard sur des mails qu'il a adressés récemment à son ex compagne, la fameuse Isabelle.

- Et ?

- Et il la suppliait de revenir. Marraine, il n'a pas tourné la page. Toutes ces horreurs dont il m'accable, ce sont en fait les maux dont il a envie de l'accabler elle parce qu'elle ne l'aime plus. Il n'a pas accepté la séparation et encore moins qu'elle refasse sa vie ! Tu comprends maintenant pourquoi je suis partie ? Finalement, l'attitude de sa mère et notre dernière dispute n'ont fait que confirmer que je ne suis qu'un objet de remplacement ! Je n'ai pas le droit d'avoir des émotions, des opinions ! J'ai juste le droit de fournir une présence à Arthur et de me la fermer ! D'être agréable et souriante, quels que soient les caprices ou les humiliations que me fait subir Arthur ! J'ai été stupide et aveugle ! J'aurais dû voir ce qui m'attendait ! Maintenant, je n'ai pas le choix, il faut que j'assume. La bonne nouvelle…

- Parce qu'il y en a une ! s'exclama Marraine.

- Oui. C'est que lorsque j'ai compris le jeu d'Arthur et que toutes ses bassesses ne me concernaient pas, j'ai réalisé qui j'étais. Il avait presque réussi à me le faire oublier ! Je ne suis ni une pétasse, ni une voleuse, ni une menteuse, ni l'une de ces horreurs dont il me gratifie. Je suis une personne normale avec des qualités, comme la persévérance, la droiture, et des défauts, comme l'impulsivité, la naïveté…C'est pourquoi, je ne me sens plus atteinte lorsqu'il s'emporte. Parce que je sais désormais qui je suis.

Marraine se gratta le menton et marmonna :

- Les Ombres se sont réellement acharnées.
- Quoi ?
- Je me disais que tu es vraiment solide comme un roc!
- Je me sens plus souvent comme un gravier constamment piétiné. Mais ta comparaison me touche !
- Pour supporter tout cela, ma petite Jade, tu possèdes un carré d'énergie inaltérable. Je n'en doute plus à présent !

Jade se redressa d'un bon sur son transat.

- Un carré d'énergie ? Ce ne sont pas tes mots…

Marraine détourna son regard.

- Non. Je le reconnais. C'est François qui me l'a dit !
- Qui est François ?
- Eh bien, le curé qui doit baptiser Gabriel !
- Tu as rencontré le curé ? Mais…comment ?
- Oh, un pur hasard. En allant acheter mon pain, nous avons échangé quelques mots, rien de plus ! C'est la boulangère qui m'a donné son prénom ! D'ailleurs, il serait temps que tu commences enfin l'arbre généalogique et les préparatifs du baptême au lieu de te tapir dans ton refuge. Le temps passe et…
- Et quoi ? Je dois sauver Arthur de son terrible destin ? Pourquoi ?

Marraine se mit à rire après un bref silence.

- Tu as réussi à me clouer le bec, jeune fille ! Je vais aller me baigner, peut-être qu'ainsi je trouverai une réponse à ta question ! En effet, pourquoi aider un connard pareil ! Tu m'accompagnes ?

- Non, je préfère rester sur mon transat. Mes nuits sont toujours aussi agitées alors une petite sieste me fera le plus grand bien, d'autant qu'aujourd'hui, je n'ai personne à surveiller !

Marraine s'éloigna en marmonnant des paroles inaudibles, tandis que Jade s'assoupit presque instantanément. Assise au bord de l'eau, Marraine continua une poignée de secondes à psalmodier :

- La Réminiscence doit s'accomplir. Lune noire, ton heure a sonné. Pénètre l'esprit de Jade et montre-lui l'importance de sa mission. La flamme de la réincarnation guidera ses pas vers la lumière…

Dans son rêve, Jade se trouvait allongée dans l'herbe haute d'un grand pré. L'endroit semblait protégé par une haie de mélèzes sagement alignés en cercle. Le soleil brillait, haut dans le ciel. Ses rayons venaient caresser le visage de Jade. Dans l'azur immaculé, les oiseaux virevoltaient et Jade s'amusait à suivre du regard leur vol gracieux. Soudain, l'un d'entre eux attira son attention. Il semblait plus gros que les autres, et l'on aurait dit qu'il flirtait avec le soleil. Il décrivit de grands cercles, ses larges ailes déployées. Jade se redressa sur les coudes et mit une main au-dessus de ses yeux afin de discerner de quel oiseau il s'agissait. Elle ne distinguait ni sa couleur, ni les détails de ses plumes. Elle ne voyait qu'une grande ombre tournoyer devant le soleil. Puis, l'oiseau replia ses ailes et fondit en piqué vers Jade à une vitesse vertigineuse. Il stoppa net à quelques mètres du sol déployant à nouveau ses ailes immenses. Il surplombait Jade qui se trouva entièrement dans l'ombre de l'animal. Il resta un instant suspendu dans les airs. Elle ne put s'empêcher de s'émerveiller devant le plumage jaune orangé de l'oiseau géant. Il avait la couleur du soleil, comme s'il venait de naître de l'astre luisant. Jade ne ressentait pas le besoin de fuir, la plénitude la gagnait.

Phœnix l'enveloppa de ses ailes et l'emporta dans l'immensité bleutée.

Lorsqu'il déposa Jade, le ciel s'était assombri. Les maisons délabrées, les murs, les rues, même les gens, tout semblait avoir été recouvert de grisaille. Phœnix attendait sagement à côté de Jade. Elle découvrait ce lieu, sombre et poisseux. Les gens traversaient rapidement la rue, regardant devant eux, sans relever la tête. Ils semblaient apeurés, sur leurs gardes, prêts à se jeter à terre. Des bruits de pas se firent entendre. Des pas secs, cadencés au millimètre. Les rares passants se hâtèrent encore davantage pour quitter les lieux. En quelques secondes, les portes claquèrent et la rue se trouva déserte. Jade se blottit contre Phœnix. Les bruits de pas se rapprochaient, résonnant sur les pavés de la rue silencieuse. Des soldats allemands apparurent enfin.

Parfaitement rangés, parfaitement synchronisés, parfaitement terrifiants. Ils s'arrêtèrent devant une maison. L'un d'eux, le plus gradé, frappa deux coups à la porte. Ils rentrèrent sans un mot. Curieuse, Jade attendit quelques secondes et se dirigea vers la maison où venaient de s'engouffrer les soldats. Une fenêtre avait les volets à moitié ouverts. Jade se hissa sur la pointe des pieds et glissa son regard entre l'interstice. Les soldats s'étaient rassemblés dans cette pièce. Ils avaient abandonné la rigueur de leur arrivée dans la rue. Certains avaient déboutonné leurs vestes, d'autres étaient en bras de chemise. Ils parlaient forts et buvaient de grandes choppes de bières accompagnées de petits verres de gnole. La porte de la pièce s'ouvrit et des femmes furent poussées sans ménagement jusqu'au milieu de la pièce. Les soldats riaient de plus belle, et tournaient comme des vautours, autour des femmes apeurées. Ils les effleuraient, commentaient la marchandise présentée. L'un d'eux attrapa l'une des jeunes femmes et l'embrassa. Elle se débattit. Il la gifla à plusieurs reprises, puis arracha son chemisier en riant de plus belle. Les soldats se jetèrent sur les femmes, comme des carnassiers sur de la viande fraîche. Jade se tapit sous la fenêtre, se bouchant les oreilles de ses mains pour ne pas entendre les hurlements des femmes mêlés aux rires sadiques des soldats. Elle supplia du regard Phœnix de l'emporter ailleurs. L'oiseau de feu l'enveloppa dans ses larges ailes et la déposa ailleurs. Cependant, ce nouvel ailleurs était tout aussi froid et poisseux que le premier endroit. Jade inspecta les lieux. C'était une geôle. De la paille jonchait le sol boueux et une lucarne éclairait faiblement le lieu. Une odeur âcre la prenait à la gorge. Elle entendit sangloter, discrètement, presque silencieusement. Elle chercha du regard d'où provenaient les pleurs. Elle vit une forme recroquevillée sur elle-même, blottie dans un coin. Jade s'approcha et posa une main réconfortante sur le bras crasseux de la femme. Immédiatement, au contact de la main de Jade, la femme se traîna par terre en la suppliant de la laisser tranquille. Jade lui fit signe qu'elle ne lui voulait pas de mal. La femme se calma un peu et leva son visage maculé de crasse vers Jade. Un rayon de lune vint l'éclairer. Jade recula aussitôt d'un pas. Stupéfaite, pétrifiée. Sous la vermine, malgré les cheveux collés au crâne par la saleté, elle se reconnut. La femme lui sourit, dévoilant une bouche édentée. Elle lui dit d'une voix chevrotante :

- Jade, je t'en prie ! Plus jamais ça !

Phœnix ne laissa pas le temps à Jade de s'apitoyer sur elle-même. Il l'entoura de ses ailes et reprit son envol. Il la déposa dans son cauchemar habituel. Les branches des platanes, arrachées par la violente tempête, cherchaient à la clouer au sol. Sur le toit de l'église, la silhouette d'Arthur se dessinait. Soudain, Jade distingua deux autres silhouettes. Avant même qu'elle n'ait eu le temps de crier à Arthur de faire attention, les deux silhouettes se saisirent de lui et le jetèrent au bas de l'église. Phœnix s'envola dans les airs, irradiant de tout son être. L'ouragan s'apaisa et les flammes des ailes de Phœnix dévorèrent la scène sous les yeux médusés de Jade.

Marraine feuilletait un magazine sur son transat lorsque Jade se réveilla. Elle demanda avec un petit sourire au coin des lèvres:

- Phœnix t'a-t-il apporté les réponses à tes questions ?
- Mais ?...Comment ?
- L'instinct, ma chérie ! L'instinct !
- Marraine, je me suis vue dans une vie que je ne connaissais pas…C'était horrible et…
- Une vie que tu ne connaissais pas ou que tu ne te rappelais pas ?

Jade resta bouche bée. Marraine sortit son portable, pianota sur son clavier et tendit l'appareil à Jade.

- Tiens ! Lis ça ! S'il te manque encore des réponses, cet article devrait terminer de te les donner !

Phœnix et moi.

Phœnix est mon symbole, il aurait pu être mon pseudo mais j'ai choisi de signer mes articles de mon prénom, Günter. Son symbolisme n'est que répétition car Phœnix se brûle les ailes pour renaître encore et encore dans la même vie. Mais ce qui a péri avec lui dans une de ses vies ne revient pas à la vie avec lui.

Le but du jeu est là. Se débarrasser au fur et à mesure des entraves qui l'empêchent de prendre son envol et d'être réellement celui qu'il est au fond de lui. Rien ne survit à part lui. Et aucun retour en arrière n'est possible car il sait que cela n'est pas bon pour lui!

Bien que j'aie appris à mes dépends, que c'est dans le passé qu'on puise les clés de notre avenir, il ne saurait être question de répéter les mêmes erreurs car celles-ci ont servi de leçon et rien, ni personne ne peut lui retirer cette liberté de choix qui fait de lui l'oiseau de feu miraculeux!

Avec le feu qui purifie son passé désastreux, aucun remord ni regret ne survivent en lui quant aux rencontres désormais effacées de sa mémoire aussi bien psychique que cor-

porelle! Il renaît, paré de quelques cicatrices qui lui rappellent sans cesse de ne pas refaire les mêmes erreurs! C'est là, la beauté de sa vie! Il a droit à plusieurs essais pour arriver à la réussir et se débarrasser des bribes devenues inutiles!

Je suis comme le Phœnix et je ne changerai de vie pour rien au monde, même s'il faut bien le reconnaître, cela entraîne quelque chaos! Je suis libre de prendre mon envol et enfin de planer, sans chaîne, dans l'immensité bleue de l'azur des cieux, sans avoir à me retourner sur mon passé, effacé par le feu purificateur de mes cendres incandescentes!

Jade rendit son portable à Marraine, lorsqu'elle reçut elle-même un sms. Elle fut surprise de constater que Line en était l'expéditeur.

- Qu'est-ce qu'elle te dit ? demanda Marraine, suspicieuse.
- Qu'Arthur est complètement abattu, qu'il faudrait que je rentre maintenant, et que depuis le temps, j'aurais dû comprendre qu'il ne fallait pas faire attention aux propos de Louise. Elle termine par les lamentations habituelles, comme quoi son frère n'est pas un mauvais garçon, qu'il m'aime sincèrement et blablabla bla. Et aussi que ma maison est de nouveau habitable ! Enfin, une bonne nouvelle !
- Et ? Que vas-tu faire ?

Jade hésita une seconde, puis conclut :

- Je vais rentrer, bientôt.
- Je parlais de ta mission !
- Ah ! Pour cela ! Je vais faire ce que ton ami François me demande…Je crois que Phœnix m'a fait comprendre qu'en sauvant Arthur, je me sauverais moi-même ! Donc, ma mission présente un nouvel intérêt beaucoup plus attractif pour moi ! L'arbre, que j'ai commencé d'ailleurs avant de me disputer avec Louise, et le baptême seront vite réglés! Tiens, à ce propos ! Tu n'aurais pas envie de devenir aussi la marraine de Gabriel ?

- J'accepte ta proposition avec plaisir même s'il va falloir que je me fasse un lifting pour ne pas effrayer ce pauvre enfant ! Une marraine toute ridée, ce n'est pas possible ! termina Marraine en s'esclaffant.

***

Line lit la réponse de Jade et pose sa main sur l'épaule de son frère pour le consoler et ajoute :

- Elle ne compte pas revenir tout de suite…Si les enfants s'amusent bien…
- Oui ! Elle s'en fout que je sois seul ici, moi !
- Tu travailles ! Tu ne peux pas être partout à la fois ! Jade le comprend, tu sais ?
- Moi, je comprends surtout qu'elle ne se gêne pas pour profiter de mon argent ! Quinze jours au club, j'ai hâte de voir la note !
- Les vacances sont chères de nos jours, tellement chères. Elle exagère un peu tout de même ! Tu as raison, l'addition risque d'être salée ! Elle n'aurait dû partir qu'une semaine ! C'était largement suffisant ! Elle est un peu dépensière, non ? Tu veilles sur les comptes de la maison, au moins ?
- C'est elle qui s'occupe des comptes du foyer ! Tu as raison, il va falloir que j'y jette un œil ! Elle a toujours des courses à faire ! Maintenant, quinze jours de vacances !
- Heureusement que tu as un emploi qui rapporte ! Quand même, elle exagère !

Line prend un air compatissant envers Arthur, et rajoute, connaissant la réponse avant d'avoir posé la question :

- Tu veux rester chez nous encore quelques jours ? Qu'est-ce que tu vas faire tout seul dans cette grande maison vide ? Puis, personne ne sera là pour s'occuper de toi !
- Non ! Je rentre chez moi !
- Je viendrai remplir ton frigo ! Jade n'aura pas pensé à te préparer quelques plats d'avance avant son départ, tellement

précipité ! Tellement que je me demande comment elle a fait pour tout organiser si rapidement ? Enfin, ne soyons pas médisants ! C'est une brave fille et elle t'a donné un fils !

Arthur, au bord de l'explosion, rouge écarlate, commence à rassembler ses affaires. Line reprend :

- Non ! Laisse ! File au bureau ! Je m'occupe de tout ! Je peux bien faire ça pour mon petit frère !

Arthur s'éclipse rapidement, le cerveau en ébullition, empli des braises que sa sœur venait d'attiser. Il allait se noyer dans le boulot. C'était la meilleure solution pour éviter de penser. Jade n'avait qu'à bien se tenir à son retour, il aurait deux mots à lui dire, en privé.

Line regarde par la fenêtre son frère s'éloigner dans la rue, marchant d'un pas hâtif, la mine renfrognée. Elle laisse retomber le lourd rideau de lin bleu, et s'empresse de décrocher son téléphone.

Envoûtantes vipères

De retour de Corse, Jade est fermement décidée à suivre les directives du père François. Elle a donc recopié au propre l'arbre généalogique des Soleris et annoté en marge les petites histoires de chacun que Line et Louise lui avaient racontées précédemment. Elle a tout juste fini, lorsque son ordinateur lui signale l'appel de Claire.

- Maman ! Tu tombes à pic ! J'ai décidé de baptiser Gabriel et …

- Quelle bonne nouvelle ! On vient !

Jade sourit devant tant de précipitation :

- Super ! La cérémonie aura lieu le 23 Juin à l'église Ste Rita puis nous irons déjeuner chez Gino qui nous a réservé sa terrasse !

- Le 23 Juin ! C'est encore mieux. Nous resterons une petite semaine et nous repartirons avec toi et les enfants pour vos grandes vacances ! Ton père va être aux anges ! Dès qu'il rentre de son golf, nous réserverons vol et hôtel !

- Hôtel ? Tu n'y penses pas ! Vous venez à la maison, il y a bien assez de place et les enfants seront ravis de pouvoir profiter de vous du matin au soir ! Et moi aussi, bien sûr !

- Mais, Arthur ? Que va-t-il dire ? Il n'a peut-être pas envie de se coltiner ses beaux-parents toute une semaine ! Non, nous serons mieux à l'hôtel !

- Hors de question ! Quant à Arthur…il n'y a pas de problème ! Sinon, j'ai autre chose à te demander.

- Je t'écoute.

- Je dois faire l'arbre généalogique de la famille, mais je ne connais pas mon grand-père et au-delà de Grand-mère, je ne me souviens plus. Tu te rappelles leurs noms, dates de naissance et de mort ?

Claire se renfrogne immédiatement.

- Ton grand-père ? Mon père, quoi ! Alphonse Barré…18 Mars 1912…25 Janvier 1973.

- Barré ?

- Oui ! B…a…r…r…é, comme se barrer ! C'est d'ailleurs ce qu'il a fait juste avant que je ne vienne au monde ! Il s'est barré ! On peut dire qu'il portait bien son nom celui-là ! s'emporte Claire.

Jade fait immédiatement le rapprochement avec Johanna. Aussitôt, elle entend une voix lancinante dans sa tête psalmodier des paroles presque inaudibles :

- La lune noire a œuvré. Répétition et réminiscence ne font plus qu'un. Seule la révélation peut encore sauver. Ôte tes lunettes ! Celles-ci t'empêchent de progresser. Dans ton sac à dos, se trouve un don dont tu auras besoin. Ouvre-toi à la méditation pour y accéder !

Jade marmonne pour elle-même :

- Bien sûr ! Il faut aussi que je trouve du temps pour méditer ! Pas de problème ! Je peux ne plus dormir du tout aussi ! C'est tout ? Pas d'autres directives de là-haut ?

Claire s'impatiente de l'autre côté de l'écran.

- Jade ? Tu es toujours là ?

- Je ne savais pas…

- Forcément, je ne t'ai jamais parlé de lui !

- Je ne savais pas que tu avais vécu la même chose que Johanna. Je comprends mieux pourquoi j'ai souvent la sensation qu'elle est plus proche de toi que de moi. Tu sais exactement ce qu'elle ressent ! Mais, pourquoi ne pas me l'avoir dit plus tôt ?

- A quoi bon ? Autre chose à me demander parce que là, je vais devoir te laisser, ma chérie !

- Oui. Pourquoi ton père t'a abandonné ?

Claire souffle bruyamment, manifestant de façon concrète son malaise devant les questions de sa fille.

- Ecoute, Jade. Je n'étais pas née à ce moment-là mais ma mère m'a toujours dit que c'était un vrai salopard. Je ne sais pas ce qu'il lui a fait. Toujours est-il qu'après ma naissance, ma mère a quitté son travail et nous sommes venus nous installer à Antibes. Elle n'a jamais voulu me raconter quoi que ce soit de plus. Je sais seulement, que par moments, lorsqu'elle se croyait seule, elle pleurait en feuilletant de vieilles lettres au papier jauni. J'ai appris la mort de mon géniteur par le notaire qui s'occupait de sa succession. C'est là toute l'histoire que je connais de lui.

- Et le reste de notre famille ? Tu n'as pas les livrets de famille avec toi ? Tu as bien dû les récupérer dans ses affaires ?

- Oui. Tout est resté chez ta grand-mère, dans le grenier et je t'ai laissé les clés avant de m'exiler. Je te laisse car je suis réellement en retard maintenant. Bises ma chérie et caresses aux enfants.

Dubitative, Jade reste un moment devant l'écran noir à présent. Le message de Claire était clair comme de l'eau de roche : débrouille-toi. Jade s'y attendait plus ou moins sachant que sa mère n'aimait pas parler de sa famille. Elle avait toujours été relativement évasive sur le sujet. Jade s'éternisait, perdue dans ses pensées lorsque l'écran s'éclaircit petit à petit. Elle regarda de plus près. Stupéfaite et curieuse à la fois, elle vit avec effroi et sous ses yeux ébahis se dessiner la geôle de son voyage avec Phœnix. Contre le mur sale, la femme se recroquevillait tant bien que mal, ressemblant plus à un animal terrifié qu'à un être humain. Des fers cerclaient ses poignets. Elle tourna la tête vers Jade et ses lèvres remuèrent. Jade observa attentivement le mouvement des lèvres afin de déchiffrer le message que tentait de lui faire passer la pauvre femme. Elle crut comprendre que la femme l'appelait au secours. Jade sentit son cœur se serrer dans sa poitrine comme si elle éprouvait dans sa chair toutes les souffrances et les horreurs subies par cette femme. Elle ressentit violemment, au plus profond d'elle-même, les tortures et les abus endurés par son corps fragile. Pire, elle perçut l'immense détresse de son âme. Jade est brutalement sortie de sa vision par Johanna :

- Qu'est-ce que tu as ? On dirait que tu as vu un fantôme !
- C'est possible, murmure Jade.
- Quoi ?
- Rien. Tu es prête ?
- Oui ! Une super journée en perspective ! Je vais m'ennuyer à mourir !
- Ecoute Jo ! Tu as le choix…
- Le choix ? Un curé ou tante Line ! Quel merveilleux choix !
- Tu es encore trop jeune pour rester toute une journée seule ! Il est encore temps d'appeler Line !
- Ok, ok ! Je prends le curé ! Tante Line sent le moisi de toute façon !

Jade lance un regard noir à sa fille qui enchaîne :

- Tiens, j'ai trouvé ça dans ma valise ! C'est à toi ?

Jo agite sous le nez de sa mère une chaîne de cheville au bout duquel se balance un pendentif. Jade le prend entre ses mains et l'observe attentivement.

- Le pendentif est très original…
- Un truc de vieux, ouais ! Une croix surmontée d'une rose…il n'y a qu'une vieille pour porter ça, comme Line.
- Tiens, dit-elle en rendant la chaîne à sa fille. Ce n'est pas à moi.

Johanna ne sachant quoi faire du bijou, le glisse discrètement dans le sac de sa mère, tandis que Jade rassemble les affaires de Gabriel.

- Allez, en route ! claironne-t-elle en prenant Gabriel par une main et le paquet d'invitations à poster dans l'autre.

***

Dans une pièce secrète de son appartement, une femme, dont l'âme est aussi sombre que l'endroit où elle se trouve, prépare ses ingrédients. La faible lueur des bougies éclaire le lieu, projetant des ombres effrayantes sur les murs recouverts d'étagères sur lesquelles sont sagement alignés tous les artifices utiles à l'exercice de la magie noire. La femme dispose méticuleusement sur la table, fioles affichant une tête de mort, bocaux renfermant des yeux de crapaud et des pattes de corbeaux, diverses plantes aux vertus néfastes et des racines de mandragore. En déposant ces dernières sur la table de préparation, la femme affiche un méchant sourire.

- Jade, ma petite Jade. Tu aurais dû m'écouter au lieu de n'en faire qu'à ta tête. Je te regretterai, tu es si combative…mais notre partie d'échecs touche à sa fin.

Elle se saisit d'une poupée à l'effigie de Jade et la pose à côté de son chaudron, centré au milieu des fioles. Puis, sortant de sa poche un tube à essai, elle l'approche de la flamme d'une des bougies, le passe et le repasse devant la flamme en riant, d'un rire à hérisser tous les poils du corps.

- Quelle aubaine que ta maison ait été inhabitable ! Récupérer un de tes cheveux a été un véritable jeu d'enfant ! Maintenant, finis de rire ! Ton heure a sonné…

Elle est interrompue par la sonnerie de la porte d'entrée. Elle dépose le tube à essai tout à côté de la poupée et marmonne :

- Ce n'est que partie remise. Je reviens dès que possible, ma toute belle.

***

Louise déboule sans prendre la peine de se faire annoncer dans le bureau de Jean-Louis. D'un signe de main, il indique à sa secrétaire, qui se confond en excuses pour ne pas avoir su retenir l'intruse, que tout va bien. Louise, affublée d'un de ses tailleurs trop serrés, comme à l'accoutumée, s'installe tranquillement dans un fauteuil. Son chapeau, surmonté de longues plumes, sursautant à chaque mouvement de sa tête, accentue sa ressemblance avec les gallinacés. Jean-Louis s'allume un cigare, ne prêtant aucune attention au fait qu'il puisse incommoder Louise, éventant l'épaisse fumée de sa main.

- Ma chère belle-sœur…Que me vaut l'honneur de ta visite ?

- Tu ne t'en doutes donc pas ? minaude Louise.

- Ta belle fille te créait des ennuis…Je m'en occupe. N'y pense plus…

- Il ne s'agit pas de Jade mais d'Arthur !

Jean-Louis lève un sourcil, curieux d'entendre la suite.

- Je me fais du souci pour lui. Lorsque Jade est partie en Corse, il m'a…désobéit. Il n'était plus lui-même…Il m'a accusée d'avoir fait fuir sa femme…Alors que je fais tout pour qu'il soit heureux…Il m'a même menacée de ne plus jamais me revoir…Cela m'est intolérable.

- Effectivement, j'ai remarqué qu'il faisait preuve de rébellion depuis cette histoire…Qu'attends-tu de moi ?

- Parle-lui, il t'écoutera comme il l'a toujours fait. Je veux qu'il me revienne, comme avant. Je veux que cette salope arrête de perturber ce qui est établi dans notre famille depuis…

- Tu m'en demandes beaucoup, dit Jean-Louis en préparant des dossiers dans son attaché-case. Parler à Arthur…Je peux le faire ! Mettre hors-jeu Jade est plus compliqué...Quant à envisager qu'elle disparaisse complètement de sa vie, cela relève presque de l'impossible, d'autant qu'il y a Gabriel maintenant !

Louise se lève d'un bond, faisant danser les plumes de son chapeau.

- Fais ce qu'il faut pour qu'Arthur ne s'éloigne pas de moi ! C'est un ordre !

- Tu me donnes des ordres ? persiffle l'homme, s'arc-boutant comme s'il était prêt à sauter à la gorge de sa belle-sœur. Depuis quand ?

Contre toute attente, Louise s'avance davantage vers Jean-Louis, menaçante :

- Depuis que j'ai sacrifié l'héritage de mon fils contre ton silence. Si je perds Arthur, tu perdras ton empire financier ! Si je le perds, peu m'importe qu'il connaisse notre secret mais toi, tu perdras autant que moi ! Est-ce clair ?

Blême, Jean-Louis, tremblant de colère, ferme dans un claquement sec son attaché-case.

- Allons, ma chère. Nous nous emportons. Maintenant, si tu veux bien, j'ai un rendez-vous qui m'attend. Je dois partir.

Il saisit sa mallette et part en compagnie de Louise. Au bas de la rue, Louise salue son beau-frère.

- Je compte sur toi, sinon je n'hésiterai pas ! conclut-elle avant de s'éloigner, raide comme un piquet, perchée sur ses talons aiguilles, ses plumes virevoltant sur son couvre-chef.

Elle bouscule au passage Clotilde qui se rendait chez Gino.

- Toujours aussi aimable, notre chère Louise ! remarque-t-elle en saluant Jean-Louis. Elle rajoute un peu plus bas :

- François a raison ! Elle ressemble vraiment à une grosse dinde !

- Si ta filleule se tenait un peu tranquille aussi ! rétorque Jean-Louis, excédé que Louise se soit permise de le menacer.

Marraine, surprise de la réponse, n'en reste pas là. S'ensuit une conversation véhémente, accompagnée de larges gestes attirant l'attention des passants. C'est à ce moment précis que Jade passe en voiture et assiste à l'étrange scène.

Jean-Louis, très en colère, à bout de nerfs, remonte à son bureau. Il hurle à sa secrétaire de trouver un prétexte quelconque pour annuler son rendez-vous, ferme la porte dans un grand geste de rage à en faire trembler les murs et jette son attaché-case au milieu de la pièce. Il fulmine, tourne en rond comme un lion en cage. Puis, il se sert un verre de scotch, s'allume un long cigare et se campe devant la fenêtre donnant sur la promenade des Anglais. Une demi-heure et trois autres verres de scotch plus tard, il s'est enfin calmé. Il entreprend de régler cette affaire au plus vite. Il se rend donc dans le bureau d'Arthur, s'attendant à le trouver, sagement assis derrière sa table de travail, œuvrant durement pour satisfaire les clients et par là-même engranger de l'argent. Son bureau est vide. Jean-Louis demande à la secrétaire où se trouve Arthur. Après une rapide consultation du planning, la pauvre femme murmure :

- Il a pris une demi-journée de congé.
- Je n'ai rien compris ! Articulez s'il vous plait !

La secrétaire répète la phrase un peu plus fort, se tassant dans sa chaise, prête à subir la colère du patron. Heureusement, Anthony arrive à cet instant précis.

- Père ! Tu déjeunes avec moi ? J'ai rendez-vous à la « Petite Maison » avec notre plus gros client. Il paraît qu'il veut créer un nouveau business !

Cette nouvelle redonne instantanément le sourire à Jean-Louis, qui en oublie momentanément les tracas que lui causent Arthur et Jade, entendant déjà le doux son des billets tomber dans son escarcelle.

***

Jade et Arthur déjeunèrent rapidement chez Gino. Arthur était d'humeur agréable. Il ne rouspétait pas, ni après Johanna qui resta le nez planté dans sa console tout au long du repas, ni après Gabriel, qui s'obstinait à ne rien manger, hurlant dès qu'une fourchette s'approchait de sa bouche. Même lorsque Gino vint s'attabler un instant avec eux, Arthur fit la conversation, sans y glisser les habituelles piques. La discussion tournait principalement autour du baptême puisque le repas se faisait chez Gino. Il leur proposa plusieurs menus et leur assura qu'ils avaient tout leur temps pour se décider.

- Ma, Qui avez-vous choisi comme parrain ?

Arthur ne dit mot, ne s'étant même pas posé la question. Jade prit la parole :

- J'avais pensé, si Arthur est d'accord, à Anthony. Etant donné que la marraine est de mon côté, il est naturel que le parrain soit du côté d'Arthur. Qu'en penses-tu ?

Arthur, trop heureux d'avoir une solution toute prête pour lui, acquiesça. Jo ne put s'empêcher de mettre son grain de sel :

- Gabriel a trop de chance ! C'est le seul normal de la famille d'Arthur !

- Jo ! gronda Jade.

- Je sens que la journée va être très, très longue, soupira Jo.

Gino fit un clin d'œil à Jade et proposa :

- Johanna, est-ce que cela te ferait plaisir de me donner un coup de main cet après-midi. Comme ça, Arthur et maman pourraient se rendre à leur rendez-vous et…

- Oui ! coupa la jeune fille. Mille fois oui ! Gino, je t'adore ! Je peux, maman ?

Jade approuva par un sourire de gratitude envers Gino.

- Je te garde aussi Gabriel, si tou veux ! Il m'aidéra à faire la plonge ! plaisanta Gino.

Arthur et Jade partirent aussitôt. Le père François n'aime pas attendre. Ils pénétrèrent dans l'église, toujours aussi glaciale et sombre. Le curé les accueillit précipitamment :

- Ah, ma fille ! Vous êtes là ! Nous allons devoir nous dépêcher car un imprévu m'oblige à écourter notre entretien ! Un mort ! Et, je n'ai su que ce matin même que je devais officier cet après-midi. La grande faucheuse ne prévient pas lorsqu'elle frappe ! Enfin, pas toujours…dit-il en glissant un œil complice à Jade.

- Nous pouvons revenir un autre jour…propose Jade

- Non ! Je ne peux pas prendre des congés toutes les deux minutes ! râle Arthur.
- Ce ne sera pas nécessaire ! intervient le prêtre en le fixant étrangement. Nous allons commencer tout de suite.

L'homme de foi s'approche d'Arthur, près, tellement près qu'il sent le souffle de sa respiration. Les yeux du prêtre s'animent de cette étrange flamme. Arthur sent ses jambes se dérober sous lui. Il se laisse tomber sur le banc derrière lui, incapable de résister à l'emprise du regard du curé. Le prêtre se met alors à irradier de tout son être, dégageant une lueur tellement vive, que Jade cligne plusieurs fois des yeux. Elle observe en silence le manège, étant pour la première fois spectatrice et non actrice de la scène. Tout à coup, un double vaporeux et lumineux se détache du corps d'Arthur et flotte à quelques mètres de lui. Jade n'en croit pas ses yeux et murmure pour elle-même :
- Alors, ça ressemble à cela une âme…

***

Pendant ce temps, une femme ferme derrière elle la porte de sa pièce secrète. Elle rallume les bougies éteintes le matin même. La lueur jaunâtre éclaire la table, projetant des ombres chinoises géantes sur le mur d'en face. La femme vérifie une dernière fois que tous les ingrédients dont elle a besoin s'y trouvent, et saisissant la poupée qui l'attendait patiemment à côté du chaudron, débute le rituel. Elle ouvre largement ses bras et invoque les flammes de l'enfer :
- Pandora, gardienne de la boite ! Ton humble servante sollicite ton aide malfaisante afin de répandre maladie et malheur sur Gaïa. Ouvre la boite de Pandore et diffuse tes maux sur Jade afin de l'empêcher d'accéder aux secrets qui ne doivent pas être révélés ! Ainsi le malheur continuera pour des générations !

Dans un grand geste, elle jette la poupée dans le chaudron qui s'enflamme. Une aura rougeâtre se dégage de la femme, éclatant d'un rire sardonique.

***

De son côté, le prêtre, auréolé d'une luminosité éclatante, poursuit son interrogatoire :

- Qui es-tu ? demande-t-il à l'âme d'Arthur.
- Je suis Arthur.
- Ça, je le savais, ronchonne le prêtre. Quel âge as-tu ?
- 44 ans.
- Il y a quelqu'un ? Je cherche à communiquer avec l'âme d'Arthur, s'il vous plait ! Pas avec son enveloppe actuelle ! s'énerve le curé.
- Quelle est ta mission ?
- Rapporter un max de pognon à mon oncle.

Le prêtre se recule de quelques pas, maugréant dans sa barbe.

- C'est bien la première fois que cela m'arrive ! Ou j'ai affaire à un parfait abruti ou …
- Ou ? questionne Jade en s'approchant.
- Ou quelque chose m'échappe ! Je n'ai jamais rencontré un être aussi fermé ! Une huître s'ouvrirait plus facilement ! Il faudrait un pied de biche et encore !
- J'opte pour le parfait abruti !

Le curé lui lance un regard de réprobation.

- Désolé, mon père ! Ça m'a échappé !
- Je ne comprends pas ce qui bloque ! râle le prêtre en marchant de long en large.
- Moi, je crois savoir ! dit Jade en lui faisant signe d'observer l'âme d'Arthur flottant vaporeusement devant eux.

Le curé recule d'un pas, stupéfait.

***

Dans la chambre secrète, la femme mélange pattes de corbeaux et œil de crapauds dans son chaudron, en psalmodiant. A chaque fois qu'elle jette un ingrédient supplémentaire, l'aura rougeoyante s'intensifie davantage. Le visage de la femme, seulement éclairé par les flammes, prend des allures démoniaques. Son regard est dur, empli de haine. Ses traits sont déformés par la colère. Un cruel sourire se dessine sur ses lèvres.

- Jade, ta fin est proche. Tu vas enfin tenir le rôle que nous voulons pour toi. Tu ne seras bientôt qu'un pantin à mes ordres. Obéissante et docile. Une esclave en somme, sauf que les fers que je m'apprête à sceller à tes poignets et à tes chevilles seront invisibles pour ceux qui ne voient pas !

A ces mots, elle saisit le tube à essai contenant le cheveu de Jade. Sans aucun remord, elle l'ouvre et fait tomber le contenu dans le chaudron d'où jaillissent des flammes plus grandes et plus rouges encore.

***

Le prêtre n'en croit pas ses yeux. L'âme d'Arthur les supplie de l'aider du regard. Un scotch est collé sur sa bouche. Il est ligoté de la tête aux pieds, incapable de bouger ne serait-ce que son petit doigt. Il se débat, seulement les liens sont trop serrés et attaquent sa chair à chaque soubresaut qu'il tente pour se libérer. Jade et le curé assistent impuissants à la lutte de l'âme que le karma enserre de ses liens.

- Je n'ai jamais vu ça…souffle le curé, ébahi. Vous vous attaquez à des forces réellement puissantes, ma fille. Tellement puissantes…

- Je crois que pour Arthur, il n'y a plus rien à faire.

- Il faut que j'y réfléchisse ! Avez-vous l'arbre généalogique avec vous ?

Jade lui tend les feuilles noircies des histoires de leurs ancêtres. Le prêtre les parcourt rapidement des yeux. Il s'attarde sur la branche d'Arthur.

- Non, non, non ! s'emporte-t-il. Il vous manque des éléments essentiels !

- Pourtant, la récurrence de la perte d'un parent sur au moins trois générations saute aux yeux !

- Je vous dis que cela n'explique pas tout ! Regardez ! Vous essayez de me faire croire qu'Arthur est de souche hispanique ! Une complète aberration ! Nous ne cherchons pas dans la bonne direction !

Jade le regarde dubitative.

- Regardez-le ! Vous trouvez qu'il a le type hispanique ?
- Oui ! Brun, les yeux noirs, le teint légèrement mat !
- Et les oreilles ?
- Pointues ! Et alors ?
- Les hispaniques ont l'oreille large et ronde. Je vous dis que nous faisons fausse route ! Je vous encourage à réaliser des recherches morphologiques ou, à défaut, réinterrogez les protagonistes !
- Encore ! soupire Jade.

Le curé continue sa lecture et s'emporte encore une fois.

- Et de votre côté ?
- Oui, je n'ai pas encore eu le temps d'aller chez Grand-mère, mais…
- Et Phœnix ? Ne vous a-t-il rien appris de plus ?
- Mais ?...Comment ?

***

Dans son antre, la femme aborde la phase finale de son rituel. Le chaudron déverse sa fumée tout autour de lui. Elle prend la racine de mandragore et l'observe un moment.

- Merveilleuse plante ! Ton pouvoir paralysant scellera à jamais le destin de celle qui doit subir et arrêter de se débattre comme elle le fait. Avec toi, je suis certaine d'anéantir ses derniers remparts de volonté. Accomplis ton ouvrage sans faiblir !

Elle râpe minutieusement la racine au-dessus du chaudron. Les flammes s'accentuent davantage. Dans une dernière incantation, elle dicte ses ordres aux Ombres.

- Allez vers Jade et anéantissez là ! Qu'elle ne puisse plus se rebeller ! Envahissez son âme et ligotez-là à tout jamais ! Paralysez son cerveau et sa volonté ! Ne laissez que souffrance et désolation dans son corps ravagé ! Allez ! Accomplissez votre devoir de destruction !

***

Dans l'église, les Ombres se glissent sur les parois glacées profitant de la pénombre pour se fondre dans le paysage. Le curé et Jade, inconscients de ce qui se trament, poursuivent leur discussion.

- Phœnix m'a emmenée dans mon passé, c'est exact. Je me suis reconnue, subissant les horreurs et les viols d'une bande de soldats allemands. Je n'ai pas d'autres indices, sinon, que je revois la scène et que je n'arrive pas à déchiffrer ce qu'elle essaie de me dire. Je pense qu'il s'agit d' « au secours » !

Le prêtre observe Jade et lui demande de redire au secours, sans le son, uniquement en bougeant ses lèvres. Jade s'exécute tandis que les Ombres subrepticement l'encerclent. Le curé, concentré sur les lèvres de Jade, ne décèle pas la menace qui s'est introduite dans ce lieu, en principe, protégé. Il se détourne, marmonnant, réfléchissant, certain que ce ne sont pas les bons mots qui ont été décryptés.

- Elle doit vouloir vous dire autre chose…

Soudain, les Ombres enserrent Jade de leurs bras déformés. Elle se débat, et se met à hurler :

- Au secours !
- Non, répond le prêtre toujours de dos, je vous dis que ce n'est pas cela, ma fille ! Réfléchissez, bon sang !

Jade lutte désespérément. Les Ombres, en surnombre, la clouent contre le mur, l'empêchant de faire le moindre geste. L'une d'elles débouche une fiole d'où s'échappe une brume noirâtre. Le nuage de brume se dirige inexorablement vers les narines de Jade.

- Non ! hurle-t-elle. Au secours !
- Vous êtes têtue, ma fille ! s'emporte le curé en faisant volte-face. Je vous…

Il reste une seconde interdit en voyant la scène. La brume est sur le point de pénétrer dans les narines de Jade. Il rassemble toute son énergie en se recentrant sur son ventre et s'arc-boutant, libère toute la lumière qu'il possède en lui. Une lumière incandescente, éblouissante s'échappe de tout son être et chasse les Ombres du lieu saint.

- Il était moins une ! s'exclame Jade, soulagée.

Le prêtre s'approche d'elle, et dépose sur son front un cercle de lumière, aussitôt absorbé par les pores de la peau de Jade.

- Incroyable ! Qu'est-ce que c'est ?
- Une protection ! Toute énergie positive ou négative créée dans cet univers ne peut être détruite. Aussi, l'envoûtement qu'on vous a lancé va chercher une autre cible pour libérer son pouvoir malfaisant. Avec cet anneau de feu, vous serez protégée !

Le prêtre renvoie l'âme d'Arthur dans son enveloppe charnelle. Celui-ci se réveille avec un sacré mal de tête. Le prêtre conclut rapidement l'entretien, tout en s'excusant de devoir abréger le rendez-vous.

Arthur et Jade passent récupérer les enfants chez Gino et rentrent rapidement. La soirée se déroule sans autre incident, et, une fois seule, Jade s'autorise, après cette éprouvante journée, un moment de détente en surfant sur ses sites amis. L'opus d'Espérance et Günter la laisse songeuse :

Une pensée...

Lorsque je m'allonge et que la nuit commence à tomber, je ne peux m'empêcher d'avoir une pensée pour ceux qui m'ont quittée. Dans la pénombre, leurs visages m'apparaissent et flottent autour de moi.

Alors, pour ceux que j'ai connus, les souvenirs me reviennent, pêle mêle, alternant scènes de joie et frustrations du départ. Je ne sais pourquoi, lorsqu'un être s'en va, l'esprit ne retient que les bons moments et les mauvais s'effacent comme par enchantement!

Il me semble que ce tri des souvenirs s'effectue instantanément car finalement, toutes ces manies qui nous agaçaient de leur vivant, nous réalisons qu'à leur mort, cela n'était que futilité.

J'aime aussi à penser à mes aïeux que je n'ai pas connus mais dont l'histoire m'a été contée au fur et à mesure que je reconstituais mon arbre généalogique. Alors, je me prends, à mon grand étonnement, à converser avec ces gens dont quelques gouttes de sang coulent dans mes veines et à imaginer ce que leurs vies ont pu être!

Au travers de photos jaunies, je revis leurs joies et leurs peines aussi. Je me demande parfois, si ces personnes avaient conscience que leurs actes de leur vivant pouvaient engendrer le karma que je porte aujourd'hui!

Ils n'en n'étaient sûrement pas conscients. En effet, lorsque l'on s'initie à ce genre de philosophie de vie, on essaie de limiter les impacts sur les générations à venir, bien que la tâche ne soit pas facile : reproduire un schéma de vie est ce que l'être humain sait faire de mieux. L'enrayer demande un effort sur soi-même que peu de personnes réussissent à fournir!

Qu'importe! L'important reste ce que l'on ressent de son vivant! Alors, vivons heureux tant qu'il en est encore temps!

- Il faut que j'aille rapidement chez Grand-mère ! marmonne Jade.

Elle éteint son portable. Cependant, le sommeil ne semble pas décidé à venir cette nuit. Dommage ! Jade attend presque impatiemment la suite de ses cauchemars pour découvrir de nouveaux indices. Elle tourne, retourne et finit par apercevoir le livre sur Hawaï posé sur le buffet. Elle s'approche de l'ouvrage, le feuillette.

- Ce sera très relaxant pour ce soir ! Adopté !

Elle s'installe sur sa méridienne, et se plonge dans le livre, escomptant sur l'effet soporifique des documentaires de ce type. Soudain, Gabriel hurle dans la nuit noire.

Sève ancestrale

Sitôt levée, Jade saisit son fusain et se dépêche de dessiner une esquisse du lieu où ses cauchemars l'ont entrainée cette nuit. Son sommeil, maintes fois interrompu par les pleurs de Gabriel, l'avait projetée successivement au milieu de la guerre, sans toutefois qu'elle puisse encore réussir à dater précisément s'il s'agissait de celle de 14-18 ou de 39-45, puis entraînée sur les bords d'une falaise, totalement inconnue, surplombant une mer seulement éclairée par une lune pleine et ronde. Au moins, cette nuit, personne, pas même Arthur, n'était mort. Elle prend un peu de recul par rapport à l'esquisse qu'elle a tenté de croquer. Les traits, plus ou moins gras, n'offrent pas la vue de l'esprit qu'elle espère. Elle abandonne pour cette fois. Elle jette la feuille sur le lit ; celle-ci glisse lentement au sol. Elle repousse les couvertures, sans se soucier de réveiller Arthur et part faire sa toilette. La sueur perle dans son dos et sur sa nuque. Elle se sent poisseuse. Arthur se retourne dans le lit, essayant de se rendormir. Malheureusement, son mal de crâne s'est également réveillé et n'a pas l'intention de le quitter aussi facilement. Il s'assoit sur le lit et prend le tube posé sur sa table de chevet. Il marmonne :

- Tu es mon nouveau meilleur ami, toi ! s'adressant au cachet d'aspirine, avant de le faire fondre.

Arthur se lève péniblement et part se servir un café. En sortant de la chambre, il marche sur une feuille de dessin, noircie par des traits. Il la décolle de son pied, y jette un œil rapidement et la pose sur le lit. En passant devant la salle de bain, il entrouvre la porte et se moque de Jade :

- Tu te lances dans l'art abstrait !

Jade, qui n'est pas d'humeur, rétorque sèchement, en terminant de s'habiller.

- Ah, ah, ah ! Trop drôle ! Tu as mangé un clown au petit déjeuner ?

Elle sort de la salle de bain et rejoint Arthur devant le percolateur.

- Tant que je te tiens, tu ne voudrais pas déjeuner avec nous à midi par hasard? demande-t-elle en prenant la tasse dans laquelle Arthur vient de se faire couler son café. Il la regarde, amusé, et répond :
- Ne te gêne pas surtout ! Il est bon au moins ?
- Excellent ! Alors ? Pour midi ? C'est oui ou c'est non ?

Arthur commence à se triturer le lobe de l'oreille, signe de grande anxiété. Jade ne lui laisse pas le temps de trouver une excuse fallacieuse, trop habituée à ce genre d'attitude.

- Pas de problème ! De toutes les façons, je doute fortement que tu puisses m'apprendre quoi que ce soit de plus sur ta famille. Je vais donc me faire une joie d'inviter ta mère à prendre le thé afin qu'elle me raconte tout ce qu'elle a oublié de me dire ! Cela nous fera une occasion de nous réconcilier ! Oui, c'est parfait !

Jade et Louise ne s'étaient plus revues depuis leur dernière dispute. L'après-midi promettait d'être houleuse, et Arthur se trouvait soulagé de ne pas être dans la même pièce que sa mère et sa femme lorsque celles-ci scelleraient leurs retrouvailles.

Pleine d'énergie, Jade se sentait invincible. Les perfides attaques de ces derniers jours l'avaient boostée et elle était déterminée à lever le voile sur ces secrets de famille qui l'empêchaient d'avancer sereinement dans sa propre vie. La hache de guerre était déterrée, les forces du mal n'avaient qu'à bien se tenir. Rien ni personne ne l'empêcherait de trouver la source de ses ennuis actuels. Les puissants rouages de son cerveau étaient prêts à analyser, décortiquer, synthétiser le moindre indice. Ses lunettes avaient volé en éclats, et, enfin, elle voyait d'un œil neuf, l'invisible.

C'est ainsi, que ce matin-là, elle pose sur Arthur un nouveau regard. Elle voit cet homme, pieds et poings liés, englué dans une multitude de valeurs morales mal intégrées, éduqué par des principes mensongers, enfermé dans une vie étriquée. Il lui fait pitié. Pitié de s'être laissé ainsi emprisonné dans sa propre vie, pitié de n'avoir pas l'intelligence de prendre du recul par rapport aux cordes que sa mère et son oncle passent autour de son cou, pitié de se complaire dans cette vie sans saveur, obéissant tel un animal bien dressé. Suite à ce constat, Jade comprend en un éclair l'un de ses cauchemars de cette nuit et fait le lien avec l'âme d'Arthur complètement ficelée, asphyxiée.

Elle se revoit, s'assoupissant sur son canapé. Il fait noir, elle a du mal à respirer. Elle s'est endormie sur l'idée de libérer Arthur de son passé. Quelqu'un lui enlève d'un coup le bandeau qu'elle a sur les yeux et le jette à ses pieds. Elle comprend alors que ce n'était pas un bandeau mais une cagoule qui bloquait non seulement sa vue mais aussi sa respiration. Elle ne voit pas de qui il s'agit, la personne se tient derrière elle et la pousse. Jade est ligotée sur un fauteuil roulant, incapable de bouger. Elle se trouve dans une pièce immense, cossue et finement décorée. Des rayonnages recouvrent entièrement les murs. Une large baie cintrée en son sommet éclaire la pièce d'une lumière vive. Des tentures rouges pendent de part et d'autre de la fenêtre. La personne la conduit jusqu'à une table où deux hommes et une femme sont déjà installés. Leurs visages sont fermés et leurs regards durs. Ils portent des vêtements d'un autre temps. La seule femme de l'assemblée prend la parole :

- Nous t'avons conviée à ce conseil de famille extraordinaire pour te mettre en garde. Tu n'es pas de notre lignée, pourtant tu t'obstines à nous défier depuis quelque temps ! Mêle-toi de tes affaires !

Peu habituée à recevoir des ordres et surtout à obéir, Jade ne peut contenir son tempérament rebelle :

- Mais, ce sont mes affaires ! Arthur n'a pas la force nécessaire pour se libérer seul ! Je suis obligée de m'en mêler ! Il y va de notre vie de famille !

- Tu ne cesses de nous importuner ! Arrête-ça tout de suite ! intervient un homme moustachu.

- Vous importuner ? Mais ?...Comment ?

- Tu nous poses des questions sans arrêt ! C'est inconscient de ta part bien sûr, seulement en remuant de vieux souvenirs, forcément tu nous interroges ! Nous voulons conserver nos secrets, un point c'est tout !

- Je ne veux pas vous juger, je veux seulement …

- Je n'en peux plus ! hurle le second homme. Non ! non, jamais ! Tu comprends cela ! Tu n'as aucun droit de démêler nos histoires !

- Si, elle en a le droit ! intervient la femme.

Les deux hommes l'interrogent du regard.

- Il y a Gabriel ! Elle est sa mère !

- Gabriel ? s'inquiète Jade. Que vient-il faire dans tout cela ?

Les deux hommes haussent les épaules devant tant d'ignorance et la femme poursuit :

- Sur la première génération, lorsque se cristallise une blessure dans l'âme de quelqu'un, cela s'appelle un secret. Ce secret de famille, ce non-dit, ceux qui sont autour le devinent, le pressentent au point de tout mettre en œuvre pour le découvrir. Or, bien souvent, le détenteur du secret le trouve tellement laid, tellement horrible, qu'il préfère le taire, quitte à déformer la réalité. A la seconde génération, cela devient un secret de famille. Il n'est toujours pas révélé. Sur les générations qui suivent, cela devient un karma et tant que celui-ci n'est pas révélé, la vie se charge de répéter les mêmes scènes pour qu'enfin un jour, un descendant perce le secret et le retire de l'arbre généalogique pour que personne n'en souffre plus. Sauf que ceux qui ont commis la faute n'ont pas envie que leurs méfaits éclatent au grand jour.

- Les générations à venir…murmure Jade. Gabriel sera l'héritier du karma d'Arthur si celui-ci ne le règle pas.

Jade réalise alors la portée de sa mission. Elle s'agite sur son siège, essayant de défaire les liens.

- Il faut que j'agisse ! Aidez-moi, je vous en supplie…

- Gabriel a choisi les karmas à résoudre dans sa vie, bien avant de naître ! Tu ne peux te substituer à lui non plus ! Pars ! Et ne nous tracasse plus ! s'emporte l'homme moustachu.

- Non ! s'insurge Jade. Je dois…

- Non ! Non ! Mille fois non ! tempête la femme.

Elle se lève et dans un grand geste magistral, montre la fenêtre.

Jade est projetée à toute allure vers la baie vitrée. Elle libère ses bras et se protège le visage juste au moment de l'impact. Sous le choc, les vitres volent en éclats. Jade tombe dans le vide. Sa chute est accentuée par le poids du fauteuil roulant. Elle va s'écraser au sol. Soudain, Phœnix fonce sur elle, et la récupère sur son dos à quelques centimètres de l'asphalte. Jade sent son cœur palpiter comme s'il voulait sortir de sa poitrine. Elle s'agrippe à l'oiseau de feu, trop heureuse de cette intervention inattendue, néanmoins fort judicieuse. Phœnix la dépose, saine et sauve, sur le bord d'une falaise. Jade regarde autour d'elle, découvrant ce nouveau paysage. Phœnix lui indique un chemin en contrebas, menant jusqu'au bord de l'eau. Elle s'engage sur le chemin escarpé et rejoint une petite plage. Soudain, des bruits se font entendre du haut de la falaise. Jade lève la tête. Elle n'a pas le temps de crier que son cauchemar est interrompu par les appels de Gabriel.

Jade en est certaine à présent. Arthur est bel et bien, pieds et poings liés. Elle termine son café. La matinée s'annonce chargée. D'abord, un bref passage à la boulangerie pour commander la pièce montée du baptême de Gabriel, puis direction Antibes, dans la maison de Grand-Mère.

Arrivée à destination après une bonne demi-heure de route, Jade gare la voiture dans l'allée, devant le perron. Elle détache Gabriel de son siège auto et pénètre dans l'imposante bâtisse. A peine Jade a-t-elle franchi la porte qu'un frisson lui parcourt l'échine. La maison, inhabitée depuis de nombreuses années, est sombre et poussiéreuse. Jade se rend dans le salon, jouxtant l'entrée, et ouvre les persiennes. La lumière inonde la pièce. Les meubles sont recouverts de draps blancs. Tout est resté à sa place, intact, depuis la disparition de Grand-mère. Claire n'avait jamais pu se résoudre, ni à vendre, ni à louer la demeure. De temps à autre, pour les vacances, Jade venait ici, avec Johanna, histoire que la maison revive un peu. Jo était contente, parce qu'elle pouvait alors profiter du grand jardin. Il suffisait de traverser la route pour accéder à la plage. Cependant, depuis le départ de Claire et Léon pour Hawaï, Jade n'était plus venue ici. Laissé libre de circuler à sa guise, Gabriel court dans tous les recoins de la pièce, soulevant les draps en émettant de petites onomatopées. Jade le suit du regard. Elle se remémore la conversation avec Claire, se souvenant de ses indications :

« - Les livrets de famille et les photos sont, si ma mémoire ne me fait pas défaut, dans le grenier. Tu les trouveras dans une malle rangée sur l'étagère de droite. Voilà, ma chérie, il ne reste plus qu'à t'armer de courage ! ».

***

Dans le cabinet d'expertise comptable d'Arthur, une autre scène se déroule. Arthur, tout en rangeant rapidement ses affaires sur son bureau, râle de cette matinée peu fructueuse. Son client ne va plus tarder maintenant. Il prend quand même un instant pour faire fondre un cachet effervescent d'acide acétylsalicylique, autrement dit d'aspirine. Ce fichu mal de crâne ne le quitte plus. Sa conversation de ce matin avec Jean-Louis n'avait fait que l'accentuer. Il entend encore les mots résonner dans sa tête.

La secrétaire l'avait fait patienter près d'une demi-heure dans le grand bureau du patron, imprégné de l'odeur âcre de la fumée des cigares. Enfin, Jean-Louis avait fait son entrée :

- Excuse-moi du retard, Arthur !

***

Chez Grand-Mère, Jade prend Gabriel dans ses bras et monte le long de l'escalier central. A l'étage, tout est sombre. Le plancher craque sous ses pas. Jade ne se sent pas rassurée. Elle entend quelque chose serpenter derrière elle. Elle sursaute, regarde autour d'elle mais ne voit rien. Puis se raisonnant, elle avance lentement jusqu'à la trappe au plafond. Des bruits se font entendre qui la font tressaillir et se retourner vivement, fouillant du regard le corridor desservant les chambres. Gabriel se colle contre sa jambe. Jade parle à son petit bonhomme, pour se donner du courage :

- Allons, mon tout petit ! Tu ne risques rien ! Maman est avec toi ! Maman aurait dû demander à quelqu'un de l'accompagner ! Parce que Maman est une grande froussarde ! Enfin, on ne va pas renoncer si près du but !

Elle ouvre la trappe et tire l'escalier amovible jusqu'au sol.

- Allez ! Viens mon petit gars ! dit-elle en attrapant Gabriel.

Jade et son bébé accèdent au grenier. Elle referme la trappe derrière eux pour que Gabriel puisse se promener dans l'espace sans risquer de tomber dans l'escalier. Les deux mains libres, Jade s'oriente vers l'étagère à droite de la trappe et cherche la malle. Elle progresse à genoux, l'endroit se trouvant sous la soupente du toit. Elle écarte des toiles d'araignées et la poussière la fait éternuer plusieurs fois. Gabriel la suit à quatre pattes, croyant à un jeu avec sa maman. Jade découvre enfin la malle, sous une pile de vieux journaux. Elle la traîne au milieu de la pièce, sous le velux, seul éclairage naturel. Elle se redresse enfin et ne regrette pas, pour une fois, sa petite taille. Quelques centimètres de plus, et elle aurait dû rester courbée le temps que ses recherches auraient duré.

***

Retard était le deuxième prénom de Jean-Louis. Que ce soit avec ses clients, sa famille, ses associés ou ses salariés, tous savaient que lorsque Jean-Louis fixait un rendez-vous, il fallait compter une bonne demi-heure, voire une heure de décalage entre l'horaire prévu et l'arrivée de l'homme. Le processus qu'il suivait lors d'un entretien de ce type était toujours le même. D'abord, il mettait le doigt là où cela faisait mal, tout en gardant un semblant de compassion. Il appuyait sur les erreurs commises par l'imprudent qui avait diminué son rythme de travail. Son interlocuteur, penaud, n'avait pourtant pas besoin de se trouver d'excuses. C'était la phase deux de son discours. Jean-Louis, se prenant pour un psychologue, analysait les facteurs de contraintes du pauvre garçon assis en face de lui, et aboutissait à la conclusion que l'employé n'avait pu faire autrement que de diminuer sa rentabilité. Comme un reptile, il encerclait sa proie tout en l'endormant avec des belles paroles. Ensuite, venait la valorisation. Jean-Louis reconnaissait volontiers les atouts de l'employé et insistait sur sa capacité à rebondir, son dynamisme. Pour finir, il serrait son emprise en comprenant mais en précisant que, si les résultats ne s'amélioraient pas, il serait obligé de sévir. La proie, reconnaissante de sa compréhension et de son humanité à son égard, ne pouvait que se donner à deux cents pour cent pour ce patron exceptionnel.

***

Dans le grenier, Jade s'accroupit devant la malle. Gabriel vient s'asseoir sur ses jambes. Elle protège le visage du petit garçon avec sa main, et souffle doucement sur le couvercle de la malle. Un nuage de particules volatiles s'éparpille dans l'atmosphère. Le voile de poussière s'envole dévoilant une inscription gravée juste au-dessus de la serrure à code. Jade laisse échapper un juron :

- Super ! Maintenant, il va falloir jouer aux devinettes ! Merci du cadeau, Grand-mère !

Un craquement plus fort que les autres se fait entendre dans le dos de Jade. Elle regarde derrière elle, mais il n'y a rien. Rien que des cartons empilés, des vêtements entassés et de vieux objets épars. Jade détaille l'endroit à son petit garçon:

- Tu vois, quand maman était petite, elle montait souvent jouer ici. Elle se déguisait avec les vieux vêtements que tu vois et partait à la recherche du trésor caché ! Grand-mère m'a toujours dit qu'il y avait un trésor caché dans ce grenier!

Son regard s'arrête sur une photographie jaunie dans un cadre aux dorures travaillées. L'homme et la femme posent devant le photographe, ayant certainement revêtu leurs habits du dimanche. Ils sont sérieux et se tiennent bien droits, l'un à côté de l'autre.

- Regarde ! C'est Grand-mère et Grand- père sur la photo ! dit-elle en incitant son petit garçon à regarder dans la direction qu'elle désigne de son index tendu.

- Ils sont partis au ciel. Je jouais souvent avec Grand-mère, ici, dans ce grenier. On passait des heures à fouiller dans tous les recoins à la recherche de soi-disant indices qui devaient nous mener jusqu'à la cachette ! On n'a jamais rien trouvé ! Mais on s'amusait bien !

Jade tente désespérément d'ouvrir la malle. En vain. Elle peste rageusement :

- Allez ! Ouvre-toi, saleté de malle ! J'ai besoin de connaître les détails de ma lignée ! Paraîtrait-il que cette connaissance me donnerait les clés pour m'épanouir aujourd'hui !

La combinaison reste introuvable. Deux chiffres, une lettre, deux chiffres, des milliers de combinaisons possibles. Jade fouille sa mémoire à la recherche de pistes lui permettant de percer le code.

- La première lettre du prénom de maman et son jour et mois de naissance ?

Ses doigts fébriles font tourner les tirettes.

- Non ! Oh, ce n'est pas possible !

Elle fouille la pièce du regard et retombe sur la photo. Elle saisit le cadre, ôte le verre de protection ;

- Non, trop facile ! Pas le genre de Grand-mère ! Elle adorait les devinettes ! La championne toute catégorie des phrases laconiques ! Sa préférée était « Le passé explique le présent » ! Je n'ai jamais rien compris à ce qu'elle voulait dire !

Jade retourne la photographie et soupire. Rien, sinon la date de la prise de vue.

- J'en étais sûre !

Elle scrute les visages, les interrogeant du regard.

- Pas de réponse, bien sûr ! Tout de même, Grand-mère, tu pourrais m'aider un peu !

L'énigme reste entière. Jade relit l'inscription gravée sur la malle :

- Aussi léger qu'un petit pois, il ne m'empêche pas d'aller et venir avec l'au-delà ! Tu n'as pas une idée, mon petit bonhomme ? demande-t-elle à Gabriel.

***

Dans son bureau, Jean-Louis, distillant son venin, poursuit, certain de produire son petit effet,

- Je croise Jade tous les matins lorsqu'elle prend un café avec ses amis ! C'est la belle vie tout de même pour elle, non? Avoir le temps de se prélasser au soleil, à la terrasse d'un café! Enfin, je suppose qu'il ne doit pas y avoir tant à faire que cela à entretenir une maison et à s'occuper de son petit garçon ! Il est adorable d'ailleurs ! Quel beau petit bébé tu as là !

Arthur eut juste le temps de prendre une inspiration pour répondre mais Jean-Louis ne lui en laissa pas l'occasion et reprit :

- Bref ! Je ne t'ai pas convoqué pour te parler de la façon dont ta femme occupe sa journée ! Cela ne me regarde pas et si vous êtes d'accord comme cela, c'est ce qui importe ! Par contre, je voulais m'entretenir avec toi de la manière dont toi, tu organises ta journée ! Il semblerait, d'après les statistiques du mois écoulé, que ta rentabilité baisse dangereusement !

Arthur leva son index et ouvrit la bouche, mais là encore, Jean-Louis ne lui laissa pas l'occasion de s'exprimer :

- Alors, je sais ce que tu vas me dire. Le mois passé, tu as eu plusieurs déconvenues personnelles qui ont fait que tu as, peut-être, été moins performant qu'à l'accoutumée. Puis, Jade qui est partie sans toi, en vacances, te privant de son soutien pendant quinze jours ! Enfin, heureusement que Louise était là pour s'occuper de toi ! Avec Line, bien sûr !

Arthur ne tenta plus d'intervenir, comprenant qu'il s'agissait d'un monologue moralisateur. Jean-Louis s'alluma un cigare, laissant pourtant l'opportunité à son interlocuteur de réagir. Il n'en fut rien. Le patron reprit donc son discours, mielleux et corrosif. Après avoir attaqué par petites touches les différentes sphères de la vie d'Arthur, comme s'il lui donnait, sans en avoir l'air, de petits coups de canif, il en vint à la valorisation.

***

Dans le grenier de Grand-mère, l'enfant essaie d'ouvrir le couvercle sans succès et émet un soupir de désolation tandis que Jade, amusée, le regarde faire. Après une heure de recherches infructueuses, elle se décide à demander l'avis de Claire, tout en se promettant de ne pas lui dévoiler ce qu'elle suspecte.

- Maman ? C'est Jade ! Dis-moi, je suis dans le grenier de chez Grand-mère, j'ai trouvé la malle mais elle s'ouvre grâce à un code. Tu le connais ?

Un silence se fait entendre au bout du fil. Puis, Claire répond :

- Non ! Désolée !

Le ton sec ne surprend pas Jade. En fait, Grand-mère avait toujours été plus proche de Jade que de sa propre fille. Puis Claire en avait toujours voulu à sa mère d'avoir une vie dissolue. Il faut dire qu'à l'époque, les frasques de Grand-mère avaient fait jaser ! Trois mariages, trois divorces ! Grand-mère ne s'encombrait pas de convenances ! Lorsqu'elle se sentait malheureuse, elle quittait l'homme responsable à ses yeux. Elle répétait souvent, comme pour justifier son attitude, qu'elle n'était pas faite pour vivre avec un homme. La tristesse qui se dégageait alors de son regard dénotait avec le ton joyeux et coquin qu'elle s'efforçait de prendre en prononçant cette phrase. Elle rajoutait souvent : « Peut-être dans une prochaine vie ! ». Cependant, Claire avait mal vécu l'abandon de son père et ce brin d'humour ne la faisait pas rire du tout.

- Tant pis ! Bises à papa et à toi !

Jade raccroche, déçue. Décidément, Grand-mère gardait bien ses secrets.

- Pfiou ! Maintenant, qu'est-ce que je vais bien pouvoir faire?

Jade s'accorde un instant de réflexion. Elle se redresse, ouvre le velux et s'allume une cigarette. A la dernière bouffée, elle se met à rire et dit à son petit bonhomme qui la regarde de ses yeux interrogatifs :

- Bon ! Y a plus qu'à... !

Elle le prend dans ses bras, redescend jusqu'au « pot de yaourt » et l'attache consciencieusement dans son siège auto. Elle dépose un baiser sur le bout de son nez. L'enfant sourit. Elle lui dit, prenant un air sérieux :

- Tu es un grand garçon, maintenant ! Tu n'as pas peur !! Maman va remonter chercher la malle et elle revient tout de suite ! D'accord, mon amour ? Je n'ai pas le choix ! Le curé a bien insisté pour m'avertir que le compte à rebours avait commencé. Au pire, si je ne trouve pas le code, je prendrai la perceuse de papa et je forcerai la serrure ! Alors, sois bien sage, mon amour ! Maman fait le plus vite possible.

Le bébé tend les bras vers sa mère, réclamant un câlin. Jade sert fort son petit contre elle et disparaît rapidement dans la maison.

***

Jean-Louis continua donc avec Arthur ce processus répété mille fois au cours de sa carrière :

- Tu comprends, Arthur ! Cela doit rester entre nous, bien entendu ! Même si cela m'arrache le cœur de le reconnaître, tu es mon meilleur élément ! Bien plus efficace que mon propre fils Anthony. Tu le sais, non ? C'est bien pour cela que je t'ai proposé d'être mon associé comme Antony ! Je serai plus rassuré le jour où je déciderai de quitter le cabinet de savoir que tu es là pour tenir les rênes avec lui! Il est trop dispersé, trop tête en l'air ! Toi, tu es comme moi ! Travailleur, honnête et juste ! Ton père, s'il était encore de ce monde, serait certainement très fier de toi ! Seulement, là, vois-tu, il ne faudrait pas que tes petits soucis personnels empiètent sur ton travail ! Je sais que Jade n'est pas facile...Elle se dispute souvent avec

Louise...Tu es toujours au milieu de ces deux femmes, tiraillé entre l'une et l'autre ! Pourtant, tu ne dois pas oublier qui t'a donné la vie et qui a tout sacrifié pour t'élever et te choyer ! Qu'a sacrifié Jade pour toi ? Je peux compter sur toi pour redresser la barre ?

Arthur, gonflé à bloc, acquiesça de la tête. Jean-Louis conclut l'entretien en lui rappelant que s'il en était là aujourd'hui, c'était essentiellement grâce à Louise et au sacrifice de sa vie pour lui. Arthur affirma qu'il ne l'avait pas oublié et promit de s'investir davantage. L'étau familial se resserrait un peu plus sur Arthur, l'éloignant du même coup de Jade et des enfants. Le charisme de Jean-Louis l'assurait pratiquement de faire mouche à chaque coup. Son venin répandu, il autorisa Arthur à quitter son bureau pour reprendre son travail. L'entretien était terminé. Cependant, Arthur osa une dernière remarque qui mit son oncle de très, très mauvaise humeur et le fit douter de son pouvoir sur son filleul.

- J'allais oublier de t'inviter au baptême de Gabriel ! C'est le 23 juin ! Je compte sur toi ! Je prendrai quelques jours de congé, peut-être une petite semaine, après cela ! J'ai envie de profiter de mon fils et je ne veux pas laisser Jade trop seule en ce moment. Tu comprends, n'est-ce-pas ?

Jean-Louis s'efforça de rester poli. Toutefois son sang bouillonnait dans ses veines et il s'empressa de téléphoner, à peine la porte fut-elle refermée.

- Il m'échappe. Fais ce qu'il faut !

***

Jade monte les escaliers quatre à quatre, arrive dans le grenier comme une bombe et se charge de la lourde malle, sans oublier d'emporter la vieille photographie. La descente des escaliers amovibles peut s'assimiler au passage d'un funambule sur son fil. La malle déséquilibre Jade à chaque pas et le poids l'entraîne vers l'avant. Jade ronchonne :

- Qu'est-ce que t'as mis là-dedans, Grand-mère ? Des lingots d'or ou quoi, pour que ce soit aussi lourd ! Le voilà ton fameux trésor !

Jade traîne la malle sur le plancher grinçant. Seuls ses pas et le frottement de la malle sur le sol résonnent dans la maison vide. Soudain, Jade s'immobilise et tend l'oreille. Une musique s'échappe d'une des chambres. Son cœur bat plus vite. La sueur la recouvre instantanément. Elle lâche l'anse de la malle, se redresse et se tourne lentement vers la porte d'où provient le son. Tout en avançant très lentement, sur la pointe des pieds, elle reconnaît l'air pour l'avoir entendu des centaines de fois dans son enfance. La porte est entrouverte. Cependant, Jade n'arrive pas encore à voir ce qui se trouve à l'intérieur de la pièce. Elle pousse la porte dont les gonds anciens et usés grincent. Jade s'arrête net, elle retient même son souffle. Elle guette le moindre mouvement. Rien. Elle continue sa progression d'escargot, pénètre dans la pièce, toujours à l'affût, guettant l'intrus. Tout en jetant un regard circulaire, Jade demande à haute voix :

- Il y a quelqu'un ? Montrez-vous !

Pas de réponse. Seul le mobilier, figé depuis de nombreuses années, occupe la pièce. La musique arrête sa complainte. Jade baisse les yeux sur le sol et découvre l'objet posé par terre entre le lit et la commode qui se font face. Elle s'accroupit devant l'objet et s'en saisit avec mille précautions. Des larmes lui montent aux yeux.

- Oh ! Grand-mère ! Ta boîte à musique !

La danseuse étoile parée de son tutu défraîchi, ses bras arrondis au-dessus de sa tête, sa jambe droite ramenée à la hauteur du genou gauche, attend son bienfaiteur qui remontera la clé lui permettant de nouveau de tourner sur son socle, encore et encore, sur une musique de Tchaïkovski. Jade murmure, émue de cette découverte :

- Grand-mère, tu n'as pas eu le temps de m'emmener voir ce ballet que tu aimais tant !

Les souvenirs remontent à la surface et assaillent Jade. Elle revoit sa grand-mère, toujours affairée, aimant jardiner en écoutant son air préféré. Puis, d'un coup, l'image se modifie. Jade se retrouve de nouveau projetée dans la geôle de son cauchemar et la femme, terrée dans un coin, murmure inlassablement le même refrain. Jade maitrise l'angoisse qu'elle ressent à chacune de ses visites dans ce lieu et se concentre sur les lèvres de la femme, essayant de déchiffrer le message. Des pleurs venus de l'extérieur tirent brutalement Jade de sa vision. Elle prend la boîte à musique et se rue dans les escaliers en criant ;

- Tout va bien, mon petit. Maman est là ! J'arrive !

C'est alors qu'un serpent, froid et répugnant, se dresse face à elle. Jade hurle. L'animal tire sa langue fourchue, prêt à enserrer de son corps visqueux et glacé les mollets dénudés de la jeune femme et y enfoncer ses crochets emplis de venin. Il la fixe de ses yeux vides, sa tête triangulaire ondule...Il cherche l'hypnose afin d'accomplir son mauvais dessein. Il vise son cou à n'en point douter, espérant bloquer ses gestes en l'enserrant de ses anneaux, distiller son venin dans ses veines, l'étouffer jusqu'à ce qu'elle ne puisse plus se rebeller. Désemparée, Jade se trouve coincée dans l'escalier. Contre toute attente, elle saute par-dessus la balustrade, se rue dans le salon, attrape le tisonnier et s'en sert pour affronter son adversaire reptilien. L'animal se tortille, évitant les coups, rampant rapidement vers sa proie, crachant sa haine de sa langue fourchue. Jade parvient enfin à donner le coup fatal. Après avoir terrassé son ennemi au bas de l'escalier, elle se précipite alors dehors. Gabriel, en larmes, tend les bras vers Jade lorsqu'elle déboule sur le perron. Elle enlace son petit bonhomme. Ses pleurs se tarissent rapidement, le petit garçon étant très intéressé par la boîte à musique que sa maman tient dans sa main. Jade remonte la clé et donne l'objet à Gabriel, espérant l'occuper encore un petit moment. Elle repart en trombe dans la maison chercher la malle restée à l'étage et ressort cinq minutes plus tard, la tenant fermement. Une fois la malle péniblement chargée dans la voiture, et après avoir consciencieusement refermé la maison, Jade et Gabriel rentrent chez eux.

Le soleil a atteint son zénith. Jade se dépêche, sa belle-mère va débarquer dans moins de deux heures. Gabriel boit son biberon d'un trait et s'endort immédiatement après, épuisé par la matinée. Jade s'installe devant son écran, un bout de pain en guise de déjeuner, la photo de ses grands-parents en face d'elle, sagement posée sur le verre de la table basse à côté de la boîte à musique.

Jade s'adresse à la photo :

- A nous deux, Grand-mère !

Elle tape la phrase gravée sur la malle dans le moteur de recherche et se plonge dans la lecture des résultats proposés.

***

Sur le cours Saleya, un drôle de ballet se déroule. Gino s'affaire devant son piano, le coup de feu de midi battant son plein. Clotilde se dépêche de traverser les ruelles entre le lycée Masséna et le cours Saleya où elle doit rejoindre l'homme qui l'attend déjà, assis devant une bière bien fraîche que le serveur vient de déposer sur la table. Line sort précipitamment de sa bibliothèque, en ayant pris soin, auparavant, de laisser ses instructions à ses collègues pour l'après-midi. Jean-Louis déjeune avec un client, dans le restaurant faisant face à l'établissement de Gino. Arthur et Anthony, s'accordant une pause, s'installent sur un banc face à la mer et avalent leurs sandwichs en discutant de fiscalité. Quant à Louise, attablée quelques restaurants plus loin, elle commence à s'impatienter et passe commande, sans attendre sa fille. La femme marche d'un pas pressé, presqu'en courant. Elle fouille fébrilement dans son sac, au fur et à mesure qu'elle approche du cours Saleya à la recherche d'une enveloppe. Levant les yeux de temps à autre pour éviter de percuter quelqu'un, elle s'énerve de ne pas trouver le bout de papier et finit par s'arrêter au milieu de la foule dense qui a envahi les pavés de la vieille ville pour déjeuner. Elle extirpe l'enveloppe de son sac et reprend son chemin. Les tables des cafetiers se succèdent le long du cours. Elle se fraye un chemin au milieu des passants affamés à la recherche d'une table libre, et, sans s'arrêter, dépose l'enveloppe sur le bord de la table où Jean-Louis est attablé. La femme disparaît immédiatement, absorbée par le flot continu de la foule. Jean-Louis s'excuse auprès de son client, et lit rapidement les quelques lignes écrites.

« Je[1] vais chez Jade cet après-midi. Elle semble décidée à reconstituer l'histoire familiale. J'en profiterai pour brouiller davantage les cartes. Elle a confiance en moi. Je te tiens au courant. »

Sans laisser paraître aucune émotion, aussi froid qu'une vipère, Jean-Louis remet le pli dans l'enveloppe, la glisse dans sa poche et reprend sa conversation avec le client. Deux femmes se croisent sans se reconnaître. Clotilde s'empresse de rejoindre la table où l'attend déjà l'homme, Line s'assoit enfin face à sa mère qui ne l'a pas attendue pour commencer à déjeuner.

***

[1] Les lettres sont exprimées dans cette calligraphie.

Bien entendu, la recherche sur le net concernant l'énigme de la malle n'a rien donné de concret. Jade en est même arrivée à rechercher le poids d'un petit pois, sans succès. Déçue à moitié, s'attendant à ce que ses demandes restent sans la réponse espérée, Jade s'accorde un moment de distraction avant que la veuve noire ne fasse son entrée. L'article d'Espérance s'annonce parfait.
La pièce manquante.

Quelquefois l'on piétine, l'on reste sur place alors qu'on voudrait avancer, se dépasser ! Mais les choses semblent figées et stagnent désespérément au même point ! Et puis un jour, le déclic se fait.

On ne l'attendait plus et le voilà qui pointe le bout de son nez. C'est alors que l'on réalise, mais un peu tard, qu'effectivement, en y réfléchissant bien, cette solution avait été envisagée ! Alors les portes s'ouvrent de nouveau et le vaste pré verdoyant de la concrétisation vous attend !

La pièce manquante qui vous aurait permis d'avoir une vue d'ensemble vient de se mettre en place et elle colle parfaitement à ce que vous attendiez pour débloquer la voie ! Une coïncidence, me direz-vous? Non, je ne crois pas ! Juste un pressentiment, une sensation à côté de laquelle on est passé sans même se retourner !

Mais le destin est taquin, et si le subtil ne vous a pas effleuré, alors il se charge de sortir l'artillerie lourde pour vous éclairer. Le puzzle est maintenant complet, c'est à vous de jouer !

Jade marmonne entre ses dents.
- Un puzzle ! Grand-mère était très forte pour cela, et il semble qu'elle ait dissimulé les pièces manquantes aux quatre coins du grenier !
La sonnette retentit. Jade crie sans se déplacer.

- Entre, c'est ouvert !
Marraine débarque fraiche et pimpante.

- Bonjour ma chérie ! Alors, c'est le jour du grand déballage ou bien celui du grand pardon ?

- Très drôle ! Décidément, c'est le jour des clowns aujourd'hui ! Non, laisse tomber ! Tu veux un café ?

- Volontiers ! dit Marraine en s'installant sur le canapé.
Jade revient quelques minutes plus tard portant deux tasses fumantes. Elle les dépose sur la table basse, tout à côté de la danseuse de Grand-mère et s'évertue à trouver son paquet de cigarettes caché au fond de son sac à main, qui avait échoué au pied de son canapé.

- L'avantage de ne rien ranger, c'est que tu as toujours tout à portée de main !

- Très spirituel ! grogne Jade en s'énervant de ne pas trouver son paquet. A bout de patience, elle retourne son sac et en vide le contenu sur la table basse. Marraine s'amuse à en énumérer le contenu :

- Un tampon, un portefeuille, des kleenex neufs et usagés, une boîte de chewing-gums vide, ça peut toujours servir, et…
Elle s'interrompt subitement en prenant délicatement entre ses mains le bijou.

- Où as-tu trouvé ça ? demande-t-elle en durcissant son ton.

- Quoi ? dit Jade, s'allumant enfin sa cigarette.

- Cette chaîne de cheville ? Où l'as-tu trouvée?

- Jo ! souffle Jade. Jo l'a trouvée dans sa valise et l'a « rangée » dans mon sac ! Cette gamine est vraiment désordonnée ! Tu ne trouves pas ? ironise-t-elle en attendant une réaction de Marraine.

Celle-ci ne sourit pas à cette dernière boutade. Surprise, Jade l'interroge.

- Il y a quelque chose qui ne va pas ?

- Non, au contraire ! C'est ma chaîne et je croyais l'avoir perdue sur une plage de Corse ! Je suis particulièrement attachée à ce bijou !

- Pourquoi ? C'est un truc de vieux ! Cela ne te ressemble pas ! constate Jade, soudainement curieuse.

- C'est un souvenir de famille ! Mon arrière-grand-mère me l'a confiée, alors tu comprends…ment Clotilde, en évitant le regard de Jade.

Un signal dans le corps de Jade lui indique de se méfier. Tous les sens en éveil, elle se remémore les paroles du curé. Les Ombres pouvaient prendre de multiples apparences. Le doute s'immisce dans l'esprit de Jade, sa confiance en Marraine s'ébrèche doucement.

- Je comprends…surtout que tu ne me dis pas tout, en ce moment. Je suis passée chez la boulangère pour commander la pièce montée. Elle ne connaît absolument pas le curé et encore moins son prénom. Pourtant, tu m'as affirmé que c'est elle qui te l'a donné. Je comprends…aussi que tu étais en grande discussion avec Jean-Louis, hier matin, devant son bureau. Je croyais que tu ne pouvais pas sentir cet homme. Je comprends…que tu me dois quelques explications, non ?

Marraine triture le pendentif de sa chaîne. Elle fait profil bas, fixant le bout de ses chaussures. La sonnette retentit de nouveau.

- Sauvée par le gong ! s'exclame Jade en se levant pour aller ouvrir.

Marraine la retient par le bras et la fixant droit dans les yeux, l'implore.

- Fais-moi confiance, je t'en prie ! Je ne peux t'en dire davantage pour le moment ! Je ne te trahirai jamais !

Surprise par la sincérité dans la voix de Marraine, Jade prend sa main dans la sienne.

- Marraine, je ne peux pas douter de toi !

Gabriel choisit ce moment pour se réveiller. Clotilde va donc ouvrir tandis que Jade lève son petit garçon. La veuve noire flanquée de son éternelle dame de compagnie fait une entrée glaciale. Jade, serrant Gabriel tout contre elle, respire plusieurs fois les cheveux blonds du bébé, afin de se détendre, avant d'affronter sa belle-mère. Leurs relations sont tellement tendues depuis les vacances en Corse, que chaque rencontre tourne au combat de boxe, moral certes, mais de plus en plus cinglant à chaque fois.

- Bonjour ! lance Jade, sur un ton qu'elle veut neutre en pénétrant dans le salon.

Louise lui accorde seulement un hochement de tête. Quant à Line, elle s'empresse de répondre, sans pouvoir s'empêcher de rajouter ;

- Bonjour Jade ! Ne fais pas attention à ma mère ! Tu sais comment elle est! Mon petit neveu va bien ? demande-t-elle en tendant les bras vers Gabriel, qui se pelotonne plus encore contre sa maman.

- Tu es bien contre maman, hein ? Tu viendras bien dans mes bras, dans un petit moment peut-être ? rajoute Line en voyant la réaction du tout petit.

- Bon ! On commence parce que moi, j'ai autre chose à faire ! coupe sèchement Louise.

- Bien sûr ! Asseyez-vous ! propose Jade.

Jade, Line et Louise s'installent autour de la table. Clotilde déleste Jade de Gabriel, qui se laisse prendre volontiers.

- Alors ? Que veux-tu savoir de plus que la dernière fois ? La filiation n'a pas changé en quelques semaines et nous ne sommes pas des gens à problème ! Nous sommes propres sur nous ! Autant à l'extérieur qu'à l'intérieur ! Donc…

- Doucement ! dit Line en posant sa main sur le bras de sa mère.

Celle-ci le retire immédiatement, sans oublier de jeter un regard noir à sa fille. Line poursuit sans se formaliser, habituée à ce genre de rejet de la part de sa mère :

- Oui, Jade ! Nous avons été surprises de ton appel. Nous t'avons donné toutes les photos et la liste de nos aïeux. Nous ne pouvons t'en dire davantage !
- Bien entendu ! répond Jade. Seulement, en traçant l'arbre, je me suis rendue compte de quelques incohérences. J'ai certainement dû mal recopier vos indications. Du coup, je suis complètement perdue et j'ai besoin de vos lumières pour combler mes lacunes.
- Des incohérences ? Cela m'étonnerait !

Jade étale devant elle plusieurs feuilles collées les unes aux autres formant ainsi un énorme rectangle.

- Voici l'arbre de votre côté uniquement ou plus exactement celui de Jean. Comme vous le constatez, là ou encore là, dit-elle en désignant des cases vides, j'ai des trous.

Line et Louise se penchent au-dessus de la feuille et essaient de repérer les aïeuls manquant à l'appel. Soudain, la sonnette retentit. Clotilde regarde Jade, étonnée.

- Tu attends quelqu'un d'autre ?
- Non, personne !

Jade se lève et se précipite pour ouvrir la porte. Toutefois, lorsqu'elle découvre le visage de son visiteur, elle en reste bouche bée.

Révélations démoniaques

Dans son bureau exigu, Arthur attend que son cachet d'aspirine fonde. Il consulte distraitement son écran. Le mal de crâne lancinant et ininterrompu l'empêche de se concentrer. Le bruit assourdissant du carrefour situé juste sous la seule et unique fenêtre de son bureau accentue encore l'inconfort procuré par l'étau qui enserre ses tempes. Ses yeux le brûlent à tel point qu'il a du mal à fixer l'écran de son ordinateur sans larmoyer.

- Il va falloir vraiment que je me décide à consulter un docteur ! marmonne-t-il avant d'avaler d'un trait le cachet effervescent.

Il regarde les piles de dossiers accumulées sur son modeste bureau et celles jonchant le sol, les placards n'étant pas suffisamment spacieux pour pouvoir tout y ranger. Des heures, et des heures de travail en perspective ! Arthur n'en voit pas la fin ! L'horloge murale, en face de lui, indique quatorze heures. Sa journée est loin d'être finie. Il rêve de rentrer chez lui et de s'étendre sur son lit moelleux, dans le silence et le noir le plus complet, afin de pouvoir, enfin se reposer. Ses nuits se déclinent en pointillés. Lorsqu'il arrive enfin à trouver le sommeil, Arthur ne souffre plus pour quelques heures. La sonnerie stridente de son téléphone lui perce les tympans, et, comme une lame, pénètre dans son cerveau, accentuant la douleur. La secrétaire lui rappelle que son rendez-vous vient d'arriver. Il réajuste sa cravate et part accueillir son client, d'une démarche incertaine.

***

Autour de la table, l'ambiance est tendue. L'arrivée impromptue du père François a seulement permis d'éviter des échanges trop virulents entre Louise et Jade. Elles se contiennent en présence du prêtre.

Line, affichant son éternel air de chien battu, dispose les photos des ancêtres de Jean près des cases correspondant à leurs noms. Le prêtre, armé de sa précieuse loupe, scrute les visages ancestraux. Clotilde amuse Gabriel et Jade sert le café. Lorsque les aïeux sont tous en place, le prêtre demande à Louise de bien vouloir raconter l'histoire de tous ces braves gens. Il fait preuve de tant de politesse, contrairement à son habitude où l'impertinence pointe à chacune de ses phrases, que Marraine et Jade le regardent, étonnées. Louise, flattée et trop heureuse d'être le centre d'intérêt de l'assemblée, se lance dans une première explication, relativement succincte :

- Jean descend d'une lignée de notables espagnols, faisant partie de la haute société de l'époque. Tous étaient normaux et tous ont eu une vie maritale normale. Lors de la guerre d'Espagne, Jean, alors enfant, est venu s'installer en France avec sa famille pour fuir les horreurs que peuvent engendrer les guerres. Après des débuts difficiles dans ce nouveau pays, la famille Soleris a retrouvé son train de vie, à force de travail et de volonté. Malheureusement, mon époux est décédé trop jeune, me laissant seule avec Arthur.

- Et Line, rajoute Jade.

- Et Line, ma fille, bien entendu ! répète Louise à contrecœur.

Gabriel se met à hurler subitement. Jade tente de le prendre dans ses bras. En vain, tant le bébé se débat.

- Il a une force de taureau ! dit Marraine en aidant Jade à le réconforter.

- C'est un enfant plutôt capricieux, constate Louise posément. Quand l'éducation est laxiste, il faut s'y attendre...

- Pas du tout, rétorque Jade, le visage empourpré. Il est grognon depuis quelques jours. Il doit sans doute couver quelque chose !

Jade et Marraine calment difficilement Gabriel. Line efface rapidement le sourire qui se dessine sur ses lèvres. Pourtant, elle n'est pas assez rapide pour le père François à qui cela n'échappe pas. Il reprend le sujet qui l'intéresse, comme si de rien n'était.

- Pas d'enfants décédés en bas âge ?
- Non ! affirme catégoriquement Louise.
- Pas de décès prématurés, de disparition inexplicable ?
- Non ! répond Louise, agacée.
- Pas, non plus, de suicide, ou autres morts mystérieuses ?
- Non, toujours non ! La famille de mon mari était tout ce qu'il y a de plus normale ! Il n'y a pas de squelettes cachés dans les placards chez nous, pas de secrets de famille. Rien. Nous sommes des gens sans histoire ! Que cherchez- vous à me faire dire à la fin ? s'emporte Louise.

Le curé s'esclaffe devant tant de naïveté.

- Pas de secret de famille ? Votre vue est aussi étriquée que votre tailleur, ma pauvre dame ! Toutes les familles renferment des secrets inavoués ! C'est pour cela que ça s'appelle un secret d'ailleurs, c'est quelque chose que l'on pressent mais qui n'est pas dit ouvertement ! Le tout est d'arriver à les percer !
- Pourquoi? demande Line. Pourquoi vouloir remuer de vieilles histoires sans grand intérêt ! Le passé doit rester au passé !

Interpellé par cette dernière remarque, le prêtre prend sa loupe, et, avant qu'il ne la dirige vers Line, celle-ci se lève. Elle arpente la pièce, évitant ainsi sans en avoir l'air, l'œil de la loupe. Le manège n'échappe ni au prêtre, ni à Marraine.

- Nerveuse ? demande Marraine.
- Non, non ! répond Line en se radoucissant. Je me demande simplement ce que nous faisons ici, à essayer de dénigrer

grands-parents et autres aïeux. Cela ne me paraît pas très catholique, ni très pieux. Laissons-les reposer en paix.

Line termine sa tirade en faisant le signe de croix.

- Rassurez-vous, ma fille. Vous ne brûlerez pas en enfer pour cela. Voyez vous, le sacrement du baptême implique un investissement réel dans la foi. L'arbre me permet de vérifier par les histoires des ancêtres de notre petit Gabriel, que sa famille, depuis de nombreuses générations, vivait bien en harmonie avec les règles de l'Église. En aucun cas, cette réunion n'est faite pour juger qui que ce soit !

Line, reprenant son masque de contritions perpétuelles, portant avec courage sur son dos tous les malheurs de la terre, fait mine de se sentir soulagée. Louise, fatiguée de toutes ces simagrées, se lève à son tour. Le curé lui demande où elle compte aller.

- Chez moi, pardi !
- Non ! Il en est hors de question ! Nous n'avons pas terminé notre ouvrage, ma fille ! Rasseyez-vous, je vous prie ! dit le prêtre en présentant sa chaise à Louise.

L'ordre ferme du curé tend un peu plus l'ambiance déjà pesante. Afin de contraindre les deux femmes à rester sans en avoir l'air, Marraine s'attarde sur une photographie.

- C'est dingue comme cet homme ressemble à Arthur ! C'est qui ?

Line et Louise reprennent leurs explications, à contrecœur. La ruse de Marraine a fonctionné. Jade propose un autre café. Louise et Line acceptent volontiers. Le père François rejoint Jade devant le percolateur, en déclarant suffisamment fort pour être entendu de tous, qu'il souhaite l'aider.

- C'est bon, mon père. Je peux me débrouiller toute seule ! proteste Jade.
- J'insiste !

Jade fait couler les cafés et les dispose dans les soustasses. Au moment où elle s'apprête à les prendre, le curé verse rapidement, dans chaque tasse, quelques gouttes d'un liquide enfermé dans une fiole violette qu'il rentre aussi vite qu'il l'avait sortie de sa soutane. Jade, stupéfaite, l'interroge du regard. Il lui chuchote à l'oreille :

- Cela ne va pas leur faire de mal et il n'y a pas d'effets secondaires …ou très peu !

De retour à table, Louise et Line savourent leur café. Jade les observe, attendant une réaction de leur part. Tout à coup, les deux femmes piquent du nez vers la table. Le choc entre leur tête et le plateau en chêne massif de la table fait un bruit énorme. Clotilde esquisse une expression de douleur et ne peut s'empêcher de dire :

- Aïe ! Ça doit faire mal !

Jade s'adresse au curé, avec beaucoup d'inquiétude :

- Vous m'aviez dit que ce n'était rien ! Qu'est-ce qu'elles ont ? Elles ne sont pas mortes au moins ?

- Rassurez-vous, elles vont bien ! Elles vont se réveiller dans quelques secondes et disons qu'elles seront moins réticentes à nous raconter les frasques des aïeux de Jean ! Car il faut savoir, ma fille, que, dans toutes les familles, il y a des secrets enfouis et bien cachés ! C'est ce qui nous intéresse aujourd'hui !

- Un sérum de vérité ?

- En quelque sorte! Arrangé à ma sauce, bien sûr !

***

Arthur avait du mal à suivre la conversation. Manque de chance, en plus, son interlocuteur était loquace, mêlant à la conversation, anecdote privée et questions fiscales sur son commerce. Arthur n'avait qu'une hâte, c'est que ce client quitte son bureau et arrête ses jacassements. L'entretien durait, durait encore et encore. Arthur, incapable de répondre aux questions de l'homme, se contentait de dire :

- Je prends note, je me renseigne et je vous appelle !

Le client insistait sur l'importance d'avoir les renseignements demandés au plus vite. Arthur n'entendait que la moitié des paroles arrivant jusqu'à ses oreilles, au milieu d'un bourdonnement intense. Ses tempes semblaient sur le point d'exploser. La douleur s'intensifiait jusqu'à en devenir insoutenable. Il essuyait fréquemment ses yeux larmoyants avec son mouchoir en tissu, extirpé de sa poche. L'écran de son ordinateur devenait flou et il clignait des yeux pour essayer d'éclaircir sa vue. A un moment donné, il entendit, au loin, le client lui demander:

- Vous vous sentez bien ? Vous êtes tout pâle !
- Très bien, je vous remercie ! Un coup de fatigue passagère, sans doute !
- Voilà bien ma chance, se plaignit le client. Avec toutes les questions que je comptais vous poser aujourd'hui !

Arthur, soucieux de ne pas décevoir le client, se reprit :

- Il n'y a pas de problème ! Posez-moi donc toutes vos questions, je suis à votre écoute !

L'homme poursuivit donc le cours de son monologue, sans se soucier davantage de l'état de santé de son conseiller.

***

Dans la maison de Jade, Louise et Line se réveillent lentement. Les deux femmes se frottent le front à l'endroit où elles ont heurté la table. Une rougeur persistante au milieu de leur front témoigne de l'impact. Leurs visages sont froissés, comme lorsqu'on vient de se lever après une bonne nuit de sommeil. Marraine et Jade gloussent en les regardant. Imperturbable, le prêtre, assis en face des deux femmes, les deux pieds bien campés au sol et les paumes de ses mains orientées vers le ciel, récite une invocation.

- Que la mémoire ancestrale coule dans leurs veines et réveille les secrets oubliés. Le temps de la révélation est venu pour libérer l'arbre dans son entier !

Les pupilles du curé brillent d'un éclat particulier, presque effrayant. Puis la flamme disparaît. Il enchaîne, comme si de rien n'était :

- Alors, ma chère Louise, vous étiez sur le point de nous narrer l'histoire des aïeux de Jean. Nous sommes tout ouïe.

Louise, tel un automate, se met à débiter d'un trait une version quelque peu différente de la précédente :

- Aussi loin que remonte ma mémoire, sur cinq générations en arrière, le schéma est toujours le même. Les hommes doivent attendre quarante ans pour tenir dans leur bras leur premier fils. Dans les deux ans qui suivent la naissance, l'un des parents périt subitement. Les filles nées précédemment ne sont là que pour remplacer le parent défaillant. Elles ne sont pas présentes sur chacune des générations, seulement sur certaines. Pour preuve, l'histoire de Jean n'est que la répétition de celle de son père, de son grand-père et de son arrière-grand-père avant lui. La souche hispanique n'est qu'un leurre, l'ancêtre avec qui tout a commencé est Inca.

- Ah, ah ! claironne le prêtre triomphalement. Qu'est-ce que je vous disais ! L'oreille ronde est hispanique, pas l'oreille pointue. Arthur a des origines Inca ! C'est là que se trouve la clé !

Gabriel se remet à hurler sans motif apparent. Marraine l'emporte dans sa chambre afin que la discussion puisse continuer. Le père François le regarde s'éloigner étrangement. Il questionne Jade :

- Depuis quand fait-il ce genre de crise ?

- Depuis quelques jours, je vous l'ai dit ! Il est ronchon dans la journée et…

- Et dans son sommeil ?

- Il pleure et m'appelle. On dirait qu'il fait des cauchemars. Je ne comprends pas ce qu'il a.

- Vous permettez ? demande le curé en désignant la chambre de l'enfant.

Jade acquiesce et le suit. Marraine joue tranquillement avec Gabriel sur le tapis. Le prêtre s'assoit face à l'enfant et fixe ses yeux. Il passe sa main à quelques centimètres de son visage puis de son corps.

- Vous lui passez un scanner ? ironise Jade, tendue.

- En quelque sorte…marmonne le prêtre.

Soudain, Gabriel se roule par terre, s'énerve, la respiration coupée. Jade, restée dans l'encadrement de la porte, sent une présence derrière elle. Elle se retourne et se fige d'horreur devant Line. Son visage est déformé par la haine. Ses yeux brillent d'une lueur de folie. Elle semble tout droit sortie d'un asile psychiatrique.

- Elle a l'air encore plus dérangée que Jack Nicholson dans « Shinning » ! frissonne Marraine en serrant Gabriel contre elle.

Le prêtre se dresse immédiatement entre Line et les occupants de la chambre, se tenant prêt à l'affrontement. Des boules de lumière se forment instantanément dans ses mains.

- Je le savais ! J'ai senti ta présence maléfique dès votre arrivée ! Je ne savais laquelle des deux avait pactisé avec les Ombres !

- Line ? demande Jade. C'est toi ?

- La sœur sacrificielle est morte depuis de nombreuses générations, ricane Line d'une voix venue d'outre-tombe.

- Mon Dieu ! Maintenant, elle nous joue « l'Exorciste », s'affole Marraine, protégeant Gabriel de ses bras.

Un frisson parcourt l'échine de Jade, qui se tient juste derrière le prêtre, comme si elle était prête à intercepter l'agresseur en cas de défaillance du premier obstacle.

- Qui es-tu ? demande le prêtre d'une voix tonitruante.

- Je ne suis là que pour servir les plans des Ombres. Je suis la prêtresse de Pandora, la gardienne de la boîte. Vos tours de sorcellerie ne délivreront pas Arthur de l'histoire familiale. J'y veille. Enfin, à sa mort, j'obtiendrai ce que l'on me refuse depuis tant de siècles ! Ma part d'héritage ! Alors j'affirmerai ma puissance sur ce premier garçon né qui me vole ma place depuis la nuit des temps. Je suis celle que l'on néglige et que l'on ignore ! L'heure de la vengeance a sonné ! Et mon frère doit payer de sa vie les tortures morales que je subis depuis tant d'années !

- Elle est folle à lier ! s'exclame Jade, toujours en position de défense.

- J'étais là, toujours présente au moment des faits ! reprend Line, déversant sa frustration et son amertume retenues depuis des siècles. D'enfant cajolée, ma destinée passait brutalement à fantomatique ! Me marier ou enfanter étaient des plaisirs que l'on me refusait ! Il fallait seulement que je remplace, pour les corvées, le parent disparu, sans que l'on se soucie de ce que je ressentais ! Il m'est facile de conserver ce masque de bonté et de dévotion, masque dans lequel on m'a emprisonnée depuis tant de siècles, pour maintenir l'illusion de la sœur sacrificielle, pliant sans rechigner devant les quatre volontés de ma très chère mère! Mon plaisir de voir sa souffrance à la perte de son fils chéri, n'aura d'égal que les brimades qu'elle m'a fait subir ! J'assisterai à son chagrin, sans remord ni regret, me délectant de chacune de ses larmes, qui ne combleront jamais celles que j'ai versées devant son désintérêt soudain et brutal. Je n'étais qu'une enfant ! Pourtant, elle n'a pas hésité à me priver de son amour et de sa tendresse. Mes souffrances sont sur le point de s'achever ! Grâce à Jade, mon frère, en devenant père, a signé son arrêt de mort! Ainsi, bien que nous ne l'ayons pas prévu, sa rencontre avec Jade accélère nos plans. Il ne me reste plus qu'à patienter encore quelques mois, et le cycle morbide s'accomplira.

- Non ! hurle Jade. Je ne te laisserai pas faire !
- Tu as failli gâcher tous nos plans avec ton intangible soif de bonheur et de vie de famille harmonieuse. Il fallait te paralyser, t'immobiliser pour que tu cesses de nous nuire ! Les mises en garde du conseil de famille n'ont visiblement pas suffi. Je me trouverai toujours sur ta route pour te stopper. Arthur doit mourir et, prends garde que ton bâtard ne subisse le même destin funeste que son père ! Laisse le karma se perpétrer sinon Gabriel sera ma prochaine cible, bien que la brume commence visiblement déjà à l'envahir…

Hors d'elle, Jade se jette sur la femme et lui décoche un direct dans la mâchoire, la laissant KO. Line s'effondre sur le sol, la bouche en sang.

- Ne touche pas à mon fils, sorcière !

Faisant volte-face, elle s'adresse au curé.

- Mon père ? Que …
- L'énergie négative. N'ayant pu vous atteindre directement, elle a renvoyé le sortilège sur Gabriel. La mère et l'enfant sont fusionnels. En envoûtant Gabriel, elle vous atteignait également ! Je m'occupe de retirer cette énergie négative de votre fils.

Il pousse Jade et Marraine hors de la chambre et ferme la porte derrière elles.

Jade, en passant, donne un coup de pied dans le corps inanimé de Line. Marraine l'entraîne vers la table du salon où Louise les attend sagement. A peine s'assoient-elles, que Louise reprend son monologue.

- Les Soleris faisaient partie de la haute société ! Lorsque Jean est né, son père avait quarante années. Alors que Jean allait fêter ses treize mois, son père fit une crise cardiaque qui lui fut fatale. Lui-même, le père de Jean, lorsqu'il avait quinze mois, sa mère fut emportée par une grippe mal soignée. Son père, le grand-père de Jean, peu désireux de s'encombrer de l'enfant, le donna à élever à un couple de ses amis qui ne pouvait enfanter. Il ne le revit plus jamais. L'histoire se répète ainsi sans cesse. Jean avait quarante et un ans lorsqu'Arthur naquit. Il fut terrassé dans les six mois qui suivirent, par un cancer foudroyant.

Jade devient toute pâle à l'évocation de ces curieuses répétitions de l'histoire familiale. Elle allait s'exprimer, cependant Marraine lui coupe l'herbe sous le pied.

- Et Jean-Louis dans tout cela ?
- Là se trouve l'incohérence. A moins que le changement de sang l'ait épargné du karma qui règne sur la famille Soleris. Jean-Louis n'a pas le même père que Jean. Sa mère, fuyant l'Espagne ravagée par la guerre, se réfugia avec son fils en France. Là, dépouillée de tous ses biens, comptant seulement sur sa beauté, elle se trouva rapidement un mari de remplacement. Ce qu'il ne faut pas oublier, c'est que la belle avait vingt ans de moins que son défunt mari. Elle refit donc sa vie avec ce nouvel homme, qui d'entrée, rejeta Jean, ce bâtard qui n'était pas de son sang. La vie ne semblait pas décidée à donner un autre enfant à la mère de Jean. Pourtant, après maintes tentatives, une vingtaine d'années plus tard, elle mit au monde son second fils, Jean-Louis. Jean du prénom de son défunt mari, Louis, celui de son nouvel époux. Jean, entre temps, avait grandi. Toujours malmené par son beau-père, il se démena pour réussir ses études. A la mort de Jean, les rapaces rôdaient à l'affût de l'argent frais. Le vautour prit le visage de Jean-Louis, trop heureux que ce frère maudit disparaisse pour lui laisser la place à la tête d'un empire.

Clo et Jade sursautèrent aux dernières phrases :

- Jean-Louis n'est pas le frère de Jean ? souffle Jade. Seulement son demi-frère !
- Plus surprenant, rajoute Clotilde, comment Jean-Louis a pu hériter de Jean puisque Arthur était né ? C'est Arthur qui aurait dû hériter de Jean ! Le cabinet lui revient de droit !

Louise, toujours sous hypnose, répond sans détour aux questions :

- Il se trouve que j'ai conclu un arrangement avec Jean-Louis. Le cabinet en échange de son silence.

- Son…silence ? balbutie Jade.

- Jean était souvent absent, trop absorbé par son travail. Un soir, Jean-Louis est passé me voir. Il devait avoir quoi, dix-sept ans. Line était au lit depuis longtemps. Elle était encore un bébé. Je lui ai offert un verre. De verre en verre, nous avons fini la bouteille de whisky. Je me sentais seule, abandonnée, délaissée, comme Jade aujourd'hui. Ce beau jeune homme, affalé sur mon canapé, qui riait de mes bons mots…. Cela flattait mon ego. Il me disait que j'étais encore très belle, très attirante, qu'il ne comprenait pas pourquoi Jean s'acharnait ainsi au travail au lieu de s'occuper de moi. Puis, il s'est approché et nous nous sommes embrassés. Finalement, l'étreinte a duré, jusqu'à ce que j'entende la clé de Jean tourner dans la serrure. Jean-Louis, à moitié nu, a filé par la fenêtre et j'ai accueilli Jean, étendue sur le canapé, à moitié dévêtue. Il a eu des soupçons immédiatement. Je n'ai jamais rien dit et Jean est parti sans savoir. Au moment de liquider la succession, Jean-Louis s'est rappelé à mon bon souvenir et ce moment d'égarement m'a coûté l'héritage de mon fils.

- Effectivement, c'est une famille sans histoire, bien propres sur eux ! marmonne Marraine.

***

Enfin, le client bavard était parti du bureau d'Arthur. Il n'avait pas manqué de rajouter, en sortant, qu'au regard des honoraires exorbitants qu'il payait au cabinet, il attendait plus de réactivité de la part de son conseiller, sans quoi, il se verrait obligé de trouver un nouvel expert-comptable. Arthur, incapable de converser tant son mal de crâne l'accaparait, ne sut quoi répondre et se contenta de sourire avant de refermer brutalement la porte de son bureau. Il s'allongea à même le sol, desserrant sa cravate et ouvrant le col de sa chemise. L'air lui manquait. Il aurait aimé ouvrir la fenêtre, pourtant la crainte de voir sa douleur s'accentuer encore par le bruit assourdissant de la circulation incessante le fit renoncer. Des tambours s'amusaient à résonner dans tout son crâne, paralysant son cerveau, altérant ses facultés mentales et affolant ses centres nerveux. Il avait la bouche pâteuse et sa langue collait à son palais. Il se recroquevilla sur lui-même et ferma les yeux. Le sol dur et froid n'était pas des plus confortables. Il se prit la tête entre les mains et resta là un moment, espérant que la douleur s'atténuerait un peu.

***

Le prêtre revient à la table, portant Gabriel dans ses bras.

- Voilà ! Ce petit bonhomme est de nouveau lui-même !

Il le dépose sur les genoux de Jade et retourne dans le couloir examiner Line, toujours inconsciente. Il sort sa loupe de sa soutane, l'observe minutieusement de la tête aux pieds et revient consulter l'arbre généalogique.

- Alors ? demande Jade.

Le prêtre pose sa loupe sur la table et repart sans un mot vers Line. Gabriel se saisit immédiatement de l'objet négligemment déposé à sa portée. Jade le lui enlève des mains de peur qu'il ne le casse et le repose un peu plus loin. A ce moment-là, elle remarque la croix ornée d'une rose gravée sur le manche.

- Curieuse coïncidence ! marmonne-t-elle entre ses dents.
- Quoi ? demande Marraine.
- Rien. Une idée qui m'a traversée l'esprit mais c'est sans intérêt pour le moment.

Jade se détourne et observe le prêtre. Il s'agenouille aux côtés de Line et s'apprête à verser quelques gouttes d'eau bénite sur son front lorsque celle-ci se redresse d'un bond.

- Ecarte-toi de moi. Pandora me protège et tes dons ne peuvent rien contre moi.

- C'est exact, confirme le prêtre en se relevant. Toutefois, ma fille, la haine qui ronge votre cœur est peut-être mal dirigée…

- Comment oses-tu ? Arthur est responsable de mes maux et il ne va pas tarder à le payer de sa vie.

- Ce n'est pas ce que dit l'histoire de votre famille, ma fille. Je conçois aisément que votre position soit fort désagréable. Vous vous êtes constamment effacée, dévouée, sacrifiée pour le mâle qui venait de naître. Et quelle a été votre récompense ? Du mépris et du dédain de la part de votre entourage ! Qui s'est soucié de votre peine d'avoir perdu l'un de vos parents ? Qui s'est intéressé à vos rêves d'adolescente ? Qui vous a consolée lorsque vous avez eu votre premier chagrin d'amour ? Qui ?

Décontenancée et perturbée d'être ainsi renvoyée dans son passé, Line ne sait plus quoi répondre. Le prêtre poursuit :

- La réponse est l'enfant ! Celui-là même qui vous a volé votre place ! Car malgré le rôle que votre mère s'est efforcée de lui faire tenir, elle n'a pu altérer son jugement qu'à l'adolescence. L'enfant, pur comme de l'or, ne connaît pas encore l'orgueil, la suffisance, l'égoïsme. Il aime tout simplement.

- Assez ! hurle Line. De toute façon, il est trop tard. Les dés sont jetés…persifle-t-elle en regardant le téléphone qui se met subitement à sonner.

Marraine passe le combiné à Jade qui devient toute pâle.

- Arthur a eu un malaise, explique-t-elle, à peine a-t-elle raccroché. Ils ont fait venir le SAMU mais ils n'ont rien trouvé de particulier sauf une grosse fatigue ! Je veux qu'elle sorte de chez moi ! s'énerve Jade en pointant Line du doigt.

- Je comprends. Je vais les libérer. Attention à vos propos toutefois, elles ne se souviendront de rien, absolument rien ! Nous avons maintenant l'avantage d'avoir démasqué l'une des Ombres, il serait dommage de perdre notre courte avance en bavassant trop.

- Même Line ?

- Dans son cas, son amnésie risque de n'être que temporaire.

Le prêtre lève les bras. Jade et Marraine l'observent, attendant impatiemment d'assister à une scène grandiose. Pourtant, le curé compte seulement jusqu'à trois et claque des doigts. Line et Louise redeviennent elles-mêmes, du moins elles reprennent le visage et les attitudes habituelles dans cette vie-là. Pendant qu'elles recouvrent doucement leurs esprits, Jade et Marraine manifestent leur déception de la simplicité de la scène.

- C'est tout ? On s'attendait à voir des flammes sortir de vos mains!

- Je pratique la magie blanche, mes filles, je ne suis pas David Coperfield !

La grosse dinde et la Madone des Sept douleurs prennent congé sans demander leur reste, ce qui arrange bien Jade.

- Vous avez retenu la leçon ma fille ? La perfidie des Ombres est sans limite !

- Mon père, aujourd'hui, nous avons bien progressé pour Arthur et je ne vous cache pas que c'est surtout pour Gabriel que je me donne autant de mal, bien que je me demande comment je vais retrouver la trace de leur ancêtre inca…

- La lumière vous guidera, ma fille. Gardez confiance.

- Mais, de mon côté, nous n'avons pas avancé d'un iota.

- En même temps, ma fille, vous n'avez toujours pas complété votre arbre !

- C'est vrai ! J'ai un tout petit souci à régler ou plutôt une petite énigme à résoudre pour accéder aux documents qui me permettront de compléter ma branche.

- Une énigme ?

- Oui, j'avais une grand-mère facétieuse. Il faut que je trouve le poids d'un petit pois pour ouvrir la malle où Grand-Mère a enfermé les papiers de famille !

- Un petit pois ? Je regarderai dans mes grimoires si ce sujet est abordé. Et vos cauchemars ? Ne vous ont-ils donc rien appris de plus ?

- Eh bien, ces derniers temps, Phœnix s'obstine à me remontrer la même scène et je n'arrive pas à déchiffrer le message que la femme que je rencontre me murmure…

Cependant, le curé enchaîne aussitôt :

- Quelle heure est-il ? dit-il en cherchant du regard l'horloge de la cuisine. Bien, nous avons le temps ! L'ensorcellement de Gabriel a également ralenti votre progression dans les indices disséminés dans vos cauchemars. Nous allons essayer de rattraper un peu de temps, maintenant que votre petit garçon est libéré. Marraine, emmenez Gabriel jouer dans sa chambre, je vous prie.

Marraine s'exécute aussitôt.

- Jade, allongez-vous sur votre canapé.

Le prêtre débute son incantation, marmonnant dans sa barbe des paroles inaudibles et incompréhensibles. Jade ressent cette douce chaleur, dont elle est coutumière maintenant. Sa tête lui paraît lourde, tellement lourde. Elle sombre dans un profond sommeil. Tout est noir. Jade voit enfin une lumière pointer au loin. Elle se dirige vers la source de la clarté. Phœnix l'attend dans un grand pré verdoyant. Elle caresse l'animal mythique avant de grimper sur son dos. Il déploie ses larges ailes et dans un battement élégant, prend son envol. Jade s'accroche à ses plumes, le vent frais caresse son visage. L'oiseau de feu et sa cavalière planent au-dessus des nuages.

Le spectacle est magnifique, saisissant. Jade emmagasine de superbes souvenirs dans son cœur. Elle se sent presque détendue lorsque l'animal amorce la descente vers leur destination. Il rabat ses ailes le long de son corps et fonce en piqué vers le sol, trouant les nuages sur son passage. Jade s'agrippe tant bien que mal, le vent fouettant, à présent, son visage. La chute vertigineuse semble durer une éternité. Puis, à quelques mètres du sol, Phœnix déploie largement ses ailes, freinant quasi instantanément et se pose en douceur sur la terre. Le voile de poussière soulevé dans les airs par l'atterrissage de l'oiseau géant retombe doucement dévoilant un lieu agréable. Jade regarde autour d'elle. Elle se trouve devant l'entrée d'une grotte. En aval, se dessinent les rues de la ville. En amont, un chemin s'enfonce dans la campagne. Son instinct lui conseille d'emprunter le sentier terreux. Elle s'engage dans la montée ombragée çà et là par des oliviers. Le soleil tape sur ses épaules dénudées. Bientôt, son corps se couvre d'une légère sueur tant la montée est raide. Elle se sent moite et s'allongerait volontiers sous un des oliviers, pour se rafraîchir d'un soda bien frais. Enfin, au détour d'un renflement capricieux, une place apparaît. Devant la devanture d'un commerce, un petit attroupement est formé. Jade s'approche discrètement. La conversation est ponctuée d'éclats de rire, et chacun y va d'un petit mot de félicitation. Au début, Jade suppose que l'homme au centre du groupe, brandissant victorieusement un journal dans sa main, est l'objet de la réunion improvisée. Elle comprend rapidement à la gestuelle de l'homme qui désigne systématiquement sa compagne à ses côtés, que l'attention du groupe est dirigée sur sa femme. Elle est ravissante à souhait. Une longue robe, cintrée sur sa taille fine, laisse deviner un corps gracile, finement sculpté. Elle fait tourner son ombrelle délicatement posée sur son épaule. Sans doute un tic de nervosité. Son large chapeau délicatement orné d'un voile de tulle cache à moitié son visage. Toutefois, le tracé parfait de sa bouche laisse supposer la finesse de ses traits. Un léger picotement dans la nuque indique à Jade de fouiller dans sa mémoire. Elle a déjà vu cette bouche quelque part. Le groupe se sépare avant que Jade n'ait pu apercevoir le visage de la femme en totalité. Le couple s'éloigne et Jade décide de les suivre. Elle arrive bientôt devant une grande maison, dans laquelle le couple rentre. Le portail est ouvert, Jade se faufile dans le jardin. Des bosquets entiers d'œillets mignardises bordent le tour de la maison jusqu'au perron. Jade, essayant de se situer, détaille la bâtisse. Lorsque ses yeux se posent sur la frise agrémentant le haut de la façade, elle n'a plus de doute. Elle se trouve dans un quartier de Nice au début du siècle. Jade se glisse, tel un félin, jusqu'à une fenêtre pour observer le couple. Elle appréhende quelque peu ce qu'elle va découvrir, habituée à ce que ses rêves les plus merveilleux tournent aux cauchemars les plus effrayants. Pourtant, l'atmosphère semble toujours aussi légère, et il flotte dans l'air un arôme de bonheur partagé. La femme, de dos, a ôté son chapeau. L'homme la serre tendrement dans ses bras, et un sourire radieux éclaire son visage moustachu. Jade voit de l'amour et de l'admiration sincère dans les yeux de l'homme. Son cœur se serre devant ce tableau idyllique d'un amour parfait qu'elle ne connaît pas, bien qu'elle le souhaite ardemment. Les mots qui s'échappent du couple sont doux et tendres. Un cocon d'harmonie se dégage d'eux. Jade s'éloigne discrètement, laissant leur intimité aux amoureux. Elle s'apprête à redescendre le chemin, lorsqu'en passant devant la table du jardin, elle remarque le journal posé dessus. Sans soute, l'homme en passant l'aura négligemment laissé là, pour revenir le lire plus tard. Jade lit le bandeau de l'en-tête. La date confirme son évaluation de l'époque où elle se trouve. « 24 Juillet 1910 ». Elle feuillette rapidement le journal, espérant tomber sur l'article qui suscitait tant d'émotion au couple. Elle s'oriente sur les publications des bans, persuadée qu'il s'agit de leur mariage. En vain.

Elle repart, déçue, franchissant le portail sans avoir trouver le moindre indice. Phœnix l'attend un peu plus loin sur le chemin. L'heure du retour en 2013 a sonné.

Lorsque Jade ouvre les yeux, elle voit le curé à ses côtés, attendant patiemment son réveil.

- Alors ? demande-t-il, curieux.
- Je ne sais pas, répond Jade en se frottant les yeux, encore mal réveillée. Je n'ai vu que des gens heureux,...
- Chut ! coupe le curé. Johanna arrive !

Tandis que la porte d'entrée s'ouvre sur la préadolescente, Jade saisit brusquement le curé par le bras.

- Qu'est-ce que vous avez dit ?
- Que Johanna rentre ! Pourquoi ?
- Johanna ! La femme dans la geôle...C'est une partie de ce qu'elle me dit !
- Alors quoi ? Elle vous mettrait en garde pour votre fille ? Ça n'a pas de sens ! Nous l'avions compris depuis longtemps ! Autant Gabriel héritera du karma d'Arthur en cas d'échec, autant Johanna risque d'hériter du vôtre !
- Il faut que je réfléchisse...murmure Jade.

Jo vient embrasser sa mère, après avoir jeté son lourd cartable au sol.

- Alors ? Où sont-ils ? demande la jeune fille avec un large sourire.
- Qui ? demande Jade, perplexe.
- Papi et Mamie ? C'est bien aujourd'hui qu'ils doivent arriver, non ?

Jade saute du canapé d'un bond.

- Bon sang ! Avec tout ça, j'avais complètement oublié !

Telle une tornade, elle se rue dans la cuisine, met le rôti au four, tout en saluant le prêtre qui prend congé rapidement. Marraine s'affaire à ranger le salon, avec Gabriel et Johanna. Jade fonce dans la chambre d'amis, camouflant les affaires qui traînent sur son passage en les jetant dans les placards. Le lit fait, elle prend le temps d'agrémenter la chambre d'un bouquet de roses cueillies dans son jardin, avant de filer dans la salle de bain, donner un coup de propre.

Une demi-heure plus tard, la maisonnée a retrouvé un semblant de netteté. Jade avait eu à peine le temps de ranger ses produits ménagers quand la sonnette retentit.

- C'est eux ! s'écrie Jo en se précipitant pour ouvrir la porte.

Elle affiche un air dépité lorsqu'Arthur rentre dans le salon.

- Tu sonnes, maintenant ? T'as besoin d'un portier ? nargue la jeune fille.

- J'ai oublié mes clés, ronchonne Arthur, visiblement toujours mal en point. Pourquoi ? Tu attends quelqu'un ?

Jade intervient.

- Oui, je t'en avais parlé ! Mes parents arrivent aujourd'hui…Mais, si tu es fatigué…ils comprendront…Va te coucher.

Arthur part vers la chambre en maugréant.

- Tant mieux ! claironne Jo. Au moins, il ne nous gâchera pas la soirée !

Jade s'apprête à la sermonner lorsqu'un second coup de sonnette se fait entendre. Johanna se précipite à nouveau.

- Cette fois, c'est eux !

Claire et Léon embrassent leurs petits-enfants, trop heureux de les serrer enfin dans les bras. Marraine s'éclipse discrètement, laissant la famille à leurs retrouvailles. L'ambiance chaleureuse de la soirée réchauffe le cœur de Jade. La conversation va bon train autour de la table, les convives sont détendus et les rires fusent de part et d'autres. Jade aurait tellement voulu que les soirées se passent comme ça, avec Arthur et ses enfants. Le contraste est saisissant où chacun n'ose dire un mot, mange le nez dans son assiette, pressé que le repas se termine enfin, avant qu'une seule parole ne déclenche les foudres du pseudo chef de famille. Jade chasse ses tristes pensées et profite pleinement du moment présent. Il est de courte durée pour ce soir, Claire et Léon étant exténués par leur voyage. A 22h00 tapantes, tous sont couchés. Tous, sauf Jade qui ne déroge pas à la règle de faire son petit tour sur le net. L'introduction de Günter l'incite à poursuivre la lecture de son opus :

Je suis seul à écrire notre article aujourd'hui ! Espérance est en balade et m'a abandonné devant ma feuille blanche ! Oh, bien sûr, comme toutes les femmes, elle n'a pas oublié de me laisser quelques directives quant à l'orientation qu'elle souhaite que prenne notre article aujourd'hui. Alors, je me lance, en espérant qu'elle approuvera ma plume à son retour !

Un don de la lune noire.

En me retrouvant accoudé au bar de l'astral, durant une de mes remontées dans le royaume des âmes, j'essayais d'analyser mes karmas emplissant mon sac à dos, afin de décider duquel j'allais tenter de me libérer dans ma prochaine vie.

Je feuilletais tranquillement les pages de mes vies passées, cherchant le mécanisme qui m'avait conduit à cristalliser des situations que j'aurais préféré éviter. Oh, bien sûr, j'étais conscient que ce travail préalable serait effacé de ma mémoire aussitôt que j'aurais poussé mon premier cri de nouveau-né.

Seulement, je savais aussi qu'au fil des ans, mon écran disparaîtrait, et, la lune noire me doterait de dons qui me permettraient d'accéder de nouveau à mes mémoires passées. Je ne perdais donc pas mon temps à me lancer dans ce travail fastidieux.

Puis, soudain, le doute me prit et je me surpris à réfléchir à voix haute.

- Et si la lune noire ne m'autorisait pas à accéder à mes dons ? Puis, quel don terrestre pouvait bien me permettre de

retrouver ma mémoire karmique ? Je ne suis ni plus intelligent ni plus éclairé qu'un autre ?

- Tu doutes de la lune noire ? m'interroge une voix dans mon dos que je reconnais aussitôt. C'était Pierre, le passeur d'âme.

- Oui, Pierre ! Vois-tu, j'ai beau lire et relire les passages du livre de ma vie, je ne vois pas quel don m'a été confié ?

- Tu ne lis pas là où il faut. Ouvre ton sac à dos, fouille encore dans le fond, tu trouveras ton don. Il peut être multiple. Pour certains, il s'agit de la parole, pour d'autres, la musique, et pour d'autres encore, l'écriture.

Je regardais tout au fond, retournais même mon sac à dos et le secouais pour en faire tomber son contenu. J'allais m'affoler lorsqu'enfin le don tomba sur le zinc froid. Le voilà, le précieux don de la lune noire.

Je vous laisse deviner, vous, chers copinautes, de quel don la lune noire a bien pu me doter. Ces quelques lignes ont dû déjà vous éclairer.

Jade murmure dans un souffle.

- L'écriture, Günter, l'écriture !

Puis d'un coup, une idée lui traverse l'esprit.

- Mais oui ! L'écriture !

Elle pianote rapidement sur son ordinateur et lance le moteur de recherche. Une poignée de secondes plus tard, le journal du 24 Juillet 1910 s'affiche sur son écran. Jade sourit et se plonge minutieusement dans la lecture de chaque article. Elle arrive à la dernière page, un peu déçue de n'avoir encore rien trouvé. La dernière ligne lue, elle repousse son ordinateur, franchement dépitée. Rien. Rien sur ce couple que Phœnix l'a emmené voir. C'est alors que son regard est attiré par le nom qui a signé le dernier article : « Johanna Palméro ».

- Nous y voilà ! souffle Jade.

Comateuse célébration

Quelques jours plus tard, Jade se réveille en sursaut au milieu de la nuit. Elle regarde autour d'elle, sans reconnaître réellement le lieu où elle se trouve. Pourtant, elle est certaine d'avoir regagné sa chambre après son rituel du soir. L'endroit est sombre. Il fait froid. Elle entend le roulement des vagues. Jade se redresse, cherchant de sa main son portable posé sur sa table de chevet, afin de voir l'heure qu'il est. Si les quatre heures du matin sont dépassées, elle se lève, sinon, elle s'accorde encore un moment de sommeil. Seulement, sa main ne palpe que du vide. La table de chevet n'est plus à sa place. Elle s'assied au bord du lit et effleure, du bout de ses pieds, ce qu'elle s'attend à être un carrelage glacé. Au contraire, le sol est mou, humide et quelque chose lui chatouille les orteils. Elle replie ses jambes contre elle. Elle a peur. Les nuages bas se dispersent un peu, laissant la lune éclairer l'endroit où elle se trouve. Les murs de la chambre, tout comme le mobilier, se sont effacés. Son lit trône dans un pré qui s'étend à perte de vue. Elle cligne des yeux, afin de s'habituer à la pénombre. Elle jette un coup d'œil circulaire et s'arrête sur une masse sombre, dont les contours alambiqués se dessinent en ombres chinoises. Le bruit des vagues s'échouant sur un roc semble provenir de cette direction.

- C'est reparti ! souffle-t-elle. Que m'arrive-t-il encore ?

Elle sent son cœur cogner dans sa poitrine. Rassemblant son courage, elle se décide à inspecter l'endroit. Elle pose ses pieds nus dans l'herbe fraîche et s'avance lentement vers la masse sombre qu'elle a du mal à distinguer rendant toute identification impossible pour le moment. Les bras tendus devant elle, telle une somnambule, elle s'approche lentement, tâtant le sol de ses orteils avant de poser son pied. La lune joue à cache-

cache avec les nuages menaçants. Jade pousse un juron. Une racine qu'elle n'avait pas détectée lui écorche la voûte plantaire :

- Ce n'est pas le moment de te voiler, ma belle, lance-t-elle à l'attention de l'astre luisant. J'ai besoin de ta lumière !

La lune, comme si elle était réceptive aux demandes de Jade, dévoile son disque rond et lumineux en entier. Le cœur battant, Jade est heureuse d'avoir quelques rayons de clarté.

- Merci bien, ma bonne Dame ! lance-t-elle à l'attention du disque de lumière.

Le fait de s'inventer un pseudo dialogue avec la lune la rassure quelque peu. Elle poursuit son avancée vers la masse qui ressemble à présent plus à une dentelle qu'à un bloc monolithique comme elle l'avait supposé au départ.

C'est une végétation épaisse qui s'offre à son regard. Des lianes s'entremêlent comme un napperon ajouré réalisé au crochet, les arbres se rejoignent en leurs cimes, des bosquets de plantes exotiques se serrent les uns contre les autres. Jade hésite, se tournant vers le pré rassurant et éclairé. Les embruns viennent chatouiller ses narines. Le déferlement des vagues sur la roche s'intensifie. Son instinct lui commande de continuer à avancer dans la jungle alors que son mental, dirigé par la peur, l'incite à faire demi-tour. Jade fait face à la barrière végétale :

- Si je ne te franchis pas aujourd'hui, je me doute que tu reviendras hanter mes nuits !

Jade s'enfonce d'un pas décidé dans le bois faiblement éclairé. Elle progresse péniblement au milieu des lianes et des branchages. Une clarté assez vive en face d'elle la guide dans l'obscurité, les arbres touffus empêchant les rayons de lune de pénétrer le sous-bois. Jade ne quitte pas la lumière des yeux et se dirige lentement vers elle, guidée par cette clarté rassurante. Enfin, lorsqu'elle a traversé un buisson épineux, l'horizon se dégage. Jade reconnaît l'endroit immédiatement : la falaise. La jeune femme longe le bord escarpé, dépassant l'entrée du chemin tortueux qui permet d'accéder à la plage située en contrebas. Elle voit un homme passer devant elle, sans qu'il s'aperçoive de sa présence. Il la frôle même. Il s'enfonce dans l'épais brouillard qui recouvre maintenant l'étendue verdoyante du sommet de la falaise. Elle le reconnaît immédiatement et l'appelle à pleins poumons :

- Arthur ! Arthur ! Arrête ! Non !

Il ne l'entend pas. Jade distingue à peine la silhouette qui s'éloigne. Elle fait mine de s'élancer vers elle, lorsque, soudain une main se pose sur son bras, la retenant fermement. Elle se retourne vivement pour faire face à la personne qui l'empêche de rejoindre Arthur, prête à se débattre. Émue de découvrir ce visage depuis longtemps disparu, Jade, stupéfaite, marque un temps d'arrêt, oubliant Arthur et le drame qui allait se jouer. Elle murmure en tendant sa main pour effleurer le visage de la vieille femme :

- Grand-mère ! Mais comment…

La vieille femme sourit tendrement à sa petite fille. Elle met un doigt sur ses lèvres et l'incite à se retourner pour observer la scène. Le brouillard s'éclaircit par endroit, comme si la scène d'un théâtre venait d'allumer un projecteur et de le braquer sur l'acteur principal. Arthur n'est plus seul. Deux hommes, vêtus d'une culotte bouffante à épaisses rayures vertes et jaunes, coiffés d'un casque de conquistador, le tiennent fermement par les bras et l'entraînent vers le bord de la falaise.

Le vent s'est levé en rafales froides et puissantes. L'océan, en contrebas de l'à-pic, s'affole et s'abat de plus en plus violemment sur la petite plage où Jade se tenait dans l'un de ses cauchemars. Jade regarde sa grand-mère, restée à ses côtés pour observer la scène. La vieille femme a une peau fine et claire, très peu ridée. Grand-mère encourage Jade à regarder. Le vent dégage du brouillard un groupe de personnes, se tenant sur la droite. Un homme, richement paré, est à la tête du groupe. Jade devine que la personne lui est familière, sans toutefois arriver à la reconnaître avec certitude. Il s'avance d'un pas et lève le bras, son poing est serré et seul son pouce se dresse. Du groupe resté en arrière, on entend une femme hurler. Elle essaie de se dégager du groupe et de courir vers Arthur. Sa robe longue et bouffante l'empêche de se déplacer rapidement. Pas suffisamment rapidement pour que des hommes ne la rattrapent et ne la jettent à terre. L'un d'entre eux lui tord le bras dans le dos, l'obligeant à rester immobile. Un autre l'attrape par les cheveux, l'obligeant à regarder Arthur encadré des deux soldats espagnols. Celui dont le bras est levé hurle en retournant son pouce vers le sol :

- Que justice soit faite !

La femme à terre pleure et se démène. Arthur, ayant troqué son costume noir pour un pagne, se retourne vers elle, lui jetant un regard empli d'amour. L'espace d'une seconde, le temps suspend sa course. La femme se calme, renonçant devant l'inéluctable. Les soldats jettent Arthur du haut de la falaise. Le bruit sourd de son corps heurtant le roc se répand comme un écho. Les soldats se penchent et se délectent à regarder ce corps disloqué qui gît sur la plage, au bord de l'eau. L'homme, ayant ordonné la mort d'Arthur, part d'un rire sardonique. Le vent dégage à la vue de Jade, un autre groupe d'hommes vêtus de pagnes, certains de corpulence trapue, d'autres au contraire, extrêmement sveltes. Ce groupe-là est encerclé par des soldats espagnols armés de fusils à baïonnette.

- Voilà ce qui arrive lorsque l'on désobéit ! s'exclame d'une voix tonitruante celui qui a ordonné la mise à mort d'Arthur. Il s'allume un énorme cigare et tire une longue bouffée. Jade le reconnaît instantanément :

- Jean-Louis ! murmure-t-elle.

L'homme reprend de plus belle :

- Vous avez tous compris ! Si vous vous approchez encore de nos filles et de nos femmes, vous subirez le même sort ! Si vous refusez de travailler, vous serez jetés de la falaise ! Vous n'avez pas le droit de sortir de votre village, sauf pour travailler ! Vous nous appartenez, à nous, conquistadors espagnols. Votre vie désormais a pour seul but de nous servir, et de servir votre nouvelle patrie, l'Espagne !

Médusée, Jade observe la scène qui se déroule sous ses yeux et qui remonte à plusieurs siècles. Le vent tombe. Le brouillard envahit de nouveau le pré, masquant rapidement tous les protagonistes. Jade se tourne vers sa grand-mère, mais elle aussi, s'est évaporée dans l'épais brouillard. La purée de pois s'épaissit rapidement, oppressante et suffocante. Jade se débat. Elle se sent secouée, s'étouffe. L'oxygène lui manque, sa vue se brouille. C'est le trou noir.

- Maman, Maman ! Réveille-toi ! hurle Johanna dans les oreilles de Jade.

Jade se redresse d'un bond sur son lit. Elle se trouve bien dans sa chambre cette fois. Elle enlace sa fille, la serre fort contre son cœur et la couvre de baisers.

- Jo ! Je t'adore ! lui dit-elle, trop heureuse d'avoir été sortie de ce cauchemar terrifiant.

Jade repousse sa fille qui veut encore des câlins. Elle attrape le bloc de feuilles de dessin et complète rapidement l'esquisse. Elle griffonne au dos de la feuille quelques annotations décrivant la scène à laquelle elle vient d'assister. Sa fille insiste et se colle contre sa mère.

- Attends ! Deux minutes, Johanna ! Je termine cela tant que je me souviens!

Elle pose enfin son fusain et prend sa fille contre elle.

- Au fait, comment se fait-il que tu m'aies réveillée ce matin ? D'habitude, tu es une véritable marmotte ! Tu te lèves à midi le week-end !

Johanna la regarde, un sourire en coin dessiné sur sa bouche. Jade manifeste son incompréhension.

- Enfin maman, on est dimanche !

- Et ?
- Dimanche ! Le jour du baptême de Gabriel !

Jade se lève d'un bond.

- Bon sang ! Quelle heure est-il ?

Elle allume son blackberry, survivant d'une chute mémorable dans les WC la veille au soir, et s'alarme totalement.

- Non, non ! On va encore être en retard !
- Calme-toi ! Mamie s'occupe de Gabriel, Papi est allé nous chercher des croissants et Arthur travaille dans son bureau ! Cool, tout va bien ! On a largement le temps de se préparer !

Le bruit de la porte d'entrée qui claque se fait entendre. Jo rajoute en filant vers le salon.

- A table ! Les croissants sont arrivés !

Toujours sceptique quant à la capacité de sa famille à être fin prête à l'heure dite, Jade s'attable tout de même avec ses proches et mord avec délice dans un croissant encore chaud. Tandis que ses parents s'occupent de ses enfants, Jade profite de ce pseudo moment de détente pour lire l'article d'Espérance et Günter sur son portable. Sans s'en rendre compte, ces articles journaliers sont devenus en quelque sorte son baromètre pour la journée.

L'Autre.

Même lorsque l'orange est complète, il arrive que notre moitié nous énerve, nous déçoive, nous renvoie à des pensées négatives. Les vibrations les plus basses nous envahissent. Gare alors à ne pas laisser sortir de notre bouche, sous peine de le regretter, ces énergies destinées à rendre les blessures que l'Autre vient de nous infliger.

Surtout si l'on a compris que l'Autre n'est que notre reflet. Il est en fait un miroir devant lequel on se mire. Il ne s'agit pas de notre enveloppe physique que l'on contemple ainsi, mais bien de notre âme nue, sans artifices. L'Autre reflète nos atouts même s'ils sont encore méconnus, mais aussi nos blessures les plus profondes.

La réflexion devant cette évidence nous pousse donc à envisager deux solutions. Soit, rejeter complètement cette idée absurde et rendre à l'Autre les défauts dont il nous affuble. Soit, se regarder bien en face, et comprendre. Comprendre qui l'on est au fond de soi. Accepter de n'avoir pas toujours agi par pure bonté. Reconnaître que certains traits de notre caractère aient pu blesser.

Une fois ce long travail effectué, dans le miroir de l'âme, nous verrons enfin se refléter l'Homme ou la Femme que nous sommes en vérité. Les attaques par pure jalousie ou mesquinerie ne réveilleront plus nos vieilles blessures enfouies. Comme par magie, elles auront cicatrisé puisque nous aurons accepté d'avoir été un jour imparfait.

Laissons la lumière nous guider, rendons au passé les secrets les mieux gardés. Ainsi, nos âmes purifiées retrouveront la pureté de l'or.

- C'est intéressant ? s'enquit Léon en se penchant pardessus l'épaule de sa fille.
- Oui ! J'aime bien ce blog. Il ouvre à une certaine philosophie de la vie qui me plait bien. Malheureusement, je n'ai pas encore trouvé le moyen d'accéder à leur sagesse spirituelle.
- Pourtant, les articles de ton blog ont profondément évolué depuis que tu as commencé à l'écrire…intervient Claire.
- Mais ?...Comment ?...Marraine !
- Oui, Marraine. Et elle a bien fait ! Tu es vraiment très douée !

Jade réalise aussitôt que si ses parents lisent son blog, ils savent que son couple est en péril. Sa mère confirme sa pensée.

- Nous n'étions déjà pas dupes avant de partir, tu sais. Mais Marraine nous a convaincu que tu allais réussir à gérer la crise, et elle nous a promis de veiller sur toi. De loin, nous avons donc suivi l'évolution de ton chemin, à travers nos appels journaliers mais aussi par les articles que tu publiais. Nous avons bien failli revenir lorsque tu as publié l'article intitulé « Egoïste ». Ton père voulait casser la gueule à Arthur…

- Je ne voulais pas vous mentir, juste vous protéger ! Il fallait que j'arrive à affirmer mon autonomie ! J'ai fait une erreur et je l'assume, seule pour une fois, sans vous appeler au secours…Je ne suis pas malheureuse et les enfants non plus. Je…

- Nous sommes là et nous serons toujours là, Jade. Tu peux compter sur nous. Et ta mère a raison, tu as réellement un don pour l'écriture. On sent dans tes articles que tu te libères vraiment de tout ce qui t'a contrariée ou émue ou même amusée dans la journée. C'est très rare…

- Me libérer par l'écriture…murmure Jade. Le don de la lune noire….

- Quoi ? demande Claire.

- Rien…Tu sais si dans notre famille, il y avait une Johanna Palméro ?

- Non ! Je vais réfléchir…Qui est-ce ?

- Elle a signé un article dans un journal paru en 1910, et…

- 1910 ! intervient Léon. C'est extrêmement rare pour l'époque ! Une femme journaliste qui ose signer de son nom les articles qu'elle écrit…Chapeau bas, Madame ! Et je ne te parle pas de l'audace du rédacteur en chef d'embaucher dans son groupe une…femme ! Elle devait être vraiment talentueuse et culottée !

Jade voudrait poursuivre la conversation, seulement Claire, ayant aperçu Johanna sortir de la salle de bain, lui coupe l'herbe sous les pieds.

- Nous reparlerons de tout cela plus tard, il ne faut plus traîner maintenant, sinon notre petit roi sera en retard pour son baptême ! Je vais aider Jo à se préparer ! Je lui ai acheté un gloss, tu n'es pas contre au moins ?

- De toute façon, je suppose que tu lui as déjà offert ! Donc, je n'ai plus rien à dire ! s'esclaffe Jade. Allez, petit roi, C'est l'heure de ta toilette !

Gabriel suit docilement sa maman et Claire rejoint Johanna dans sa chambre. Jade, tout en lavant son petit garçon, entend la conversation de Claire avec sa petite fille. La discussion tourne essentiellement autour du fameux gloss et du choix des boucles d'oreilles que Johanna entend porter. L'ambiance est gaie. Gabriel, pour une fois, se laisse manipuler sans trop de résistance. Jade lui enfile sa belle chemise blanche, achetée pour l'occasion et s'efforce de la boutonner. Elle entend soudain la musique du Lac des cygnes. Elle s'immobilise et tend l'oreille.

- C'est maman qui a ramené cette boîte à musique de chez Grand-mère ! Elle y est allée l'autre jour chercher des papiers je crois !

- Oui, je sais ! Elle me l'a dit !

Claire prend la boîte à musique dans ses mains. Les notes se sont arrêtées et la ballerine s'est immobilisée sur son socle. La nostalgie qui l'envahit fait remonter ses souvenirs d'enfance à la surface.

- Tu vois, ma mère adorait cette boîte à musique. Elle remontait inlassablement la clé et la ballerine tournait encore et encore. Lorsque j'étais petite, je passais des heures à jouer avec ! Ta maman aussi d'ailleurs ! Je crois qu'une fois, je l'ai faite tomber et comme un ressort avait sauté, ma mère l'avait porté en réparation et me l'avait de nouveau confiée, me rappelant d'y faire bien attention !

- Pourquoi ? demande Jo en brossant ses longs cheveux.

- Parce qu'elle y tenait particulièrement, je pense. A chaque fois que je prenais la boîte à musique, ma mère me disait :

« Prends en bien soin ! Regarde ! Dès la première note, la ballerine vole dans les airs, portée par sa grâce ! Elle se hisse sur la pointe de son pied et entame, avec légèreté, sa lente ascension dans les sphères magiques de l'Éden. Alors, ne pesant pas plus qu'un petit pois, son âme accède à l'au-delà ! » .

Jade, à ces mots, manque de peu de lâcher Gabriel. Elle fait instantanément le rapprochement avec la malle et se souvient alors que sa grand-mère lui répétait cette phrase dès que ses petits doigts potelés se saisissaient de la fameuse boîte à musique. La suite de la conversation était chaque fois la même, et les paroles immuables revinrent subitement à l'esprit de Jade :

- Grand-mère, combien pèse un petit pois, alors ?
- Un petit pois, je ne sais pas, répondait Grand-mère. Quant à l'âme de la ballerine spirituellement élevée grâce à la ritournelle, son poids exact et précis est de vingt et un grammes tout rond. Souviens-toi de ce détail, Jade. Dans ta vie, lorsque tu n'y penseras plus, il te sera utile !

Jade eut envie de se précipiter sur la malle et de rentrer le code : vingt et un grammes tout rond. Deux chiffres, une lettre, deux chiffres. Le poids de l'âme, évidemment. Sacrée Grand-mère ! La solution de l'énigme ne pouvait être que cela. Pourtant, Jade doit tempérer son envie. Le baptême de Gabriel est prioritaire aujourd'hui. Elle testera la combinaison, ce soir, lorsque tous dormiront. La curiosité la dévore. Jade dépose Gabriel dans les bras de Claire et file se préparer à son tour. Une bonne douche, un peu de mascara sur les cils, une robe légère, des escarpins et le tour est joué. Après tout, le roi de la journée est Gabriel, les secrets de famille ne vont pas s'envoler en une journée. Tout le monde est fin prêt à l'heure dite.

A leur arrivée devant le parvis, certains invités sont déjà là et d'autres se font un peu désirer. Les embrassades sont d'usage et Gabriel passe de bras en bras, chacun voulant tenir le roi de cette journée. Les conversations vont bon train, et tous patientent sur le parvis de l'église en attendant que les portes s'ouvrent. L'ambiance est détendue. Les invités portent des tenues très colorées à l'image du ciel qui affiche un azur parfait. Jade sourit, ayant un petit mot gentil pour chaque invité, même pour son affreuse belle-mère et sa sournoise belle-sœur. Johanna, accompagnant sa maman dans son rôle d'hôtesse, se retient même d'émettre une remarque désobligeante sur la tenue de Line. Jade constate que la leçon a porté ses fruits. Elle souhaite que la journée se déroule sans incident, ni discorde. Saluer Jean-Louis, après le cauchemar de cette nuit, reste un exercice plus difficile. Pourtant Jade réussit à l'accueillir, passant avec succès l'épreuve de l'hypocrisie. Clotilde et Gino sont présents, bien entendu. Jade se détend un peu en les apercevant.

- Tu es ravissante Marraine !

- Je ne pouvais que me faire belle pour mon petit filleul, répond Clo en le prenant contre elle.

- Gino, tu as réussi à te libérer pour la cérémonie ! C'est gentil !

- Jé n'aurais manqué céla pour rien au monde, dit Gino en prenant le petit dans ses bras.

Pour une fois, Gino a délaissé sa tenue de cuisinier et a adopté un style plus élégant, à l'italienne. La chemise en pure soie dénude le cou de l'homme, habituellement masqué par le col mao de sa tunique. Une épaisse chaîne aux maillons travaillés pend à son cou. Attiré par tout ce qui brille, Gabriel l'attrape et tire dessus. Jade intervient et, tout en détachant les mains curieuses et maladroites du bijou, elle aperçoit le pendentif.

- Une croix surmontée d'une rose ? J'ai déjà vu cela quelque part ! N'est-ce pas Marraine ?

Clotilde chausse ses lunettes pour éviter le regard de Jade. Sentant l'atmosphère se tendre, Gino prend la parole.

- C'est un bijou qui a une signification particulière pour nous. Nous nous le sommes offert réciproquement pour marquer …

Marraine coupe la parole à Gino, sans ménagement.

- Ma petite chérie, tu es une grande fille maintenant ! Donc, Gino et moi sommes amants ! Je n'ai pas voulu te le dire avant parce que j'ai droit à une vie privée mais, comme tu t'en doutes, bien que je ne me sois jamais mariée, je n'ai pas non plus fait de vœux de chasteté. Voilà, tu sais tout !

- Tu me mens encore ! s'emporte Jade.

- Quoi ? Jamais de la vie ! proteste Marraine.

- Ah oui ? Alors comment se fait-il que cette croix surmontée d'une rose se trouve aussi sur la loupe du curé ? Il est peut-être lui aussi ton amant ? Marraine, je ne comprends plus. Tu m'as dit de te faire confiance, et tu recommences à me dissimuler des choses ! Explique-moi !

Jade accuse Marraine tel un procureur sortant ses preuves pour faire condamner un criminel.

- Jade, je ne peux rien t'expliquer de plus pour le moment…Fais-moi confiance, c'est tout !

- Nous ne pouvons t'en dire davantage…Ta quête va bientôt commencer et... intervient maladroitement Gino.

- Nous ? Tu es son complice ? Ma quête ? De quoi parlez-vous, tous les deux ?

Le père François ouvre enfin les lourdes portes de l'église, laissant pénétrer quelques rayons de soleil dans l'édifice obscur. Il s'avance sur le pas de la porte de l'église et demande d'une voix forte, stoppant net les piaillements des invités :

- Qui veut se faire baptiser aujourd'hui ?

Jade s'avance, Gabriel dans les bras, et souffle discrètement à Marraine, juste derrière elle.

- Une fois la cérémonie achevée, je veux que tu me dises toute la vérité ! Marre des faux-semblants ! J'ai l'impression que tu me trahis !

- Non, Jade ! Jamais je ne ferais une telle chose !

- Pourtant, c'est ce que je ressens ! Alors, si tu me plantes un poignard dans le dos, toi aussi…Je me sens étranglée, prise au piège par tout ce qui arrive en ce moment…Entre Arthur, et ses sautes d'humeur à la limite du caractériel, et ma belle-famille, certainement descendant direct des esclavagistes, je n'en peux plus ! Je veux bien essayer d'accepter et de modifier mon comportement pour que tout s'arrange…Ne me lâche pas…J'ai besoin de toi !

- Je suis là ! confirme Marraine en posant sa main sur l'épaule de Jade.

- Qui veut se faire baptiser aujourd'hui ? redemande le prêtre, un ton plus haut que précédemment.

Jade et Arthur s'avancent devant lui et présentent Gabriel au curé en récitant :

- Gabriel, notre fils.

- Qui demande le baptême ?

- Nous, ses parents, répondent en chœur Jade et Arthur.

- Où sont son parrain et sa marraine ?

- Nous sommes là, précisent Clotilde et Anthony, se tenant derrière Jade et Arthur.

Le prêtre se signe. Son geste est repris par l'ensemble de l'assistance qu'il invite à pénétrer dans l'église :

- Entrez dans la maison de Dieu ! clame le curé, s'écartant du passage.

Le père François reste à la porte de l'église. Les invités défilent devant lui, en cortège. Il reconnaît au passage Louise, engoncée dans un tailleur qui met en valeur ses bourrelets, suivie de sa fidèle dame de compagnie, Line, arborant sa jupe plissée préférée et ses baskets turquoise. Le père François réprime un sourire sur leur passage. Le curé perçoit des vibrations négatives au passage de Jean-Louis, le demi-frère diabolique. Il s'engage à la suite du dernier invité entré et prend sa place dans le chœur.

Sans tarder, il entame la lecture des textes bibliques, préalablement choisis avec Jade, Arthur n'ayant pas eu le temps de s'y intéresser. Claire et Léon se sont installés dans l'allée de droite afin d'être à leur aise pour filmer la cérémonie, moment important dans la vie de leur petit-fils. Jade, assise au premier rang, à côté d'Arthur qui, pour une fois, tient sa main dans la sienne, comme un couple uni et harmonieux, regarde son petit bonhomme aller et venir devant eux, incapable de rester en place. Sur la gauche de Gabriel, est suspendue au mur une représentation de la Vierge Marie. Quelque chose attire subitement le regard de Jade…

Une lueur étrange se dégage de l'icône. Jade perd son sourire et observe plus attentivement la sainte femme. La lueur s'intensifie au point de devenir une clarté presque aveuglante. Jade regarde autour d'elle, personne ne semble y faire attention, à part elle. Puis la clarté s'estompe peu à peu, laissant la place à une forme humaine, vaporeuse et évanescente. Jade n'en croit pas ses yeux. Elle observe encore et encore. Les traits du visage de l'âme se dessinent de plus en plus nettement. Jade reconnaît alors sa grand-mère. Flottant légèrement à quelques centimètres du sol pavé et froid de l'église, l'éther auréolé de lumière vient s'installer à la gauche de Jade, la place étant libre. Elle lui sourit et la douceur qui émane de Grand-mère apaise la jeune femme. Personne dans l'assistance ne la voit à part elle. Grand-mère[2] pose sa main sur l'épaule de Jade et se penche vers son oreille :

« « « « Tu en as mis du temps pour accepter l'invisible ! Je me demandais combien de temps encore, il allait falloir que je patiente avant de pouvoir de nouveau communiquer avec toi !

---

[2] Comme la grand-mère n'est plus que l'écho de ce qu'elle fut, ses paroles sont insérées dans des guillemets « « « « » » » » »

Enfin, tu as retiré ces lunettes aveuglantes que l'on nous impose à notre naissance ! » » » »

Une fois la surprise passée, Jade aurait eu envie de sauter au cou de Grand-mère, de la serrer dans ses bras, de l'embrasser. Un large sourire illumine son visage. Seulement, elle se contente de chuchoter sa réponse, ne voulant pas attirer l'attention.

- Je vois que tu n'as pas changé, Grand-mère ! Moi aussi, je suis contente de te voir et de t'entendre à nouveau ! Tu m'as manqué !

Grand-mère sourit et poursuit :

« « « « Tu m'as appelée dans le grenier ! Tu as demandé mon aide ! C'est pour cela que je suis là ! » » » »

- Oh ! Excuse-moi de t'avoir dérangée, mais je crois que tu as fait le voyage pour rien ! Nous avons découvert le, enfin les problèmes liés à nos karmas grâce au père François. L'arbre généalogique a révélé ses secrets, enfin une partie ! Tout va s'arranger maintenant avec un peu de temps ! Il faut que je comprenne encore deux ou trois petites choses et ça ira !

Grand-mère prend un air affligé, surprenant Jade.

« « « « Tu te trompes ! Enfin, pourquoi crois-tu que je t'ai dévoilé cette scène du passé la nuit dernière ? Tu ne t'en souviens donc pas ? » » » »

- Si, bien sûr ! Parfaitement même ! D'ailleurs, cela me met encore mal à l'aise maintenant ! Assister à l'exécution de son compagnon ne s'oublie pas comme ça, penses-tu ?

Arthur, dont l'oreille entend les chuchotements de Jade, exerce une pression sur sa main qu'il tient entre les siennes. Jade se tourne vers lui et il lui fait signe de se taire. Cependant, Grand-mère n'en a pas fini avec Jade. Elle reprend :

« « « « Bien ! Donc tu as compris qu'Arthur est toujours en danger ! » » » »

- Grand-mère ! Il faut me laisser le temps de remonter à l'origine du problème. De là, la Révélation se fera d'elle-même, puis il ne restera plus qu'à accepter les incidences sur nos vies actuelles et le tour sera joué ! J'ai bien compris cela ! Et nous aurons déjoué le karma qui pèse sur Arthur, et par là-même sur moi !

Grand-mère se lève précipitamment, énervée de la simplicité du raisonnement de sa petite-fille, bousculant Gabriel sur son passage. L'enfant lève les yeux sur celle qui vient de le pousser et la désigne de son doigt. Confuse, Grand-mère sourit à son arrière-petit-fils :

« « « « Désolée mon bonhomme ! Tu es un costaud, toi ! Même pas mal ! » » » »

Le petit garçon semble approuver ce que dit Grand-mère. Jade assiste à la scène, ébahie.

- Il te voit et t'entend ?

« « « « Bien sûr ! Les bébés voient l'invisible jusqu'à environ quatre, voire cinq ans ! Il ne t'est jamais arrivé de rencontrer un enfant, ou même avec Johanna bébé, qui te parle et te montre son ami imaginaire ? » » » »

Jade reste soufflée. Bien entendu, elle avait toujours pris cela pour un jeu de l'enfant que de s'inventer un copain imaginaire. Elle se rappelle même que Johanna en avait un, ou plutôt une. Elle l'appelait « patchouli » et il n'était pas rare que Jade surprenne sa fille en train de mener une véritable conversation cohérente, seule, assise sur le tapis dans sa chambre. Jade bégaie :

- Euh, oui ! Jo…

Grand-mère la coupe :

« « « « C'était moi ! Patchouli, c'était moi ! Ta fille avait besoin de réconfort, même si tu lui donnais beaucoup d'amour ! Alors, je suis venue ! Venue pour réconforter mon arrière-petite-fille qui avait le cœur brisé par l'abandon de son père ! Quand elle n'a plus eu besoin de moi, je suis repartie ! » » » »

Jade se désole :

- Elle a tant souffert que ça ? Je croyais que j'avais réussi à compenser !

« « « « Tu as fait tout ce que tu as pu ! Toutefois, Jade, il ne faudrait pas que cela se reproduise avec Gabriel ! » » » »

- Comment ? Arthur ? Je fais ce que je peux pour lui éviter une issue fatale !

Grand-mère secoue la tête, en signe de découragement :

« « « « Tu ne te rends pas compte de ce que tu dis ! Réfléchis ! Crois-tu que l'on puisse se débarrasser d'un karma aussi puissant, seulement en acceptant certaines vérités et en se remettant simplement en question ? As-tu seulement compris que les conséquences vont être de plus en plus graves sur ta propre vie si tu ne résous pas ton karma ? Phœnix t'a bien emmenée dans la geôle… » » » » demande la vieille femme, ironique

Vexée, Jade lève le ton :

- Bien oui ! Qu'est-ce-que tu veux, j'ai cru qu'il suffisait d'accepter pour que tout s'arrange. Dis, comme tu viens de le faire, forcément, je parais un peu bécasse d'avoir cru à une méthode aussi simpliste ! Quoi que l'acceptation ne soit pas vraiment une partie de plaisir, entre nous, Grand-mère ! Je te prie de croire que de faire le ménage dans son cœur et de mettre au placard les regrets, les rancœurs et les remords, tous ces petits coups de canifs qui blessent sans en avoir l'air jusqu'à en être écorchée vive, ne se fait pas de gaieté de cœur ! Mais, bon ! Apparemment, cela ne suffit pas, d'après ce que tu dis !

Derrière elle, dans les bancs, une rumeur s'élève, se demandant à qui parle Jade. Arthur, cette fois-ci, donne un coup de coude dans les côtes de Jade, pour qu'elle se taise. Jade, exaspérée de s'être trouvée aussi naïve, lui dit sèchement :

- Ça va ! Je suis nerveuse ! Quand je suis comme ça, ou je respire les cheveux de mes enfants, ce qui va sembler encore plus bizarre à nos invités, ou je marmonne pour me rassurer ! Alors, fiche-moi la paix !

Elle dégage d'un geste brusque sa main emprisonnée dans celle d'Arthur et se retourne vers Grand-mère.

- Bon ! Alors, c'est quoi le programme ? Allumer des bougies tout autour de la maison ? Enfermer Arthur dans son bureau pour qu'il ne lui arrive rien ? Boire une bouteille d'eau bénite ? Pire ! Passer une semaine entière avec Louise, rien qu'elle et moi !

Jade, dont la virulence s'accentue, s'agite avec véhémence sur son banc. Les rangées, derrière elle, la voient faire de grands gestes avec ses mains, comme si elle se disputait avec quelqu'un. A moins qu'une personne ne se soit cachée derrière un des piliers, aucun invité ne voyait âme qui vive dans la direction où Jade regardait. Le seul qui continuait son monologue saint sans se soucier des gesticulations de Jade, était le père François.

- Pfiou ! soupire Jade. Avec tout ça, je n'arrive même pas à suivre la cérémonie du baptême de mon fils !

Elle croise jambes et bras : signe que toute communication est rompue. Grand-mère, connaissant le tempérament méditerranéen de Jade, ne s'en offusque pas et attend patiemment que l'orage passe pour reprendre une conversation sensée. Après quelques instants, Grand-mère demande d'une voix douce :

« « « « Ça y est ? Tu t'es calmée ? » » » »

- Oui ! grogne Jade.

« « « « Bien ! Reprenons là où nous nous sommes interrompues. Comme je te le disais, avant que tu ne t'emportes aussi vivement, le karma d'Arthur est lourdement chargé, comme le tien. L'acceptation ne suffit pas ! Tes enfants et toi souffrirez si tu ne réussis pas ! Tu vas bientôt être obligée d'entamer une quête spirituelle qui te mènera loin de chez toi ! J'ai confiance en toi ! Je sais que tu peux y arriver ! Même dans les moments pénibles, ne te décourage pas ! Je serai toujours à tes côtés ! Ecoute bien ce qui va suivre : les Ombres ne vont pas tarder à attaquer de nouveau Arthur ! Lorsque cela arrivera, fonce chez toi et ouvre la malle ! A l'intérieur, tu trouveras des indices qui te permettront d'avancer ! N'oublie pas, Jade, son karma ne se résoudra que lorsque tu auras résolu le tien. Vous êtes, tous les deux, comme des pièces d'un puzzle qui s'emboîtent parfaitement. Pense à Gabriel et à Johanna ! Gabriel ne mérite pas de perdre son père et Johanna a suffisamment souffert. Si tu échoues, le karma d'Arthur se transmettra automatiquement à Gabriel. Ton petit bonhomme sera alors père à la quarantaine et l'histoire ancestrale se répétera ! Quant à Johanna...» » » »

Jade reste muette. L'étau se resserrait sur sa gorge. Elle avait du mal à déglutir. Les mises en garde de Grand-mère lui faisaient peur. Elle réussit tout de même à articuler :

- J'ai combien de temps ?

Grand-mère, désignant Arthur, secoue la tête. Jade se tourne vers lui. Il est tout pâle et sue à grosses gouttes, alors qu'il fait frais dans la nef. Jade regarde sa grand-mère, désespérée. Elle n'est plus là. Le banc est vide. Jade palpe de sa main l'espace, pour essayer de la rattraper. L'esprit s'est éclipsé, la laissant seule avec ses peurs, ses doutes et ses pensées. Gabriel choisit ce moment précis pour venir se faire dorloter par sa maman. Jade a envie de pleurer. Elle se contient, s'étant déjà suffisamment donnée en spectacle. Elle prend son tout-petit dans ses bras et l'assied confortablement sur ses jambes, bien calé contre sa poitrine et respire à pleins poumons les cheveux hirsutes de son petit roi. Elle n'ose plus regarder Arthur, de peur de voir son état s'aggraver.

Le prêtre appelle les parents, le parrain et la marraine, sans oublier Gabriel, à le rejoindre devant les fronts baptismaux. Jade porte son bébé jusqu'à l'autel. Elle entend le souffle court d'Arthur, derrière elle. Le prêtre, pas le moins du monde déstabilisé par le visible mal-être qu'Arthur dégage, allume tranquillement les cierges. Il en remet un à chacun des adultes, et procède au rituel de l'eau. Il se tourne vers l'assemblée et propose une dernière prière pour clôturer la cérémonie. Jade a repris Gabriel dans ses bras. A ce moment précis, elle assiste, impuissante, à la chute d'Arthur. Il tombe mollement, ses jambes s'étant dérobées sous lui... Après avoir dévalé les trois marches de l'autel, il heurte violemment le sol dur et froid. Ses yeux sont fermés, il ne bouge plus. Ses cheveux sont collés à son front par la transpiration. Jade est tétanisée, incapable de porter secours à son compagnon. Elle reste là, plantée, serrant Gabriel contre elle, comme si elle n'était qu'une simple spectatrice d'une scène qui lui était étrangère.

Anthony se précipite pour le relever. Arthur est inconscient. Gino vient à son aide. Il gifle Arthur à plusieurs reprises pour que celui-ci reprenne conscience. Gino cherche à tâter son pouls. Pas de réaction. Il lève les yeux et hurle d'appeler les secours, tandis qu'Anthony, tenant Arthur à moitié relevé contre sa poitrine, l'incite à se réveiller ;

- Allez, cousin ! Tiens bon ! Le docteur arrive ! Parle-moi ! Arthur !

Anthony ne tient qu'un pantin mou et sans réaction contre lui. Clotilde sort son portable et appelle les pompiers. Des invités s'agglutinent autour d'Arthur, repoussant Jade, tenant fermement Gabriel dans ses bras. Johanna a rejoint ses grands-parents et pleure contre Claire qui l'enlace. Le curé s'approche de Jade dont les larmes coulent silencieusement sur ses joues. Elle lève vers le curé un regard désespéré.

- Il ... Arthur va mourir ? C'est trop tard... J'ai échoué... balbutie Jade, la voix emplie de sanglots coincés dans sa gorge. Faites quelque chose ! J'ai besoin de temps !

- Ma magie est impuissante dans le cas présent. La Réminiscence a accompli son œuvre. Il est temps de Révéler sinon...

- Du temps ! répète inlassablement Jade. J'ai besoin d'un peu de temps !

- Il n'est pas trop tard ! Seulement, il va falloir être vraiment perspicace et rapide. Il faut que vous remontiez à l'origine. Seule la Révélation du karma originel vous délivrera, vous et Arthur, de cette fin inéluctable depuis des siècles.

Jade a le cerveau trop embrouillé pour réfléchir posément. Elle est même surprise de sa propre réaction, parce qu'en somme, c'est cet homme à terre qui est responsable de ses maux.

- Je sais ce que vous pensez, ma fille. Non, mille fois non. S'il disparaît, cela se reproduira pour vous, pour Gabriel et pour Johanna. Vous ne serez pas tirée d'affaire pour autant !

- Comment vais-je faire alors ?

- Un indice que nous a soufflé la grosse dinde m'a été confirmé par quelques petites recherches faites récemment. Le nom de Soleris n'est pas d'origine espagnole. D'après mes recherches, Soleris, signifiant soleil, trouverait ses racines chez les Incas et non pas chez les Espagnols !

- Il ne manquait plus que cela, lâche Jade. Les Incas ! Vous n'avez rien trouvé de plus lointain ! Encore, les Espagnols ! J'aurais pu essayer de faire des recherches ! Mais, les Incas ! Une civilisation pratiquement disparue, sinon éteinte ! Cela va être un jeu d'enfant ! Pas de problème ! Je peux dire adieu à Arthur et à une vie tranquille !

Les sirènes des pompiers et du Samu stoppent la discussion. Le docteur, suivi des hommes en bleu, s'agenouillent près d'Arthur, toujours inconscient. Le docteur demande aux invités de s'écarter. Il prend son pouls, lui colle un masque à oxygène sur le visage et plante une perfusion dans son bras. Le médecin, sans se préoccuper des lamentations de Louise soutenue par Line, donne ses ordres aux hommes du feu.

- On se dépêche ! Un homme à la perf et on le hisse sur le brancard ! Son cœur peut lâcher ! On bouge !

Un pompier tient la perfusion en l'air, tandis que les autres le hissent sur le brancard. Jade demande à quel hôpital Arthur va être amené. Le pompier répond avant de partir précipitamment.

- St Roch !

Jade confie Gabriel à sa mère, recommande à Johanna d'être bien sage avec mamie et papi et part à la suite de l'ambulance. A peine Jade déboule-t-elle sur le parvis de l'église que Louise l'interpelle violemment :

- Tu es contente de toi ? Tu as eu ce que tu voulais ! A force de lui pourrir la vie, tu vas le tuer !

Les invités encore présents regardent la scène surprenante. Line attrape sa mère par les épaules et lui dit :

- Arrête ! Tout le monde vous regarde !

- Et alors ? hurle Louise. Ils ont le droit de savoir que cette salope, dit-elle en désignant Jade, fait tout pour le rendre malheureux.

Jade regarde sa belle-mère avec pitié.

- Pas de temps pour ces bêtises ! lâche-t-elle tout en repartant au pas de course vers sa voiture.

Elle démarre en trombe, n'entendant pas les vociférations de sa belle-mère :

- C'est ça ! Joue à la femme inquiète, maintenant ! Tu as peur pour son fric ! Tout le monde sait que tu n'es avec lui que pour l'argent !

Claire et Léon, chargés des enfants, assistent, médusés, au déferlement d'insultes envers Jade. Léon confie Gabriel à sa femme, en lui demandant d'aller l'attendre dans la voiture. Tout en s'approchant de Louise, il l'interpelle avec colère :

- Qu'est-ce qu'elle dit la vieille peau ? Alors, comme ça, ma fille est une salope ! Pour qui tu te prends ? Jade n'a jamais manqué de rien ! Elle n'a pas attendu de rencontrer ton fils pour avoir de l'argent ! Elle a toujours travaillé et a réalisé beaucoup de choses, seule, avec son propre fric ! Alors, qu'est-ce que tu racontes !

Claire, connaissant le tempérament impulsif de Léon, s'inquiète :

- Viens ! Laisse tomber, Léon ! Tu ne vois pas qu'elle ne sait pas ce qu'elle raconte !

Johanna insiste aussi :

- Allez, grand-père, on rentre ! Elle déteste maman, de toute façon. A chaque fois qu'elle la voit, elle lui fait des réflexions ! Viens papi !

Léon s'immobilise aux injonctions de sa petite fille. Il n'a jamais rien pu lui refuser. Il ne se prive pas de lancer une dernière phrase avant de s'en aller :

- Fais attention ! Surveille tes paroles ! La prochaine fois que tu parles mal de ma fille, tu auras affaire à moi !

Pleurant et gémissant, Louise redouble ses cris de lamentation. Line, aidée de Jean-Louis, l'emmène presque de force afin de quitter le parvis :

- Ça suffit maman ! ordonne Line. Tu t'es suffisamment donnée en spectacle ! Ton fils a besoin de toi ! Alors, monte dans cette voiture et tais-toi !

Line n'avait jamais parlé comme cela à sa mère. Louise en reste tellement surprise qu'elle arrête net ses cris et grimpe dans l'auto sans rien dire. Line claque la portière vivement sur sa mère. Elle paraît très en colère et dit à Jean-Louis :

- Elle a failli tout gâcher avec sa scène ridicule ! Elle m'énerve ! Je ne la supporte plus !

- Du calme ! Rien n'a été dévoilé et notre plan fonctionne à merveille ! Bientôt, tu seras libre, tu ne seras plus obligée de vivre avec elle ! Alors, tu savoureras ta récompense !

Jean-Louis passe sa main sur la joue de Line qui penche sa tête pour prolonger le contact. L'homme reprend :

- Allez ! File à l'hôpital maintenant ! Tu sais ce que tu dois faire ?

Line acquiesce, s'engouffre dans la voiture et démarre. Jean-Louis s'apprête à revenir sur ses pas, lorsqu'il se trouve nez à nez avec Anthony. Le père et le fils se regardent droit dans les yeux. Il y a du dégoût dans celui d'Anthony. Jean-Louis sourit et part, sans mot dire.

L'altercation n'a pas échappé à Clotilde et à Gino. Ils décident de se séparer afin de veiller sur la famille agressée... Tandis que Marraine rejoint Jade à l'hôpital, Gino file s'occuper des parents de Jade.

Brumes étranges

Arthur[3] se réveille doucement. Il ouvre les yeux et ne voit qu'une clarté blanche, cotonneuse, vaporeuse, l'enveloppant entièrement. Il n'a pas mal, pas de douleur et surtout ce fichu mal de crâne ne s'est pas encore manifesté. Il se sent bien. Il n'a pas peur. Pourtant il ne voit rien que des nuages immaculés, rien que cette clarté apaisante, presque réconfortante.

-----Où suis-je. Que se passe-t-il ? Je suis mort ? -----

Même à l'évocation de cette pensée, il ne s'affole pas, reste calme et détendu. L'atmosphère a changé. Toutes énergies négatives ont disparu, l'air s'est assaini des plus basses vibrations. La lumière diffuse des ondes positives chargées d'amour, de paix et de sérénité, comme si le tourbillon de la vie venait de stopper net sa course tourmentée afin d'autoriser un temps de repos, une pause bien méritée loin des sentiments de haine et de passion, loin des exigences des uns et des autres. Arthur est seul, seul avec lui-même.

-----Alors, l'Eden ressemble à ça ! ----- pense-t-il au début, en regardant tout autour de lui comme s'il visitait un appartement à louer.

L'apaisement initial s'efface lentement devant l'impatience.

-----C'est vraiment très calme ! Trop calme…Pas d'appels incessants… pas de sollicitations intempestives… pas de bruit….pas de mouvement…pas de vie ! Je suis mort !-----

---

[3] Arthur, dans le coma, ne peut être entendu mais il peut tenir des monologues intérieurs -------   -------

Alors, dans sa tanière de lumière, tel un Hermite qui s'est retiré loin du brouhaha de la ville, Arthur assiste à la projection du film de sa propre vie. Dans cette position de spectateur, neutre, en dehors de toute implication, il se voit.

Le premier visage qui lui vient à l'esprit est celui de Gabriel, son fils unique. Il assiste à sa naissance, visionne la scène lorsque Jade et son bébé remontent dans la chambre. Il remarque pour la première fois l'émerveillement dans le regard de Jade lorsqu'elle le pose sur son bébé. Il ressent l'épanouissement intérieur qu'elle dégage lorsqu'elle tient sa petite main fragile. Et, lorsqu'elle le prend dans ses bras, elle tient l'univers tout entier entre ses mains. Arthur perçoit la délicatesse dans les moindres gestes de Jade, et, en même temps, la sensation d'être un géant capable d'abattre une montagne. Puis, il se revoit, lui. Assis, dos à son bébé, pianotant sur son clavier, sans prêter la moindre attention à cette merveille de la nature, pure et emplie d'amour. Il entend ses propres paroles, froides, indifférentes, presque cruelles. Il lit la déception sur le visage de Jade, sa peine.

Alors, lentement, le processus de réflexion commence à se mettre en place dans l'esprit d'Arthur. Un long travail de remise en question se profile à l'horizon. Le film continue à se dérouler, mettant en scène Jade et Gabriel, et seulement eux. Ainsi Arthur assiste à tout ce qu'il a manqué depuis presque deux ans. Le premier sourire de son fils, mais aussi sa première colère…La première fois qu'il a réussi à se saisir de son jouet, mais aussi ses premiers pleurs de frustration…Les jeux dans le bain, comme dans le jardin…Ses premiers pas, et ses premiers bobos aussi.

----- Mais, pourquoi je n'ai pas vu tout ça ? J'ai été stupide ! Je commence à comprendre la colère de Jade ! Elle voulait me faire réaliser tout ce que je manquais ! Jade…-----

***

Jade déboule en trombe à l'accueil de l'hôpital. L'hôtesse, très occupée à discuter avec ses collègues, ne prête pas la moindre attention à sa cliente. Jade se colle contre l'hygiaphone.

- S'il vous plait ! M. Soleris Arthur !

- Il attend pour un scanner. Veuillez patienter, répond sèchement la femme.

- C'est où le scanner ? insiste Jade.

- Vous ne pouvez pas y aller ! Vous devez patienter en salle d'attente !

Insoumise à l'ordre établi, Jade regarde fiévreusement les panneaux autour d'elle. Les hôpitaux ont la fâcheuse habitude d'être des labyrinthes où même Ariane ne retrouverait pas son propre fil. Soudain, deux portes battantes s'ouvrent sur un infirmier et, dans l'entrebâillement, Jade aperçoit un brancardier qui pousse Arthur, étendu sur un lit, dans le couloir. Elle se précipite vers lui, ignorant les injonctions de l'hôtesse lui hurlant de s'arrêter. Les portes se referment derrière elle. Jade court derrière le brancardier.

- Attendez ! S'il vous plait, c'est mon mari !

Lorsqu'elle arrive à sa hauteur, elle se met à pleurer à chaudes larmes. Arthur est toujours inconscient. Elle se trouve elle-même étonnée de sa propre réaction, incontrôlable, imprévisible.

- Je…Il va s'en sortir ?

Le brancardier lui apporte les mots habituels de réconfort et la prie gentiment de retourner patienter. Jade obtempère bon gré mal gré, se trouvant inutile. Elle s'affale sur l'un des sièges, et l'attente commence, longue, insupportable, stressante. Elle déteste ce sentiment d'impuissance. Elle a besoin d'agir. Persuadée que la solution se trouve en elle, son cerveau tourne à plein régime, comme le moteur d'une belle voiture. Les paroles de Grand-mère lui ordonnant de foncer ouvrir la malle lui reviennent en tête. Elle hésite, pèse le pour et le contre. Si elle décide de partir, la grosse dinde et la Madone des Sept douleurs s'en donneront à cœur joie pour la démolir aux yeux d'Arthur. Il ne sera pas simple de lui expliquer ensuite que son absence était due à l'ordre d'un fantôme, et encore moins de le lui faire croire. Toutefois, si elle reste, elle perd son temps et surtout celui d'Arthur. Le dilemme n'est pas facile à gérer. Pourtant, Jade finit par se rendre à l'évidence. Elle ne peut décemment obéir à cela. Bien qu'elle ne soit pas des plus conventionnelles, elle ne peut laisser Arthur, seul, dans cet hôpital, sans connaître le premier diagnostic. Jade s'énerve et sort devant l'entrée fumer une cigarette pour se détendre. Line et Louise arrivent alors, passant devant Jade sans même lui adresser un regard. Elles sont suivies de près par Marraine.

- Ma chérie ! Alors ? Tu as des nouvelles d'Arthur ?
- Non. Rien pour le moment.
- Il va s'en sortir ! Il est robuste !
- Je ne sais plus…J'ai la désagréable impression que tout repose sur mes épaules et, pourtant…

Marraine pose une main compatissante sur le bras de Jade, ne trouvant rien à dire.

- Que je suis bête ! s'exclame-t-elle tout à coup. François m'a chargé d'un message pour toi ! J'allais oublier de te le dire ! Quelle andouille je fais !
- Vas-y ! Dis-le ! s'impatiente Jade.
- Oui, oui ! Voilà ! Il a dit : « Ma petite Jade, regardez bien au fond de votre sac à dos ! »
- C'est tout ?
- Non ! Attends, il faut que je me souvienne des paroles exactes ! Mais si tu veux, la sortie de l'église a été un petit peu agitée, avec ton père qui s'est pris avec Louise, pendant que François me délivrait son message…
- Papa ! Il est incorrigible ! C'est mon père, il me défendra toujours !

- Regardez bien au fond de votre sac à dos, la lune noire a dû vous y laisser un don ! Ça te parle, ma chérie ?

Jade percute instantanément.

- Mais oui ! Johanna Palméro…L'écriture ! Viens…On va s'assoir !

***

Après Gabriel, c'est maintenant au tour de Jade de se retrouver mise en scène sous le regard d'Arthur. Il revit les moments de joie et d'émotion de leurs premiers rendez-vous, les instants plus torrides et sulfureux de leurs nuits, jusqu'à ce jour, sur ce canapé, au milieu des cartons où leur étreinte les conduirait à créer la vie. Puis, progressivement, la silhouette svelte de Jade s'arrondit. Son corps donne des signes de fatigue annonçant une grossesse difficile, lui imposant de rester allongée. Il la voit, seule, tout au long de la journée, avec pour unique compagnie, la télé. Régulièrement, Marraine apparaît pour une heure par ci, deux heures par là. Puis, Jade retourne à sa solitude, seule avec son ventre rond. Johanna est au collège et lui est au travail.

----- Je ne m'étais pas rendu compte…J'aurais pu rentrer au moins déjeuner avec elle, ne pas partir aussi tôt, ni revenir aussi tard ! Si j'avais su…----

Il réalise alors toute la frustration que Jade a pu ressentir. Elle se trouvait délaissée, abandonnée, reléguée au statut d'objet sans intérêt. Vient ensuite la scène de la grippe. Elle est là, étendue sur son lit, touchant frénétiquement son ventre comme pour le protéger de son corps envahi par la fièvre. Il se voit, indifférent, se préparant à partir, ignorant sa souffrance et sa peur.

----- Je me suis vraiment conduit comme un salaud ! Je me dégoûte !-----

Le film se poursuit et la bobine s'arrête sur une de leur dispute. Il voit son propre visage déformé par la haine, alors qu'il insulte sans relâche celle qui souffre tant de son indifférence, l'accablant de tous les maux sans distinction de vrai ou de faux. Il ressent au fond de ses entrailles cette irrépressible envie de faire mal à cette femme qui encaisse encore et encore les coups.

-----Assez ! Stop ! Je ne veux plus me voir ainsi ! ----- crie-t-il dans sa tête.

Il s'agite, du moins il en a l'impression. Il sent son oreille le démanger, essaie de bouger. Impossible. Ses bras, ses jambes, et même sa tête ne répondent plus. Plus aucun centimètre de son corps ne lui obéît. Il s'affole. Se débat avec ce corps qui ne répond plus. Seulement, cette agitation n'est qu'intérieure. Il est là, vivant ou mort, il ne le sait pas encore, emprisonné dans un corps qui ne veut plus rien savoir. A cet instant, il ressent exactement ce que les personnes enterrées vivantes doivent ressentir. L'impuissance, la terreur de ne pas se faire entendre, de rester condamné là, sans pouvoir sortir et crier au monde : je suis vivant ! Je comprends tout ce qui se passe ! Ma raison n'est en rien altérée ! Aidez-moi ! Arthur a beau se débattre dans son sarcophage de chair et de sang, son corps demeure inanimé, lui interdisant toute communication avec l'extérieur. Il fait des efforts surhumains, plaqué au sol par la lourdeur de ses membres, totalement incapable, ne serait-ce que de bouger un petit doigt.

----- Non ! Non ! Au secours ! Libérez-moi !-----

Rien ne se produit, à part les nuages qui s'obscurcissent petit à petit. La clarté diminue. Arthur se sent oppressé. Il s'agite de plus en plus, se débattant comme un enragé. L'air lui manque. Il suffoque. Il n'a plus la force d'appeler à l'aide. Il ne se concentre plus que sur l'oxygène qu'il peine à trouver. L'angoisse et la terreur le saisissent davantage. Les quelques secondes où il est encore conscient sont atroces. Puis, d'un coup, le trou noir. Plus rien. Le vide, le néant.

***

L'attente dure, et perdure. De retour dans la salle d'attente, Jade griffonne nerveusement sur son calepin, tandis que Marraine et Line s'observent en chien de faïence. Louise, quant à elle, peaufine son jeu de mère éplorée, dans de courtes interprétations au guichet d'accueil, suppliant qu'on lui permette enfin de voir son fils. Jade est plongée dans son texte et ne relève la tête que de temps à autre pour trouver le mot adapté.

Sur ces entrefaites, l'infirmière appelle enfin la famille Soleris :

- Madame Soleris, s'il vous plaît.

- C'est moi ! répondent en chœur Louise et Jade, en se lançant un mauvais regard.

- Suivez-moi, le docteur va vous recevoir.

Clotilde glisse discrètement à l'oreille de Jade :

- Vas- y ! Je t'attends là !

N'étant pas de la famille, elle trouve plus respectueux de ne pas assister à l'entretien et se rassoit dans le fauteuil. Jade suit l'infirmière, Line et Louise sur ses talons. La femme s'efface devant une porte qu'elle ouvre largement et les invite à s'installer :

- Le docteur arrive, annonce-t-elle.

Un quart d'heure plus tard, le médecin s'installe enfin en face des trois femmes. Il annonce sans complaisance le diagnostic :

- Donc, M. Soleris est dans un coma profond ! Pour le moment, nous ne savons pas ce qui l'a plongé dans ce coma. Ses constantes sont stables et son pronostic vital n'est pas engagé. Nous le maintenons en observation pour voir l'évolution. Vous pouvez le voir, pas plus de cinq minutes et une personne à la fois, mesdames !

Le docteur se lève et disparaît immédiatement dans le couloir, laissant les trois femmes décomposées. Sauf Line. L'infirmière revient et demande à l'une des trois de la suivre. Louise, sans demander l'avis à quiconque, s'impose comme la première. Elle suit l'infirmière dans un sas où elle s'habille d'une blouse et d'une charlotte, enfile des chaussons sur ses chaussures et disparaît dans une pièce où Arthur gît sur un lit.

***

Le brouillard se dissipe à nouveau, laissant la clarté pénétrer jusqu'à Arthur. Cette fois, les nuages s'évaporent complètement et il reprend un contact visuel avec la vie. Il observe ce qui est à portée de sa vue, il ne peut toujours pas bouger et encore moins tourner sa tête. Il voit le plafond blanc, une potence où a été glissée une poche de liquide transparent d'où un tas de cathéters pendent, une télévision en face de lui accrochée au mur dans l'angle. Arthur distingue assez vaguement une table roulante à côté de sa tête sur laquelle est posé un appareil de mesure cardiaque.

----- Je ne dois pas être mort ! J'ai l'impression de me trouver dans une chambre d'hôpital, pense-t-il. Bon sang, il faut que j'arrive à bouger !-----

Arthur se démène comme un beau diable, s'agitant de toutes ses forces. Dans la chambre, à l'extérieur du corps d'Arthur, Louise et l'infirmière arrivent. Il n'y a aucun bruit, aucun mouvement, juste le corps immobile d'Arthur, relié par des tas de fils à des machines. Louise reste interdite, sur le pas de la porte, n'osant s'avancer vers cette enveloppe charnelle inanimée. L'infirmière s'approche du lit. Tout est calme et paisible, à l'inverse de la lutte qui est en train de se dérouler dans le corps d'Arthur, où son âme se débat avec véhémence et s'agite. Arthur crie même sous l'effort qu'il produit. Il contracte tous ses muscles à en devenir rouge pivoine. Ce qui est étrange, c'est qu'il se sent bouger dans ce corps qui l'emprisonne. Seulement, ce corps physique, privé de son énergie éthérique, plombe tous ses efforts. Il voit l'infirmière se pencher au-dessus de lui. Ce premier visage qu'il revoit depuis qu'il est dans le coma, le fait se démener encore davantage. Il hurle, essaie désespérément de tendre ses bras vers cet unique espoir de pouvoir sortir de son sarcophage.

----- Eh ! Je suis là ! Je suis vivant ! Sortez-moi de là ! Au secours !-----

L'infirmière, d'un signe de la main, demande à Louise d'approcher et se retire pour lui laisser la place. Arthur s'affole :

----- Non ! Ne partez pas ! Je suis là ! Ne me laissez pas là-dedans ! Tout seul ! Je suis vivant, vivant dans un corps mort ! Restez, je vous en prie !-----

Louise se penche à son tour sur son fils et se livre à une magnifique interprétation de la mère profondément anxieuse. Elle pleure, se lamente, lui caresse le visage, lui prend la main. Bref, un grand moment d'émotions simulées. A peine l'infirmière sort-elle de la pièce que ses pleurs s'assèchent instantanément. Reconnaissant le visage de sa mère, Arthur assiste, dubitatif, à ce débordement proche de l'hystérie.

----- C'est bien elle, ça ! Tout dans l'excès ! Pourquoi est-elle venue m'enquiquiner ! La seule que j'aimerais voir, c'est Jade. Heureusement que je n'ai pas le son ! Pour entendre ses jérémiades ! Ah, ça a l'air de se calmer ! L'infirmière doit être sortie de ma chambre !-----

Louise, toujours penchée au-dessus de son fils, l'assomme de reproches :

- Pourquoi tu me fais ça, Arthur ? Moi, ta mère qui ai tout sacrifié pour toi ! Tu me fais faire encore du souci ! Tu aurais pu t'abstenir ! Et voilà, maintenant je suis complètement seule à cause de toi et de ton stupide malaise ! Et Jean-Louis, tu as pensé à Jean-Louis ? Comment va-t-il faire pour te remplacer au cabinet ? Tu es décidément très égoïste ! Tu t'en fiches de me faire du mal ! Je pourrais en mourir, tu sais ? Enfin, heureusement que mes copines, elles, ne me laissent pas tomber, comme toi ! Elles m'ont invitée à aller au cinéma, demain, pour me changer les idées. Tu es vraiment très décevant ! Moi qui t'ai tout donné et tu me délaisses, comme ça, d'un seul coup…

Arthur regarde sa mère. Il comprend qu'elle lui parle, pourtant il ne l'entend pas. Toutefois, il imagine aisément ce qu'elle est en train de lui dire :

----- Je t'ai laissée tomber comme une vieille chaussette…tu te sens seule…je suis un gros égoïste de te faire ça…Bon Dieu, combien de temps va-t-elle rester à se plaindre, penchée sur moi ! Oh ! Ça suffit ! J'ai autre chose à faire, moi ! Je suis enfermé dans un corps qui ne répond plus et pourtant j'ai toutes mes facultés mentales ! J'ai besoin de me concentrer pour rallumer cette mécanique éteinte. Je dois trouver le bouton qui rétablira le contact entre moi et moi ! Apparemment, il n'est pas facile à déceler ! Allez, arrête de te plaindre, maman ! C'est moi qui suis sur un lit d'hôpital, pas toi ! Tu inverses les rôles, là ! Comme d'habitude, d'ailleurs !-----

Enfin, les cinq minutes étant écoulées, l'infirmière vient rechercher Louise. Elle ne manque pas, lorsqu'elle entend la poignée tourner, de se jeter sur le corps d'Arthur, le couvrant de larmes et de baisers. Arthur réagit vivement à cette étreinte forcée :

----- Lâche-moi ! Qu'est-ce que tu fais ? Tu m'étouffes ! En plus, tes cheveux grattent ma joue ! Voilà, voilà ! Maintenant, ça me démange ! -----

Le temps que Louise disparaisse de son champ de vision, Arthur réalise d'un coup la bonne nouvelle qu'il a failli laisser échapper.

----- Ça me gratte ! Si ça me gratte, c'est que mon corps n'est pas mort ! Sinon, je ne ressentirais plus rien ! Ouf ! Il y a un espoir !-----

Sa joie ne fut que de courte durée. La porte s'ouvrit de nouveau, laissant entrer le visiteur suivant. Arthur ne se gênait pas pour dire ce qu'il pensait puisque personne ne l'entendait.

----- Oh ! Sainte vierge ! Voilà, sœur Line, maintenant ! Pitié ! Elle va rester là à me regarder, les mains jointes avec son air de chien battu ! Rien ne me sera épargné, vraiment !----

A sa grande surprise, Line abandonne sa mine déconfite dès qu'elle se trouve seule dans la chambre. Elle sourit même. Arthur est stupéfait et il aurait donné n'importe quoi pour entendre le monologue que délivre sa sœur.

- Alors ! Pauvre petit garçon ! Tu t'es fait bobo, se moque Line. Bien oui ! Ça n'a pas l'air d'aller très fort ! Tu ne te la joues plus maintenant, hein ! Bien fait pour toi ! Oh, cette pauvre Louise qui se désespère que son fiston soit cloué sur un lit d'hôpital ! Hein ? C'est que cela n'a pas été facile pour en arriver là ! J'ai bien cru que ta salope de femme allait me démasquer avant que je n'aie accompli ma mission ! Bien oui ! Elle m'a donné du fil à retordre celle-là ! Tu comprends, cela fait maintenant des siècles que je me sacrifie pour toi, alors dans cette vie, on va faire l'inverse ! D'accord ? Tu meurs, et je reprends ta place ! La place de celui qui se fait dorloter, qui est admiré par sa maman ! Parce que moi aussi, j'ai besoin que l'on soit fier de moi, que l'on me dise qu'on m'aime et puis surtout, c'est moi, maintenant qui vais toucher le pactole ! Plein de pépettes ! Reconnais que cela aurait été injuste que tu profites encore une fois de l'argent que tu as gagné ! Il faut aussi que ta sœurette en profite un peu, non ? Je te laisse le rôle du fantôme, inexistant et méprisé. Je crois que ce qui va me plaire le plus, ce sont les larmes et les lamentations que Louise va verser sur ta tombe !

Arthur essaie de lire sur les lèvres de Line. Seulement, sans entraînement, et sa sœur parlant bien trop vite, il ne saisit que quelques mots incohérents entre eux. Puis, surtout, il est à mille lieux d'imaginer que sa sœur se réjouisse de sa mort prochaine. Arthur est tout de même interpellé par la lueur de haine mêlée à de la satisfaction, qu'il voit briller dans les yeux de Line. Elle lui offre un visage qu'il ne lui connaît pas. Stupéfait, il la découvre sous un autre jour, se livrant sans complexe, affichant clairement une mine réjouie, persuadée qu'Arthur est déjà parti loin de ce corps vide. Elle agite sous les yeux médusés d'Arthur un flacon de cachet d'aspirine et se met à rire, rire, à ne plus pouvoir s'arrêter, d'un rire à glacer le sang. Arthur a du mal à reconnaître celle qu'il croyait connaître par cœur. Il en vient même à penser le temps d'un éclair :

----- Mon Dieu ! Elle est folle !-----

Enfin, Line s'arrête de rire. La porte s'ouvre, et elle reprend instantanément son air de chien battu. Elle cède la place à Jade.

----- Ah ! Enfin ! pense Arthur-----

Jade s'approche du lit, doucement, comme si elle ne voulait pas troubler le repos d'Arthur. Elle se penche au-dessus de son visage et lui sourit, avec une infinie tendresse dans le regard. Elle lui parle, posément, calmement, paisiblement. Il n'entend pas, bien sûr, pourtant il devine les parolcs qui coulent comme du miel dans sa gorge. Jade lui prend la main et la porte à sa joue. Arthur sent le contact chaud et réconfortant. Il voudrait lui ouvrir ses bras, qu'elle se blottisse contre lui. Seulement, il lui faudra encore patienter. La mécanique est cassée, il la réparera. Jade soulève un peu la tête d'Arthur et tente de regonfler les oreillers. Elle le repose délicatement. Il sourit, elle aussi. Elle sort une feuille chiffonnée de son sac, le texte qu'elle avait noté tout à l'heure dans la salle d'attente. Elle lui explique ce que c'est et le lit.

- Comme je ne suis pas certaine que tu m'entendes, je vais te la montrer un instant, peut-être vois-tu tout ce qui se passe ? Ainsi, tu comprendras ce que j'avais oublié de te dire, et je souhaite sincèrement pouvoir la relire avec toi, lorsque tu seras guéri !

Jade tient la feuille à une distance qu'elle pense suffisante pour qu'Arthur puisse y lire les lignes qu'elle a écrites dessus. Arthur la guide :

----- Un petit peu plus loin, plus à gauche ! Voilà c'est bon ! Deviendrais- tu poète ? -----

Il plisse les yeux et se plonge dans le tendre message que Jade veut lui faire passer :

Il est des jours et des nuits qui se succèdent à un rythme effréné, accélérant leur course au fur et à mesure que le temps s'enfuit, incapable de freiner l'inexorable écoulement du grand sablier de la vie. La recherche de la clef, pourtant souvent en évidence sous notre nez, se cache dans le labyrinthe de l'ennui et de la frustration.

Les rêves de fusion et de synergie, maintes fois promis, se sont égarés, au fil des jours emplis d'un quotidien trop lourd en contraintes et compromis, pour disparaître dans le brouillard de l'ego et de la réalisation de soi. Le « Je » revient en force sur le devant de la scène, laissant le « nous » rejoindre les coulisses sombres et ternes.

Et puis, un jour pas comme les autres, dès le lever, une odeur de nouveauté flotte dans l'air soudain dégagé. Une rencontre, une parole, un choix, vont alors ramener l'exceptionnel et changer le cours des vies. La clef, tant convoitée, se trouve tout près. Il suffit de s'en saisir, en parfaite symbiose avec notre conscience, pour ramener l'harmonie. L'Autre reprend une dimension étiolée par ce quotidien routinier.

Ce n'est pas une tâche aisée, puisque cela revient à consentir à l'abandon de nos acquis, patiemment construits, sur rancœur, rancune et compagnie. Le temps est venu de lâcher prise et de rendre au passé les énergies négatives. Ainsi de nouveau nos empreintes se confondront sur le sable mouillé de nos larmes versées d'avoir un jour oublié que nos âmes s'aimaient.

Jade, le 24 Juin.

- Voilà ! reprend Jade en rangeant la feuille dans son sac, après avoir attendu le temps qu'elle estimait nécessaire pour permettre à Arthur de lire l'intégralité du texte. Tu vois, Arthur, il se trouve qu'en quelques mois, j'ai compris beaucoup de choses qui m'échappaient auparavant. Je ne te cache pas que mes sentiments à ton égard sont pour le moins mitigés. Il faut dire que tu m'en as fait drôlement baver ! Pourtant, j'ai appris récemment que ton comportement, limite violent, destructeur c'est certain, ne t'appartient pas vraiment. Il y aurait un karma à l'origine de nos tourments. Je vais essayer de le résoudre pour toi…pour Gabriel. Je ne sais pas si cette explication me suffira pour de nouveau ressentir de l'amour un jour pour toi. Alors, en attendant que je résolve ce mystère, si tu veux bien, on va se battre ensemble contre ce qui te terrasse aujourd'hui et on va s'en sortir ensemble. Parce que ce serait dommage que l'on se sépare maintenant, non ? Tu ne crois pas ?

Elle dépose un baiser sur la joue d'Arthur et lui dit :

- Je dois y aller maintenant ! J'ai une quête spirituelle à accomplir pour te sauver. Je ne sais pas si je pourrai revenir te voir demain ou…je serai peut être absente quelques jours ! Reprends des forces ! A bientôt !

Arthur répond à son texte par ces simples mots que lui aussi, avait oublié de lui dire ces derniers temps :

----- Je regrette tout ce que je t'ai fait endurer. Jade, je comprendrais si tu ne me pardonnes pas. Je t'aime -----

La porte se referme sur Jade et, Arthur, épuisé par la stimulation pour le moment inefficace de ses muscles, et le défilé des visiteurs, s'enfonce de nouveau dans le néant le plus total.

***

Jean-Louis allume son cigare. Il prend une grande bouffée et recrache une fumée épaisse. Il se lève et se dirige vers la fenêtre. La vue donnant sur la Méditerranée le fascine. Sur son bureau, trônent deux coupes et une bouteille de champagne. Il attend son rendez-vous avec impatience. La porte de son bureau s'ouvre brutalement. Sans se retourner, il commente l'entrée fracassante :

- Tu m'as habitué à plus de douceur et de discrétion dans tes entrées, ma chère !

- Tu attends quelqu'un ? demande une voix masculine.

Jean-Louis, ayant reconnu immédiatement la voix de son fils, se donne une contenance :

- Ah ! Anthony ! Entre donc ! Oui, j'attends en effet une cliente que je viens de sortir d'un sacré pétrin ! Elle avait réussi à s'attirer les foudres du fisc, pour un simple oubli de déclaration de centaines de milliers d'euros de chiffre d'affaire !

Jean-Louis rit. Anthony, pas du tout. Le fils attaque le père de front, lassé des mensonges paternels, tous plus alambiqués les uns que les autres.

- Tu bois du champagne alors qu'Arthur est entre la vie et la mort ? Tu n'as vraiment de respect pour rien ! Arrête de me mentir comme ça, en me prenant encore pour le gamin que j'étais et qui buvait tes paroles ! Ce ne serait pas Line que tu attends plutôt que ta soi-disant cliente ?

Jean-Louis perd son sourire. Il ne veut pas affronter son fils. Il faut qu'Anthony reste en dehors de tout, y compris de ses petits arrangements avec Line.

- Pas du tout !

- Bien ! Alors, je vais attendre ta cliente avec toi, dit Anthony en s'asseyant sur un des fauteuils.

Jean-Louis se trouve bien embêté, pris au piège de son propre mensonge. Il rétorque en jouant sur la relation père-fils :

- Ecoute, Anthony ! Là, tu me fatigues ! N'oublie pas que je suis ton père et que tu me dois le respect. Alors, stoppe tout de suite ton petit jeu de détective, et laisse-moi ! Mon rendez-vous ne devrait plus tarder ! Tes gamineries n'amusent personne, et surtout pas moi !

Goguenard, Anthony regarde son père droit dans les yeux. Il se lève, fait mine de partir, puis se retourne, et conclut :

- Moi, ce qui ne m'amuse plus, ce sont tes tours pendables pour avoir toujours plus de fric ! Je ne sais pas ce qui se passe, mais j'ai vu vos regards complices entre Line et toi ! Cela me décevrait beaucoup que j'apprenne que tu as quelque chose à voir avec ce qui arrive à Arthur !

Jean-Louis marmonne entre ses dents.

- En même temps, si Arthur ne s'était pas rebellé, je n'aurais pas été obligé de l'empoisonner !

Anthony s'éclipse, laissant la porte légèrement entrebâillée derrière lui. Il entend son père décrocher rageusement son téléphone:

- Qu'est-ce qui te retarde ? Je t'attends !

La personne au bout du fil fournit une explication inaudible pour Anthony. La réponse de son père lui confirme ses doutes.

- Je comprends ! Reste auprès d'elle ! Cela éloignera les soupçons ! Tu es certaine que personne ne peut faire le lien avec moi ?

L'interlocutrice le rassure.

- Bon ! Il ne s'agirait pas de tout ficher en l'air maintenant ! s'emporte Jean-Louis.

Il raccroche. Anthony, resté dans le couloir, derrière la porte, a entendu toute la conversation. Perturbé, il repart, persuadé que son père lui ment, en marmonnant :

- Une cliente ? Tu parles !

***

Jade rentre enfin chez elle. Il est tard, les enfants sont couchés. La journée a été longue, très longue pour tous. Elle file les embrasser dans leur lit, essayant de ne pas les réveiller. Elle revient au salon. Elle donne des nouvelles d'Arthur à ses parents tout en dévorant l'assiette de pâtes que sa mère lui a fait réchauffer. Claire s'inquiète à cause de leur départ très proche :

- Tu veux que l'on reste quelques jours de plus ?

- Non, c'est inutile, maman ! Je vais me débrouiller ! Par contre, ce qui m'ennuie, c'est que j'avais prévu de vous rejoindre la semaine prochaine avec les petits. Comme cela, les enfants auraient profité des vacances, en plus ce sont les grandes vacances ! Comme Arthur n'avait pas prévu de congé, c'était idéal !

- Tu peux ne pas mettre Jo à l'école pour la dernière semaine, ce n'est pas trop grave, et ils partent avec nous demain, propose Léon.

- Il reste sûrement des places dans l'avion ! Il en reste toujours ! affirme Claire.

Jade hésite.

- Oui ! C'est une idée ! Seulement, je ne sais pas quand je pourrai vous rejoindre, et Gabriel n'est pas aussi facile à vivre que Johanna. Il est très turbulent et il faut le surveiller constamment pour qu'il ne se blesse pas, ou ne fasse pas de bêtises, et…

- …et on n'est plus tout jeunes ! C'est ça ? intervient Claire.

- Allons, Jade ! Nous t'avons élevée et crois-moi, tu n'étais pas une enfant facile, nous avons souvent gardé Johanna, lorsqu'elle était encore toute petite, ce n'est pas Gabriel qui va nous poser problème ! Tu n'as aucun souci à te faire ! rajoute Léon.

- Papa, maman ! Je sais que je peux compter sur vous ! Comme toujours !

Jade enlace ses parents et les serre fortement contre elle.

- Bon, c'est entendu ! Je ferai les valises des petits demain matin ! L'avion n'est qu'à quatorze heures, dit Claire.

- Je m'occupe de réserver leur billet, rajoute Léon, en allumant l'ordinateur de Jade.

Léon s'active devant l'écran, cliquant avec dextérité sur les icônes.

- Tu m'épates ! Tu as fait de gros progrès depuis que tu habites loin de nous !

Léon sourit à l'ironie de sa fille.

- Oui, je m'y suis mis plus assidûment, en effet !

Jade aide sa mère à débarrasser la table et fait un peu de rangement dans le salon. Elle trouve son dessin du matin, sur la table basse, sous une pile de livres. Elle le prend, le cauchemar lui revient en tête. Tout a été si rapide, les évènements se sont tant précipités. Elle reste pensive devant la feuille noircie et n'entend pas sa mère qui s'approche d'elle. Elle sursaute lorsque Claire demande dans son dos :

- C'est toi qui l'as dessiné ?

Jade acquiesce d'un hochement de tête.

- Tu as un joli coup de crayon ! Je ne te savais pas ce don ! Tu es sûre que tu l'as dessiné, tu ne l'as pas décalqué ?

Jade commence à se vexer devant l'insistance de sa mère, sur sa capacité à dessiner.

- Ce n'est qu'une esquisse, tu sais ! dit-elle pour ne pas s'emporter.

- Esquisse ou dessin terminé, c'est vraiment très réussi ! On s'y croirait !

Jade tend l'oreille à cette remarque.

- Tu as dit quoi ? demande-t-elle.

- J'ai dit : on s'y croirait ! Ton père et moi avons visité cette falaise ! C'est un endroit très réputé, tu sais ! Il paraît que les colons espagnols jetaient les esclaves du haut de cette falaise pour les punir lorsqu'ils désobéissaient à leurs ordres !

Jade sent ses jambes se dérober sous elle. Elle se laisse tomber sur le canapé, pâle comme un linge. Elle articule péniblement :

- Vous connaissez cet endroit ? dit-elle en désignant le dessin.

- Oui, je viens de te le dire ! dit Claire en regardant sa fille. Tu ne te sens pas bien, Jade ? Tiens, bois un verre d'eau !

- Ça va très bien, dit Jade en repoussant le verre que sa mère lui tend. C'est très important, Maman. Il faut que tu me dises où se situe cette falaise.

Claire, surprise de l'excitation subite de sa fille, lui répond :

- Enfin Jade, tu te moques de moi ? Tu n'as pas lu ton livre ?

Claire prend le livre sur « Hawaï et ses alentours » et le tend à Jade.

- Regarde page cent trente-sept, tu as la description et là, dit-elle en désignant la page suivante, une photo ! D'ailleurs, c'est la reproduction exacte de ton dessin ! C'est pour cela que je pensais que tu l'avais décalqué !

Jade saisit le livre dans ses mains, comme si elle le voyait pour la première fois. Elle regarde tour à tour son dessin et la photographie illustrant l'article sur l'île de Pâques. Elle murmure pour elle-même ;

- C'est là que je dois me rendre !

Jade fait travailler son cerveau à la vitesse de l'éclair et reprend de façon audible :

- Papa, tu as déjà acheté les billets en ligne ?

- J'allais valider ! Pourquoi ?

- Je pars avec vous, finalement ! J'ai changé d'avis ! claironne Jade.

- Et Arthur ? demande Claire. Tu vas le laisser tout seul ?

- Arthur est entre de bonnes mains ! Les médecins s'occupent de lui ! Puis je ne suis d'aucune utilité ici !

Léon et Claire regardent leur fille, éberlués.

- Nous ne t'avons pas élevée comme cela ! Tu abandonnes ton mari dans le coma ! s'indigne Claire.

- Non maman ! Au contraire, je pars pour lui sauver la vie ! Ce serait trop long à vous expliquer ce soir ! Faites-moi confiance !

- D'accord ! Tu nous éclaireras demain, dans l'avion. Le voyage est long et nous aurons tout notre temps ! déclare fermement Léon.

Les billets achetés, les parents de Jade, exténués, vont se coucher sans plus tarder. Jade, seule dans son salon, s'allume une cigarette. Elle a tiré la malle jusque devant elle. A la dernière bouffée, elle écrase son mégot et murmure :

- Bien ! A nous deux, Grand-mère ! Ouvrons la malle aux secrets ! Le poids de l'âme est de vingt et un grammes tout rond.

Jade actionne les tirettes et inscrit le poids trouvé. Un cliquetis se fait entendre. Jade soulève le couvercle et le repose derrière le coffre. Elle s'installe devant la malle béante et pousse un juron :

- Bon Dieu ! Non ! Ce n'est pas possible !

Jardins secrets

Chamboulé par ce qu'il venait d'entrevoir et d'entendre dans le bureau de son père, Anthony ne se rendit pas compte, sauf lorsqu'il arriva à l'accueil de l'hôpital St Roch, que l'heure était aussi tardive. Il se confondit en excuses auprès de l'hôtesse, qui ne vit que le sourire charmeur de ce bel homme, laissant entrevoir ses dents parfaitement alignées, d'un blanc éclatant. Sans détourner son regard de l'homme debout devant son guichet, elle lui indiqua d'un geste le couloir à emprunter pour accéder à la chambre d'Arthur. A peine Anthony s'engouffra-t-il dans le large corridor, que l'hôtesse saisit son téléphone et appela le bureau des infirmières jouxtant la chambre d'Arthur :

- Attention, les filles ! Apollon en approche ! Il vaut le coup d'œil !

Anthony avance dans le couloir désert, lorsqu'une nuée de femmes en blanc sortent, en gloussant, d'une des portes. Il s'approche du groupe et demande poliment si l'une d'entre elles peut lui indiquer la chambre de Monsieur Soleris.

- Vous y êtes, répond l'infirmière en chef. Je vous accompagne dans le sas stérile pour vous habiller, dit-elle en s'écartant et en indiquant une porte à Anthony.

Il s'engage dans le sas. L'infirmière lui emboîte le pas, ne se privant pas de faire de grands clins d'œil à ses collègues, piaillant et riant comme des bécasses. Anthony ne prête pas attention à leurs attitudes, habitué à déclencher ce genre de comportement. Il faut bien reconnaître qu'il est vraiment un très bel homme, comme ceux qui posent sur papier glacé. Non seulement sa plastique est parfaite, mais, en plus, il possède un charme fou. Peut-être est-ce en rapport avec son port de tête altier, ou encore avec le raffinement de ses vêtements, ou pourquoi pas, son allure sportive, ou tout simplement ses ongles manucurés ?... Peut-être est-ce juste sa simplicité et sa gentillesse innées, exhalant de tout son être, qui attirent tant la gente féminine, la faisant se retourner sur son passage ?

Il pénètre enfin dans la chambre d'Arthur dont le corps inerte repose toujours sur le lit, incapable de bouger. Pourtant, ce n'est pas faute d'essayer. Revigoré depuis la visite de Jade, Arthur se démène pour soulever son petit doigt qui lui semble peser des tonnes. Peine perdue pour le moment. Sa volonté ne s'altère pas, et cent fois il recommence ses tentatives, conscient du travail pharaonique qui l'attend pour retrouver sa vie d'avant. Anthony s'approche lentement, comme s'il ne voulait pas réveiller son cousin endormi. Arthur, trop occupé à lutter contre son propre corps, ne s'aperçoit pas tout de suite de l'arrivée d'Anthony. Ce n'est que lorsque celui-ci pose sa main sur son bras, qu'il réalise que quelqu'un est présent à ses côtés.

----- Anthony ! Comme je suis content de te voir !----- voudrait dire Arthur, dont le discours n'est toujours qu'intérieur.

Le silence qui règne dans la pièce est rompu par Anthony qui, persuadé que son cousin est loin, très loin, enfoncé dans un coma profond, laisse aller librement ses pensées :

- Arthur ! Si tu savais… Je ne peux me confier qu'à toi, parce que justement tu n'es pas là ! Ton absence ne doit pas trop s'éterniser ! Il se passe des choses…malsaines ! J'ai été témoin de regards de connivence, de joie à peine réprimée…C'est honteux. Je ne sais plus quoi penser !

----- Jade avait raison ! Tu vas être un parrain merveilleux pour notre petit Gabriel ! Tu es toujours de bonne humeur ! Tu n'as jamais manqué une occasion de venir voir notre petit depuis qu'il est né ! Tu te présentais à notre porte, une babiole dans les mains pour Gabriel ! Ta façon de le tenir dans tes bras, de jouer avec lui ! Oui, décidément, je suis persuadé que nous avons fait le bon choix !-----

Anthony expose ses doutes à son cousin inerte.

- Ta chute brutale sur le sol de l'église, ton inconscience qui se prolonge...J'ai beaucoup de mal à encaisser le choc ! Jade est restée pétrifiée. Elle serrait Gabriel dans ses bras et ne te quittait pas des yeux, toi, gisant inanimé sur le dallage. Elle t'aime beaucoup ! Je l'ai vu dans son regard. C'est une chouette fille ! J'ai du mal à comprendre que le reste de notre famille ne l'apprécie pas. Vous êtes faits l'un pour l'autre, j'en suis certain ! Tu as de la chance de l'avoir avec toi ! Moi,...

Il laisse sa phrase en suspens, se plongeant dans le désert affectif qu'est sa vie. Arthur reprend :

----- Tu sais que Jade t'apprécie énormément ? Sans doute parce que tu as su garder ta simplicité, comme elle, ta franchise, comme elle, tout en prenant garde à ne jamais blesser ton interlocuteur ! Là, sur ce dernier point, pas comme Jade ! Elle est bien trop impulsive ! Je sais qu'elle apprécie la finesse de tes réparties-----

- ...Bref, passons ! Je ne suis pas venu te voir pour me lamenter ! Tu as besoin qu'on te remonte le moral, pas qu'on te le plombe ! Tu es entre de bonnes mains, ici ! Les médecins vont bien s'occuper de toi et tu vas vite nous revenir en pleine forme ! Du moins, j'espère...rajoute Anthony à voix basse.

----- J'ai toujours admiré chez toi la psychologie dont tu fais preuve. Tu lis dans les gens comme dans un livre ouvert, et tu ne te trompes jamais...-----dit Arthur, inaudible à l'extérieur de lui-même.

- ...Tu sais, Arthur, j'aimerais me tromper, seulement je crois que mon père et ta sœur manigancent quelque chose de vraiment moche contre toi et Jade. Ces regards, cette conversation dont je t'ai parlé tout à l'heure, eh bien, c'est entre eux deux que je les ai surpris. Alors, concernant mon père, je ne me fais plus d'illusions depuis longtemps sur lui, mais pour

Line, je suis assez surpris. J'ai toujours ressenti un malaise en sa présence, toutefois, je n'ai jamais réussi à cerner exactement son problème…

-----Tu as toujours un mot gentil pour Jade, une attention pour chacun d'entre nous. A la réflexion, tu es vraiment le seul qui ait semblé content pour moi, lorsque j'ai annoncé que j'allais être père ! Je me demande si… constate Arthur, avec reconnaissance-----

-…Arthur, j'ai vraiment été honoré lorsque tu m'as demandé d'être le parrain de Gabriel. Pour mon filleul, pour toi, pour Jade, je me demande si…

----- si tu n'es pas le seul sur lequel je puisse réellement compter dans ma famille-----constate Arthur froidement.

- …Tu peux compter sur moi ! Je crois que tu es en danger, Arthur. Ma décision est prise ! Même si mes recherches m'entraînent vraiment vers un dénouement sordide, je découvrirai ce que mon père et ta sœur complotent dans ton dos ! Tu es à terre, pour le moment ! On ne frappe pas un homme à terre. Il est temps que j'affronte mon père, comme j'aurais déjà dû le faire lorsqu'il a laissé, sans sourciller, ma mère dépérir puis mourir, conclut Anthony, débordant de bons sentiments.

Arthur regarde le visage crispé de son cousin. Il tend son bras dans sa direction, cherchant à lui donner une accolade. Bien entendu, aucun mouvement apparent ne se produit. Anthony se retire de la chambre, laissant Arthur se reposer. L'infirmière en chef l'attend dans le sas. Il retire la blouse et les chaussons souillés, les tend à la femme et sort dans le couloir. L'infirmière part à sa suite :

- Attendez ! Monsieur !

Anthony se retourne.

- Oui ?

L'infirmière s'approche de lui, se hisse sur la pointe des pieds et lui retire la charlotte qu'il avait oublié d'enlever. Elle se permet une pointe d'humour, remarquant la tristesse sur le joli visage de cet inconnu :

- Cela aurait fait désordre ! Quoique, elle vous donne un genre « chirurgien sexy », comme dans les séries télévisées, qui ne vous va pas mal !

Elle réussit à arracher un sourire à Anthony. Il la salue et fait mine de repartir puis se ravise :

- Dites-moi, mademoiselle ? Auriez-vous l'amabilité de me dire de quoi souffre mon cousin exactement ?

L'infirmière hésite un instant, puis se sent désarmée par le sourire charmeur que lui adresse ce beau blond.

- Je ne sais pas si… Bon, vous êtes de sa famille, après tout. Votre cousin se trouve plongé dans un coma profond. Seulement, pour le moment, nous n'avons pas déterminé ce qui a causé son état ! Sa femme nous a informés qu'il avait récemment fait un malaise, sans gravité apparente et qu'il souffrait de violentes migraines. Nous en saurons plus avec les analyses que nous avons pratiquées cet après-midi et dont les résultats doivent nous parvenir demain matin.

- Merci de m'avoir renseigné !

Anthony remarque l'hésitation de l'infirmière.

- Vous ne m'avez pas tout dit, n'est-ce-pas ?

La femme poursuit, gênée de ne pouvoir donner un diagnostic probant :

- Ce qui est étrange dans l'état de votre cousin, c'est qu'il ne présente aucune anomalie cérébrale ou mécanique justifiant son état, et pourtant, il semble s'enfoncer davantage, d'heure en heure.

Elle rajoute précipitamment, se rendant compte, au moment où elle prononce ces paroles, qu'elle accentue l'inquiétude de ce bel homme :

- Nous en saurons plus avec les analyses. Il faut patienter et espérer.

Anthony tend sa carte de visite à la jeune femme, et lui demande de le tenir informé de l'évolution de l'étrange maladie d'Arthur ainsi que des visites qu'il reçoit. L'infirmière refuse dans un premier temps, puis devant l'insistance d'Anthony, finit par accepter.

- Je risque de gros ennuis si on apprend que je vous renseigne. Normalement, ce droit est réservé à la famille proche.

- Je comprends, la rassure Anthony. Ne vous en faites pas, ce sera notre secret !

Il repart de l'hôpital, se demandant comment il va pouvoir démasquer son père et Line. Il pense à appeler Jade…pour lui dire quoi ? Qu'il les soupçonne de manigances ? Pas crédible. Il renonce et se dit qu'il verra demain. La nuit porte conseil, d'après ce qu'on dit.

***

Jade, assise par terre, dans son salon, devant la malle béante, n'en croit pas ses yeux. Elle prend un pli, qui se trouve sur le dessus, et le tourne et le retourne dans ses mains, indécise et stupéfaite. Elle constate qu'un prénom figure au dos de l'enveloppe. Ce prénom est le sien : Jade, écrit en lettres calligraphiées, avec une plume à l'encre noire. Elle repose la lettre soigneusement cachetée devant elle, et s'allume une cigarette.

- Là ! C'est vraiment très troublant ! J'ouvre une malle oubliée dans un grenier depuis des lustres, et la première chose sur laquelle je tombe, c'est cette lettre qui m'est adressée !

Elle tire sur sa sucette à cancer, et se lance dans l'inconnu. Elle décachette l'enveloppe, et déplie les feuilles jaunies.

- Trois feuilles ! C'est un roman ! s'exclame-t-elle.

A sa grande surprise, une fois de plus, elle lit la première ligne de la première page et reste bouche bée. Il est écrit :

Oui ! C'est un roman ! Le roman de ma vie ! Ainsi ma chère petite fille, tu comprendras certainement mieux ce qui t'arrive aujourd'hui ! J'espère qu'il n'est pas trop tard et que tu dénoueras les fils de ta vie avant l'échéance finale ! Moi, je n'ai pas su le faire et s'il fallait résumer ma vie, tout tiendrait dans ma précieuse boîte à musique !

- La boîte à musique ? s'interroge Jade.

Oui ! La boîte à musique ! Je suppose que si tu me lis aujourd'hui, c'est que tu as déjà pas mal progressé dans l'invisible! Malheureusement, cela signifie aussi que le cycle des trois « R » est entamé également ! Tu as donc pris la malle dans le grenier et certainement cette fameuse boîte à musique. Te souviens-tu lorsque tu étais enfant, les heures que nous passions à nous déguiser et à danser sur l'air que la boîte jouait ? Je remontais inlassablement la clé, et nous tournions dans nos robes bouffantes sans nous arrêter, comme la ballerine sur son socle ! Peut-être n'as-tu jamais fait attention à l'air précis que la boîte jouait ? Tu étais bien jeune !

- Le Lac des cygnes ! Comment aurais-je pu l'oublier, tu ne cessais de dire qu'un jour, tu m'emmènerais voir ce magnifique ballet ! Ton préféré ! Tu es morte avant d'en avoir le temps, se souvient Jade, nostalgique.

Le Lac des cygnes, c'est exact. T'es- tu intéressée à l'histoire racontée dans ce merveilleux ballet ?

Jade secoue la tête, négativement.

Je m'en doutais. Cela n'est pas grave. Je vais pallier ton manque culturel. J'aurais aimé te dévoiler l'histoire autrement, cependant le temps m'a manqué ! Ecoute ce que la musique nous raconte :

Au premier acte, le prince fête son anniversaire avec des amis et reçoit une arbalète comme présent de sa mère. Celle-ci l'informe alors qu'un bal aura lieu dans deux jours afin qu'il trouve une épouse. Le prince part alors à la chasse et poursuit un vol de cygnes blancs, gracieux et majestueux. L'un d'entre eux l'intrigue, il porte une couronne…

Au second acte, le prince retrouve les cygnes au bord d'un lac. A sa grande surprise, les volatiles se transforment en jeunes filles. La princesse explique alors qu'un sortilège leur a été jeté et que seul le serment d'un amour sincère et véritable pourrait les délivrer. Le prince tombe immédiatement amoureux de la jeune fille et lui promet le mariage.

Au troisième acte, lors du bal organisé par la reine, le prince, trompé par une ressemblance quasi gémellaire, danse et promet mariage à une autre que sa princesse rencontrée dans la forêt. La jeune fille, désespérée, essaie d'attirer l'attention du prince. En vain. Lorsqu'il se rend compte de son erreur, il est trop tard ! Ce mauvais tour leur a été joué par l'ensorceleur. La princesse et ses amies se transforment définitivement en cygnes.

Au quatrième acte, dans la version triste de l'histoire, qui pour moi, correspond le mieux à ma situation, le prince part retrouver sa bien-aimée. Il se confond en excuses. Il est trop tard. Les flots l'emportent. La jeune femme, transformée en cygne pour la vie, meurt de chagrin.

Jade prend la photo de ses grands-parents, ramenée avec la malle du grenier et s'adresse directement à l'homme :

- Serais-tu le prince ?

Jade reprend sa lecture.

Ma petite Jade, ce qui va suivre va certainement éclairer ta destinée et tu vas faire le rapprochement avec ta propre vie. Il est très important que tu comprennes chaque rouage de …ma vie ! Comme toi aujourd'hui, tu constateras que mes plaies et mes bosses correspondent aux tiennes ! Bien entendu, de mon vivant, la lune noire n'a pas été tendre avec moi, et, notre lourd karma m'a été fatal, d'où, par la suite, ma vie dissolue qui a tant agacé ta mère !

Lorsque j'ai rencontré ton grand-père, il était avancé en âge et n'espérait plus se marier. Immédiatement, nous avons eu le coup de foudre l'un pour l'autre. Sans hésiter, quelque temps après, nous nous sommes mariés et je suis tombée enceinte. Seulement, ton grand-père, empreint de ses habitudes de vieux garçon, n'était pas préparé à devenir père. Tu sais, les hommes sont souvent moins matures que les femmes et cela peut jouer des tours qui font beaucoup de dégâts. Donc, ton grand-père s'absentait souvent, sortait beaucoup, rentrait tard, comme si rien n'avait changé dans sa vie. Dans ma vie, par contre, tout avait changé ! Je ne pouvais plus le suivre dans ses sorties, enceinte jusqu'aux yeux. J'étais seule, terriblement seule. Tout le temps, le jour comme la nuit. Je l'ai supplié, imploré de rester à mes côtés. Je souffrais tellement de son absence. Je ne pouvais rien partager avec lui, puisqu'il s'était transformé en courant d'air. J'ai donc ressenti seule, les premiers petits coups de pieds que me donnait ta mère dans mon ventre...Toujours seule, j'ai installé son berceau...Encore seule, j'ai choisi son prénom...Tellement seule, que j'ai fini par ne plus converser qu'avec mon ventre rond. Puis de sortie en soirée prolongée, de soirée prolongée en rencontre imprévue, ce qui devait arriver se produisit. Il me trompa avec une autre femme. Il se sentait ainsi de nouveau libre de tout engagement, cet engagement qui lui pesait tant. Je me suis sentie trahie, extrêmement piétinée, méprisée. La chute fut terrible et je tombai dans le gouffre de la dévalorisation à la vitesse du son. Contre toute attente, ce qui causa beaucoup de remous à l'époque, je partis avec ma fille, tout juste née, laissant choir ce mauvais gars qui s'était joué de moi. Mon cœur saignait abondamment d'une plaie qui ne s'est jamais refermée ! Je n'ai jamais rien dévoilé à ta mère de cette triste histoire, ne voulant pas qu'elle se détourne de son père. Je n'avais pas prévu que lui ne s'intéresserait jamais à Claire et qu'elle en souffrirait encore davantage. Alors, me diras-tu, c'est une simple histoire de femme trompée, comme tant d'autres ? Bien sûr ! Rien d'extraordinaire à cela ! Sauf,...sauf que, comme la princesse bafouée du Lac des cygnes, le chagrin dû à la trahison de mon prince a irrémédiablement tué quelque chose en moi ! D'où ma frivolité qui déplaisait tant à ta mère. C'est le seul moyen que j'ai trouvé pour me protéger des hommes. Cette partie de mon âme est restée morte jusqu'à mon départ pour l'au-delà. L'ensorceleur du ballet n'a été autre dans ma vie, que le karma hérité des vies passées. Malheureusement pour moi, je l'ai découvert un peu tardivement, en tous les cas trop tard pour arriver à le surmonter dans cette vie-là ! En remontant le fil du temps, je me suis aperçue que notre mission se trouvait sur ce point névralgique de notre arbre généalogique. Aussi loin que je sois remontée, les femmes de notre lignée ont été piétinées, méprisées, bafouées voire violentées par les hommes qu'elles aimaient. La trahison masculine reste le mot maître de nos maux qui ont eu des conséquences dramatiques dans nos vies de femme.

Je suis donc désolée de t'apprendre que ton karma réside dans ce que je trouve d'une simplicité enfantine et qui pourtant ressemble à une *montagne infranchissable : Apprendre à vivre avec un homme, et, le plus dur pour nous, lui faire confiance. C'est à toi que revient la lourde tâche de retirer cette écharde de notre arbre. Les générations passées ont échoué, moi y compris. Jade, tu dois trouver le mode de fonctionnement qui te permettra de vivre en harmonie avec Lui, l'Homme. Tu t'es loupée avec le père de Johanna, tu dois réussir avec Arthur. Eh oui, je savais qu'il s'appellerait Arthur. C'est une autre histoire, je te dirai peut-être un jour comment je connaissais ta vie future alors même que tu n'étais qu'une enfant. Cet homme possède en lui les clés pour te permettre d'accomplir ta mission. Tu dois déjà, certainement, avoir remarqué l'étrange fluide qui te traverse lorsque tu t'unis à lui. Cette sensation de réconciliation avec toi-même, voire de connexion avec l'univers, lorsqu'il te tient la main. Ce besoin presque animal, qui transpire par tous les pores de ta peau, de le toucher, d'avoir un contact physique, lorsqu'il est près de toi ! Autant de signes, que c'est lui et lui seul avec qui tu dois arriver à vivre. Accepte-le tel qu'il est, car ce que tu crois te correspondre n'est en fait qu'un mélange des cartes par les Ombres. Accepte et tu verras, accepte et tu seras enfin heureuse. Je sais aussi que tu t'es sentie trahie, abandonnée par Arthur. Ne te fie pas aux apparences, les Ombres le manipulent.*

Il est temps d'abandonner tes préjugés et tes acquis ! Ouvre-toi, laisse- toi porter par la vie, chasse les pensées négatives et, surtout fais confiance à Arthur. Son amour te guidera pour suivre le chemin de la réconciliation.

Encore un dernier point, ma petite Jade ! Si tu échoues, Johanna héritera du karma ! Cela devrait doublement te motiver ! Ah, oui ! J'allais oublier ! Désolée de ne pas avoir su effacer cette plaie dans ma vie terrestre ! Après tout, tu as choisi ta mission avant même de naître !

Je serai à tes côtés, dans l'invisible ou le visible, si tu m'appelles pour t'aider dans ta quête.

Je me permets de te le répéter encore une fois ! N'oublie pas : Tu possèdes en toi les clés pour résoudre le karma d'Arthur et l'inverse est réciproque ! Vous êtes comme les pièces d'un puzzle !

Bonne chance, ma petite fille. Ta grand-mère qui t'aime tendrement.

- Ah, oui ! Là, je pense que je vais avoir besoin d'une bonne dose de chance ! Merci du cadeau, Grand-mère !

Jade pose la lettre à côté de la photographie de ses grands-parents et fouille dans la malle. Elle en retire des livres à la couverture noire ornée d'un liseré or. Comme à l'accoutumée, elle touche d'abord la couverture, manipule le livre dans un sens puis dans l'autre. De petits interstices se font sentir. Elle s'intéresse enfin aux titres des ouvrages : l'astrologie, la science devant l'étrange….

- Grand-mère, je ne te connaissais pas ce penchant pour l'ésotérisme ! murmure Jade.

« « « « Oui, je sais ! C'était mon jardin secret ! » » » » répond Grand-mère, derrière elle

Jade sursaute et laisse échapper un cri :

- Tu m'as fait peur ! Tu pourrais me prévenir quand tu reviens ! maugrée Jade.

Grand-mère, déjà facétieuse de son vivant, laisse échapper un petit rire.

- Je ne t'ai pas appelée ! Qu'est-ce que tu fais là ? demande Jade.

« « « « «Oh ! Je suis venue me replonger dans mes souvenirs avec toi ! Voilà tout ! » » » » » répond Grand-mère, un brin nostalgique

Jade ressent l'immense peine de Grand-mère. A sa grande surprise, elle constate que les blessures dans le cœur et dans l'âme de Grand-mère correspondent aux siennes. La même frustration abyssale, les mêmes poignards plantés en plein cœur, le même désarroi. Et cette désagréable sensation de se sentir étranglée, mise à genoux par celui qui prétendait l'aimer. Etre réduite à l'état d'objet ou d'esclave, selon l'humeur du maître.

- Quelquefois, j'ai l'impression que tout ce qui attirait Arthur dans mon caractère, est exactement ce qu'il cherche à détruire chez moi, aujourd'hui !

« « « « « Oui, comme s'il savait exactement où appuyer pour nous faire mal » » » » »

- Tu sais, je ne crois pas que notre karma se résume à vivre avec un homme. Je crois qu'il y a autre chose, une dimension psychologique dans le karma originel qui nous a échappé !

Jade continue à consulter les vieux documents, jaunis par le temps, qui se trouvent au fond de la malle. Elle sort un livret de famille, d'autres photographies, des lettres manuscrites, des actes de mariage,…

La jeune femme et Grand-mère restent là durant près d'une heure à regarder, relire, déchiffrer tout ce qui se trouve dans la malle. Grand-mère agrémente chaque morceau de papier de commentaires, révélant à Jade l'histoire familiale. Soudain, Jade s'écrit :

- Là voilà ! Johanna Palméro !

« « « « « Fais voir » » » » » dit Grand-mère en prenant la photographie.

- C'est elle que Phœnix m'emmène voir.

« « « « « Phoenix t'a emmenée plusieurs fois? Je suis soufflée! Ton ouverture spirituelle est réellement une réussite! Je n'ai eu droit qu'à un seul vol sur les ailes du temps de mon vivant !» » » » »

Jade rougit au compliment de Grand-mère. Elle reprend la photo et la tourne.

- 1913. Dommage que nous n'ayons pas la loupe du curé ! Il nous en aurait appris davantage !

« « « « « Une comme celle-là ? » » » » » dit Grand-mère en fouillant au fond de la malle.

- Mais ? Comment ?... Non, je ne veux pas savoir…

Jade prend la loupe et observe la photographie.

- Incroyable ! Tu as vu ?

Au travers du verre grossissant, des traces apparaissent sur le visage fin et délicat du portrait.

« « « « « On dirait des bleus, comme si elle avait été frappée. Regarde, là, sur sa joue...C'est quoi qui a fait cette marque ? » » » » »

Jade se fige. En un éclair, le mur de son salon se transforme en écran plasma géant. Elle voit Johanna Palméro face à un homme, l'homme qui l'accompagnait déjà dans le premier rêve de Jade. Il a perdu son sourire et ne semble plus très fier de sa femme. Il gesticule avec véhémence, tendant le journal qu'il tient dans sa main sous le nez de Johanna. Elle semble se confondre en excuses, penaude. L'homme s'énerve de plus en plus, l'injuriant. Il exulte, faisant de grands gestes, prenant une attitude menaçante. Johanna est sur la défensive, prête à esquiver un coup. La peur transpire de tout son être. L'homme lève la main une première fois, Johanna se protège le visage de ses mains. Il fait mine de se raviser. Dès que la femme baisse sa garde, il la gifle d'un grand revers de la main. Le coup est donné avec tellement de force que la jeune femme s'effondre au sol. Non content de lui, il se rue sur elle, la frappant avec le journal, les mains, les pieds, comme une brute corrige un chien.

- Une chevalière ! C'est une chevalière à la main de l'homme qui lui a fait ça !

« « « « « Tu la vois ? » » » » »

- Oui, il m'arrive d'assister à certaines scènes...Je ne comprends pas...Ils avaient l'air heureux et surtout, l'homme avait l'air très fier de sa femme dans le premier épisode. Tu sais Grand-mère, elle était journaliste ! Journaliste en 1910 !

« « « « « Une femme instruite et intelligente ! » » » »

- Que s'est–il donc passé entre temps pour en arriver à cette scène de violence ?

« « « « « Il faudrait retrouver les articles de Johanna. Peut-être nous en apprendrons plus » » » » ».

- 1913...Il faut que j'aille aux archives municipales ! Il faut aussi que je recherche la trace des Incas pour Arthur, et que....

« « « « « Stop ! Chaque chose en son temps ! Fais confiance à l'univers ! Il te donnera ce dont tu as besoin pour répondre à tes questions ! » » » » »

Il se fait tard. Grand-mère va s'en aller, laissant Jade se reposer et dormir un peu avant que le jour ne se lève.

« « « « Encore une dernière chose ! Tu devrais jeter un œil sur le blog d'Espérance et Günter avant de te coucher ! L'article de ce soir devrait encore plus t'éclairer ! Quand tu auras complètement assimilé que tu es maître de ton destin, ta quête spirituelle pour sauver Arthur sera facilitée ! A bientôt, mon enfant ! » » » »

Jade reste bouche bée.

- Grand-mère, tu connais Espérance et Günter, le net et les blogs ?

« « « « Bien sûr ! Tu nous prends pour des arriérés dans l'au-delà ! Si tu savais ma petite-fille… » » » »

Grand-mère disparaît comme elle était apparue quelques heures auparavant. Sans bruit, sans tour de magie. Simplement. Jade, suivant les conseils de sa grand-mère, s'installe devant son ordinateur, après avoir remis en place tous les papiers dans la malle. L'écran s'allume et laisse paraître l'article évoqué par son aïeule :

Un temps de repos.

Dans cette course folle qu'est la vie, de temps à autre, un temps de repos s'impose à notre corps et à notre esprit. Embrouillés, perturbés, happés par le tourbillon de la vie, nous n'avons plus le recul nécessaire, pour analyser et rectifier nos propres trajectoires de vie.

Bien entendu, peu d'entre nous, sauf des êtres éclairés et spirituellement élevés, s'accordent une pause afin de méditer sur le sens des épreuves envoyées par l'univers pour nous purifier. Le dessin astral n'est pas des plus clairs, et, lorsque les Ombres s'en mêlent, nos destins s'obscurcissent encore da-

vantage nous plongeant dans les méandres de la peine et de l'angoisse.

Aussi, notre corps physique, pure merveille de mécanique, se met en veille. Ainsi, nous voilà cloués au lit pour quelques jours, où dans nos délires fiévreux, l'esprit, au calme et nullement sollicité, peut tout à son aise, décortiquer le nœud du souci qui nous pose problème. L'inconscient travaille à notre insu, et comme par magie, à l'issue de la maladie, la solution nous apparaît aussi limpide et claire que de l'eau de source.

Pourtant, cette veille du corps peut se prolonger, et des maladies bien plus virulentes qu'une grippe ou qu'une angine peuvent nous attaquer. Ce que la plupart d'entre nous ignorent, c'est que l'origine du mal qui ronge nos esprits, est aussi profonde et douloureuse que cette maladie tentaculaire que tant d'entre nous redoutent.

Alors, il faut que le sujet s'attarde sur le secret qui détruit lentement sa vie, prenne conscience qu'une remise en question est fondamentale et qu'il est urgent d'effectuer une révélation salutaire. Même s'il est aidé et entouré, il ne pourra être sauvé que par sa propre prise de conscience de ce secret si jalousement gardé depuis des siècles et des siècles.

- Là, ce n'est pas gagné pour Arthur ! marmonne Jade en prenant dans ses mains la boîte à musique de Grand-mère.

Elle n'ose remonter la clé de peur de réveiller la maisonnée endormie.

- Un petit coup de peinture ne te ferait pas de mal…ton tutu est défraîchi, tes joues ont perdu leurs belles couleurs roses, et ton collier…

Jade s'interrompt brusquement en observant plus attentivement le pendentif de la belle danseuse.

- Encore ! s'exclame-t-elle. Marraine, Gino, le père François et maintenant Grand-mère aussi ! Une petite recherche sur le net s'impose !

Jade tape le mot clé et lance le moteur de recherche. Les réponses s'affichent en une seconde sur son écran. Elle consulte divers sites jusqu'à ce qu'une fenêtre s'ouvre sur une phrase qu'elle connait bien maintenant.
Le passé explique le présent.

- Nous y voilà ! murmure Jade entre ses dents.

***

Arthur, étendu sur son lit d'hôpital, toujours prisonnier de son sarcophage de chair et de sang, fixe le plafond. Son panorama reste très limité. Tout est blanc et aseptisé. Il se désespère de pouvoir renouer le contact un jour avec le monde des vivants. Plus le temps passe, plus ses efforts restent sans effet. La machine est cassée. Il est condamné à vivre là, allongé, sans contact ni moyen de communiquer avec qui que soit. Alors qu'Arthur est plongé dans ses pensées, le calme de la chambre d'hôpital est rompu par l'entrée d'un groupe d'internes qui s'agglutinent autour de lui. Arthur les dévisage, il retrouve un peu d'espoir. Tant de médecins pour lui seul…s'intéressant à son cas…sollicitant sans relâche leurs méninges pour le sortir de là…Lui, Arthur Soleris, un homme important ! Pourtant, les internes, tous armés d'un calepin et d'un stylo, attendent l'arrivée du médecin chef, tout en discutant, riant même de temps à autre, ignorant complètement l'homme étendu devant eux. Soudain, les bavardages s'interrompent à l'entrée en trombe d'un homme pressé. Le médecin débute son cours, sans même un regard sur le visage d'Arthur. Il décrit les symptômes aux élèves attentifs. Le médecin soulève le bras sans réaction d'Arthur qui retombe mollement sur le lit. Il poursuit sa démonstration, en repoussant le drap au pied du lit. Arthur, pourtant peu pudique, se sent mal à l'aise. Tous les regards sont tournés vers son corps dénudé. Il aimerait remonter les draps sur lui, être traité avec un peu plus de respect. Pourtant, le cours se poursuit sans tenir compte de ses états d'âme, les élèves écoutent les consignes de leur professeur, et ne posent sur Arthur qu'un regard curieux, froid, dénué de compassion. Le professionnel continue sa démonstration en sortant une aiguille pointue de sa poche. A cet instant, Arthur s'affole, se demandant anxieusement ce que le médecin compte lui faire. Le docteur, sans sourciller, plante l'aiguille profondément dans la voûte plantaire d'Arthur. Il crie sans que personne ne l'entende. Alors, commence une longue séance de torture et d'humiliation, comme si Arthur n'avait pas plus d'importance qu'un vulgaire rat de laboratoire. Frustré et vexé, Arthur se débat avec son corps inerte comme un beau diable. Il aimerait sauter au cou du médecin pour qu'il arrête. Seulement, dans la pièce, rien ne se produit de tel. Le corps d'Arthur reste étendu sur son lit, sans réaction. Le médecin continue sa démonstration, en pinçant violemment le téton d'Arthur. La douleur est insoutenable. Arthur crie, se débat, vocifère pour lui-même. La colère s'empare de lui. Il gesticule tant et si bien qu'il sort de son corps. Son enveloppe physique gît sur le lit d'hôpital, alors que son âme s'envole loin du groupe d'internes qui étudient son cas. Il ne s'en rend pas compte tout de suite et continue à gesticuler, maugréant dans sa barbe.

- Arrêtez ! Je ne suis pas un objet ! Je ressens tout ce que vous me faites subir ! Stop ! Je suis un être humain, vous n'avez pas le droit de me traiter comme ça !

Arthur, trop occupé avec ses sentiments, ne réalise pas que cet épisode traumatisant n'est qu'une étape dans son long voyage intérieur. Après tout, il ressent exactement ce qu'il a fait ressentir à sa compagne depuis trois ans. Toutefois, son orgueil et son égoïsme saignant abondamment, il ne prend pas la bonne direction, et s'enfonce dans les méandres des vibrations les plus basses.

C'est une voix qu'il ne connaît pas qui le stoppe dans son élan :

« « « « Arthur ! C'est bon, vous pouvez arrêter de vous battre ! Vous êtes dehors ! » » » »

Arthur, surpris, se calme et regarde autour de lui. Il flotte dans les airs.

---- Qu'est ce qui se passe, là ? -----

La voix reprend ;

« « « « Projection astrale ! » » » »

----- Projec …quoi ?----

« « « « Vous êtes sorti de votre corps ! » » » »

---- Pourquoi ? ----demande Arthur, stupéfait

« « « « Parce que le processus de guérison vient de commencer. Jade vient de révéler une partie de son karma. Maintenant, elle commence à se libérer…et vous aussi, à ce que je vois ! » » » »

---- Libérer ?----

« « « « Oui ! Maintenant, elle va pouvoir s'occuper de votre cas sereinement ! Elle part en voyage. Sa quête spirituelle l'exige. » » » »

Arthur voit enfin se dessiner à ses côtés la silhouette de celle avec qui il converse depuis une minute.

---- Qui êtes-vous ?----

La femme se met à rire et lui tend la main, l'incitant à une poignée de main vigoureuse :

« « « « Heureuse de vous rencontrer ! Je suis la grand-mère de Jade. Arthur, je présume ? Vous pouvez m'appeler Grand-mère ! » » » »

Temps et espace

L'embarquement du vol British Airways au départ de l'aéroport de Nice Côte d'Azur à destination de Honolulu-Hawaï se passe relativement bien. Relativement...Gabriel étant visiblement très excité par tout ce monde qui grouille dans la salle d'embarquement. Cela l'amuse beaucoup de courir entre les sièges en fer, poursuivi par Jade et Johanna, riant comme un fou. Bref, il est vraiment content de se retrouver dans ce grand terrain de jeu. Après une bosse et quelques pleurs plus tard pour Gabriel, l'hôtesse demande enfin, au grand soulagement de Jade, de présenter leurs billets au guichet, afin de rejoindre leurs places dans l'énorme appareil qui les attend sur le tarmac. Gabriel, tenu fermement par sa maman, se calme quelque peu, non sans avoir au préalable poussé plusieurs cris stridents. Jade remarque sans grand enthousiasme :

- Son attitude laisse présager un agréable voyage ! Je me demande comment je vais pouvoir occuper mon petit bonhomme, vingt-quatre heures enfermé dans un avion !

Dès que la famille au complet s'installe sur les sièges confortables de l'avion, le petit s'absorbe, avec curiosité, dans l'observation de tout ce qui se trouve autour de lui. Jade profite de ce moment d'accalmie pour envoyer un texto à Clotilde l'informant de son départ. Peu après le décollage, Gabriel s'assoupit dans les bras de Claire. Jade le prend délicatement et l'installe sur son siège, à côté d'elle.

- Ouf ! Un petit moment de répit ! J'espère qu'il est parti pour une sieste d'au moins deux heures !

- Tu auras juste le temps de nous raconter ce que tu viens chercher sur notre île, remarque Léon.

Jade vérifie que Johanna a bien mis ses écouteurs pour regarder le film proposé par l'hôtesse afin de faire passer le temps aux voyageurs. Jo n'a pas besoin d'entendre toute l'histoire que Jade s'apprête à raconter. Rassurée, la jeune femme entame le récit de son voyage initiatique à travers l'invisible, de la découverte des karmas qui pèsent sur Arthur et sur elle-même, des solutions plutôt ésotériques à mettre en pratique, tout cela dans le but évident de sauver Arthur d'une mort probable. Jade conclut en disant :

- Voilà ! Donc, lorsque nous serons arrivés à Honolulu, j'installe les petits chez vous, et je repars pour l'île de Pâques où m'attend la fameuse falaise qui hante mes nuits !

Léon tique lorsque Jade annonce son projet.

- Tu aurais dû le dire avant que tu voulais te rendre sur l'île Rapa Nui !

- Rapa quoi ?

- Tu n'as fait aucune recherche apparemment ! constate le père. Rapa Nui est le nom de l'île de Pâques. C'est ainsi que ses habitants la nommaient !

- J'ai lu le livre sur Hawaï. L'auteur parle de cette île, seulement, je n'ai pas tout retenu ! En fait, ce passage ne m'avait pas trop intéressée sur le moment ! C'est seulement lorsque maman m'a fait remarquer la ressemblance entre mon dessin et une des illustrations de ce livre que je me suis posée des questions !

- Je vois, réplique Léon, déçu.

Le père de Jade, féru d'histoire et de géographie, s'est toujours désolé de constater le manque d'intérêt de sa fille pour ces deux matières, incontournables dans une éducation, selon lui. Dès le plus jeune âge, Jade refusait d'apprendre ses leçons, affirmant haut et fort que l'histoire ne servait à rien. La récitation des dites leçons tournait alors au bras de fer entre la fille et le père, fermement décidé à amener Jade à en saisir tout l'intérêt. Souvent, Claire s'en mêlait pour apaiser les esprits.

Elle intervenait dès que le ton commençait à monter entre les deux protagonistes, soit une petite fille têtue au possible et un père entêté dans sa logique. Claire demandait à Jade de faire un petit effort et calmait Léon en dédramatisant le problème. Tout s'arrangeait ainsi, chacun y mettant du sien, sans pour autant abandonner leurs positions de fond. Léon se propose d'éclairer Jade.

- Veux-tu que je te raconte un petit bout d'histoire ?
- D'accord ! Nous avons tout le temps nécessaire !

Léon, content de pouvoir étaler son savoir sans déclencher la troisième guerre mondiale, se lance dans l'épopée de Rapa- nui :

- Tu sais que l'île de Pâques fait partie de la Polynésie ? Bien. Il semblerait donc que les premiers peuples à s'y être installés soient des Polynésiens et que la langue utilisée soit le Maori. Les Polynésiens, partis des îles Marquises auraient navigué plusieurs jours sur leurs pirogues pour atteindre cette île inhabitée. Lorsqu'ils débarquèrent, ils s'y installèrent, la flore et la faune étant semblables à celles des îles où ils résidaient auparavant, donc propices aux cultures qu'ils comptaient étendre. La vie se déroulait sans embûche sur cette île jusqu'à ce qu'un navigateur hollandais, dont le nom m'échappe, la découvre, le jour de Pâques en 1722. D'où le nom sous lequel nous connaissons cette île aujourd'hui…

Léon laisse sa phrase en suspens, immédiatement complétée par Jade, pour une fois très intéressée par l'Histoire.

- L'île de Pâques !
- C'est exact, reprend Léon. Malheureusement pour la population locale, la découverte de leur île allait changer radicalement leur vie, comme pour toutes les civilisations que les grands explorateurs découvraient ! Donc, cette île, éveillant l'attention et la curiosité des Européens, devint la proie des colonisateurs. Ce fut l'Espagne, en 1770, qui l'annexa la première.

- L'Espagne ? répète Jade, interpellée.

Elle revoit la scène au bord de la falaise et distingue très nettement les vêtements des conquistadors espagnols.

- Pas de doute possible ! Il existe donc bien un lien entre l'île de Pâques et l'Espagne d'où Arthur pense être originaire ! Extraordinaire ! s'exclame Jade.

- Pas si extraordinaire que cela pour les autochtones, commente Léon. L'Espagne les réduisit en esclavage, avec tout ce que cela comporte comme horreurs. L'État colonisateur, se rendant compte du peu d'intérêt stratégique de la situation géographique de l'île, l'abandonna, non sans avoir pillé, tué, violé. Puis l'Angleterre et la France envoyèrent dans les années qui suivirent des groupes d'hommes en reconnaissance. Aucun des deux pays ne trouvera d'intérêt à annexer l'île. Les explorateurs n'y resteront que quelques jours, le temps de visiter l'île, sans tourmenter la population. Enfin, en 1888, le Chili prend possession de Rapa Nui. Les Chiliens confinent la population dans un village entouré de barbelés. L'esclavagisme est de retour sur l'île. La cruauté des colonisateurs est sans limite. Pour exemple, non seulement ils violent les femmes mais si celles-ci tombent enceintes, ils les enferment dans les léproseries avec leurs bébés. Bref, les habitants de l'île ont connu l'enfer. La végétation disparaît peu à peu à cause de l'élevage de moutons sur quatre-vingt-dix pour cent du territoire. D'où l'aspect pelé que l'île offre aujourd'hui. Seuls vestiges de cette civilisation bafouée, les Moaï, ces géants de pierre qui jalonnent les côtes de l'île.

- Passionnante ton histoire ! remarque Jade. Sordide mais passionnante !

Léon hausse les épaules.

- Tu te moques toujours de ce que je te raconte ! Rien n'a changé ! constate Léon, dépité.

- Pas du tout ! Seulement, j'espérais que dans ton histoire, tu me parlerais d'une autre civilisation ! Je suis un peu déçue, voilà tout !

- De quel peuple parles-tu ? Tu trouves que ces pauvres gens n'ont déjà pas assez subi d'oppression ?

- Si ! Trop, même ! En fait, cela m'aurait arrangée qu'il y ait des Incas dans tout cela !

- Ah ! Tu veux parler des Longues Oreilles ! s'exclame Léon.

- Les... Longues Oreilles ? répète Jade. Tu m'expliques ?

- A ce sujet, les théories sont assez controversées. Celle qui nous intéresse relate qu'un groupe d'hommes minces aux longues oreilles serait arrivé sur l'île sans femme, ni roi. Les hommes costauds aux courtes oreilles tolérèrent leur présence et les Longues Oreilles s'installèrent sur l'île. Ils savaient tailler les Moaï dans la roche du volcan, et les ériger sur les Ahu, c'est-à-dire les plateformes sacrées. Tous les Moaï font face aux maisons et sont donc dos à la mer. Ils représentent, croit-on, des divinités protégeant l'île. Les Longues Oreilles, forts de leur savoir, demandèrent aux Courtes Oreilles de nettoyer un emplacement destiné à devenir un Ahu. Ces derniers refusèrent et une guerre tribale s'ensuivit, décimant presque toutes les Longues Oreilles. En fait, il n'en fut épargné qu'un seul. Il s'unit avec une femme Courtes Oreilles et ils eurent un fils.

- Pourquoi appelaient-ils les Incas les Longues Oreilles ? demande Jade.

- Tout simplement parce que leurs oreilles étaient longues, plus longues que les nôtres par exemple et un peu pointues au sommet, au lieu d'être rondes.

- Comme Arthur ! Le prêtre avait raison ! Il descend bien des Incas, murmure Jade.

Elle reprend d'une voix claire, les rouages de son esprit mettant les éléments dans l'ordre :

- C'est bien cela ! Tout se tient. Les Incas vivent avec les Polynésiens. Ils s'entretuent. Un Inca survit donnant naissance à un fils. Les Espagnols débarquent, asservissent le peuple y compris le fils de l'Inca. Et là ! L'histoire rejoint mon cauchemar. C'est donc, sans doute, le fils de l'Inca que je vois être jeté du haut de la falaise par les conquistadors. C'est donc son histoire à lui que je dois découvrir. Je me souviens qu'une femme pleure, une femme qui ne me semble pas être polynésienne. Argh ! Je ne l'ai pas observée suffisamment ! Quelle idiote, j'étais tellement absorbée par l'homme que je croyais être Arthur ! Il faut que je me rende sur l'île de Pâques ! Quelqu'un saura bien me raconter pourquoi ce fils d'Inca a été jeté de la falaise ! peste Jade.

- Tu comptes te rendre là-bas ? intervient Claire.

- Oui ! Je n'ai pas le choix ! rétorque Jade.

- Est-ce que tu sais combien de temps dure le voyage entre Hawaï et Rapa Nui ? demande Léon.

- Non ! Peut-être cinq ou six heures ? hasarde Jade.

- Trente et une heures ! lâche Claire, en articulant chaque syllabe.

Jade laisse échapper un juron et demande confirmation :

- Sans blague ?

- Sans blague ! confirme Léon.

Jade reste sans voix. Elle se cale dans son fauteuil et réfléchit à une autre solution pour dénouer le nœud karmique d'Arthur.

***

-----Pfiou ! soupire Arthur. Quelle poisse ! Avant, j'étais enfermé dans mon corps et maintenant, je suis enfermé dans cette chambre, à passer mon temps à me regarder allongé là, immobile ! En plus, je n'entends toujours pas ce que disent les docteurs qui rentrent et qui sortent sans cesse. Ils semblent inquiets ! Je ne dois pas aller bien, c'est sûr ! Et Jade qui s'est lancée dans un voyage, je ne sais où, pour essayer de m'aider. Elle me manque ! Je voudrais tant qu'elle soit là, avec moi ! J'ai besoin de la voir !-----

« « « « Bonjour Arthur ! » » » »lance Grand-mère dans son dos.

Arthur sursaute, se croyant seul.

---- Ah ! Bonjour Grand-mère !-----

« « « « Alors, vous sombrez de nouveau dans votre période Caliméro ? Jade a raison de vous surnommer ainsi ! Allons, mon gars ! Un peu de courage ! Vous n'allez pas vous laisser abattre ! Jade se démène comme une enragée pour vous sortir de là ! Vous pourriez lui donner un petit coup de pouce au lieu de vous apitoyer sur vous-même ! » » » »

Arthur, honteux de son attitude, baisse la tête comme un enfant que l'on vient de surprendre en faute. Il se cherche une excuse :

----- Oui, mais, vous comprenez, ce n'est pas facile de rester là toute la journée, à me regarder inanimé !-----

Surprise, Grand-mère lui rétorque :

« « « « Personne ne vous oblige à rester dans cette chambre ! Vous pouvez aller où bon vous semble ! Vous n'êtes pas sorti de cette pièce depuis la dernière fois où nous nous sommes vus ? » » » »

----- Bien…non ! A vrai dire, je n'ai même pas essayé ! Je croyais que…----

« « « « Taratata ! Il ne faut pas croire ! Il faut essayer ! Je vous briffe rapidement sur votre état. Votre corps physique, pour le moment, ne pourra pas se sauver en votre absence, car voyez-vous, il ne fonctionne plus ! » » » »

----- Très drôle, Grand-mère ! Jade m'avait prévenu, lorsqu'elle m'avait parlé de vous, que vous aviez un humour plutôt corrosif -----glisse Arthur

« « « « Par contre, vous, en tant qu'éther, vous avez la possibilité de vous déplacer, non seulement dans l'espace, mais aussi dans le temps ! Trop grave, comme dirait mon arrière-petite-fille » » » »

----- Ah bon ! Comment ça marche ce truc de déplacement temporel et spatial ?----

« « « « Il faut tout vous dire, vraiment vous êtes bien un homme ! Il vous suffit d'y penser ! » » » »

-----C'est aussi simple que cela !-----

« « « « Bien entendu ! Les hommes compliquent toujours tout inutilement ! Bien, ne croyez-vous pas qu'il serait temps de rechercher la cause de votre état ? » » » »

----- Oui ! Par où commencer ? Je n'en ai pas la moindre idée ! Je ne suis pas médecin ! -----s'exclame Arthur

« « « « Pas besoin d'être diplômé de médecine pour rechercher les causes de votre état actuel et le remède à y apporter, voyons ! » » » »

Arthur la regarde sans comprendre. Grand-mère reprend, exaspérée :

« « « « Vous avez compris que votre coma n'est pas un hasard ? C'est un temps de repos qui vous est accordé pour réfléchir au problème que votre inconscient soulève ! Bonté divine ! Vous savez bien ce qu'est la maladie, tout de même ? » » » »

Arthur écarquille ses yeux, en signe d'incompréhension totale. Grand-mère s'emporte.

« « « « Enfin, Arthur ! Un petit effort de compréhension, s'il vous plaît ! Je viens de vous le dire ! La maladie sert à obliger le corps physique à s'arrêter, pour que le corps émotionnel, le mental et le causal, puissent résoudre le problème sous-jacent qui bloque votre inconscient ! Tant que vous n'avez pas la solution, votre corps physique est précieusement gardé au repos ! » » »

Arthur articule enfin :

----- Je ne savais pas ! Du moins, je n'avais pas envisagé la maladie sous cet angle !----

« « « « Voilà donc une bonne chose de faite ! Alors, par qui commençons-nous nos investigations ? » » » »

Arthur réfléchit un moment, puis il conclut :

----- Non ! Je ne vois pas avec quelle personne j'aurais à résoudre quelque chose ! En fait, à part le bureau, je n'ai pas d'activités en dehors ! Oui, finalement, tout mon univers se résume dans ce bureau ! -----

« « « « Pas d'ami autrement ? » » » »

----- Non, pas le temps !----

« « « « Pas de maîtresse ? » » » »

----- Grand-mère ! répond Arthur, outré-----

« « « « Pas de copain de club de sport » » » »

----- Pas le temps non plus !----

« « « « Bon ! Donc, il ne nous reste que le bureau. Par qui commençons-nous, alors ? demande Grand-mère. » » » »

Immédiatement, Arthur répond sans hésiter :

----- Mon oncle, Jean-Louis ! Je ne vois que lui. Anthony, mon cousin, est le plus gentil des hommes ! Je ne vois pas quel conflit avec lui pourrait perturber mon inconscient ! Alors, qu'avec mon oncle…la liste est longue ! Il est tellement tyrannique que cela ne peut que générer des embrouilles !-----

La porte de la pièce s'ouvre sur Louise. Elle joue sa grande scène de la mère éplorée le temps que l'infirmière l'introduise dans la pièce. Arthur, peu désireux, de la voir, presse Grand-mère :

« « « « Bon ! On y va ? On n'a pas toute la journée devant nous ! » » » »

Aussitôt demandé, aussitôt fait. Arthur et Grand-mère se retrouvent à côté de Jean-Louis. Celui-ci, accoudé au zinc d'un bar, sirote un whisky. Arthur fait mine de regarder sa montre. Il tape le verre du cadran, la porte à son oreille.

----- Elle ne marche plus !----- constate-t-il.

« « « « C'est normal ! Le temps n'est pas le même dans l'astral, explique Grand-mère. » » » »

Arthur cherche une horloge accrochée sur un mur du bar. Il la trouve enfin et lit l'heure indiquée :

----- Quinze heures ! Que fait mon oncle ici, en plein milieu de l'après-midi ? Il est étrange qu'il ne se trouve pas assis derrière son bureau !-----

« « « « Nous sommes dimanche, je vous rappelle ! glisse Grand-mère. » » » »

Arthur réplique du tac au tac :

-----Et alors ? Le dimanche, nous travaillons d'habitude !----

***

Anthony peste contre lui-même, contre la circulation, contre les piétons qui prennent leur temps pour traverser. Surtout, il enrage d'avoir perdu la trace de son père dans le trafic routier. Il était certain que Jean-Louis lui cachait quelque chose. Son attitude de la matinée ne lui laissait aucun doute. Son père était venu le voir plusieurs fois dans son bureau, lui demandant si tout allait bien, sans le reprendre une seule fois sur tel ou tel dossier. Ce n'était pas normal. Jean-Louis ne s'intéressait à ceux qui travaillaient autour de lui, que pour leur faire une remarque désobligeante ou les rabaisser, histoire de conserver son emprise sur eux. Et Anthony était compris dans le lot. Puis, pour le déjeuner, alors qu'Anthony mangeait son sandwich devant son écran allumé, comme d'habitude, son père était venu s'asseoir en face de lui, prétextant qu'aujourd'hui, il était trop préoccupé par l'état de santé d'Arthur pour inviter un client. Le fils n'avait pas été dupe de la fausse inquiétude de son père. Enfin, alors qu'Anthony attendait près du fax des documents, il avait entendu Jean-Louis donner rendez-vous à quelqu'un.

- Non ! Pas au bureau ! Disons, dans un bar, ce sera plus prudent !

Le fax ayant démarré l'impression des feuilles, le bruit de l'appareil avait empêché Anthony d'entendre le lieu de rendez-vous. Il était retourné à son bureau, comme si de rien n'était. Jean-Louis avait passé la tête par la porte et lui avait dit :

- Je me sauve ! Un client en panique ! On s'appelle !

A ce moment précis, Anthony n'avait plus aucun doute. Jean-Louis ne prévenait jamais personne de ses allers et venues. Son père avait un rendez-vous secret. Quelque chose au fond d'Anthony, son instinct peut-être, l'alertait qu'il ne s'agissait sans doute pas d'un rencart avec une de ses multiples maîtresses. Non ! Il y avait autre chose. Anthony laissa donc son bureau en l'état, et quitta précipitamment le cabinet, à la poursuite de Jean-Louis. Arrivé près de sa voiture, il vit passer la Porsche noire devant lui. Il sauta au volant de son Audi et la filature débuta au milieu de la circulation des conducteurs du dimanche. L'Audi déboîta plusieurs fois, se faufilant rapidement entre les autres véhicules afin de rattraper la Porsche. Anthony jugea plus prudent de laisser un véhicule entre lui et son père. L'adrénaline commençait à envahir le cerveau du jeune homme. La situation devenait excitante, voire drôle si les causes n'en étaient aussi dramatiques. De son côté, Jean-Louis, méfiant, jetait de temps à autre un regard dans son rétroviseur. Le jeu du chat et de la souris se poursuivit sans encombre jusqu'en centre-ville. Là, la circulation devint plus dense. Plusieurs voitures s'intercalèrent entre la Porsche et l'Audi. Anthony pestait derrière son volant. Il donna un coup d'accélérateur, essayant de doubler un conducteur du dimanche. Ses efforts n'eurent comme résultat que d'attirer l'attention de Jean-Louis. Il reconnut immédiatement l'Audi de son fils dans son rétroviseur.

- L'enfoiré ! Il me suit ! Pour qui se prend-il ? Tu veux jouer mon garçon!! On va jouer !!

Jean-Louis tourna brusquement à droite, coupant la voie des bus. Il se dégagea ainsi de la circulation et s'engagea dans un dédale de rues. Anthony vit la manœuvre, et vira à sa suite. Au moment où il s'engageait dans la traverse, il aperçut l'arrière de la Porsche tourner à gauche. La course poursuite s'engageait. Le moteur de l'Audi ronflait sous le capot, les pneus crissaient à chaque virage. Concentré sur la Porsche, Anthony, pourtant démasqué, continuait sa course effrénée. La fuite de son père ne faisait que confirmer ses soupçons et une confrontation s'imposait. L'adrénaline le galvanisait. Gauche, droite. Les ruelles s'enchaînaient sous les roues de l'Audi. Soudain, Anthony pila net. Impatient, il klaxonna nerveusement le conducteur en train de manœuvrer pour sortir de sa place de stationnement. Trop tard. Il atteignit le carrefour où la Porsche avait tourné, s'engagea à son tour sur la gauche. La Porsche avait disparu de sa vue. Il avança quelques mètres, scrutant les ruelles de part et d'autre. Peine perdue. La Porsche et son conducteur étaient hors de sa vue.

Anthony pesta rageusement.

- J'aurais fait un bien piètre détective !

***

Gino et le père François croisent Louise à la sortie de la chambre d'Arthur. Louise se contente d'un signe de la tête en guise de salut, hâtant le pas, soucieuse d'éviter toute conversation. Le curé l'interpelle, trouvant curieux l'absence de la Madone des Sept douleurs.

- Votre fille est souffrante ?

La grosse dinde revient sur ses pas en soufflant bruyamment.

- Elle avait un rendez-vous ! Un simple rendez-vous ! Elle n'est pas partie en vacances, elle, en laissant Arthur sans visite ni soutien !

- Je m'en trouve soulagé ! poursuit le père François ignorant les propos désobligeants de Louise.

Il tourne les talons et rejoint Gino au chevet d'Arthur.

- Il nous entend ? demande Gino dès que le prêtre s'approche.

- Je ne sais pas encore. Faisons un essai.

- Ma, Arthur, c'est Gino. Jé souis vénu té dire que Jade s'est absentée pour suivre les traces de tés ancêtres. Tu t'es fourré dans un sacré pétrin. Ma, Jade est un sacré bout de femme, elle va té sortir dé là. Toutefois, il va falloir qu'on discute entre hommes. Alors, qui es-tu au fond de toi, Arthur ?

***

Le vol se poursuit sans encombre. Gabriel dort toujours depuis maintenant bientôt trois heures. Jo joue avec sa console de jeu. Claire et Léon sont absorbés par des mots croisés et Jade s'ennuie. L'histoire de Rapa Nui a éclairé sa lanterne. Cependant, plusieurs pièces du puzzle manquent encore à l'appel et elle en a assez de tourner et retourner les morceaux d'histoire dans sa tête et d'émettre des suppositions. Sans certitude, il n'y a pas d'avancée possible ! Elle consulte distraitement ses sms. Le dernier attire son attention. Il provient de Marraine.

***

Arthur, accompagné de Grand-mère, est toujours dans ce bar, où Jean-Louis semble vouloir prendre racine. Tout à coup, la porte s'ouvre violemment, claquant contre le mur. Arthur se bouche les oreilles. Le bruit résonne dans sa tête au point qu'il ferme les yeux. La douleur est intense, pourtant, heureusement pour Arthur, fugace. Il enlève ses mains délicatement de ses oreilles. Il entend à nouveau. Les sons lui parviennent encore de façon déformée, pourtant il sourit :

----- J'entends ! Grand-mère, j'entends les gens parler ! Je perçois même la musique d'ambiance ! Bon, je ne comprends pas tout ce qu'ils se disent ! C'est un début !-----

« « « « Ça va revenir ! Question de quelques minutes ! Vous savez ce que cela signifie, bien sûr ? » » » »

Arthur répond sans hésiter :

----- Oui ! Je suis en train de guérir! Les médecins ont sans doute…-----

« « « « Faux ! Mauvaise réponse, réprimande Grand-mère. Les médecins n'ont rien à voir ! Une nouvelle proposition ? » » » »

Arthur tente sa chance encore une fois :

----- Jade a progressé dans la découverte de mon karma ?----

Grand-mère approuve avec un sourire. Arthur reprend, gêné d'avouer cela à la vieille femme :

----- Ecoutez, Grand-mère, je ne crois pas à tout cela. Voyez-vous, je crois qu'il n'existe pas sur cette planète une personne plus cartésienne et plus terre à terre que moi ! Je suis athée, je ne vénère aucun dieu, je ne crois pas à une vie après la mort…Enfin, même ce que je vis en ce moment, j'ai du mal à me persuader que tout cela est réel ! Je pense que je rêve, voilà tout ! -----

Grand-mère coupe Arthur en l'incitant à regarder vers la porte du bar :

« « « « Regardez ! Si vous pensez rêver, préparez-vous à ce que cela tourne au cauchemar ! » » » »

----- Qu'est-ce qu'elle fait là ? murmure Arthur, stupéfait. Un bar ! Cela ne correspond pas du tout au genre de ma sœur !-----

« « « « Je crois que vous allez être surpris ! claironne Grand-mère. » » » »

***

Clotilde ajuste ses lunettes de vue sur son nez. Elle maugrée devant le manque de clarté des microfilms qu'elle consulte depuis maintenant plus d'une heure.

- Ce n'est pas beau de vieillir ! ronchonne-t-elle.

La salle des archives municipales est presque vide. De temps à autre, des murmures se font entendre dans la grande pièce où chacun consulte les vieux documents précieusement conservés. Les clichés défilent devant ses yeux rapidement. Elle s'arrête enfin sur un vieil article de journal. Le titre de l'article l'interpelle.

- Tiens, tiens ! Je vous retrouve enfin, Mlle Palméro !

***

Dans l'avion, Jade sent soudain une chaleur familière l'envahir. Une brise marine vient chatouiller ses narines. Tout à coup, la carlingue de l'appareil se désagrège. Jade s'accroche à son siège, tombant en chute libre à travers les nuages. Phœnix pointe alors le bout de son bec, et embarque la passagère sur son dos. Il remonte d'un coup d'aile magistral vers l'azur, emportant Jade vers l'horizon.

***

Dans le bar, Line fait son entrée, marque un temps d'arrêt sur le pas de la porte, cherchant du regard celui qui lui a donné rendez-vous. Elle aperçoit Jean-Louis, accoudé au bar, et se dirige directement vers lui. Il l'accueille avec un large sourire, et lui propose le tabouret haut à côté du sien. Il repousse son verre de whisky, hèle le barman et commande du champagne. Le barman débouche une bouteille, remplit deux coupes et laisse la bouteille reposer dans un seau empli de glace, sur le comptoir. Jean-Louis et Line lèvent leur verre et boivent la première coupe d'un trait.

Arthur est doublement surpris. Surpris de trouver sa sœur dans un bar, surpris qu'elle boive de l'alcool, elle qui vit comme une bonne sœur, surpris de l'air satisfait que tous deux affichent. Curieux de savoir ce qu'ils peuvent bien fêter pendant que lui joue sa vie sur un lit d'hôpital, il s'approche d'eux, ayant la meilleure des couvertures possibles : l'invisibilité. Grand-mère suit Arthur de près, tout en remarquant, cependant, un homme portant un feutre noir et un imperméable lui descendant jusqu'aux pieds, se glisser discrètement dans le bar et s'asseoir à une table d'où il peut apercevoir le couple sans être vu.

Arthur entend parfaitement bien maintenant. Il n'en croit pas ses oreilles. Line et Jean-Louis se félicitent mutuellement :

- A ton plan machiavélique ! Il a fonctionné parfaitement ! dit Line en levant son verre.
- Merci ma chère ! Je n'aurais pas réussi sans toi ! La sœur sacrificielle, effacée, toujours prête à rendre service à son petit frère chéri ! renchérit Jean-Louis.

Il fait tinter sa coupe contre celle de Line. Celle-ci poursuit, visiblement emplie de joie et de gaieté :

- Il ne nous reste plus qu'à éliminer Gabriel. Cela ne devrait pas trop poser de problème ! Quelques milliers d'euros pour Jade et le tour sera joué !

----- Eliminer ? murmure Arthur. Quel monstre es-tu, sous tes airs de Sainte ?-----

Jean-Louis affiche un sourire de satisfaction :

- Enfin, l'empire de Jean m'appartiendra complètement ! Je ne vivrai plus avec la hantise qu'Arthur découvre le pot aux roses ! S'il ne nous avait pas joué ce sale tour en faisant ce marmot à Jade, à quarante ans, je l'aurais laissé vivre tranquillement. Il se contentait des miettes que je lui donnais, sans jamais se poser de questions ! Je dois reconnaître que je vais perdre un de mes collaborateurs des plus rentables. Bon, Arthur n'est pas irremplaçable !

- N'oublie pas que tu dois m'acheter mes parts ! C'est notre contrat ! La sale besogne en échange de l'héritage que m'a volé ma mère, rappelle Line.
Médusé, Arthur ne comprend plus rien.
----- Line a des parts dans le cabinet ? Depuis quand ? Quel héritage volé ?-----
Jean-Louis reprend :
- Bien entendu, ma chère ! Quel naïf, cet Arthur. Il ne s'est jamais demandé pourquoi ce n'était pas lui et toi qui aviez hérité du cabinet de votre père ! Je me souviens que lorsque je lui ai donné des parts, il était si content, si reconnaissant, alors que tout cela lui appartenait déjà ! Cela en était presque risible ! En le faisant rentrer comme associé, je le valorisais et je ne prenais aucun risque puisque, à sa mort, sans héritier, tout me reviendrait. Il a fallu qu'il fiche tout en l'air en rencontrant cette Jade. Elle s'est avérée trop incontrôlable, impossible à manipuler ! Elle aurait sans doute fini par découvrir mon petit arrangement avec Louise, et m'aurait réclamé la part d'Arthur pour Gabriel. Je ne pouvais prendre ce risque !
- Détends-toi, dit Line en posant une main réconfortante sur son bras. Tout cela est terminé, maintenant. Arthur ne va pas tarder à mourir.
- Tu en es certaine ? Pour l'instant, il n'est que dans le coma ! fait remarquer Jean-Louis.
- Certaine ! Puis si Jade nous pose des problèmes, elle aura droit à sa petite dose de cyanure, comme Arthur ! Et hop, problème réglé ! Je suis passée maître dans l'art de distiller ce poison, à micro doses pour que la mort semble naturelle ! Regarde les médecins d'Arthur ! Ils ne comprennent pas ce qui a bien pu arriver à leur patient !

Line se met à rire, d'un rire étrange, d'un rire qui donne froid dans le dos.

Arthur se jette au cou de Line et tente de le serrer avec ses mains, en hurlant :

----- Tu m'as tué ! Espèce de salope ! Si tu touches à un cheveu de Jade ou de Gabriel, je t'étrangle ! Pour le fric ! Tu m'as tué, pour le fric !-----

Les mains d'Arthur ne palpent que le vide ne procurant qu'un chatouillement sur le cou de Line qui se gratte nerveusement. Grand-mère essaie de calmer Arthur et le tire en arrière de toutes ses forces :

« « « « Il suffit ! lui ordonne-t-elle. Vous allez vous faire démasquer ! » » » »

Arthur desserre son étreinte inutile et reprend sa place.

----- Grand-mère ! Vous avez entendu ! Elle veut s'en prendre à Jade et au petit maintenant ! Elle est folle, complètement folle ! Il faut l'en empêcher !-----

« « « « Nous allons trouver une solution ! Ce n'est pas dans l'emportement que les problèmes se règlent ! Pour quelqu'un qui mettait en doute, il y a encore quelques instants, la réalité de ce que nous vivons actuellement, je vous trouve bien vif, mon garçon ! » » » »

Jean-Louis ressert une coupe à Line, qui ne boude pas son plaisir et continue :

- Avec ce fric, je vais partir dans un pays chaud. Là, je vais m'offrir une belle maison, abandonner ces fringues de vieille fille, trouver un beau garçon et vivre enfin heureuse !

- Je te le souhaite ! Tu l'as bien mérité ! Enfin, il faudra quand même attendre quelques mois après la mort d'Arthur pour réaliser tes plans. Sinon, tu risques d'éveiller les soupçons !

- Les soupçons ? De qui ? De la vieille peau ? Elle sera bien trop occupée à pleurer son fils chéri, disparu prématurément, affirme Line.

- Je pensais plutôt à Anthony, mon fils. Il a des doutes, c'est évident ! Nous n'avons pas été assez prudents ! Il a même tenté de me suivre, aujourd'hui !

- Bah ! Quelle importance ? Il n'a aucune preuve de toutes les façons ! Puis, qui pensera à analyser les cachets d'aspirine dont Arthur se gavait ? Personne ! Quand j'y pense, c'était trop facile ! Arthur était tellement habitué à ce que je fasse ses petites courses à sa place ! se félicite Line, morbide.

Arthur en a assez entendu. Il veut rentrer dans sa chambre d'hôpital pour remettre ses idées en place. Grand-mère le laisse seul, pour réfléchir.

« « « « Arthur, appelez-moi lorsque vous serez prêt ! dit Grand-mère. » » » »

----- Prêt à quoi ? demande Arthur, presque agressif-----

« « « « Prêt à déjouer les plans de ces deux malades mentaux ! » » » »

Grand-mère s'évapore et Arthur reste seul, seul avec ses pensées. Son univers venait de s'écrouler en quelques minutes. Son oncle, sa sœur…des gens en qui il avait confiance…tentaient de le tuer. Jade …et Gabriel étaient en danger. Arthur ne savait plus. Tout se mélangeait dans sa tête. Il eut l'impression de tomber dans un gouffre sans fin. Les nuages noirs obscurcissaient sa vision. Il avait réintégré sa prison corporelle et se laissait aspirer dans un grand trou noir. Il reprenait sa place dans son sarcophage…

***

Phœnix déposa Jade sur le port de Nice. De vieux tacots étaient garés un peu plus loin. Les femmes dans leurs robes longues cintrées, cachaient leurs peaux fragiles sous des ombrelles dentelées. Une estrade ornée de banderoles trônait au milieu d'un rassemblement de badauds. Jade se mêla à la foule et se faufila jusqu'au plus proche de la scène. Un homme endimanché présentait un trophée portant l'inscription « Prix du journalisme ». Il le saisit dans ses mains et annonça le nom du gagnant.

- En cette année 1913, le jury a décidé d'attribuer le prix du journalisme pour la première fois de l'histoire à une femme. Mesdames et messieurs, je vous demande de faire une ovation à notre grand vainqueur, qui s'est distingué par la qualité de sa plume, mais également par ses prédispositions évidentes pour recueillir les témoignages et analyser les faits afin de rendre une actualité à nos lecteurs, au plus proche de la réalité: Mlle Palméro Johanna.

La foule applaudit vigoureusement la lauréate. Elle prit la pose, brandissant victorieusement le trophée, devant le photographe caché sous la cape noire de son appareil. Johanna prit le microphone et remercia chaleureusement le jury de lui avoir décerné ce prix.

- Je voudrais associer à mon prix mon cher mari, sans qui ma plume ne serait pas ce qu'elle est aujourd'hui.

Johanna chercha quelqu'un du regard dans l'assistance, puis ses yeux s'assombrirent quelque peu. Jade sortit de la foule et vit un homme s'éloigner d'un pas vif. Le même homme que dans ses visions précédentes. Elle entendit deux hommes discuter derrière elle.

- Quelle belle victoire pour cette petite ! Elle a du talent, c'est certain ! disait le premier.

- Cette compétition journalistique aura été riche en rebondissements ! Johanna et son mari se sont brillamment disputé la place de vainqueur ! Un couple de journalistes talentueux, c'est assez cocasse ! répondait le second.

Jade n'eut pas le temps de se retourner pour voir le visage de ceux qu'elle venait d'entendre converser, que la mer sortit de son calme pour la happer. L'endroit s'obscurcit et lorsqu'elle rouvrit les yeux, elle était retournée à bord du vol 747 à destination d'Honolulu.

***

Arthur est tiré de son trou noir par une vive lumière.
-----Et c'est reparti pour un tour !----- marmonne-t-il.

Il s'extirpe de son corps et observe les visiteurs qui l'appellent. A sa grande surprise, il découvre que la clarté provient du curé qui a baptisé Gabriel. Gino se tient à ses côtés. Arthur se plante devant eux.
-----C'est pour quoi ?-----

Gino recule d'un pas devant l'âme flottant devant lui. Le prêtre, habitué à ce genre de phénomène, engage la conversation, sans sourciller.

- Nous sommes venus vous mettre en garde, mon fils...
----- Vous m'entendez ? ---- s'exclame Arthur.

- Bien sûr, répond le curé.
-----Je ne m'attendais pas à dire cela un jour, mais, Dieu soit loué ! Je suis vivant ! Il faut que vous le disiez au docteur ! Il croit que mon corps est vide mais je suis là et bien là...-----

- Du calme, mon garçon, intervient Gino, remis de sa surprise. Nous ne sommes pas là pour cela ! De toute façon, les médecins ne peuvent rien pour toi ! Il s'agit de...
-----Rien pour moi ! Mais alors, je vais mourir !-----se lamente Arthur.

- Bon sang, Arthur ! Reprenez-vous ! Votre chemin initiatique ne fait que débuter ! Vous devez ôter vos lunettes et accepter de vous regarder bien en face ! Votre guérison dépend de votre capacité à vous remettre en question ! Grand-mère vous a montré le chemin...
----- Grand-mère ?...le chemin ? Vous voulez m'éloigner de ma famille, plutôt ! Comme Jade ! Tout cela n'est qu'un cauchemar ! Je vais me réveiller ! Je ne suis pas n'importe qui, moi ! Je suis associé dans un grand cabinet, le plus important de la Côte ! Les gens me respectent ! Je...----

- Il suffit ! s'insurge le prêtre. Votre famille vous trompe ! Nous en avons la preuve ! Votre réaction provient uniquement du syndrome qui ronge votre arbre ! Ouvrez les yeux ou votre destin vous sera fatal !

-----Quel syndrome ? De quoi parlez-vous ? Ma famille est irréprochable ! Nous sommes des gens bien propres sur nous ! ----

- Calme-toi, Arthur, reprend Gino. Nous ne sommes pas là pour te juger, toi et les tiens. Nous sommes là pour t'aider en révélant les secrets qui hantent ta famille, sans jugement des actes qui ont été commis !

-----Quels actes ? Nous n'avons…-----

- Votre grand-père a perdu sa mère ? C'est exact ? questionne le curé.

Arthur hoche la tête. Le prêtre poursuit sa théorie.

- Or, votre grand-père avait toujours son père. Pourtant, au décès de sa maman, il a été confié à un couple d'amis. C'est toujours exact ?

-----Oui ! Peut-être…Et alors ?----

- Après recherche conjointe avec Jade, il semble que votre histoire familiale ait été modifiée. En fait, votre grand-père était un enfant maltraité par son père. Il n'a pas été confié à ce couple d'amis. Son père en a perdu la garde pour maltraitance et ces personnes ont été sa famille d'accueil.

----Quoi ? N'importe quoi !---- s'emporte Arthur.

- Ne te sens tu pas obligé de toujours faire plus de travail que les autres, de faire mieux que les autres pour te sentir accepté et apprécié ? avance Gino.

----- Oui, mais…----

- C'est exactement le sentiment que procure ce syndrome. Les enfants maltraités croient qu'ils sont maltraités parce qu'ils sont moins bien que les autres. Donc, ils essaient toujours de faire mieux, pensant que le problème vient d'eux, alors que c'est celui qui maltraite qui a un problème.

L'âme d'Arthur arpente la pièce, flottant de long en large, d'un mur à l'autre. Gino et le prêtre attendent une réaction de sa part, bien que l'annonce du syndrome de la maltraitance ait été brutale. Ils espèrent que les lunettes d'Arthur vont voler en éclat et que la lumière éclairera son esprit. Cependant, Arthur a une réaction inattendue, laissant le père François et Gino désemparés. L'éther se pose devant eux et se met à pleurer à chaudes larmes.

- Ça lui fait un choc ! constate Gino.

- Mon fils, reprend le prêtre, il est temps d'assumer vos actes. Maintenant que cette partie du karma est révélée…

---- Assumer ?...Quoi ? Je n'y suis pour rien ! Et Jade qui le savait ! Elle aurait dû être plus compatissante à mon égard au lieu de me pousser à cette…violence---- pleurniche Arthur.

Le prêtre prend Gino en aparté.

- Il pleure sur lui-même…Je crains le pire…Nous ne sommes plus d'aucune utilité ici…S'il ne fait pas un effort sur son ego…Partons.

Ho'oponopono

L'avion s'était posé sur le tarmac de l'aéroport d'Honolulu. A peine débarquée, Jade avait filé au guichet pour réserver sa place sur le vol à destination de l'île de Pâques. L'hôtesse lui avait répondu :

- Désolée Madame, il n'y a pas de vol direct pour l'île de Pâques. Le seul vol que je puisse vous proposer fera escale à Santiago du Chili. Vous pouvez avoir une place sur ce vol pour jeudi.

- Ce n'est pas possible ! Je suis pressée ! Nous sommes lundi ! N'y-a-t-il pas une autre possibilité, même sur un vol économique, avait proposé Jade.

- Non, Madame. Le vol pour l'île de Pâques n'a lieu que le jeudi. Vous prenez la place ?

Jade avait accepté en maugréant. La voilà bloquée jusqu'à jeudi à Honolulu. Quel manque de chance ! Arthur pouvait décliner d'un moment à l'autre. Une perte de temps qui pourrait bien avoir de graves conséquences.

Jade et sa petite famille s'entassent dans un taxi qui les mène jusqu'à la nouvelle demeure de Claire et Léon. Ils habitent un quartier calme et retiré, loin de l'agitation des touristes. Honolulu défile sous les yeux ébahis de Johanna et de Jade à mesure que le taxi progresse dans la circulation. La ville présente un mélange d'influence américaine, avec des hôtels gigantesques qui s'élèvent au bord des plages de sable fin, le centre financier et ses tours phalliques, et la préservation du patrimoine hawaïen, avec le palais Lolani de style baroque de la dernière reine Liliukalani ou l'église Kawaiahao. Léon commente la visite à sa fille et à sa petite fille, avec beaucoup d'enthousiasme, décrivant chaque monument devant lequel ils passent, expliquant que le volcan Diamond Head surplombe la ville en s'étalant sur son flanc.

- Une belle randonnée à faire, d'ailleurs ! rajoute-t-il.

- On pourra y aller ? demande Johanna.

- Bien sûr ! On a aussi prévu d'aller à la célèbre plage de Waikiki, le paradis des surfeurs. Et bien d'autres choses encore ! complète Claire.

- Ces vacances vont être géniales ! s'exclame Jo, comblée.

Le taxi s'arrête devant une maison au style ultramoderne et aux lignes épurées. La famille s'engage dans l'allée de gravier blanc qui coupe la pelouse impeccablement tondue. Derrière la maison, un jardin d'agrément, très arboré, complète le tableau paradisiaque. Johanna écarquille ses yeux au fur et à mesure qu'elle découvre la résidence. Claire lui montre sa chambre et Jo dit, sans hésiter :

- C'est ici que je veux vivre ! C'est trop beau !

Gabriel, quant à lui, fait son timide, se collant aux jambes de sa mère. Jade le prend dans ses bras et suit leur guide personnel : Léon qui ne tarit pas d'éloges sur l'originalité de la maisonnée, tout en montrant les moindres recoins. De larges baies vitrées donnent l'impression de se trouver en même temps à l'intérieur et à l'extérieur de la maison. L'air chaud et doux caresse le visage du bébé. Claire propose de défaire les bagages plus tard et d'aller se promener pour se dégourdir les jambes. Léon préfère rester à la maison, et propose de garder Gabriel. Johanna supplie sa mère d'accepter :

- Comme ça, on reste entre filles ! Allez, dis oui ! Pour me faire plaisir !

Jade accepte et Gabriel, trop content de pouvoir gambader à sa guise dans le jardin, suit son grand-père sans rechigner. A peine avait-elle fait quelques mètres, que Claire s'immobilise devant une maison, accueillante et simple, sans portail, ni clôture. Une femme, aux longs cheveux noirs, affairée à tailler sa haie, laisse tomber son ouvrage pour venir les saluer.

- Aloha Claire ! C'est ta petite famille ?

- Oui ! Ma petite fille Johanna va rester avec nous pour les vacances, mais ma fille Jade va certainement repartir dans quelques jours, dit Claire en désignant tour à tour Jade et Jo. D'ailleurs, je vais avoir encore une fois besoin de ta connaissance de l'île pour m'indiquer les endroits à ne pas manquer ! Je veux que ma petite-fille et mon petit-fils passent un séjour inoubliable !

- Je vois ! Voulez-vous entrer boire un jus de fruits frais ?

- Avec plaisir !

La femme les fait pénétrer dans sa demeure. Elles suivent un corridor jusqu'à un salon, ouvert sur un jardin luxuriant où se mêlent hibiscus violets, fleurs du paradis et d'autres variétés exotiques que Jade ne connaît pas. Un vrai festival floral, coloré et pittoresque, pour le plaisir des yeux. Johanna laisse parler son enthousiasme.

- Je crois que tu habites au paradis, mamie ! C'est tellement beau !

La femme revient en portant une carafe de jus de fruits fraîchement pressés et quatre verres, qu'elle dépose sur une table basse en teck. D'un geste, elle invite les femmes à prendre place dans les fauteuils disposés en demi-cercle autour de la table.

- Ton jardin est magnifique, Kahuna ! Je suis jalouse ! s'exclame Claire, férue de jardinage.

- Kahuna ? C'est ton prénom ? demande Jo, avec la spontanéité de la jeunesse.

La femme aux longs cheveux se met à rire.

- Non, Kahuna signifie prêtresse. Mon titre complet est Kahunala'aukahea. C'est plus simple Kahuna, tu ne trouves pas ? explique la femme en s'adressant à Jo.

- Une prêtresse ! Trop grave ! s'exclame Johanna.

- Trop grave, comme tu dis, répète en riant la prêtresse. Cela amuse ta grand-mère de m'appeler ainsi, parce que, de temps en temps, je soulage ses douleurs dorsales ! J'ai hérité de mes aïeules de quelques dons de guérisseuse !

- Waouh ! Quelle chance ! Ma mère, elle, n'a hérité de ses aïeules que des ennuis !

Jade, silencieuse jusqu'à présent, reprend sa fille.

- Jo ! Arrête de raconter n'importe quoi !

La préadolescente, comme tous les jeunes de son âge et trop contente d'attirer l'attention sur elle, insiste lourdement, bravant l'autorité de sa mère.

- Quoi ? C'est vrai ! Le père François te l'a assez dit, avec ses histoires de karma et tout, et tout !

- Stop ! Tu te tais, maintenant, ordonne Jade.

Elle n'a pas envie que sa fille raconte sa vie, et à fortiori ses soucis, à une personne qu'elle connaît à peine, même si celle-ci se prétend prêtresse ou guérisseuse, peu importe. Jade saisit rageusement son verre de jus de fruit et effleure la main de Kahuna. Jade ressent comme une décharge électrique, elle se retrouve d'un coup au bord de la falaise de l'île de Rapa Nui. L'image fugace dure le temps d'un éclair. De retour à la réalité, Jade se tourne vers Kahuna qui lui sourit largement :

- Le hasard n'existe pas ! Tu es venue à ma rencontre pour que je t'apporte mon aide ! Ne la refuse pas ! conseille la femme aux cheveux noirs.

Jade, secouée par la vision, ne sait que penser. Toutefois, elle a vécu ces derniers mois tellement d'évènements étranges, qu'elle n'en n'est plus à un près.

- Alors, comme ça, tu es guérisseuse ? interroge Jade, désireuse de se renseigner sur les dons de la femme, avant de lui accorder sa confiance.

- En fait, je suis une descendante directe d'une Chamane. Sur Hawaï, endroit préservé de toute influence continentale pendant des millénaires, le chamanisme était chose courante. Les Hawaïens développaient leurs sens, en rapport avec les quatre éléments : la terre, le feu, l'eau et l'air. Ils tiraient leur pouvoir de l'Iao, une source d'énergie divine. Ainsi, certains avaient des aptitudes pour guérir par les plantes, d'autres par les mots, comme moi, et ainsi de suite. Ma lignée ne s'est pas éteinte et j'ai donc hérité de ce don familial. Pour parfaire mes connaissances, j'ai été une émule d'une grande Chamane reconnue dans le monde entier. Vous avez peut-être déjà entendu parler d'elle ? Elle a particulièrement travaillé sur une technique faisant la liaison entre les réincarnations, les karmas et les traditions hawaïennes.

Au mot « karma » et « réincarnation », Jade sursaute.

- Justement ! Il se trouve que ces notions sont au cœur du problème qui me préoccupe, dit Jade, soudainement très intéressée.

Kahuna lui fait signe de se taire.

- Je ne veux rien savoir. Iao va me guider sur les pas de ton nœud karmique, lorsque l'heure sera venue.

Jade patiente à contrecœur et Kahuna reprend le fil de son récit :

- Cette grande Chamane, née ici même, à Honolulu, a permis à de nombreuses personnes de vivre de façon plus sereine, par cette technique. Elle a trouvé une méthode, relativement simple, qui permet de nettoyer les mémoires erronées.

- Les mémoires quoi ? demande Jo.

- C'est-à-dire, les héritages problématiques laissés par nos réincarnations successives dans l'arbre généalogique et que nous n'avons toujours pas résolus, au cours de nos vies passées. C'est comme si on naissait avec déjà un sac de pierres sur le dos. Comment pouvoir vivre et s'épanouir dans cette vie-là, avec ce poids constant sur nos épaules ? Ce n'est pas possible. Avec la technique de cette Chamane, toutes ces pierres retourneront à leur terre et nos épaules en seront allégées.

- Ah bon ! Je porte un sac de pierres, moi aussi ? demande Jo, dubitative.

- Oui, répond Kahuna. Tout le monde porte son propre sac. Le but du jeu est de l'alléger pour définitivement s'en libérer. C'est ce que nous allons faire pour ton beau-père, Arthur ! Par l'intermédiaire de ta maman, je pense pouvoir le sortir de ce coma qui perturbe tant ta mère, au point de bloquer tous ses chakras !

- Ses quoi ? interroge Johanna.

Patiemment, Kahuna explique à Jo ce que sont les chakras :

- Ce sont tes centres d'énergie. Tu en as à plusieurs endroits sur ton corps !

Jade s'impatiente, plus intéressée par ce que Kahuna peut faire pour Arthur que par le cours de chamanisme qu'elle donne à Jo.

- Bon ! Tout cela est très clair, maintenant ! Est-ce qu'on peut revenir à Arthur, s'il vous plaît, intervient Jade, plutôt sèchement.

- Elle n'est pas très patiente, non ? demande Kahuna à Claire, en désignant Jade.

- Elle ne l'a jamais été ! répond Claire, en riant.

***

Anthony ne quitte plus son imperméable et son feutre. Il se sent à l'abri des regards ainsi affublé, alors qu'il en est tout autrement. Surtout en cette fin juin, chaude et ensoleillée, où chacun a déjà adopté le style vêtement léger. Il s'engouffre dans l'entrée de l'immeuble où se situe le cabinet Soleris, et cache l'imper et le chapeau dans un sac, qu'il tient fermement par l'anse. Il rejoint son bureau. Seulement sa tête n'est pas du tout à son travail. Mille et mille questions tournent dans son cerveau, essentiellement autour de son père et de sa cousine. Leur entrevue de la veille dans ce bar, sa course poursuite dans le centre-ville n'ont fait que confirmer ses soupçons. Malheureusement, de la table où il se trouvait, il n'entendait pas très distinctement leur conversation. Seules des bribes lui parvenaient. Dans le lot des mots entendus, figurait « Cyanure ». Il ne pouvait envisager que l'un ou l'autre des protagonistes ait pu en arriver là. Pourtant, cela lui semblait évident, leur attitude victorieuse, sans équivoque, fêtant visiblement un succès. Que pouvait-il y avoir comme autre évènement que le coma d'Arthur ? La veille, lorsqu'Anthony tournait et retournait dans les rues adjacentes, cherchant la Porsche de son père, il avait aperçu Line traverser devant lui et il s'était dit que la chance était de retour. Il s'était rapidement garé, sur un emplacement de livraison, et avait suivi sa cousine. De peur qu'elle ne le voie, comme elle se retournait fréquemment, il avait failli la perdre à plusieurs reprises. Puis, lorsqu'elle était rentrée dans ce bar, il en avait profité pour s'acheter cet imperméable et ce feutre, dans un magasin de vêtements qui faisait face au pub. Il était entré dans le bar à son tour et les avait espionnés. Lorsqu'il en était ressorti, Anthony avait un goût amer dans la bouche. On ne pouvait pas appeler ce qu'il avait cru entendre de la chance. C'était tout à la fois, morbide, sordide, malsain, répugnant sauf une chance.

Jean-Louis le sort de ses pensées, en faisant irruption dans la pièce, sans frapper.

- Je ne te dérange pas, au moins ? demande le père, hypocrite à souhait.

- Non ! Absolument pas, répond mollement le fils.

- Bien ! Je voudrais te confier une partie des dossiers d'Arthur. Son coma se prolonge, et nous n'en connaissons malheureusement pas l'issue. Le cabinet doit tourner, tu le comprends bien ?

- Bien entendu, dit Anthony, ironique. Il ne s'agirait pas qu'il y ait un manque de fric ! Parce qu'après tout, il n'y a que ça qui t'intéresse !

Jean-Louis ne relève pas et poursuit comme s'il n'avait rien entendu :

- Donc, va dans le bureau d'Arthur et prend en charge les dossiers dont les noms suivent.

Jean-Louis tend la liste à Anthony et s'en retourne dans son bureau, une fois ses ordres donnés.

Anthony, dégoûté, s'exécute. Il emprunte le corridor et pousse la porte du bureau d'Arthur où celui-ci l'attend…

Après l'entrevue plutôt houleuse avec Gino et le père François, Arthur, toujours empêtré dans son rôle de Caliméro, n'avait trouvé d'autre idée que de se réfugier dans un endroit familier et rassurant. Grand-mère n'étant pas en vue, il avait donc choisi de venir à son bureau. Il ne sait pas pourquoi... Pourtant quelque chose, au fond de lui, lui a dit d'aller là-bas…Une fois dans son bureau, il voit entrer Anthony, la mine défaite. Celui-ci s'assied sur le fauteuil qu'occupe habituellement Arthur et trie les documents sur le bureau. Il se parle à lui-même :

- Quel culot ! Arthur est malade, et ce vieux con ne pense qu'à ses précieux clients ! Qu'il aille au diable ! Pauvre cousin ! Si tu savais…

---- Je sais, justement, et peut-être plus que toi ! Ce n'est pas très joli, d'ailleurs…----répond Arthur toujours inaudible à part pour lui-même.

- Cyanure ! Je suis certain que Line a parlé de cyanure ! C'est inconcevable !

----A qui le dis-tu ! Je ne m'en suis toujours pas remis ! Mon oncle et ma sœur qui tentent de m'assassiner !----

- Pour du fric ! Leur sale fric ! Ils mériteraient que je les dénonce, ces deux meurtriers, peste Anthony.

----- Oui, seulement pour cela il faut des preuves !----remarque Arthur

- Je n'ai pas de preuves ! Rien ! Que dalle ! s'emporte Anthony. Je ne sais même pas comment ils ont fait pour t'empoisonner comme cela, à micro dose, pour que cela reste inaperçu ! Je devrais aller voir tes docteurs ! Seulement je vais leur dire quoi ? Vous devriez orienter vos recherches sur le cyanure ! Ils vont me prendre pour un fou !

A ces paroles, Arthur fait le rapprochement immédiat et comprend que le cyanure a été introduit dans les cachets d'aspirine qu'il prenait sans discontinuer. Line se proposait sans cesse pour aller faire les petites courses d'Arthur. C'est elle qui lui achetait les cachets. Il lui était donc facile de les empoisonner avant de les remettre à son frère. Arthur se souvient que lors de la visite de Line à l'hôpital, elle avait agité un flacon de cachet en riant bizarrement, le visage déformé par la haine. Arthur n'a plus aucun doute.

---- Comment vais-je faire pour le dire à Anthony ? C'est la preuve qui nous manque !---- se dit Arthur

Anthony, toujours plongé dans ses réflexions, ne se rend compte de rien. Arthur, à ses côtés, s'agite, crie même, espérant que son cousin l'entende. Rien. Anthony trie les documents sur le bureau, et commence à rassembler les piles de papier dont il a besoin pour reprendre les dossiers d'Arthur. Son téléphone portable vibre dans sa poche.

- Allo ?

A l'autre bout du fil, l'infirmière en chef de l'hôpital St Roch fait entendre sa voix douce.

- Vous m'avez demandé de vous tenir informé de l'état de votre cousin. Les docteurs sont assez pessimistes. Ils piétinent et n'ont aucune idée de ce qui a plongé Monsieur Soleris dans le coma. Ils sont inquiets. Ce ne sont pas de bonnes nouvelles, désolée.

- Non, effectivement, répond Anthony. Dites-moi, est-ce qu'ils ont songé à un empoisonnement ?

- Un empoisonnement ? Non. A quoi pensez-vous ? répond l'infirmière, surprise.

- A rien en particulier. Simplement on entend souvent dire qu'untel a été empoisonné à cause du plomb ou de l'amiante dans son appartement? Je me demandais si ça ne pouvait pas être cela. Récemment, mon cousin a fait repeindre sa maison et je sais que le domicile est resté inhabitable à cause de l'odeur. Ce ne serait pas une piste ? propose Anthony, espérant déclencher une recherche en toxicologie, qui pourrait éventuellement mettre en évidence le cyanure.

- Oui. Peut-être. Je vais en parler au docteur et je vous tiens au courant !

- Bien. A-t-il eu des visites ?

- Vous savez bien que c'est délicat pour moi de … hésite l'infirmière.

- Allons, l'interrompt Anthony, une charmante personne comme vous ne peut refuser de me rendre ce petit service !

- Bon. Sa mère est venue puis deux hommes dont un curé.

- Bien ! Merci encore de votre aide. Je vous souhaite une agréable journée et vous dis à très bientôt.

Arthur, à ses côtés, continue de chercher un moyen d'attirer son attention.

----- Bon sang ! Là, regarde ! Sur mon bureau ! Il reste un flacon de cachets ! Prends-le ! C'est la clé de mon état !-----

Dans la pièce, Anthony n'entend, ni ne voit son cousin. Il se croit seul. Il prend une pile de documents sous son bras en soupirant :

- Ça ira pour aujourd'hui.

Il se dirige vers la porte, pose sa main sur la poignée. Arthur s'énerve de plus en plus, crie, désespéré :

----- Attends ! Non ! Ne pars pas ! Le flacon ! Prends le flacon ! Ne me laisse pas comme ça ! Je t'en prie !-----

Anthony se retourne, regarde le bureau vide, secoue la tête et actionne la poignée. A ce moment précis, dans un grand geste de colère, Arthur renverse ce qui se trouve sur son bureau. Anthony sursaute au bruit des papiers, comme emportés par un coup de vent. Il se ravise, et retourne vers le bureau. Les feuilles gisent, éparses sur le sol. Le tube d'aspirine, emporté par le geste d'Arthur, projeté au sol, termine de rouler jusqu'aux pieds d'Anthony. Arthur, surpris d'avoir réussi à déplacer des objets, attend la réaction de son cousin. Il retient son souffle, espérant tant qu'Anthony ramassera le flacon à ses pieds. Il observe le tube, se baisse et le ramasse. Il regarde étrangement autour de lui. La seule fenêtre du bureau est close. Rien ne pouvait renverser ce qui se trouvait sur le bureau. Il demande à voix haute :

- Il y a quelqu'un ?

Pas de réponse.

-Arthur ? C'est toi ?

Silence total. Anthony observe le tube, le faisant rouler entre ses doigts. Puis, soudain, il dit dans un souffle :

- Bien sûr ! Les cachets d'aspirine !

Il part précipitamment du bureau tout en glissant le tube dans sa poche.

Arthur retourne dans sa chambre d'hôpital, espérant que cette force qui lui a permis de déplacer des objets, puisse faire bouger son corps inerte. Il plonge dans son sarcophage de sang. Malheureusement, le trou noir l'y attend, l'obligeant à perdre conscience une nouvelle fois. Il est pris dans un tourbillon qui le dépose dans un endroit inconnu, au bord d'une falaise. Arthur murmure entre ses dents :

----- Qu'est-ce-que je fiche ici, moi ?-----

Quant à Anthony, il sort en trombe du cabinet et se rend directement au restaurant de Gino. Il compte bien mettre Gino et Clotilde au courant de ses découvertes. N'ayant plus confiance dans sa propre famille, Anthony se rabat sur les amis de Jade. Si elle leur fait confiance, il le peut aussi. Puis, il n'a pas d'autre choix et a besoin d'idées, de conseils pour l'aider à veiller sur Arthur.

***

Jade ferme les yeux au moment où Kahuna prend sa main. Elle sent brièvement le contact contre sa peau et la voilà entraînée dans un tourbillon qui la ramène en mille sept cent soixante-dix sur l'île de Rapa Nui. Les Espagnols viennent d'annexer l'île et le joug colonial s'exerce sans relâche sur les autochtones. Jade et Kahuna traversent le village entouré de barbelés, où sont parqués, comme des animaux, les malheureux habitants de l'île. Des gardiens espagnols surveillent sans cesse les allers et venues dans le village. Les visages des villageois sont tristes et fermés. Kahuna désigne à Jade un homme, vêtu simplement d'un pagne. Il transporte une lourde charge sur ses épaules solides et se dirige vers une des sorties du village. Un garde l'arrête, lui fait déposer les sacs à terre et les transperce avec une lame. L'homme fait signe à l'indigène de reprendre sa charge et lui indique la direction à suivre d'un geste du bras, son index tendu. Le villageois se voûte sous le poids qu'il remet sur son dos et part vers l'endroit indiqué. Jade et Kahuna le suivent. Le village disparaît derrière eux et ils s'enfoncent dans une épaisse jungle. Puis la végétation luxuriante s'efface, laissant apparaître une étendue verte et dégagée. Les embruns de la mer chatouillent les narines de Jade. Elle avance sans regarder devant elle, observant circulairement ce qui l'entoure et se cogne contre un rocher. Elle lève la tête et recule de quelques pas, sidérée par l'immensité du monument mégalithique. Son regard se perd dans l'horizon où elle découvre plusieurs Moaïs alignés avec celui dans lequel elle vient de se cogner, faisant dos à la mer. Le villageois avance, l'échine courbée, le long de ces statues géantes, ressemblant à une fourmi devant l'éternité. Soudain, quelque chose se déplaçant attire l'œil de Jade. Elle détourne son regard de l'homme et voit arriver une femme, richement vêtue, qui se dirige vers lui en courant. Son apparence ne laisse aucun doute quant à son appartenance au clan des colonisateurs. L'homme laisse tomber sa charge et s'élance à son tour vers elle. Elle saute dans ses bras, ils s'enlacent et s'embrassent. Longuement, passionnément, tendrement. Puis la tendresse se transforme en désir. Ils s'enflamment dans une longue étreinte. Jade et Kahuna se retirent dans la jungle, jetant un voile pudique sur les ébats des deux amoureux, étendus dans l'herbe rase sous le regard ancestral des géants de pierre.

***

Arthur longe cette falaise qu'il ne connaît pas et emprunte le chemin menant à la plage. Soudain, il entend derrière lui :

« « « « Erreur de chemin, mon garçon ! Le début de l'histoire ne se trouve pas par-là ! » » » »

Arthur, sans se retourner, devine :

----- Grand-mère ! Il faut que vous arrêtiez d'arriver derrière les gens, comme cela, sans vous annoncer ! Je vais finir par avoir une crise cardiaque !-----

« « « « Mais non ! Vous êtes robuste ! Un grand gaillard comme vous qui a peur d'une vieille femme comme moi ! Cela ne tient pas ! » » » »

Arthur fait face à Grand-mère.

-----Bien ! Alors, je vous suis !-----

Arthur emboîte le pas à Grand-mère qui remonte le long de la falaise, vers une épaisse barrière végétale. Elle ne peut se retenir d'émettre quelques regrets :

« « « « Dire que toute cette végétation va disparaître d'ici quelques années. L'île de Rapa Nui sera alors pelée et c'est comme cela que vous la connaîtrez. L'île aux statues de pierre et à l'absence de toute végétation. Quel dommage ! » » » »

----- Vous savez où nous sommes ? -----demande Arthur, inquiet

« « « « Bien sûr ! Nous sommes sur l'île de Pâques en mille sept cent soixante-dix, l'année où votre karma originel s'est cristallisé dans votre âme ! dit Grand-mère en progressant à travers l'épaisse jungle. » » » »

-----L'île de Pâques ? Je dois délirer, ce n'est pas possible ! Infirmière ! appelle Arthur. Infirmière ! -----

« « « « Taisez-vous donc ! Vous ne délirez pas, ni même n'êtes fiévreux ! Regardez et taisez-vous ! dit Grand-mère en s'écartant pour laisser la place à Arthur » » » »

Dans un champ qui s'étend à perte de vue, à l'orée de la jungle, un homme et une femme font l'amour au pied de statues géantes, sculptées à l'effigie des dieux.

Enervé, Arthur se retourne vers Grand-mère :

----- Cela ne m'amuse pas, Grand-mère. Perdre mon temps, sur une île que je ne connais même pas, à une autre époque, pour venir voir un couple s'ébattre…Je ne comprends pas ce que je fais là et ce que cela a à voir avec moi !-----

***

Kahuna prend la main de Jade et l'entraîne vers l'intérieur de la jungle. Jade regarde derrière elle, vers la plaine où les statues veillent. Elle voit l'image partir en fumée, s'évaporer, assombrissant davantage la jungle épaisse où elle se trouve. Devant elle, la clarté s'intensifie. Kahuna et Jade repoussent les dernières lianes et se retrouvent devant une grange. L'homme et la femme de tout à l'heure se tiennent devant. La femme parle rapidement, posant sans cesse une main sur son ventre rond. Elle regarde autour d'elle, comme si elle était terrifiée, guettant le moindre mouvement. L'homme essaie de la rassurer, caressant son visage et lui souriant tendrement. Il pose sa main sur son ventre également. La femme pleure, à n'en plus finir. L'homme l'embrasse, l'enlace, la rassure. Ensemble, ils rentrent dans la grange. A leur tour, Jade et Kahuna pénètrent à l'intérieur. Jade sursaute. Une femme pousse un cri déchirant. Kahuna se laisse guider par les hurlements. Jade, sur ses talons, redoute de découvrir une scène d'horreur. Il en est tout autrement. Une vieille femme, à genoux sur le sol boueux, aide à mettre au monde un bébé. La femme, prise de violentes contractions, hurle à pleins poumons. La vieille femme pose son avant-bras sur le haut du ventre de la femme et le fait rouler pour pousser l'enfant hors du ventre de sa mère. Celle-ci est couverte de sueur et la douleur déforme ses traits. L'accouchement semble difficile. La femme est à bout de force. Dans un ultime effort, elle pousse avec toute l'énergie qui lui reste. La vieille femme, agenouillée entre ses jambes, soutient la tête du bébé. Puis, son corps se dégage. Elle enveloppe le nouveau-né dans un lange et le dépose sur le ventre de sa mère. Celle-ci sourit maintenant, tandis que la vieille femme prodigue les soins nécessaires pour nettoyer son bas-ventre. Elle la couvre d'un drap, et ouvre la porte à un homme. Jade reconnaît l'indigène lourdement chargé. Il s'approche de la femme allongée et prend le bébé dans ses bras. La femme dit :

- Tiene un hijo !

L'homme sourit et embrasse la femme. La veille femme lui fait signe de partir maintenant. Il se retire, laissant la femme se reposer avec son bébé.

Jade remarque un détail physique auquel elle n'avait pas prêté attention à la première vision. L'homme a des oreilles longues et pointues. Dans un souffle, elle murmure :

- Le fils de l'Inca !

Kahuna se tourne vers elle et sourit. Jade rajoute :

- Je suis en train d'assister à la mise en place du karma originel d'Arthur !

Kahuna approuve du regard et lui fait signe de se retirer. Jade la suit, sans rajouter de commentaires. Dès qu'elles sortent de la grange, Jade reprend son raisonnement :

- Une Espagnole et un Rapanui, en l'occurrence le descendant du dernier Inca, s'aiment. Ils font l'amour. Elle tombe enceinte, arrive à le cacher aux yeux de tous, ce qui n'est pas trop difficile avec les robes bouffantes de l'époque, et accouche d'un fils. Jusque-là, je suis !

Jade est interrompue par la vieille femme qui sort de la grange en tenant les langes où dort tranquillement le bébé. Elle fuit dans la jungle, emportant le nouveau-né, pour le protéger d'une quelconque dénonciation. Jade et Kahuna la regardent s'enfoncer dans la végétation, tenant précieusement le petit garçon contre elle.

***

Arthur et Grand-mère, témoins silencieux de la même scène, se tiennent à la lisière de la barrière végétale. Arthur s'emporte une fois de plus contre Grand-mère :

---- Non, c'est franchement horrible un accouchement ! J'ai déjà eu du mal à ne pas tourner de l'œil lorsque Jade a mis au monde Gabriel ! Alors là ! Là ! Qu'est-ce qui vous prend de me sortir de mon corps, pour m'emmener voir ça ! D'abord, un couple qui s'ébat et maintenant une femme qui accouche dans une grange ! Vous ne tournez pas rond, Grand-mère !----

Grand-mère, lassée des jérémiades d'Arthur, se met en colère, à son tour :

« « « « Cela suffit ! Nous sommes en train d'assister au nœud karmique, celui qui vous empêche de reprendre conscience et qui peut causer votre mort prématurée ! Alors, soit vous observez et vous comprenez, soit je vous laisse tout seul ! » » » »

Arthur reste sans voix. Grand-mère reprend, excédée :

« « « « Pour votre gouverne, Monsieur je-me-plains-tout-le-temps, ce n'est pas moi, qui vous ai emmené ici. C'est elle ! » » » » conclut Grand-mère en tendant son index vers Kahuna.

Arthur, surpris de voir ces deux femmes qu'il n'avait pas remarquées jusqu'à présent, les regarde. L'une, aux longs cheveux bruns, cache la seconde.

Lorsque la vieille femme portant le bébé passe devant elles, celle aux cheveux longs s'écarte, dévoilant le visage de la seconde. Arthur s'exclame instantanément:

-----Jade !-----

Il court vers elle, un large sourire illuminant son visage. Il court, il va la prendre dans ses bras, la serrer tout contre lui, l'embrasser tendrement. Le ciel s'obscurcit, le brouillard chasse l'image. Il ne voit plus rien. Il s'affole :

-----Non ! Non ! Je regrette ce que je viens de dire ! Je ne savais pas ! Laissez-moi voir ! Je vous en prie !-----

Le brouillard, impitoyable, l'enveloppe à son tour, effaçant tout paysage autour de lui, oppressant, opacifiant la vue d'Arthur. Il se retourne, tout est noir. Une douleur lui transperce le cœur. Il tombe à terre, se tordant de mal. Arthur appelle :

-----Grand-mère ! Grand-mère !-----

Il entend une voix répondre :

« « « « « C'est trop tard ! » » » »

Une autre voix hurle :

- Encore une fois ! Chargez !

Un sifflement se fait entendre. La seconde voix crie :

- Dégagez!

Arthur sent une décharge lui traverser le corps. Sa poitrine se soulève puis retombe lourdement. Une dernière phrase résonne dans sa tête avant qu'il ne sombre :

- On est en train de le perdre ! Rechargez !

***

Jade et Kahuna se retrouvent au bord de la falaise, la même falaise que Jade connaît trop bien. Jade se permet de dire à Kahuna :

- J'ai déjà vu cette scène. Ce n'est pas la peine de rester ici !

Jade fait mine de faire demi-tour.

Kahuna la retient par le bras et lui répond :

- Attends encore un peu. Je crois qu'un détail t'a échappé. Regarde par ici !

Kahuna désigne de son index un lieu abrité des regards. Une vieille femme se tient debout, regardant la mise à mort de l'homme. Dans un large panier posé à côté d'elle, dort paisiblement un bébé, inconscient du drame qui se déroule à proximité de lui. Les conquistadors arrivent, encadrant l'homme et le jettent de la falaise, sous le regard impuissant des villageois et de la femme fautive.

- Mon Dieu ! s'écrie Jade que cette scène secoue à chaque fois.

- Attends encore ! Ce n'est pas fini ! dit Kahuna.

Les conquistadors escortent les Rapanuis jusqu'à leur village. Il ne reste plus sur la falaise que la femme, en pleurs, et l'homme qui a ordonné la mise à mort.

- Tu me fais honte ! hurle l'homme. Je devrais t'exécuter ! Comme lui ! Celui qui t'a salie ! Demain, à la première heure, tu embarqueras sur un de nos navires qui rentrent en Espagne. Tu iras vivre au couvent de San Espérance ! Je ne veux plus entendre parler de toi ! Plus jamais ! Tu m'as déshonoré ! Puta sucia ! Je retrouverai le bébé et l'exécuterai, comme son père !

L'homme met une grande gifle à la femme, et s'en va en vociférant. La vieille femme, toujours à l'abri des regards, patiente un bon quart d'heure avant de s'approcher de la femme en pleurs. La femme tourne vers elle un visage désespéré. La veille femme lui désigne l'endroit où se trouve le panier. La maman se rue vers l'endroit et prend son fils délicatement, tendrement dans ses bras. L'enfant dort calmement. La femme sourit et pleure à la fois. La vieille femme lui dit alors :

- Demain, je ferai monter ton bébé à bord. Il sera dans un panier entièrement fermé. Un autre panier contiendra le lait nécessaire pour le nourrir jusqu'à ce que vous arriviez en Espagne. Je te ferai savoir demain matin où tu pourras le retrouver pour t'en occuper. Les navires embarquent de force des fils et des filles de mon peuple pour servir l'Espagne. Tu auras des alliés qui se relaieront pour s'occuper du bébé. Bonne chance à vous deux.

La femme remercie vivement la vieille Rapanui, serre encore une fois son fils contre elle, puis le dépose dans son panier et rentre chez elle. Certes elle avait perdu l'homme… La chance, toutefois, lui offrait de garder son bébé. Elle ferait tout pour qu'il arrive sain et sauf sur le sol espagnol.

Jade a les larmes aux yeux. Kahuna lui tend un mouchoir pour essuyer ses joues et l'entraîne à nouveau dans la jungle touffue. Jade articule péniblement :

- Ils vont s'en sortir ? Kahuna ? Le bébé va s'en sortir ?

Kahuna la regarde sans mot dire. Jade comprend tout de suite :

- Bien oui ! Forcément que le bébé va survivre ! Sinon, Arthur ne serait pas là puisque c'est son aïeul ! Quelle truffe je fais, quelquefois !

Kahuna acquiesce en souriant.

***

- Encore cinq millilitres d'adrénaline ! Vite ! Défibrillateur à trois cent soixante kilojoules ! On essaie encore une fois ! On dégage ! hurle l'urgentiste.

Arthur sent la décharge le traverser et, sous l'impulsion électrique, son torse se soulève. Il retombe lourdement sur le lit. Arthur commence à entrevoir la forte lumière qui l'éblouit, l'empêchant d'ouvrir les yeux complètement. Plusieurs ombres sont penchées au-dessus de lui. Il ne distingue pas grand-chose, pas très nettement.

Dans le couloir adjacent à sa chambre, une infirmière s'occupe de retenir Louise dans le couloir, qui se débat avec virulence :

- Laissez-moi passer ! Je suis sa mère ! Je veux être auprès de mon fils ! Ne me touchez pas !

Line essaie de la raisonner.

- Calme-toi ! Laisse les faire leur travail !

Louise hurle et se débat de plus belle. Contre toute attente, Line lui file une belle paire de baffes et enchaîne :

- Tu t'es calmée, maintenant ! Tu vas arrêter de beugler comme un veau ! On t'a dit d'attendre, alors tu t'assois et tu la fermes ! Je n'en peux plus de toi !

Stupéfaite et vexée, Louise s'assied sans broncher, rajustant le col de son chemisier et sortant son miroir de poche pour essuyer le mascara qui a coulé sous ses yeux. Line s'installe à côté d'elle, sans plus rien dire.

***

Kahuna et Jade sortent de la jungle et se retrouvent dans le salon d'une maison bourgeoise de Malaga. La femme, richement habillée, s'accroupit pour être à la hauteur de son petit garçon. L'enfant, par chance, très peu typé en dehors de longues oreilles pointues, peut se faire passer pour un Espagnol de pure lignée. Sa mère pose ses mains sur ses épaules. Elle le regarde droit dans les yeux, avec beaucoup d'amour. Le petit garçon refoule des pleurs et renifle bruyamment. Elle pose sa main sur sa joue, il niche sa tête contre la paume de la main de sa mère. Elle lui dit avec une extrême douceur :

- Pequeno Rey, tu ne dois pas pleurer. Les hommes sont cruels. J'aimais sincèrement ton père. Pour que tu vives libre, tu ne dois jamais révéler à personne tes origines. Maintenant, tout le monde croit que tu es mon frère, que nous sommes orphelins, que je t'élève puisque nos parents sont morts. Je nous ai construit une nouvelle identité, une nouvelle vie, pour que nous puissions rester ensemble, toujours. Si tu révèles notre secret, des hommes nous emmèneront et nous sépareront. Puis, après quelque temps en prison, ils nous tueront. Demain, je dois me marier. Mon nouveau mari accepte de te garder avec nous. Il ne connaît pas la vérité. C'est très important, Pequeno Rey, tu dois garder le secret. Je t'aime, mon petit garçon. Je t'aimerai toujours.

Le petit garçon s'essuie le visage d'un revers de manche et dit :

- Mais c'est mal de mentir !

- Je sais. Pequeno Rey, je sais. Parfois, le mensonge est nécessaire pour lutter contre la barbarie et l'ignorance.

La femme serre son fils contre son cœur et dépose un baiser sur sa joue humide.

- Sèche tes larmes et retourne jouer maintenant !

La pièce est prise dans un tourbillon qui aspire Kahuna et Jade. Il fait sombre. Jade se réveille doucement de son voyage astral. Kahuna lui propose un verre d'eau. Jade le boit d'un trait, et mange le chocolat déposé dans la coupelle devant elle, à son attention. Elle dit :

- La mort violente de l'homme n'a pu que cristalliser dans le cœur de ceux qui l'ont vécue ! Je comprends un tas de choses maintenant. Que faut-il faire, alors, pour sauver Arthur ? Le karma originel vient d'être révélé.

- Oui, Jade. Cependant, pour effacer complètement les mémoires ancestrales, le rituel d'ho'oponopono doit être accompli !

- Ho'oponopo quoi ? demande Jade, abasourdie par tout ce qu'elle vient de découvrir grâce à Kahuna.

Dénouement karmique

A la croisée des chemins, chacun poursuit son destin. J'ai choisi de prendre ma destinée en main. Dans mon sac à dos, je ne trouve plus de plaie. Ces derniers mois, je me suis attelée à les retirer. Ainsi mes aïeux ont repris ce qui leur appartenait, sans que mes épaules en soient chargées. Je ne les juge pas, ni ne les condamne. Chacun assume désormais le poids de ses actes.

La dernière ligne droite a été des plus mouvementée. J'ai choisi de vous faire partager ce dernier opus afin de complètement m'en libérer. Voyez-vous, mon don réside dans la plume, héritage laissé par une journaliste renommée du début du siècle. Alors, laissons l'encre se déverser sur le papier, comme le tumulte des vagues lèche les plages ensoleillées. Et, enfin, lorsque la vague se retire, le sable retrouve son apparence immaculée, sans trace de la violence passée.

Désolée...Pardon...Merci...Je t'aime. Quatre mots pour faire peau neuve et se retrouver, nue, sans autre artifice, ni legs douteux. Nue, comme au premier jour de ma venue au monde. Nue, seule...face à moi-même. Pure comme de l'or. Sans jugement, ni orgueil. Consciente de mes défauts et de mes qualités. Imparfaite, comme tout Homme.

Je ne sais par où commencer le récit des rebondissements de ces derniers jours, tellement les évènements se sont accélérés jusqu'au dénouement final. Je ne peux que me réjouir d'être encore parmi vous, pour vous le relater. L'emprise du mal s'est intensifiée...

Au dernier jour, alors que Kahuna me révélait le karma originel d'Arthur, ce dernier luttait entre la vie et la mort...Les médecins s'affairaient autour de lui pour le ranimer. Je ne sais si la révélation de son karma a été à l'origine d'un soubresaut de vie, cependant, il combattait vaillamment pour demeurer parmi les vivants. Anthony, alerté par Suzanne, une jolie infirmière tombée sous son charme, me prévint de l'état critique d'Arthur. J'insistai auprès de Kahuna sur l'urgence de m'enseigner l'ho'oponopono. Elle s'exécuta aussitôt. Je l'écoutais attentivement, tout mon être tendu vers Arthur...Cependant dès que je prononçai les quatre mots fatidiques...contre toute attente, Phœnix m'emporta sur son dos vers Johanna Palméro. L'histoire est assez simple en fait, pourtant tellement cruelle. Cependant, il aura fallu que je fasse voler en éclats mes lunettes pour comprendre les mécanismes qui ont fait se cristalliser dans mon âme les piliers de mes souffrances.

Phœnix me déposa de nouveau dans la geôle froide et humide. La puanteur persistante du lieu n'était en rien atténuée par rapport à notre première visite. De la paille souillée jonchait le sol boueux. Je cherchais dans la pénombre le corps recroquevillé de Johanna. Cependant, l'endroit était vide de toute âme qui vive. Johanna avait cessé de souffrir, et son corps meurtri reposait désormais en paix quelque part, sûrement jeté dans une fosse commune par ses tortionnaires, sans respect, ni au revoir.

Je ne comprenais pas pourquoi Phœnix m'avait ramenée ici alors que mon aïeule n'y était plus. L'oiseau de feu se mit alors à irradier de tout son être. La clarté devint tellement éblouissante que je mis ma main devant mes yeux. Lorsque la pénombre reprit ses droits, je n'eus qu'à poser mon regard sur les réponses à mes questions. Les murs de la geôle étaient recouverts de mots, de phrases écrites en lettres de feu.

En m'approchant pour déchiffrer ces messages laissés en héritage par Johanna, je réalisais qu'il s'agissait en réalité d'articles de journaux, clairement datés. Je cherchais fébrilement, dans la multitude d'articles, le premier. Celui par lequel tout a commencé. J'ai choisi de vous en livrer quelques extraits.

1900- Une jeune fille en fleur.

Lorsqu'elle rencontra son Roméo, avant, bien avant que son nom signe son premier article, elle n'était qu'une jeune étudiante, brillante, charmante, aussi légère qu'un bouquet de marguerites fraîchement cueillies. Roméo fut immédiatement séduit. Johanna, un brin ambitieuse, comptait bien sortir de la position de femme qu'on voulait lui imposer. Elle n'envisageait pas toute une vie à végéter, soumise à son mari, sans possibilité d'exploiter les dons dont l'avait dotée la lune noire...Vive et intelligente, elle cachait pourtant une fragilité au fond de son cœur. Une fragilité certainement issue de son enfance, où son tempérament de battante l'avait plus d'une fois poussée à se montrer rebelle à toute forme d'autorité, arrogante et impertinente à souhait, dénonçant haut et fort les imperfections du système, les inégalités. Alors, une phrase inlassablement répétée par tous ceux qu'elle côtoyait s'était cristallisée en elle, ouvrant une brèche dans son assurance.
« Quel homme va bien vouloir d'une femme avec un caractère aussi exécrable que le tien ! Tu finiras seule ! »
Johanna avait commencé à douter d'elle-même, de ses capacités. Elle avait besoin d'être rassurée, protégée, épaulée. Roméo, un tantinet macho, se présenta comme l'Homme rassu-

rant et protecteur qu'elle recherchait pour pallier cette peur profondément installée en elle.

1910- Des débuts prometteurs

Roméo céda à ce qu'il prit pour un caprice de sa dulcinée, amusé par l'énergie que Johanna dépensait pour se distinguer. Elle travailla durement pour obtenir ce qu'elle désirait : s'assumer, être indépendante, libre de s'exprimer. Elle avait des choses à partager, des rêves à réaliser. Ainsi, chaque matin, elle glissait sous la porte du rédacteur en chef, l'article qu'elle avait rédigé dans la nuit. Elle savait que la plupart finiraient au panier, sans même qu'un œil n'y ait été jeté. Pourtant, elle ne désespérait pas et continuait encore et encore à poser sur le papier, les faits dont elle avait été l'observateur dans la journée. Roméo ne pouvait que reconnaître sa ténacité et sa volonté. Elle forçait son admiration.
Par un matin ensoleillé, alors que Johanna allait porter son article, elle assista à un braquage. L'homme, armé d'un fusil, sortit de la voiture en trombe, s'engouffra dans la bijouterie, et en ressortit quelques minutes plus tard, avec son butin. Il remonta en voiture et partit tambour battant. Les passants, effrayés, restèrent figés. Johanna rentra prudemment dans le magasin et trouva un homme à terre. Elle hurla d'appeler les secours. L'homme, encore conscient, lui raconta d'une traite son agression. Johanna prit note consciencieusement dans sa mémoire des moindres détails de l'histoire. Dès que la police arriva sur les lieux, elle sortit de la bijouterie, laissant les hommes de lois s'occuper de la victime. Elle prit son article de la veille et rédigea au dos les évènements dont elle venait d'être le témoin. Elle fonça chez le rédacteur en chef, força sa porte, et le convainquit de lire son article. Il s'agissait d'un scoop. Le rédacteur en chef ne laissa pas passer la chance, et Johanna signa son premier article publié.

Roméo félicita grandement sa femme. Il exhibait volontiers l'article de Johanna à qui voulait le voir. Malheureusement, ce qu'elle prit pour de la joie dissimulait de la part de son compagnon de la fierté. Il était fier d'avoir à son bras une femme dont l'intelligence était maintenant reconnue et enviée. Fier d'être son mari, fier que ce soit lui, l'homme qui la possédait. Fier d'être le propriétaire d'un aussi bel objet.

1913- Le masque du diable.

Cependant, au fil du temps et des réussites de Johanna, cette fierté se transforma. Sournoisement, insidieusement, à son insu. Johanna devenait un membre reconnu de la communauté journalistique, alors que lui, lui n'était qu'un gratte-papier parmi tant d'autres. Il ne possédait pas ce don, cette empathie qui rendait les récits de Johanna tellement vivants. Elle semblait tremper sa plume dans l'âme de ceux qu'elle interviewait et transcrivait leur vie comme si elle l'avait vécue elle-même. La jalousie empoisonna le bout de la plume de Roméo, et plus il la trempait dans l'encre de l'amertume, plus elle intoxiquait son cœur, son être tout entier. Il n'était plus l'homme de la maison. Ce n'était plus lui qui ramenait l'argent nécessaire à l'entretien du foyer. Johanna prenait de l'ampleur, alors que l'avenir de Roméo se ternissait.

Mlle Palméro, quant à elle, inconsciente des tourments de son Roméo, s'épanouissait. Elle était heureuse dans sa vie de couple, toujours plus amoureuse, et réalisait son rêve d'exercer un métier qui lui convenait. Elle rayonnait de bonheur. Seule ombre au tableau, les sautes d'humeur de plus en plus fréquentes de son Roméo. Jusqu'à...ce jour, où elle reçut le prix du journalisme.

Le soir venu, Roméo rentra dans une colère noire, une colère comme Johanna n'en avait encore jamais vue. Il parlait avec virulence, exultait, crachait les mots, salissant la divine jour-

naliste, sans se soucier de la peine qu'il lui causait. Elle pleurait, s'excusant d'avoir remporté ce trophée, valorisant celui qui tentait de la dévaloriser. La jalousie, profondément implantée dans le cœur de Roméo, avait pris toute la place dans son être. Comment se faisait-il que lui, un journaliste reconnu, se soit fait supplanter par une débutante comme elle, une femme de surcroît. Il était de notoriété publique que les femmes n'avaient pas de cerveau ! Heureusement qu'elles appartenaient à un homme capable de les guider dans la vie. Pour quel genre d'homme allait-il passer maintenant ? Le genre qui ne tenait pas les rênes de son foyer ? Se rendait-elle compte de l'humiliation qu'elle lui faisait subir ? C'en était trop. Elle devait comprendre, par la force, si nécessaire, qu'elle devait tenir son rôle de femme, aimante et soumise. Ce soir-là, afin qu'elle intègre bien les fondements du couple, il la gifla, la frappa, encore et encore, jusqu'à ce qu'il en ait mal au bras. Puis, il la prit, dans une étreinte forcée, pour lui rappeler qui était l'homme de la maison.

Dès le lendemain matin, Roméo se confondit en excuses. Johanna pansait ses blessures au corps et à l'âme. Elle le menaça de révéler cet épisode violent dans ses articles et ainsi de ruiner sa réputation définitivement. Il la supplia de lui pardonner et promit de ne plus recommencer, mettant son excès de violence sur le compte du surmenage et d'une pression constante. Méfiante et profondément choquée, Johanna pardonna tout en maintenant l'épée de Damoclès sur la tête de son Roméo afin de se protéger d'une éventuelle récidive. La vie reprit son cours normal. Le couple retrouva une harmonie, Roméo se montrant plus aimant et attentionné que jamais.

1914- Aux armes

La guerre venait d'éclater. Johanna mit sa plume et sa renommée au service de la Résistance sans se poser la moindre question pour sa sécurité. Au travers de ses articles, elle insérait entre les lignes anodines, les messages urgents et importants qui devaient passer au travers des lignes ennemies. Les allemands envahissaient la France, marchaient sur tout le pays, répandant peur, violence et infamie. Roméo préféra rester en retrait, prétextant être moins adroit pour jouer avec les mots et dissimuler les textes à transmettre. Johanna commença à douter du courage et de l'intégrité de son Roméo. Elle ne put s'empêcher de le traiter de pleutre. Au-delà de cela, elle comprit qu'il n'avait rien d'un protecteur, et réalisa son erreur. Ses regards chargés d'amour se muèrent en regards chargés de dégoût et de déception vis-à-vis de l'homme qui partageait sa vie. Elle ne changea rien à sa conception de ce qu'elle pensait être son devoir vis-à-vis de sa patrie, et s'engagea encore plus intensément dans la résistance, délaissant Roméo, seul avec sa conscience.

1915 – L'horreur

C'est alors que contre toute attente, Roméo ne trouva pas le courage qui lui faisait défaut au fond de son âme. Par contre, il nourrit une haine grandissante contre celle qui lui rappelait par sa seule présence sa lâcheté. Il puisa dans cette aversion profonde et violente, les rouages d'un plan pour détruire irrémédiablement Johanna, la faire souffrir comme lui souffrait, l'anéantir pour enfin effacer dans son regard le dégoût qu'il lui inspirait. Il devenait vital pour lui de faire disparaître le miroir que Johanna agitait devant lui, le miroir qui lui renvoyait l'image d'un lâche, sans talent, ni volonté. Johanna rentra un soir chez elle, sans se douter de ce que Roméo lui avait réservé. Il l'attendait, un méchant sourire au coin des lèvres. Elle ne comprit pas jusqu'à ce que la gestapo fasse son entrée. Reconnaissant immédiatement le claquement sec des bottes allemandes dans sa maison, Johanna essaya de s'échapper. Roméo l'attrapa et la serra dans ses bras. Il la jeta sans ménagement aux pieds des Allemands, et se mit à rire bruyamment. Johanna, pleine de colère, réalisant l'évidence, visiblement piégée, demanda quelques explications.

- Pourquoi ?

- Tu es tout ce que je ne suis pas et que j'envie. Il est temps que tu comprennes les souffrances que tu m'as fait endurer tout au long de ces années, lui murmura-t-il à l'oreille.

Puis s'adressant aux soldats, comme si Johanna n'était rien d'autre qu'un objet.

- Amusez-vous bien ! C'est une bonne monture lorsqu'on l'a bien dressée !

Je me collai contre Phœnix, secouée par l'horreur vécue par Johanna Palméro. J'avais besoin de réconfort. La douceur de son plumage et la chaleur de son corps me firent du bien. Je restai là, contre lui, un long moment. Puis, j'essuyai les larmes de mes joues et voulut remonter sur le dos de l'animal merveilleux pour qu'il m'emmène loin de ce lieu sordide. Cependant, Phœnix s'écarta, laissant apparaître un dernier article de mon aïeule. Je n'avais plus envie de lire les tortures, les maltraitances et les viols dont elle avait été victime. J'avais fait le plein d'abomination. Pourtant, Phœnix m'incita à m'approcher et à lire ce dernier paragraphe. En mémoire de Johanna, je rassemblai mon courage et déchiffrai le dernier message. Je vous le livre tel que Johanna l'avait rédigé.

1916- Lune noire

Moi, Johanna Palméro, femme journaliste en 1900,

Au bord de l'agonie, il est temps de doter mon sac à dos de mes plaies et de mes bosses mais également de mes dons, afin que la lune noire les transmette.

Le dénouement karmique réside dans l'acceptation de ce que je suis. Je réalise aujourd'hui que mes qualités, à savoir, volontaire, intelligente, déterminée, sont également les pendants de mes défauts, soit, impulsive, impertinente, enflammée. A partir de ce jour, je n'ai plus peur...peur de la solitude...peur de déplaire à l'Autre...peur de ne pas trouver un homme à ma hauteur. Je n'ai plus besoin non plus d'être protégée, épaulée, sécurisée. Je n'attends plus rien de l'Homme sauf d'être lui-même et de m'aimer pour ce que je suis. Désormais, j'ai pleinement confiance en moi. Plus important encore :
Je m'autorise à réussir ma vie professionnelle, à exploiter mes capacités intellectuelles, à utiliser mon don sans avoir honte ou peur d'attirer la jalousie ou de détruire ma vie.

JE M'AUTORISE A ETRE MOI AVEC MES DEFAUTS ET MES QUALITES.

Ainsi la lune noire sera déjouée, et le cycle de la répétition, de la réminiscence et de la révélation cessera de détruire les femmes de ma lignée pour des siècles et des siècles.

Jade, la clé est en toi !

Sur ces mots s'achevait le testament de Johanna Palméro. Phœnix m'emporta loin de la geôle, de la puanteur, de l'horreur incrustée dans les parois de cet endroit. Je croyais rentrer chez moi, seulement l'oiseau de feu me déposa dans la chambre d'Arthur, puis repartit aussitôt, me laissant là, au milieu de l'agitation qui régnait. Les infirmières s'activaient aux ordres du médecin qui stimulait encore et encore le torse dénudé d'Arthur. Sa poitrine se soulevait dans un spasme violent puis retombait mollement. Je reprenais durement contact avec la réalité, étant encore empreinte des paroles de Johanna. C'est alors que l'âme d'Arthur sortit de son corps. Je me précipitai pour l'enlacer, l'assurer qu'il allait s'en sortir, que j'allais l'aider à lutter encore et encore. Je stoppai net lorsque je vis son visage. Il avait un air mauvais.

-----Que fais-tu là ?-----

- Arthur, je suis là pour toi ! Répète après moi : Désolé, Pardon, Merci, je t'aime...

-----Ah oui ! Tu peux être désolée ! C'est à cause de toi si je suis là, sur ce lit, en train de lutter pour ma vie !-----

- A cause de moi ?

-----Si tu n'étais pas entré dans ma vie, avec ton désir de fonder une famille, ma propre famille ne se serait pas détournée de moi ! Tout aurait continué comme avant et...-----

- Ils ont voulu t'empoisonner !

-----Mensonge ! Tu les as toujours détestés ! Tu voulais m'éloigner d'eux !-----

- Pas du tout ! C'est eux qui...

-----Ne parle pas d'eux ! Ils sont exemplaires alors que toi...tu t'es servi de moi, de mon argent, tu voulais me pousser à bout !-----

- Désolée, Pardon, Merci, je t'aime !

-----Arrête ta sorcellerie ! Si tu m'aimes réellement, prends ma place dans la mort, et je prendrai la tienne dans la vie !----

- Tu es fou...

-----Jade, tu n'es rien. Je t'ai prise dans le ruisseau, sans moi, tu n'es rien qu'une raclure ! Prends ma place...je suis quelqu'un d'important, je suis associé dans le plus grand cabinet de la Côte d'Azur, les gens savent qui je suis ! Je dois rester vivant alors que toi, tu n'es rien. Qui se souciera de ta mort ?-----

- Je suis MOI et je représente tout ce que tu n'es pas. Ton état d'esprit n'est plus mon problème. Je sais qui je suis réellement maintenant et tes dévalorisations permanentes ne m'atteignent plus. Je t'ai aidé du mieux que j'ai pu...
Je tournai les talons à ces derniers mots, comprenant qu'Arthur était resté coincé dans les méandres de son karma. Son chemin intérieur n'avait pas abouti et le plongeait dans les tourments de la lâcheté, de l'orgueil et de l'égoïsme. Je ne pouvais plus rien pour lui. Soudain, un hurlement de haine me pétrifia sur place. Je vis Arthur se jeter sur moi et enserrer mon cou de ses mains. Il serra jusqu'à ce que l'air me manque. Je suffoquais, mes jambes se dérobaient sous mon corps, m'obligeant à m'agenouiller devant lui. L'étreinte était si forte que je n'arrivais à me dégager de son emprise. Mes forces me quittaient lentement, ma vue se brouillait, l'air me manquait. L'image de mes enfants, souriants, apaisés, s'afficha devant mes yeux, me redonnant de l'espoir. Dans un ultime effort, je donnai un violent coup de poing dans le bas ventre de mon ennemi. Il me lâcha enfin. Je repris mon souffle péniblement, m'éloignant de l'homme qui voulait me tuer. Je ne pouvais pas mourir maintenant. Maintenant que je venais de comprendre les mécanismes qui avaient gâché ma vie...Maintenant, en laissant Johanna, seule au monde... Maintenant, en abandonnant Gabriel aux mains de son père. Il fallait que je vive à tout prix. Arthur se redressa et s'arc- bouta, prêt à se jeter sur moi. La lutte s'engagea, sans merci, entre nous. Inlassablement, je répétais en moi-même les mots salvateurs : Désolé, Pardon, Merci, Je t'aime. Arthur avait l'avantage de la force, je misais sur la rapidité. J'évitais tant bien que mal ses coups, plongeant à droite puis à gauche, roulant au sol. J'adoptais une position défensive, médusée par la violence dont faisait preuve mon compagnon. Il se mit à hurler :

---- Viens ici ! Tout est de ta faute ! Je ne suis pas un lâche ! Je vais te montrer qui est l'homme !----

La haine déformait ses traits, ses yeux étaient exorbités, il avait de l'écume au coin de la bouche. Il semblait enragé. Psalmodiant toujours dans ma tête, je décidai de l'affronter, non pas avec mes poings mais avec mes mots. Je me redressai, et bombant le torse, le fixant droit dans les yeux, je lui tins tête.

- Arthur, je ne suis pas responsable de tes maux. Tu ne peux m'en vouloir d'être ce que tu n'es pas. Je comprends que mon image te renvoie sans cesse à tes démons, mais je ne suis pas ton ennemie. Ensemble, nous pouvons changer le cours de ton histoire. Fais-moi confiance...

Arthur sembla se radoucir à mes paroles. Il se calma et réfléchit à toute cette scène. Il regarda le docteur et les infirmières toujours affairés auprès de son corps inerte. Il se mit à pleurer, doucement. Puis à chaudes larmes, sans se retenir ou se cacher.

- Je ne sais pas ce qu'il m'a pris ! Excuse-moi Jade ! Je t'aime. Tout peut redevenir comme avant. Je ne veux pas mourir...

Arthur me tendit sa main, je la saisis soulagée, et me blottis dans ses bras. Il caressa mes cheveux. Pourtant lorsque je levai mon visage vers le sien, j'aperçus une lueur de folie dans son regard. Je reculai d'un pas, il m'agrippa par le bras.

- Lâche-moi ! ordonnai-je.

---- Tu vas payer, salope ! ----vociféra-t-il en se jetant sur moi, ses deux mains tendues vers mon cou.

J'évitai de justesse l'attaque. Arthur, pris dans son élan, traversa la fenêtre dans un grand éclat de verre. Le personnel médical sursauta au bruit et resta stupéfait qu'une vitre puisse éclater sans motif apparent. Jade se pencha et vit l'âme d'Arthur se débattre dans le vide. Il s'écrasa au sol lourdement. Ses membres disloqués gisaient sans mouvement autour de lui. Son visage gardait les stigmates de la haine et de la colère. Tout à coup, un tourbillon surgi de nulle part, aspira l'âme sans vie. Plus aucune trace ne subsistait sur le trottoir. J'entendis à cet instant un long sifflement et Phœnix m'enveloppa de ses ailes protectrices.

Aujourd'hui, je sais que j'ai choisi, bien avant ma naissance, de résoudre les conflits qui hantaient mon âme. La lune noire s'est chargée de réveiller en moi les blessures de cet héritage oublié, jalousement gardé secret. Le temps de la Révélation a sonné et la libération s'est accomplie.

Je suis MOI, simplement MOI, parfaitement mortelle, imparfaite comme tout Homme, mais libre de mes choix. Je m'autorise à vivre libre de toutes entraves, à me réaliser par mes dons, à exploiter mes capacités sans honte ni orgueil. Je me libère définitivement des fantômes de mon passé.

Le passé explique le présent. La lune noire va vous y aider...

Jade, Survivante du passé.

Quelques mois plus tard, Jade hâte le pas. Gabriel a du mal à suivre le rythme imposé par sa mère et sa sœur. Il trottine entre les deux, tenu fermement par chaque main, et ne touche plus le sol à certains moments, ce qui l'amuse beaucoup. Les badauds du dimanche déambulent tranquillement entre les charretons du marché aux fleurs. L'air est chargé de multiples arômes floraux mêlés aux embruns de la Méditerranée toute proche. Jade s'enivre de l'ambiance qu'elle connaît pourtant par cœur.

- Tout cela va me manquer...murmure-t-elle pour elle-même.

Enfin, Jade et ses enfants arrivent devant l'établissement de Gino. Marraine leur fait signe de la main, tandis que le père François prend place à ses côtés. Anthony et Suzanne, la jolie infirmière, sont attablés avec eux. Gino dépose, au centre de la table, une bonne bouteille de champagne, tenue au frais dans un seau rempli de glace. Il fait sauter le bouchon et tend une coupe à Jade.

- A votre nouvelle vie, Jade !

Tous trinquent joyeusement. Anthony et Suzanne terminent leur verre rapidement.

- Beaucoup de bonheur pour vous, souhaite Anthony, Désolé, Jade, nous ne pouvons pas rester. Nous avons encore beaucoup à faire afin que notre boutique soit prête pour l'ouverture.

- Pas de problème. A bientôt, j'espère, répond Jade en serrant Anthony dans ses bras.

Le couple s'éloigne rapidement, tandis que Gino constate, amusé.

- Fleuriste ! Jé n'aurais jamais cru qu'Anthony devienne fleuriste !

- Moi, je n'aurais jamais pensé qu'il envoie balader son père, et le cabinet, comme il l'a fait ! rajoute Marraine.

- Comme quoi…Anthony a eu le courage qui a manqué à Arthur…

« « « « « Allons, allons, ma petite fille. Tu verses dans le mélo, maintenant ? » » » »

- Grand-mère ! Il faudrait vraiment que tu annonces tes entrées, ronchonne Jade.

- Arthur a choisi son destin…Tu as fait ce que tu as pu…Tu n'es pas responsable de sa mort, la rassure Marraine.

- J'ai fait ce que j'ai pu, comme tu dis. Et cela n'a pas suffi…

« « « « « Taratata ! Arrête de ressasser le passé. Tu as parfaitement résumé ton histoire dans ton blog ! Maintenant, stop ! Il faut passer à autre chose ! Très bel article, d'ailleurs ! » » » » »

- Merci Grand-mère. Finalement, notre karma ne se résumait pas qu'à apprendre à vivre avec un homme ! Il fallait aussi assumer ce que nous sommes au fond de nous-mêmes !

- Et tu l'as très bien décrit ! ajoute Marraine.

- Au fait, Marraine, tu n'aurais pas quelque chose à m'avouer sur cette médaille si particulière que vous arborez tous ?

Marraine prit entre ses mains la croix surmontée d'une rose.

- Nous faisons partie d'un ordre, l'ordre des Roses Croix. Nous croyons que les clés de notre avenir se trouvent dans le passé !

« « « « « Ce qui n'est pas faux » » » » »

- Nous t'avons apporté notre soutien, car nous t'aimons beaucoup. Comme tu es un petit peu rebelle, Gino et moi, nous nous sommes cachés sous les pseudonymes d'Espérance et de Günter. Nos articles devaient compléter ton initiation par le père François. Tu étais tellement convaincue que l'Histoire ne servait à rien…Nous avons préféré prendre des moyens détournés…Nous savions que tu étais en danger…Le temps pressait et Arthur n'avait pas l'ouverture d'esprit suffisante pour accéder à l'invisible. Il fallait que tu révèles ta propre histoire.

« « « « « Arthur n'était qu'un égoïste immature et surtout caractériel, incontrôlable. Sa violence verbale aurait forcément dégénéré tôt ou tard. Nous avions peur pour toi ! Et pour les enfants ! En plus, lorsque Line, la sœur démoniaque, t'a envoûtée, toi puis Gabriel, nous savions que l'énergie créée allait s'attaquer au plus faible de leur clan… » » » » »

- Arthur ! compléta Jade.

- Tout à fait, ma fille ! Cette énergie négative ne pouvait que décupler sa violence et sa haine contre vous ! Nous devions agir et vite ! Heureusement que vous avez fait preuve d'une

très grande ouverture d'esprit et que votre cheminement vers les karmas originels a été suffisamment rapide ! Ce qui nous a tous surpris ! Toutes mes félicitations, jeune fille !
Les coupes de champagne tintent.

- Et Gabriel ? Tout est à refaire pour lui ? s'inquiéta Jade.

« « « « « Non. Il est libre lui aussi, grâce à toi. La révélation du karma originel du fils de l'Inca a permis sa libération. Il ne sera plus considéré comme le bâtard, l'héritier spolié, le fils maltraité. Ses aïeux ont repris leurs actes sur leurs épaules. » » » » »

Marraine prit un air triste.

- Je n'en reviens pas que tu partes vivre à Honolulu !

- Ça va être trop top ! Les plages de sable fin, le surf…s'exclame Johanna, sirotant sa menthe à l'eau.

« « « « « Il faudra que je vérifie si je rentre encore dans mon maillot ! » » » » »

- Je suis contente pour vous trois mais Jade, tu vas tellement me manquer !

- J'ai besoin de changer d'air ! Tu viendras nous voir, Marraine ! Et puis, je ne me fais pas de souci pour toi, tu es entre de bonnes mains avec Gino !

« « « « «De toute façon, Marraine ne devrait pas trop tarder à nous rejoindre !» » » » »

- Qu'est-ce que tu veux dire, Grand-mère ? Grand-mère ? Tu es là ?

- Simplement que Marraine va bientôt prendre sa retraite. Gino et elle, pourraient décider de vous rejoindre, avance le père François. Vous êtes devenus tellement indissociables les uns des autres. Avez-vous déjà trouvé une maison là-bas, ma fille ?

- Non. Au début, nous logerons chez mes parents. Leur maison est suffisamment spacieuse pour nous y accueillir.

- Tou vas réprendre ton boulot d'agent immobilier ? questionne Gino en prenant Gabriel sur ses genoux.

- Non. J'ai envie de changer de direction. Je ne sais pas trop…

- Exploitez vos dons, ma fille !

« « « « « Bien sûr, le père François a raison ! Tu as assez payé pour tes karmas, il est temps de fouiller dans ton sac à dos, et d'utiliser le don qui s'y trouve ! » » » » »

- Je ne suis pas convaincue d'avoir réellement hérité du don de l'écriture de Johanna. Je doute…

- Pas du tout ! intervient Marraine. Ils ont raison. Tes articles étaient vraiment bien rédigés, d'ailleurs ton blog rencontrait un vif succès. Alors, pourquoi pas ?

Jade caresse distraitement les cheveux de sa fille, assise à côté d'elle. Puis, prenant une grande inspiration, elle déclare.

- Oui, pourquoi pas ? Je pourrais peut-être m'inspirer de mon aventure de ces derniers mois…

« « « « « Voilà une excellente idée ! » » » » »

- De plus, votre histoire pourrait éclairer d'autres personnes qui sont dans les mêmes méandres que vous lorsque je vous ai rencontrée, ma fille !

- François a raison. Lé passé explique lé présent, approuve Gino.

- Voilà un excellent titre pour ton livre, préconise Marraine.

- Non. J'en ai un bien meilleur !

« « « « « Lequel, ma petite fille ? » » » » »

- DANS L'OMBRE DE LA LUNE NOIRE…

REMERCIEMENTS

- M. Bernard Spindler
- Annie, Andrée, Georges et Maurice.

ISBN 978-2-918413-11-0

www.sudarenes.com
Dépôt legal: Mars 2014

Achevé d'imprimer
sur les presses d'**ICN**
64300 Orthez
Cité du livre